HEYNE ‹

AF178475

Sylvia Day

Teuflisches Begehren

Eves dritter Fall

Roman

WILHELM HEYNE VERLAG
MÜNCHEN

Titel der amerikanischen Originalausgabe
EVE OF CHAOS
Deutsche Übersetzung von Sabine Schilasky

Verlagsgruppe Random House FSC® N001967
Das für dieses Buch verwendete FSC®-zertifizierte
Papier *Holmen Book Cream* liefert
Holmen Paper, Hallstavik, Schweden.

Deutsche Erstausgabe 10/2015
Redaktion: Catherine Beck
Copyright © 2009 by Sylvia Day
Copyright © 2015 der deutschsprachigen Ausgabe by
Wilhelm Heyne Verlag, München,
in der Verlagsgruppe Random House GmbH
Printed in Germany 2015
Umschlaggestaltung: Nele Schütz Design, München
Satz: KompetenzCenter, Mönchengladbach
Druck und Bindung: GGP Media GmbH, Pößneck

ISBN: 978-3-453-31669-0

www.twitter.com/HeyneFantasySF
@HeyneFantasySF

www.heyne-fantastisch.de

*Allen Lesern, die Eves bisherigen Abenteuern gefolgt sind.
Ich danke euch.*

»Denn er wird die Meßschnur darüber [Edom] ziehen, daß es wüst werde, und ein Richtblei, daß es öde sei.«

JESAJA 34,11

1

Mit zusammengebissenen Zähnen sah Evangeline Hollis zu, wie ein Kappa-Dämon ihrer Mutter breit lächelnd *Yakisoba* servierte – gebratene japanische Nudeln. Eve schätzte das Verhältnis von Sterblichen und Dämonen beim jährlichen Obon-Festival der Orange County Buddhist Church auf fünfzig zu fünfzig.

Nach drei Monaten mit dem Kainsmal und ihrem neuen »Job« als himmlische Kautionsjägerin hatte sich Eve mit der Tatsache abgefunden, dass sich Höllenwesen unentdeckt unter die Sterblichen mischten. Was sie jedoch erstaunte, war die schiere Masse an ex-japanischen Dämonen, die zum Spielen auf das Festival gekommen war. Das schienen doch ungewöhnlich viele.

»Möchtest du welche?«, fragte ihre Mutter und hielt ihr den Teller hin. Miyoko führte seit dreißig Jahren ein zumeist typisch amerikanisches Leben in den Vereinigten Staaten. Sie war amerikanische Staatsbürgerin und konvertierte Baptistin, und ihr Mann, Darrel Hollis, war ein waschechter Südstaatenspross aus Alabama. Trotzdem hing Miyoko an ihren Wurzeln und bemühte sich, bei ihren beiden Töchtern die japanische Kultur lebendig zu halten.

Eve schüttelte den Kopf. »Ich will *Yakidango*.«

»Ich auch. Die gibt's da drüben.« Miyoko ging voraus.

Das Festival fand auf dem eingezäunten Parkplatz des Tempels statt. Rechts war eine große Sporthalle, links waren der Tempel und die Schulgebäude. Der Parkplatz war klein, dennoch stand hier eine Vielzahl von Imbiss- und Spielbuden. Eine *Taiko*-Trommel war auf einem *Yagura*-Turm aufgestellt, und auf der kleinen Bühne davor sollten später Bon-Odori-Tänzer auftreten. Kinder spielten um Preise, die von lebenden Goldfischen bis hin zu Plüschtieren reichten. Die Erwachsenen betrachteten die Auslagen mit billigem Schmuck und selbst gemachten Desserts.

Das Wetter in Südkalifornien war perfekt wie immer: laue fünfundzwanzig Grad mit reichlich Sonne und sehr wenigen Wolken. Eve richtete ihre Sonnenbrille, genoss die Sonne, die ihre Haut küsste, und atmete die Aromen ihrer Lieblingsgerichte ein.

Auf einmal wehte ihr mit der Nachmittagsbrise ein fauliger Gestank entgegen und machte den seltenen Moment des Friedens zunichte.

Der ätzende Geruch verrottender Seele war unverwechselbar. Er siedelte zwischen Gammelfleisch und frischen Fäkalien, und Eve wunderte sich nach wie vor, dass Ungezeichnete – Sterbliche ohne das Kainsmal – ihn nicht rochen. Sie drehte sich nach der Quelle um.

Ihr Blick verharrte auf einer hübschen Asiatin ihr gegenüber in dem Budengang. Eine *Yuki-Onna* – ein japanischer Schneedämon. Das weibliche Höllenwesen trug einen weißen Kimono mit zarter *Sukura*-Stickerei, und das Kennzeichen auf ihrem Wangenknochen ähnelte einem Tribal-Tattoo. Genau genommen wies die Zeichnung den

Dämonenrang aus und war für Sterbliche unsichtbar. Wie das Kainsmal auf Eves Arm entsprachen auch die Kennzeichen der Dämonen in etwa Militärabzeichen. Alle Höllenwesen hatten sie, und sie verrieten sowohl die Spezies der Verdammten als auch deren Rang in der Höllenhierarchie.

Entgegen landläufiger Meinung unter den Theologen deutete das »Zeichen des Ungeheuers« nicht etwa den Beginn der Apokalypse an, sondern war Symbol eines seit Jahrhunderten existierenden Kastensystems.

Eves Zeichen begann erst zu kribbeln, dann zu brennen. Der Einsatzbefehl.

Jetzt?, fragte sie im Geiste und schlug einen genervten Ton an. Sie war eine Gezeichnete, eine von Tausenden »Sündern« weltweit, die verpflichtet worden waren, im göttlichen Auftrag Dämonen zu vernichten. Von ihr wurde erwartet, auf Kommando zu töten, doch ihre Mutter war bei ihr, und sie befanden sich auf dem Tempelgelände!

Tut mir leid, Babe. Reed Abel klang alles andere als zerknirscht. *Du bist zur richtigen Zeit am falschen Ort. Deine Nummer leuchtet auf, und du bist am nächsten dran.*

Mit der Leier kommst du mir schon die ganze Woche, konterte sie. *Und ich nehme es dir nicht mehr ab.*

Sie hatte täglich einen Dämon erledigt – an manchen Tagen auch zwei –, und das schon seit einer ganzen Weile. Und sie fand, dass ihr in diesem Mörderjob mehr als nur freie Sonntage zustehen sollten. *Wieso bin ich immer am nächsten dran?*

Weil du Katastrophen magnetisch anziehst?

Und du bist echt der Brüller.

Reed – alias der bibelbekannte Abel – war ein *Mal'akh*,

ein Engel. Er war außerdem Teamleiter, was hieß, dass er einer kleinen Gruppe Gezeichneter ihre Aufträge zuwies. Letztlich war es fast dasselbe wie Zielfahndung. Die sieben Erzengel auf der Erde fungierten als Kautionsbürgen, Reed war ein Disponent, und Eve war eine Kautionsjägerin. Für die meisten Gezeichneten war es ein gut geöltes System, doch zu behaupten, bei Eve würde ein bisschen Sand im Getriebe knirschen, wäre noch maßlos untertrieben.

Wie sieht es mit Dinner heute Abend aus?

Nach der Bemerkung? Ganz schön dreist.

Ich koche.

Eve folgte ihrer Mom und behielt ihr Zielobjekt im Blick. *Wenn ich bis dahin noch lebe, klar.*

Im Hinterkopf hörte und fühlte sie Alec Cain – Reeds Bruder –, der ein verärgertes Knurren ausstieß. Alec war Eves Mentor. Der einst berüchtigte Cain war neuerdings ein Erzengel. Eve und Alec blickten auf eine längere Geschichte zurück, die vor zehn Jahren begann, als Eve ihm ihre Unschuld schenkte. Nun jedoch hatte ihn seine Stellung als Erzengel der Fähigkeit beraubt, eine emotionale Bindung zu irgendwem außer Gott einzugehen. Trotzdem hielt er an Eve fest.

Was ist bedeutungsvoller?, hatte er sie gefragt. *Wenn dich jemand begehrt, weil er nicht anders kann? Weil seine Hormone oder irgendeine chemische Reaktion in seinem Gehirn ihn zu dir treibt? Oder wenn er dich will, weil er sich dazu entscheidet? Weil er die bewusste Entscheidung trifft, dich zu begehren?*

Eve wusste es nicht, deshalb trieb sie einfach mit den Geschehnissen mit, während sie versuchte, sich über alles klar zu werden.

Auf jeden Fall war sie wahnsinnig, mitten in den ältesten und schwersten Fall von Geschwisterrivalität zu stolpern, vor allem, seit sie drei ein einzigartiges Band verknüpfte, das den freien Gedankenfluss zwischen ihnen erlaubte. Eve fragte sich oft, warum sie mit dem Feuer spielte, und die einzige Antwort, die ihr darauf einfallen wollte, war, dass sie schlicht nicht anders konnte.

Aber das Frühstück morgen findet bei mir statt, insistierte Alec mürrisch.

One-Eyed Jacks? Keiner bereitete sie so zu wie Alec: geröstete Brotscheiben mit einem Loch in der Mitte, in die ein Spiegelei eingelassen war – buttrig, knusprig und mit Sirup serviert. Und die herausgeschnittenen Brotkreise toastete er, bestreute sie mit Zimt und Zucker und reichte sie dazu. Köstlich!

Ganz wie du wünschst, Angel.

Es stand außer Frage, dass Reed zum Frühstück nicht mehr da wäre, denn die Tatsache, dass Eve mit zwei Männern zugleich ausging, bedeutete, dass sie alle drei die Nacht allein schliefen.

Die *Yuki-Onna* entschuldigte sich bei ihrem gut aussehenden Begleiter und bewegte sich auf die Sporthalle zu. Wegen ihres eng gewickelten Kimonos und der *Geta*-Holzschuhe an den Füßen konnte sie nur winzige Schritte machen. Da war Eve kleidungstechnisch schon mal im Vorteil. Ihre Stretch-Caprihose und das gerippte Trägertop schränkten ihre Bewegungsfreiheit kein bisschen ein. Ihre Army-Jungle-Boots waren atmungsaktiv und funktional. Ja, sie war für jeden Spaß bereit. Was nicht hieß, dass sie den auch wollte.

»Ich muss mir die Hände waschen«, sagte Eve zu ihrer

Mutter, wohl wissend, dass Miyoko, ihres Zeichens Krankenschwester, diesen Wunsch nach Reinlichkeit nur befürworten würde.

»Ich habe antibakterielles Gel dabei.«

Eve rümpfte die Nase. »Iih, von dem Zeug werden meine Hände ganz klebrig!«

»Ach, du stellst dich nur an! Wie viele Dangos willst du?«

»Drei Stäbchen.«

Die Reismehlklöße wurden auf langen Holzstäbchen gegrillt und mit süßem Sirup überzogen. Eve hatte sie schon als Kind geliebt und genoss sie viel zu selten, was sie jetzt erst recht sauer machte. Sollte diese Dämonin ihr den Appetit verderben, würde sie dafür in der Hölle schmoren. Ernsthaft!

Eve drückte ihrer Mutter einen Zwanzig-Dollar-Schein in die Hand und folgte ihrem Zielobjekt.

Sie überholte die Dämonin und betrat die Sporthalle, in der Picknicktische aufgestellt waren, damit sich die Leute zum Essen setzen konnten. Lachen, Unterhaltungen auf Englisch und Japanisch sowie das Geklimper vom Essgeschirr Dutzender Festivalbesucher hallten durch den großen Raum. Sterbliche mengten sich in heiterer Ahnungslosigkeit unter Höllenwesen, wohingegen Eve jedes von ihnen auf Anhieb ausmachte. Diese wussten ebenso genau, was Eve war, und beäugten sie mit misstrauischer Verachtung. Das Kainsmal an ihrem Oberarm wie auch ihr Geruch verrieten sie. Während die Höllenwesen für Eve faulig stanken, roch Eve für sie ekelhaft süßlich. Eigentlich war es lächerlich, denn Gezeichnete waren alles andere als süß. Eher waren sie verbittert.

Eve presste sich an die Wand und beobachtete durch die getönten Glastüren, wie sich die *Yuki-Onna* näherte. Von ihrer Warte aus konnte Eve sehen, dass die Füße der Dämonin knapp über dem Boden schwebten. Eve wich langsam zurück um die Ecke, damit sie außer Sichtweite blieb. An der Wand neben ihrer Schulter war ein beleuchteter Glaskasten mit Pokalen und einem einsamen Katana.

Eve blickte sich rasch um, ob auch niemand auf sie achtete. Übermenschlich schnell brach sie das runde Metallschloss des Kastens mit Daumen und Zeigefinger auf und zog das Schwert mitsamt Scheide heraus. Sie hielt es zwischen ihrem Schenkel und der Wand und hoffte inständig, dass es keine reine Dekoration war. Falls doch, könnte sie jederzeit ein klassisches Flammenschwert herbeirufen. Was sie jedoch lieber vermeiden wollte. Gebäude hatten die lästige Angewohnheit, um sie herum in Flammen aufzugehen, und mit dem schlankeren, leicht gekrümmten Samurai-Schwert war sie wendiger als mit der schwereren Gleve.

Ihr Zielobjekt betrat die Sporthalle und wandte sich in die entgegengesetzte Richtung, hin zu den Toiletten – genau wie Eve vermutet hatte. Die Damentoilette zu verriegeln, wenn reichlich gegessen und getrunken wurde, war immer eine blöde Idee, doch Eve blieb keine andere Wahl. Ihre Mutter wartete, und Eve durfte nicht riskieren, ihr Ziel zu verlieren.

Ihr gegenwärtiges Dilemma war einer der vielen Gründe, weshalb Gezeichnete keine familiären Bindungen haben sollten. Gewöhnlich waren die ausgewählten Sünder Einzelgänger, die problemlos in ferne Länder versetzt werden konnten. Nahe Angehörige stellten einen Risikofaktor dar. Deshalb war Eve die einzige Ausnahme von der Regel. Alec hatte darum gekämpft, dass sie nahe bei ihrem Zuhause bleiben durfte, weil er wusste, wie viel ihre Eltern ihr bedeuteten. Und ihn trieben Schuldgefühle an, da ihre Affäre zehn Jahre zuvor der Grund war, weshalb sie zur Gezeichneten wurde.

Die Mühlen der Justiz mahlten im Himmel genauso langsam wie auf der Erde.

Als die Tür zum Waschraum hinter der Dämonin zufiel, folgte Eve ihr. Das Mal pochte brennend unter ihrer Haut und pumpte ihren Kreislauf voll mit Aggression und Zorn. Ihre Muskeln schwollen an, und ihr Gang veränderte sich. Eves körperliche Reaktion war primitiv und animalisch, eine brutale, süchtig machende Blutgier. Eve lechzte hiernach wie nach einer Droge. Verging zu viel Zeit zwischen zwei Aufträgen, wurde sie rastlos und schlecht gelaunt.

Trotz des Rauschs blieben ihr Puls und ihre Hände ruhig und stetig. Ihr Körper war jetzt ein Tempel, und er funktionierte wie eine Maschine. Als sie den Waschraum betrat, war Eve vollkommen konzentriert. Seit wann war sie so entspannt, was ihr mörderisches Zweitleben anging? Darüber müsste sie später nachdenken, wenn sie allein war und weinen konnte.

Alle Kabinentüren standen ein wenig offen, ausgenommen die der Behindertentoilette ganz hinten. Der Gestank nach verrottender Seele beherrschte den Raum. An der Wand neben der Tür stand ein aufklappbares Schild, das vor nassem Boden warnte. Es war nicht ganz so praktisch wie ein »Außer-Betrieb«-Schild, musste aber reichen.

Es war unmöglich, die Erinnerungen an einen früheren Waschraum abzustellen, in dem Eve gegen einen Drachen gekämpft und es mit ihrem Leben bezahlt hatte. Sie war wiedererweckt worden, weil Alec mit irgendwem irgendwo einen Deal gemacht hatte. Einzelheiten kannte Eve nicht, doch ihr war klar, dass der Preis gewaltig gewesen sein musste. Und wäre sie nicht sowieso schon in ihn verliebt gewesen, hätte es seine Bereitschaft zu diesem Opfer allemal bewirkt. Sie war noch nicht bereit zu sterben, ungeachtet des Dämonentötens und ihres verrückten Liebeslebens.

Eve hoffte nach wie vor, eines Tages zu heiraten und Kinder zu haben, eine erfolgreiche Karriere und Familienurlaube zu genießen. Aber zuerst musste sie das Kainsmal loswerden – entweder indem sie jemand Mächtigen manipulierte oder indem sie hinreichend Pluspunkte anhäufte, um ihre Strafe abzugelten.

Natürlich gab es in dem Punktesystem mehrere Stolperfallen. Eve hatte den Teenagersohn des Alpha vom Black-Diamond-Rudel gleich zweimal getötet, doch angerechnet wurde ihr nur das zweite Mal. So ein Mist ging ihr gewaltig gegen den Strich. Was sollte sie denn tun, wenn nicht mal Gott fair spielte?

Ein leises Wimmern ließ Eve mitten im Gehen erstarren. Der Laut hatte eine hohe, zittrige Note, die nach einem Kind klang. Eve bog die Schultern nach hinten und wartete. Bei der Jagd war weniger der kraftvolle Angriff entscheidend als die richtige Position. Eve stand mitten auf der größten Freifläche. Der Ausgang war hinter ihr, sodass das Höllenwesen an ihr vorbei musste, wenn es nach draußen gelangen wollte. Und Eve würde einen Teufel tun, überstürzt zu agieren, nur um die Sache zu beschleunigen.

Das Mal flutete sie weiter mit Adrenalin und Feindseligkeit. Ihre Sinne konzentrierten sich auf die Beute, fluteten ihren Verstand mit Informationen. Eve stellte die Beine etwas weiter auseinander.

»Mäuschen, sag mal Piep ...«, lockte sie.

Das Schloss an der hintersten Kabine drehte sich. Die Tür öffnete sich nach innen, und in dem Spalt erschien ein Kindergesicht, bleich und tränengestreift. Ein hübsches asiatisches Mädchen in einem leichten Sommerkleid mit Wassermelonenmuster am Saum. Vielleicht sechs oder sieben Jahre alt, zitternd vor Angst. Einen Moment später tauchte das hübsche Gesicht der *Yuki-Onna* oberhalb des Mädchenkopfs auf.

Eve knurrte. »Eine Geisel zu nehmen, war keine gute Idee.«

Wenn sie einmal eigene Kinder hatte, würde Eve sie nie aus den Augen lassen.

»Ich gehe mit dem Kind hier raus«, sagte das Höllenwesen mit einem melodischen Akzent. Die Dämonin trat aus der Kabine, eine Hand auf der Schulter des Mädchens. »Dann lasse ich sie frei.«

Die Zähne des Mädchens begannen zu klappern, und die Lippen färbten sich bläulich. Gänsehaut breitete sich von der Stelle aus, an der die Dämonin sie festhielt.

»Du wirst sterben«, entgegnete Eve ungerührt. Die *Yuki-Onna* war zum Ziel bestimmt, also würde sie von Gezeichneten gejagt werden, bis sie tot war.

»Genau wie du«, konterte die Dämonin. »Willst du deine letzten Momente wirklich damit verschwenden, mich zu töten?«

Es gibt eine Geisel, sagte Eve zu Reed. Die gängigen Drohungen und Verhandlungstaktiken des Höllenwesens ignorierte sie. *Ein kleines Mädchen. Ich muss die Kleine hier rausbekommen.*

Eine warme Brise wehte über ihre Haut. Sie war der spürbare Beweis, dass ihr Einteiler stets bei ihr war. Ihm war nicht erlaubt, seinen Untergebenen bei der Jagd zu helfen, doch Sterbliche aus der Gefahrenzone zu bringen fiel durchaus in seine Zuständigkeit. *Auf dein Kommando*, murmelte er.

Eve hatte keine Ahnung, wo er stecken mochte; andererseits konnte er sich als *Mal'akh* binnen nicht mal eines Wimpernschlags von einem Ort zum anderen versetzen.

»Ich wollte das hier fair abwickeln«, sagte sie zu der Dämonin und hielt ihr Katana in die Höhe. Es steckte noch in der Scheide. »Aber ich hätte mir denken können, dass du lieber schmutzig kämpfst.«

»Ich habe keine Waffe.«

Eine glatte Lüge. Dämonen hatten alle bestimmte Gaben, und die der *Yuki-Onna* war, extreme Wetterbedingungen zu schaffen. Gezeichnete mussten sich ausschließlich auf ihren Verstand und ihre Kraft verlassen. Letztere war himmlisch verstärkt, sodass sie schneller reagieren konnten und auch schnell heilten. Übernatürliche »Kräfte« besaßen sie nicht.

»Ich gebe dir meine«, bot Eve an, »wenn du das Kind gehen lässt.« Sie zog das Katana aus der Scheide und schleuderte das lackierte Holz auf den Kopf der Dämonin zu.

Gleichzeitig sagte sie zu Reed: *Jetzt!*

Die Dämonin riss beide Arme hoch, um die Waffen abzuwehren, und Reed hatte sich das Kind geschnappt, bevor die *Yuki-Onna* das Katana gefangen hatte.

Der wütende Schrei des Höllenwesens wurde von einer

eisigen Böe begleitet, die einer Explosion gleich durch den Raum rauschte. Von der Wucht wurde Eve gegen den Händetrockner katapultiert und rammte ihn tief in die Wand. Einzig ihre trotzige Sturheit verhinderte, dass sie das Heft des Katanas losließ. Mit einem dumpfen Knall landeten ihre Füße wieder auf dem Boden, und sie rannte los.

Den Waffenarm erhoben und einen Schlachtruf ausstoßend, bei dem ihr selbst unheimlich wurde, stürzte Eve nach vorn. Die Angst des Kinds lag noch in der Luft und vermengte sich säuerlich mit dem Gestank der Höllenseele. Bei dieser Kombination flippte Eves Kainsmal völlig aus. Sie sprang und hieb diagonal nach unten, aber die Dämonin wirbelte in einer Schneewolke weg. Die Temperaturen fielen drastisch; die Spiegel beschlugen an den Rändern, und Eves Atem bildete Wolken in der frostigen Luft.

Eve jagte der Dämonin nach, täuschte und wich den scharfen Eiszapfen aus, mit denen sie das Höllenwesen bewarf. Sie zerklirrten wie Glas an Eves Katana und rieselten als glitschige Scherben zu Boden.

Auf den nunmehr gefährlich rutschigen Fliesen musste sich Eve vorsichtig bewegen. Der wunderschöne Kimono flatterte auf, als das Höllenwesen zurückwich, denn Eves wohlkalkulierte Attacken hatten die dicke Seide längst in Fetzen gerissen. Eve hatte als die erbärmlichste Schwertkämpferin ihres Kurses angefangen, jedoch unermüdlich trainiert, bis sie sich endlich nicht mehr komplett blamierte. Inzwischen war sie zwar gerade mal passabel im Umgang mit der Waffe, fühlte sich aber immerhin nicht mehr hoffnungslos ungeschickt.

Sie begann, eine fröhliche Melodie vor sich hin zu summen.

Wie sie gehofft hatte, ließ sich die Dämonin für einen Moment von Eves demonstrativer Langeweile ablenken. Die nächste Salve der *Yuki-Onna* fiel deutlich langsamer aus als die vorherigen. Eve fing sie mit der Faust ab und fauchte, als das Eis durch ihre Handfläche schnitt. Blut floss, dessen Geruch der Dämonin ein Triumphgebrüll entlockte, was allerdings nur für Wesen mit überdurchschnittlichem Gehör wahrzunehmen war.

Eve schleuderte den Eiszapfen zurück, gefolgt von einem Hieb mit dem Katana. Das Höllenwesen wehrte das erste Geschoss mit einem eisigen Luftschwall ab, war dem zweiten aber wehrlos ausgeliefert. Die Klinge schlitzte den linken Dämonenbizeps auf, bevor sie in die Wand dahinter schlug. Ein roter Fleck breitete sich auf dem blütenweißen Kimono aus.

»Schachmatt«, höhnte Eve. »Dein Blut gegen meines.«

Das Höllenwesen erwiderte mit einem Eiszapfen, der Eves rechten Oberschenkel durchschlug. Sie schrie und sank auf ein Knie. Halb außer sich vor Schmerz, bat sie um ein Schwert. Sie hielt eine Hand auf, um es in Empfang zu nehmen …

… nur kam es nicht.

Vor Schreck war Eve wie gelähmt. Sie hatte den Verlust des Katanas riskiert, weil sie auf das Flammenschwert gesetzt hatte, und nun ließ man sie eiskalt auflaufen. Als ehemalige Agnostikerin legte sie dem Allmächtigen gegenüber nicht dieselbe Unterwürfigkeit an den Tag wie andere. Nicht dass sie direkt respektlos wäre, doch ließ sie bisweilen vielleicht ihr Unverständnis allzu deutlich durchblicken, was Gottes Handeln betraf.

Sie bat wieder und ergänzte sicherheitshalber ein »Bitte«.

Das Ergebnis war das gleiche. Nichts. Eve knurrte wütend. Ihr wurde allen Ernstes das Instrument verweigert, ohne das sie nicht ausführen konnte, was ihr aufgezwungen war?

Die *Yuki-Onna* begriff rasch, was geschah, und kicherte melodiös. »Er hat wohl eingesehen, dass es zwecklos ist, dich zu retten, und der Mühe nicht wert.«

»Leck mich!«

»Es kommt selten vor, dass Sammael ein Kopfgeld so hoch ansetzt oder jedem in der Hölle die Chance gibt, es sich zu holen.« Die Dämonin grinste. »Nun ja, aber es ist ja auch das erste Mal, dass jemand eines seiner Haustiere überfahren hat.«

»Welches Kopfgeld?« Eve hoffte inständig, dass es ihr gelang, ihre Furcht zu überspielen. »Satan ist sauer, weil ich seinen *Hund* überfahren habe? Das ist ja lächerlich!«

Ich lache nicht, sagte Alec scharf.

Weiß ich. Eve seufzte. *Mein Leben ist zum Kotzen!*

Sie rappelte sich auf, wobei sie sich nicht allzu sehr auf das durchbohrte Bein stützte. Dann griff sie nach unten, riss den Eiszapfen heraus und warf ihn beiseite. Blut sickerte erst aus der klaffenden Wunde, dann sprühte es. Eve ignorierte es, denn sie hatte ganz andere Probleme.

»Was wirklich witzig ist«, entgegnete die *Yuki-Onna*, »ist, wie dich alle in der Hölle in Stücke reißen werden.«

»Alle, ja?« Eve zuckte mit der Schulter. »Da muss er sich schon was Besseres einfallen lassen, wenn er mich erledigen will.«

So ist es brav, lobte Alec sie. *Lass sie niemals deine Angst spüren.*

Dennoch hörte Eve das Unbehagen in seiner Stimme. Und sie fühlte, dass er sich bereit machte, ihr zu Hilfe zu eilen.

Ich komm schon klar, beruhigte sie ihn, damit er ja zurückblieb. Auch wenn sie bisher keinen Schimmer hatte, was sie tun sollte, würde sie sich etwas ausdenken. Soweit kam es noch, dass sie sich von einer frostigen Kuh in Holzklotzen fertigmachen ließ!

»Sammael will dich«, neckte die Dämonin. Ihr zerzaustes Haar und die weit aufgerissenen Augen machten sie noch schöner. »Und ich werde belohnt, weil ich dich zu ihm bringe.«

Trotz ihrer wachsenden Panik lachend, forderte Eve erneut ein Schwert an – diesmal war es nicht ganz, aber doch beinahe ein Gebet.

Und wieder wurde sie nicht erhört.

Den nächsten Eiszapfen wehrte sie mit dem Unterarm ab und warf sich nach links, um einen anderen zu fangen. Sie schleuderte ihn zurück. Natürlich wurde er von einem Schwall Frostluft abgelenkt. Unterdessen näherte sich Eve der Wand, in der das Katana steckte.

»Du kannst Geiseln nehmen«, sagte sie spöttelnd, »aber mich bekommst du nicht.«

Dreistigkeit war manchmal alles, was einem Gezeichneten blieb.

»Allmählich glaube ich dir nicht mehr«, widersprach die Dämonin, und ihre dunklen Augen funkelten boshaft.

Es wummerte an der verriegelten Tür. Gleich darauf ertönten ängstliche japanische Stimmen. Nicht zum ersten Mal in ihrem Leben wünschte Eve, ihre Mutter hätte ihr die Sprache beigebracht. Sie verstand lediglich, dass jemand hereinkommen wollte. Und die Dämonin, gegen die sie kämpfte, war nicht mehr so versessen darauf, den Raum zu verlassen. Vielmehr schien die *Yuki-Onna* durch die Störung erst richtig in Fahrt zu kommen.

Eve trat noch einen Schritt näher. Mit ihrem Stiefelabsatz geriet sie auf einen Eiszapfen, und rutschte aus. Ihr verwundetes Bein machte es schwer, das Gleichgewicht wiederzufinden. Der Beinahe-Sturz brachte sie auf eine Idee, wie sie das hier beenden könnte.

Vorausgesetzt natürlich, Gott war gewillt, zu kooperieren und ihr verdammt noch mal unter die Arme zu greifen.

Mit einem schwungvollen Tritt schleuderte sie Wasser und Eis auf. Als die *Yuki-Onna* mit einer Salve von Eiszapfen konterte, schnellte Eve nach vorn und nutzte die glatten Fliesen, um mit den Füßen voran das Ziel zu erreichen.

»Ich könnte jetzt echt gut dieses Schwert gebrauchen!«, brüllte sie himmelwärts, als die weißen Fliesen an ihr vorbeirauschten. »*Bitte!*«

Nichts.

Die Zeit verlangsamte sich zu einem zähen Tröpfeln …

Elegant sprang die Dämonin in die Höhe und wurde von eisigen Luftströmungen oben gehalten. Während sie sich in Bauchlage schwang, löste sich die schöne Fassade auf, und zum Vorschein kam ihr wahres Gesicht darunter: blutrote Augen, ein klaffender Schlund voller schwarzer Zähne und gräuliche Haut mit einem Geflecht von tintenblauen Adern, die sich bis zu ihrem Haaransatz zogen. Sie breitete die Arme weit aus, und aus ihren Fingerspitzen fuhren Eisspeere lang wie Skistöcke.

Alec und Reed brüllten im Chor, und ihre Schreie dröhnten in einer solchen Lautstärke durch Eves Schädel, dass sie alles andere auslöschten. In Zeitlupe beobachtete Eve, wie die Dämonin ähnlich einer Geistererscheinung über ihr schwebte, das weiße Gewand in Fetzen und das Haar eine sich wirr schlängelnde Mähne. Eve hob die Arme, um den Angriff abzuwehren, und zuckte vor Schreck zusammen, als ein schweres Gewicht ihren Unterarm gegen ihre Brust drückte ...

... auf wundersame Weise beschwert von dem plötzlich erschienenen Schwert in ihrer Hand.

Sie packte das Heft fest und richtete sich auf. Wie eine Lanze stach sie die Klinge nach vorn und mitten in die Brust der *Yuki-Onna*. Die Gleve fuhr mit einem ekligen Quietschen tief in das Dämonenfleisch.

Im nächsten Augenblick explodierte das Höllenwesen zu einer Aschewolke.

Eve schlitterte weiter, bis sie gegen die Wand knallte. Vom Aufprall löste sich das Katana aus der Putzverankerung, drehte sich und schoss mit der Spitze voran auf Eves Kopf zu. Sie warf sich zur Seite und rollte weg, um der Klinge auszuweichen. Die bohrte sich direkt an der Stelle in den Boden, wo eben noch Eve gewesen war. Hinter ihr klapperte die Gleve auf die Fliesen, die nun ohne das Höllenwesen jeden Halt verloren hatte.

»Heilige Scheiße!«, hauchte sie.

Ein Paar Stiefel mit Stahlkappen erschienen neben ihrem Kopf, dann streckte sich eine Hand in ihr Sichtfeld. Als sie aufsah, blickten ihr schokoladenbraune Augen entgegen. Früher hatte Alec sie auf eine Weise angesehen, dass es ihr die Haut versengte. Jenen Blick vermisste sie. Andererseits wurde sie schon heiß genug für sie beide, indem sie ihn einfach nur ansah.

Mit gut einem Meter neunzig Länge und einem Waschbrettbauch war er so gestählt, wie man es von einem geübten Jäger erwartete. Er war Gottes angesehenster und vertrauenswürdigster Vollstrecker, und sein Körperbau spiegelte seine Berufung recht eindrücklich wider. Sein Haar war mal wieder ein bisschen zu lang, doch Eve würde jeden in die Flucht prügeln, der sich Alec mit einer Schere näherte.

»Länger hätte er wohl kaum warten können, mich aus dem Schlamassel zu befreien, in den er mich überhaupt erst gebracht hat, was?«, fragte sie verärgert.

»Ist dir aufgefallen, dass kein Feuer da war?« Seine tiefe, leicht raspelnde Stimme war Verführung in Reinform, sogar mit dem seltsamen Hall, der einzig die Erzengel auszeichnete. Wenn er telepathisch mit ihr sprach, klang er nicht so, was auf traurige Weise bezeichnend war. Der wahre Alec unterschied sich gewaltig von dem in ihrem Kopf.

Sie blinzelte zu ihm auf. »Hast *du* mich da rausgeholt? Was soll das heißen? Wollte er mich einfach sterben lassen? *Schon wieder?*«

»Offensichtlich nicht, denn du bist ja nicht tot. Es war eine Glaubensprüfung.«

»Wohl eher ein Test nach dem Motto ›Ich bin Gott, sieh mal, wie ich dich verarsche!‹ …«

»Vorsicht!«, ermahnte er sie.

Eve ergriff seine Hand. Als er sie nach oben zog, wölbten sich seine kräftigen Brust- und Bauchmuskeln merklich unter dem engen weißen T-Shirt. Eve konnte nicht umhin, solche Dinge zu bemerken, selbst wenn sie nicht berühren durfte, was sie sah.

»Was haben Dämonen bloß immer mit Toiletten?«, fragte sie. »Grimshaw hat einen Trend gestartet, als er diesen Drachen schickte, um mich zu töten. Und ich möchte schwören, dass ich seitdem mindestens ein halbes Dutzend Dämonen in Waschräumen ausgeschaltet habe.«

Der Drache war ein Höfling von Asmodeus gewesen, hatte sie aber für Charles Grimshaw getötet – den früheren Alpha des nordkalifornischen Black-Diamond-Rudels und Vater eines Wolfs, den Eve zweimal getötet hatte. Dämonenvergeltung konnte die Pest sein.

Alec fluchte beim Anblick ihres Oberschenkels. Ihre Zehen schwammen in dem Blut, das ihre Socken tränkte und sich entlang der Innensohlen ihrer Stiefel staute. Sie brauchte auf jeden Fall neue Stiefel.

Alec bückte sich, um die Wunde näher zu inspizieren. »Ich wäre früher hier gewesen, aber ich musste erst eine Horde Höllenwesen in der Halle verscheuchen.«

»Horde?«

»Ich glaube nicht, dass die eisige Ziege scherzte, was das Kopfgeld anging.«

»Was weißt du, das ich nicht weiß? Du würdest doch keinem Höllenwesen glauben, solange es nicht irgendeinen Beweis gibt.«

Alec hatte das Kommando über den Tagesbetrieb von Gadara Enterprises übernommen – die säkulare Fassade für die nordamerikanische Gezeichneten-Firma –, seit der Erzengel Raguel vor ein paar Monaten von Satan gefangen genommen wurde. Was bedeutete, dass Alec so ziemlich über alles Höllische und Himmlische Bescheid wusste, das zwischen Alaska und Mexiko vor sich ging.

»Die Zahl der Höllenwesen in Orange County hat sich in den letzten zwei Wochen verdreifacht.«

Also seit dem Zeitpunkt, als sie ihre Ausbildung beendete. Wie sie so oft erinnert wurde, gab es keine Zufälle. »Kein Wunder, dass hier in letzter Zeit so viel los war.«

Er sah sie elend an. »Es wird noch mehr, falls sich Sammael auf dich eingeschossen hat.«

»Mit einem rangübergreifend ausgeschriebenen Kopfgeld? Echt jetzt, man sollte glauben, ich hätte seinen Welpen getreten oder so. Nein, warte mal, das habe ich ja!« Eve verlagerte ihr Gewicht auf das verwundete Bein und verzog sofort das Gesicht vor Schmerz.

Alec zog ihren Arm über seine Schultern, um sie zu stützen. »Wir müssen das Bein verbinden, Naseweis.«

»Hallo, aus welchem Jahrhundert beziehst du denn deine Anmachsprüche?«

»Aus allen, und zufällig mag ich deine Nase. Unter anderem.« Er drückte kurz ihr Hinterteil. Alec mochte keine Liebe für sie empfinden können; Lust hingegen war kein Problem. »Aber ich genieße es, an deinem heißen Körper zu ruhen, und deshalb würde ich ihn gern in einem Stück bewahren.«

Das Kainsmal bescherte ihrem Körper die Fähigkeit, enorm schnell zu heilen. In ein oder zwei Stunden wäre nur noch eine rosa Narbe übrig, und bis zum Abend wäre die Verletzung nur noch eine Erinnerung. Trotzdem half Eve dem Ganzen auf die Sprünge, indem sie die Wunde mit einigen Butterfly-Spannpflastern verschloss. Sie musste sich beeilen, denn ihre Mom wartete auf sie.

Ich kümmere mich um sie, versprach er ihr.

»Ich bringe Eve nach Hause, damit sie sich umziehen kann«, mischte sich eine tiefe Stimme ein.

Eve und Alec drehten sich zu ihr um und entdeckten Reed an der Tür. Seine Züge waren Alecs ähnlich genug, um die beiden Männer als Geschwister auszuweisen, ansonsten aber waren sie völlig entgegengesetzt. Reed mochte Armani-Anzüge und tadellose Haarschnitte. Heute trug er eine schwarze Tuchhose und ein lavendelblaues Hemd, das oben aufgeknöpft und an den Ärmeln aufgekrempelt war. Und es bewies mal wieder, wie unglaublich, unerschütterlich *männlich* er war, dass er in so dämmrigem Licht so verdammt gut aussehen konnte.

Alecs Arm legte sich fester um Eves Taille. Die beiden Brüder zusammen waren wie Benzin und Zippo: brandgefährlich. Und sie weigerten sich, ihr zu erzählen, was diese lebenslange Fehde begründete. Sie beide verbargen den Grund so tief in den dunkelsten Nischen ihres Bewusstseins, dass Eve es bisher nicht geschafft hatte, auch bloß in die Nähe vorzudringen. Was auch der wunde Punkt sein mochte, eine Mordsstimmung herrschte zwischen den beiden eigentlich immer, und das im wörtlichen Sinn. Sie hatten sich dauernd gegenseitig umgebracht – Cain häufiger Abel als andersherum –, doch immer belebte Gott sie wieder, damit sie sich noch länger bekriegten.

Was Eve einfach nur abscheulich fand. Warum Gott die beiden Brüder in die Lage versetzte, sich immer weiter bekämpfen zu müssen, war ihr schleierhaft.

»Was machen wir jetzt mit diesem Chaos?« Sie lächelte Alec verlegen an, bevor sie einen Schritt auf Abstand zu ihm ging. Eine Blutspur markierte ihren jüngsten Kamikaze-

Rutscher auf dem Boden, und das schnell schmelzende Eis verteilte das Rot in den Fugen, sodass eine bizarre Landkarte entstand.

Alec trat in das Wasser, schnippte mit den Fingern, und die Flüssigkeiten verschwanden so schnell im nächsten Waschbecken, dass nicht einmal Eve mit ihren geschärften Sinnen sah, wie es dorthin gelangte. Ungefähr so würde sie auch mit Reed wieder nach Hause kommen.

Zum Glück hatten Gezeichnete ihre Vorgesetzten, die hinter ihnen aufräumten. Und Eve hatte sogar noch mehr Glück als andere, weil sie auch noch Cain hatte. Das wiederum brachte viele der anderen Gezeichneten gegen sie auf, denn sie glaubten, dass Eve ihnen gegenüber klar im Vorteil war. Dabei bedachten sie nicht, wie viele Dämonen Eve benutzen wollten, um dem tödlichsten Gezeichneten von allen eins auszuwischen. Ebenso gut könnte sie sich eine Zielscheibe für die kühneren Höllenwesen auf den Rücken kleben.

Andererseits sah es aus, als hätte das Satan bereits für sie erledigt.

»Komm mit«, sagte Reed und reichte ihr die Hand. »Bevor deine Mutter die Kavallerie ruft.«

»Vergiss die Kavallerie.« Alec zwinkerte Eve zu. »Miyoko würde selbst hier hereinstürmen.«

Mitten im Lachen stockte Eve, weil sie Kanalisationsgestank wahrnahm. Sie blickte sich suchend nach dem Dämon um, der die Quelle sein musste, und bemerkte eine seltsame Pfütze zu ihren Füßen … aus der sie bösartige, kristallblaue Augen anstarrten. Ein Gesicht in der Flüssigkeit. Instinktiv trat Eve zu, worauf sich die Visage des Wasserdämons in sprühende Tropfen auflöste.

»Was soll das?«, fragte Reed scharf und fing sie ab, als ihr verwundetes Bein sie zum Stolpern brachte.

Von einem Augenblick zum anderen fand sich Eve in der Küche ihrer Wohnung in Huntington Beach wieder. »Hast du ihn gesehen?«, keuchte sie und lehnte sich an Reed.

Reeds Arme umklammerten sie fester. »Ja, habe ich.«

Er ist weg. Alecs Ton war grimmig. *Ich fange jetzt deine Mom ab, aber wir müssen uns darum kümmern, wenn wir hier fertig sind.*

Der Dämon war ein Nix gewesen – ein germanischer Wassergeist und Gestaltwandler. Er hatte es praktisch schon auf Eve abgesehen, seit sie gezeichnet wurde, und war die Pest, bis Eve ihn getötet hatte. Nein, falsch: Bis sie *glaubte*, ihn getötet zu haben.

Sie *würde* ihn umbringen. Dieser Nix hatte ihre Nachbarin, Mrs. Basso, ermordet, die nette, aufrichtige, verwitwete Mrs. Basso, die eine liebe Freundin von Eve gewesen war. Eves Verlangen nach Rache war es, das sie antrieb, wann immer diese Höllenwesenjagd heftig wurde.

Sie löste sich von Reed und humpelte den Flur hinunter zu ihrem Schlafzimmer. Das Brechen der Wellen am Strand drang durch die offenen Balkontüren im Wohnzimmer herein. Bevor sie mit dem Kainsmal gezeichnet wurde, war Eve Innenarchitektin gewesen, und diese Wohnung war eines ihrer ersten Projekte – und bis heute eines ihrer liebsten. Selbst die damaligen Planungsfehler hatte sie mittlerweile lieb gewonnen, und sie würde nichts verändern wollen. Hier fühlte sie sich sicher, weniger wie ein Dämonen-Killer und mehr wie sie selbst.

Genüsslich atmete sie die Ruhe ihres Zuhauses ein.

Reed rief ihr verführerisch und provozierend hinterher: »Brauchst du Hilfe beim Ausziehen?«

Eve seufzte innerlich. Außerhalb dieser Wände rotteten sich die schlimmsten Höllenbewohner in Scharen zusammen. Eve musste bereit sein, wenn sie wieder vor die Tür ging.

Als wäre ihr Liebesleben nicht schon gefährlich genug.

2

Eve stieg auf einen der Barhocker im Shaker-Stil, die an ihrer Kücheninsel standen. »Ich fänd's echt prima, wenn die Dämonen, die ich töte, auch tot bleiben.«

Gewöhnlich explodierten sie zu Aschewolken wie die *Yuki-Onna* und kehrten in die Hölle zurück, wo sie bestraft wurden, weil sie ihre Chance vermasselt hatten, mit Sterblichen zu spielen. Eve war die einzige Gezeichnete, die denselben Dämon mehr als einmal töten musste.

»Hey«, entgegnete Diego Montevista von dem Hocker neben Eves. »Ich bin aus demselben Grund am Leben, aus dem sie zurückgekommen sind, um dich zu jagen.«

Sie grinste. »Stimmt, und du bist es wert.«

Montevista – ehedem Security-Chef des Erzengels Raguel und knallharter Gezeichneter – stupste sie mit der Schulter an. »Verdammt richtig.«

Mira Sydney auf der anderen Seite des Tresens runzelte die Stirn. Wie ihr Partner Montevista war auch sie ganz in Schwarz gekleidet – Fallschirmspringerhose, T-Shirt und Schenkelhalfter für eine 9mm und einen Dolch. »Ich verstehe immer noch nicht, wie das ging.«

Montevista war groß und Furcht einflößend, wohingegen sein weiblicher Lieutenant winzig und freundlich anmutete. Sydney war blond, er hatte die klassischen dunklen Latino-Locken. Dennoch war offensichtlich, dass die Jahrzehnte gemeinsamer Arbeit eine starke Zuneigung zwischen ihnen hervorgebracht hatten. Alec hatte sie nach dem Obon-Festival zu Eves Schutz abgestellt. Schließlich brauchte Cain nicht denselben Personenschutz wie andere Erzengel. Und Eve störte es nicht. Sie hatte sich schon während ihres Trainings mit Montevista und Sydney angefreundet – jenes Training, das inzwischen als das größte Desaster in der Geschichte der Gezeichnetenausbildung galt. Von einem Neuner-Kurs hatten nur drei überlebt. Und Raguel Gadara war entführt worden; die erste und einzige erfolgreiche Entführung eines Erzengels.

»Die Welt ist aus den Fugen, seit Eve auf der Bildfläche erschienen ist«, brummelte Reed, der am Herd stand und Kung-Pao-Hühnchen briet. Er war eindeutig nicht froh, dass sie bei ihrem Date Gesellschaft hatten.

»Ah, tausend Dank!«, sagte Eve.

Sein teuflisches Grinsen stand im krassen Gegensatz zu den Flügeln und dem Heiligenschein, die er bisweilen um des Schockeffekts willen zeigte. An Reed war sehr wenig Engelhaftes. »Wenigstens bist du hübsch anzusehen.«

Eve stöhnte, und Reed zwinkerte ihr zu.

So umwerfend Reed auch sein mochte – und mit einer Schürze über seiner wie immer eleganten Kleidung erst recht –, er hatte durchaus seine rauen Ecken und Kanten. Die Eve allerdings auch gar nicht ausbügeln wollte; sie wollte sie lediglich verstehen. Sie wusste aus eigener Erfahrung, dass er eine Frau einzig mit einem Blick zur Sünde verführen konnte. Charme brauchte er dafür keinen einzusetzen. Dennoch hegte Eve den starken Verdacht, dass einige der Unverschämtheiten, die er fallen ließ, seiner Nervosität ihr gegenüber geschuldet waren. Und es machte ihn irgendwie liebenswert, weshalb Eve nicht umhinkonnte, diese gegenseitige Anziehung näher zu erforschen.

Sydney räusperte sich. »Erzähl mir die ganze Geschichte, von Anfang an.«

Eve sah sie an. »Aber die hast du doch sicher schon zig Mal gehört.«

»Nicht direkt von der Quelle. Ich möchte sie von dir hören.«

»Na gut.« Eve lehnte sich auf den Tresen. »Als Neuling stolperte ich über einen Tengu, der weder fies stank noch Kennzeichen hatte. Ich erzählte Cain von ihm, und wir erzählten es Gadara. Gadara gab uns den Auftrag herauszufinden, woher der Dämon kam. Abel war einverstanden und ließ den Befehl durchgehen.«

Sydney blickte kurz zu Reed. »Ich erinnere mich, gehört zu haben, dass du schon vor dem Training auf die Jagd geschickt wurdest.«

Reeds Gesichtszüge versteinerten. Als Eves Einteiler war er der Einzige, der sie zu Einsätzen schicken durfte, und Gezeichnete sollten nicht jagen, bevor sie nicht vollständig ausgebildet waren.

Eve nickte. »Zu seiner Verteidigung muss ich anführen, dass mir keiner geglaubt hat. Alle dachten, dass ich noch in der Wandelphase war und meine Gezeichnetensinne noch nicht ganz entwickelt waren.«

»Wie neu war dein Mal?«, fragte Montevista.

»Ein oder zwei Tage.«

Sydney stieß einen Pfiff aus.

»Ja, das war ziemlich blöd«, stimmte Eve ihr zu. »Vor allem, weil ich beweisen konnte, dass ich nicht irre bin, und wir *trotzdem* die Quelle der Tengu-Fähigkeiten aufspüren sollten.«

»Die Maskierung«, sagte Montevista. »Ein Zeug, das vorübergehend den Höllenwesengestank und die Kennzeichen verbirgt.«

»So nannten sie es bald. Cain und ich entdeckten, dass sie es von einer Steinmetzerei aus produzierten und vertrieben, keine Stunde Fahrt von hier.«

»Ah.« Sydney grinste. »Upland.«

Eve nickte beschämt. Das würde ihr wohl ewig nachhängen. »Die Maskierung wurde aus dem Blut und Knochenmehl von Gezeichneten, Tieren und Höllenwesen hergestellt plus einigen Zaubern und anderem. Cain hatte die Idee, die Zutaten in dem riesigen Brennofen der Steinmetzerei zu vernichten. Und ich dachte mir, ich werfe den Nix da rein und verdampfe ihn gleich mit. Abel schloss dann den Erben des Black-Diamond-Rudels mit in den Raum mit dem Brennofen. Und dank Gottes bizarren Humors war die Maskierung zugleich lebenserhaltend, sofern sie auf die richtige Temperatur erhitzt wurde. So haben der Wolf und der Nix überlebt, obwohl sie in Fetzen gerissen wurden. Und das Zeug rettete Montevista wenige Wochen später.«

Sydney blickte besorgt gen Himmel. Als Eve für ihre Blasphemie nicht gleich vom Blitz erschlagen wurde, sagte sie: »Ich habe gehört, dass die Explosion einen Krater von der Größe eines Wohnblocks hinterlassen hat.«

»Mindestens.« Reed schnaubte. »Es war wie eine Mini-Atombombe.«

Montevista schmunzelte. »Die Geschichten sind nicht übertrieben.«

»Wow.« Sydney sah Eve an. »Also hast du den Wolf ein zweites Mal getötet, aber der Nix tauchte heute bei dem Festival auf.«

»Genau.« Eve malte die Adern des Arbeitsplattengranits mit den Fingern nach. »Übrigens hatte die Polizei mir heute Nachmittag eine Nachricht auf Band gesprochen. Hätten sie doch bloß gestern oder meinetwegen auch heute Morgen angerufen! Dann wäre ich auf den Nix vorbereitet gewesen.«

Reed unterbrach sein Rühren und starrte sie ernst an. »Dieselben Detectives, die Mrs. Bassos Tod untersuchen?«

»Aus Anaheim, ja. Jones und Ingram. Von der Polizei von Huntington Beach habe ich seit der ersten Befragung nichts mehr gehört.«

»Was wollen sie?«

»Mit mir reden. Näheres haben sie nicht gesagt. Ich schätze, der Nix zieht wieder seine alte Nummer durch. Vor Mrs. Basso hatte er schon ein Dutzend Leute umgebracht, und ich kann mir nicht vorstellen, dass er jetzt damit aufhört.« Ihre Brust schmerzte bei dem Gedanken an ihre Nachbarin. »Ich begreife nicht, warum wir ihn nicht schon längst jagen. Ist unser Sinn und Zweck nicht eigentlich, Leben zu retten?«

Tut mir leid, Babe. Das Mitgefühl in Reeds Stimme entlockte Eve ein dankbares Lächeln.

Montevista drückte ihre Hand. »Keiner weiß, nach welchen Kriterien die Seraphim auswählen, welche Höllenwesen ausgeschaltet werden.«

Die meisten Dämonen verhielten sich unauffällig, denn

Gott zu verärgern bedeutete, dass auch Satan stinkig wurde. Und keiner von beiden war jetzt schon bereit für Armageddon. Satan war nicht mächtig genug, und Gott gefielen die Dinge so, wie sie waren.

Aber der Nix war entschieden zu dreist. Er hatte in ganz Orange County Frauen ermordet und seine »Visitenkarte« am Tatort hinterlassen – eine Seerose in einer Bowleschale von Crate and Barrel. Was der Polizei natürlich aufgefallen war. Der Mord an Mrs. Basso hatte sie auf Eve aufmerksam gemacht, die leider selbst so eine Visitenkarte auf ihrem Couchtisch stehen gehabt hatte. Nun wollten die Detectives Informationen von ihr, die Eve ihnen nicht geben konnte. *Es läuft ein wild gewordener Dämon herum, aber keine Bange, denn ich bin eine Dämonenjägerin im Dienste Gottes*, dürfte sie kaum heiter und sorglos stimmen.

Plötzlich erschien Alec neben Eve, der sich ohne Vorwarnung in ihre Wohnung teleportiert hatte. »Lass mich raten. Kung-Pao-Hühnchen?«

»Gute Nase.« Eve blickte von einem Bruder zum anderen und spürte die Spannung in der Küche, die verlässlich eintrat, wenn sich beide Brüder im selben Raum aufhielten. Alec hätte anklopfen sollen. Da er nebenan, in Mrs. Bassos früherer Wohnung, lebte, wäre es ja wohl nicht zu viel verlangt. Aber ein traditionelles Erscheinen hätte eben keinen so hohen Nerv-Reed-Faktor.

Alec legte eine Hand auf den Tresen und die andere auf die Rückenlehne von Eves Barhocker. Dann beugte er sich vor und küsste sie auf die Schläfe. »Wenn Abel für eine Frau kocht«, murmelte er, »ist es immer Kung-Pao-Hühnchen.«

»*Ehrlich?*« Sie sah Reed fragend an.

Montevistas dunkle Augen blitzten amüsiert, während Sydney halb grinsend zur Seite sah.

Reed war sauer. »Falls man mit ›immer‹ einmal im China des neunzehnten Jahrhunderts meint. Wir könnten ungleich mehr Treffer erzielen, wenn wir uns ansehen, wie oft Cain seine ›Steig auf, Baby, und genieß meine Maschine‹-Nummer schon gebracht hat. Wenn du meine Anmachsprüche für schlecht hältst ...«

»Ich habe jedenfalls eine Maschine, auf die es sich zu steigen lohnt«, raunte Alec.

Reeds Bambuskochlöffel schlug klappernd gegen den Wokrand. »Dann steig auf und verpiss dich, Arschloch. Keiner hat dich eingeladen.«

Eve rutschte vom Barhocker. »Das reicht! Satans Lakaien sind hinter mir her, und ihr zwei zankt euch, wer mehr Talent im Aufreißen hat?«

»Er hat angefangen«, verteidigte Reed sich.

»Und ich beende es.« Eve wünschte, ein Schuss Alkohol wäre eine Option. Doch bewusstseinsverändernde Substanzen wirkten in ihrem gezeichneten Körper nicht. Sie verschränkte die Arme und fragte Alec: »Bist du rübergekommen, weil du Neuigkeiten für uns hast?«

Er schüttelte den Kopf. »Das ist das Problem. Kein Wort irgendwo über dieses angebliche Kopfgeld. Wir hätten gedacht, dass wir *irgendwas* von einem Informanten oder einem Höllenwesen auf der Suche nach Zuflucht erfahren, aber es ist totenstill.«

»Und du platzt in unser Date rein, um uns zu sagen, dass du nichts zu sagen hast?«, fragte Reed.

»Nein«, antwortete Alec spöttisch. »Ich platz rein, weil es dich stinksauer macht.«

Eve schnippte mit den Fingern, um die Aufmerksamkeit wieder auf sich zu lenken. »Die Tatsache, dass wir mehr zu tun haben als sonst, kann kein Zufall sein, denn du erzählst mir ja dauernd, dass es keine gibt.«

Alec nickte. »Stimmt. Ich forsche weiter nach.«

»Und als ich an diese Nacht in Upland dachte, fiel mir wieder etwas Wichtiges ein, das ich zwischenzeitlich vergessen hatte.«

Vier Augenpaare fixierten sie.

»Der Nix hatte etwas zu mir gesagt«, fuhr Eve fort. »Kurz bevor ich ihn in den Brennofen schob. Ich fragte ihn, ›Warum ich?‹, und er antwortete, ›Ich tue, was mir gesagt wird‹.«

»Das hast du mir nie erzählt«, sagte Alec vorwurfsvoll.

»Entschuldige.« Und das meinte sie ehrlich. Am Leben zu bleiben bedeutete, dass sie sich keinen Fehler erlauben durfte. »Er war tot und zurück in die Hölle gejagt. Und ich bemühte mich, ihm nicht zu folgen. Da hatte ich es vorübergehend verdrängt.«

»Mist! Das ist der Grund, weshalb du eigentlich nicht imstande sein dürftest, uns auszusperren.«

Eve wusste nicht, wie oder warum sie manchmal die feste Verbindung zwischen Gezeichneter und Vorgesetzten umgehen konnte, aber sie war froh darüber. Eine Frau musste ihre Geheimnisse wahren, erst recht, wenn sie in einer fragwürdigen Dreiecksbeziehung steckte.

Bevor sie vom Wesentlichen abschweiften, sagte sie: »Mir ist heute auch noch etwas Neues aufgefallen: Seinen Kennzeichen zufolge ist er einer von Asmodeus' Lakaien.«

Reed stellte den Herd aus. »Die Kennzeichen des Nix verwiesen auf einen niederen Dämon.«

»Sie haben sich aber verändert, seit wir ihn zum ersten Mal gesehen haben«, beharrte Eve.

»Sammael *und* ein Höllenkönig«, hauchte Sydney. »Jippie.«

Eve konnte nur träge nicken. Und sie hatte sich mal für ein Glückskind gehalten! »Darf ich fragen, warum Satan ein Prinz ist, die Dämonen unter ihm hingegen Könige sind?«

»Nein!«, antworteten Reed und Alec schroff im Chor.

Eve hielt beide Hände in die Höhe. »Okay, dann …«

Alec starrte sie böse an. »Verdammt, Angel.«

Evangeline. Eve. Angel. Diesen Kosenamen benutzte niemand außer Alec. Und er sprach ihn immer noch in diesem raspelnden, verführerischen Ton, der sie überhaupt erst in diesen Kainsmal-Mist geritten hatte.

»Nur du bringst es fertig, gleich mehrere hochrangige Killer im Nacken zu haben, Hollis«, bemerkte Montevista ironisch.

»Vielleicht haben sich der Nix und der Wolf nach der Explosion angefreundet. Vielleicht waren Asmodeus und Grimshaw befreundet«, sagte Eve. »Und Asmodeus will seinem Kumpel bei seinem Rachefeldzug helfen. Vielleicht hat sich der Nix auch Asmodeus angeschlossen, damit er eine gute Ausrede hat, mich zu jagen.«

»Das sind verflucht viele Vielleichts«, konterte Alec gereizt. »Und Freundschaft ist für Dämonen relativ. Gefälligkeiten werden nicht umsonst gewährt. Asmodeus müsste schon eine Schuld abgleichen oder irgendeine Gegenleistung bekommen.«

Das klang nicht gut, fand Eve.

»Es muss eine gewaltige Schuld oder ein Riesengewinn

sein, wenn Amodeus dafür hinter jemandem her ist, der Cain wichtig ist«, sagte Montevista. »Grimshaw hatte es aus Rache für seinen Sohn auf Hollis abgesehen. Asmodeus hat keinen Grund, und ihm ist klar, dass er sowohl Jehova als auch Sammael verärgern würde.«

Eve seufzte. Der Krieg zwischen Himmel und Hölle war im Grunde keine offene Schlacht. Zumeist lebten die Himmlischen und die Höllenwesen in einer Art Waffenstillstand miteinander. Satans Untergebene waren angewiesen, sich bedeckt zu halten, damit sie größtmöglichen Schaden anrichten konnten. Und die Gezeichneten wurden nur auf die richtig schädlichen Dämonen angesetzt. Montevista hatte recht. Irgendwas Großes musste Asmodeus bewegt haben, die Regeln auf so drastische Weise zu brechen.

»Es sei denn, Sammael hat es Asmodeus befohlen«, gab Sydney leise zu bedenken. Als alle sie anstarrten, zuckte sie nur mit den Schultern.

Montevista brach das allgemeine Schweigen. »Da könnte was dran sein.«

»Da hatte ich seinen Hund aber noch nicht überfahren«, erinnerte Eve die anderen.

Hund. Pah! Da die verdammte Kreatur so groß wie ein Bus gewesen war, wollte Eves Verstand das Wort »Hund« partout nicht mit dem Ungetüm in eins bringen, das sie tatsächlich angefahren hatte.

»Hier muss es um mehr gehen als Sammaels verdammte Höllenhunde«, sagte Reed. »Ihm geht es immer und ausschließlich um sich selbst. Jeder und alles andere – einschließlich Haustiere – ist entbehrlich.«

»Also will er etwas? Ich habe aber nichts Wertvolles.«

Eve sah wieder von einem Bruder zum anderen. »Außer euch beiden.«

Alec und Reed verstummten sowohl physisch als auch mental. Ihnen war bewusst, dass Eve ein Risiko für sie war.

Und das musste sich ändern, dachte Eve.

Reed wandte sich wieder zum Herd. Alec begann, Befehle über sein mentales Schaltsystem auszusenden, das jeden Erzengel mit allen in seiner Firma verband. Derweil ging Eve ins Wohnzimmer. Dort war sie immer noch in Hör- und Sehweite von den anderen, aber die räumliche Distanz half ihr, Abstand zu gewinnen. Sie knipste alles andere aus, setzte sich auf ihr daunengepolstertes Sofa und dachte daran, was für ein Chaos ihr Leben war.

Der Nix und Grimshaws Teenager waren nicht die Einzigen in jener Nacht in Upland gewesen, die sich in dem Raum mit dem Brennofen aufhielten. Da war auch noch eine Horde Tengu gewesen – japanische Gargoyle-Dämonen. Da der Nix und der Wolf schon überlebt hatten, um ein anderes Mal getötet zu werden, lag es nur nahe, dass auch den Tengu ein zweites Leben beschert worden war.

Alec war blitzartig bei ihr und hockte sich auf die Kante des gläsernen Couchtisches. Seine relativ dicke Jeans konnte die hübschen Muskeln seiner langen Beine nicht verbergen.

»Du kriegst noch Ärger, weil du deine Kräfte so viel nutzt«, sagte Eve.

Sieben Wochen pro Jahr stand es jedem Erzengel frei, seine Kräfte voll zu nutzen, um neue Gezeichnete auszubilden. Diese Pflicht war nach einem Rotationssystem geregelt. Den Rest des Jahres jedoch zog es Konsequenzen nach sich, wenn sie diese besonderen Gaben nutzten. Es war Gottes Art, ihnen die *Vortäuschung* eines säkularen Lebens zu verordnen, auf dass sie lernten, Mitgefühl mit den Sterblichen zu haben. Eve fand eher, dass es sie lehrte, die Sterblichen zu verachten.

»Ich bin noch kein Firmenchef«, sagte Alec lächelnd. »Die Regeln gelten für mich nicht.«

»Ist das nicht immer so?«

Er beugte sich vor und stützte die Ellbogen auf die Knie. »Ich habe nochmals die Sicherheitsvorkehrungen überprüft, die wir das erste Mal gegen den Nix getroffen hatten, hier und bei deinen Eltern. Und ich habe außerdem einen Sicherheitstrupp abgestellt, der den Umkreis auf neue Bedrohungen abkämmt.«

»Können die auch den Irren um die Ecke hopsnehmen?«

»Welchen Irren?«

»Erzähl mir nicht, dass du ihn nicht gesehen hast! Der Typ, der wie ein böser Nikolaus aussieht? Der mit seiner Akustikgitarre Feuer und Schwefel predigt?«

Er starrte sie an.

»Der Bekloppte mit dem riesigen Schild ›Ihr werdet in der Hölle schmoren‹?« Als er sie immer noch verständnislos ansah, schüttelte Eve den Kopf. »Du bist so viel am Hin- und Herfliegen, dass dir die unmittelbare Nachbarschaft durch die Lappen geht?«

Alec war weg und eine knappe Sekunde später wieder da.

»Verstehe«, sagte er. »Der ist harmlos.«

»Er nervt, und er ist seit Tagen da.« Sie schnippte mit den Fingern. »Hey, vielleicht lässt sich Gott ja auf einen Handel ein, er gegen mich?«

Das meinte Eve nur halb im Scherz. Dieses ganze Gezeichneten-System war ihrer Meinung nach eine Fehlkonstruktion. Es gab Millionen von religiösen Fanatikern auf der Welt, die tagtäglich im Namen Gottes töteten, aber die wurden nicht gezeichnet. Stattdessen nutzte der Allmächtige die Ungläubigen. Es war wie ein Trainingslager für Sünder und Zweifler. Gott schien sagen zu wollen: *Seht euch an, mit wem ihr es zu tun kriegt, wenn ihr nicht mit eurer Blasphemie aufhört!*

»Kein fairer Tausch«, sagte Alec mit dem Anflug eines Lächelns. »Du bist hundertmal so viel wert wie dieser Typ.«

»Das denkst du.«

»Ich bin ganz sicher nicht der Einzige, der so denkt, denn er ist da draußen, und du bist bei mir. Ich werde auch mit Abel reden, damit du für eine Weile weniger Fälle bekommst.«

Eve wurde hellhörig. »Würde das nicht eine Zusatzbelastung für die anderen Gezeichneten in der Gegend bedeuten?«

»In gewisser Weise.«

»Das kannst du unmöglich machen, denn ich muss mit den Folgen leben!«

»Es war keine Frage.«

Eve überlegte kurz und trommelte mit den Fingern auf der Armlehne. »Ich sehe schon, dass es zu dir passt, ein Erzengel zu sein.«

»Lass es«, warnte er sie.

»Höllenwesen fallen in Scharen in Orange County ein – möglicherweise meinetwegen –, und du willst, dass ich hier rumsitze, während andere Gezeichnete die Drecksarbeit machen? Sie mögen mich so schon nicht.«

»Sie kommen drüber weg.«

»Du hast gut reden! Keiner hasst dich, weil du mit mir zusammenarbeitest.«

»Und du würdest niemandem einen Gefallen damit tun, dass du dich umbringen lässt.«

»Oh, da wäre ich mir nicht so sicher.« Sie lächelte verbittert. »Mir fallen auf Anhieb so einige ein, die mich tot sehen wollen.«

»Das ist nicht witzig, Angel.«

Sie seufzte. »Du kennst mich. Ich bin ein echter Angsthase, und ich *will* mich wirklich nicht unbedingt vor einen Bus schmeißen, aber ich kann auch nicht hier rumsitzen, mir *Dexter*-Wiederholungen angucken und Ben & Jerry's löffeln, während andere es mit den Horden aufnehmen.«

»Du kannst mit mir streiten, so viel du willst, ich bleibe dabei.«

»Gadara würde mich losschicken.«

»Der ist aber nicht hier.«

»Und was wird seinetwegen unternommen?«, fragte sie. »Oder sind Erzengel entbehrlicher, als ich dachte?«

Alec streckte eine Hand aus und berührte Eves Wade leicht. »Daran arbeiten wir.«

»Es sind schon zwei Monate. Und ich kann mir nicht vorstellen, dass es in der Hölle ein Urlaub für ihn ist.«

»Wir können da nicht reinstürmen. Das wäre selbstmörderisch.«

»Und was machen wir dann?«

»*Du* wirst Befehle befolgen. *Ich* werde mir Druckmittel sichern.«

Eve ignorierte den ersten Teil und konzentrierte sich auf

den zweiten. »Druckmittel? Wie ... etwas, das Satan dringender will, als Gadara zu behalten?«

»Ja. Sammael muss Raguel zu uns bringen. Nur so bekommen wir ihn zurück.«

»Was könnte Satan mehr wollen als einen Erzengel in seiner Gewalt?«

Alec verzog das Gesicht. »Das ist die Frage, nicht wahr?«

Plötzlich duckte er sich. Etwas flog durch die Luft, klein und weiß, wo eben noch Alecs Kopf gewesen war. Wäre Eves Sehvermögen nicht so übernatürlich gut, hätte sie es nicht mal wahrgenommen.

»Pass doch auf, Arschloch!«, schrie er Reed an.

»Behalte deine Finger bei dir«, konterte Reed.

Eve beobachtete, wie das Flugobjekt an der Balkontür abprallte und auf den Boden flog, wo es gegen ein Couchtischbein kullerte. Sie drehte sich zur Küche um. »Eine Wasserkastanie?«

»Entweder die oder dies«, sagte Reed und wedelte mit einem ihrer Ginsu-Messer.

»Danke, dass du dein Testosteron immerhin etwas im Griff hast.« Sie stand auf und stemmte die Hände in die Hüften. »Und jetzt hört auf mit dem Quatsch!«

»Du kannst nicht erwarten, dass uns die Situation gefällt«, sagte Alec.

»Nein, und mir gefällt sie auch nicht.«

Wenn sie allein war und nachdachte, musste Eve zugeben, dass ihre Einsamkeit sie verlockte, einen Zustand hinzunehmen, den sie in ihrem normalen Leben niemals geduldet hätte. Rein technisch tat sie nichts weiter, als ihre private Zeit mit beiden Männern zu verbringen, doch technische Feinheiten waren ein dürftiger Puffer gegen verletzte Gefühle und Besitzansprüche. Für sie fühlte es sich an, als wäre sie Alec untreu – auch wenn er ihre Zuneigung nicht erwidern konnte –, und sie sorgte sich um Reed, den die ganze Geschichte zusehends aggressiv machte.

»Vielleicht ist die einzige Option, es rein geschäftlich zu halten«, sagte sie.

Beide Männer erstarrten, und ihre Mienen nahmen einen versteinerten Ausdruck an. Montevista und Sydney sahen sich verwundert an.

»So funktioniert es nicht«, beharrte Eve und tippte mit dem Fuß auf dem Dielenboden.

Reed hackte weiter sein Gemüse.

Alec beugte sich wieder vor. »Bleibst du hier, wie ich es befehle?«

Eve verschränkte die Arme. »Was denkst du?«

»Gut.« Er stand auf. »Also ab dem Frühstück morgen hast du wieder einen Vollzeitmentor. Ich tauche nicht mehr nur auf, wenn du mich brauchst.«

»Du willst meinen Babysitter spielen?«

Er musterte sie von oben bis unten. »Nur wenn ich dich übers Knie legen darf, falls du unartig bist.«

Ich habe das Messer immer noch in der Hand, Arschloch, kam von Reed.

Eve sank mit einem stummen Stöhnen zurück auf die Couch. Die beiden Brüder waren noch mal ihr Tod!

Sofern die Dämonen sie nicht zuerst umbrachten.

3

Eve hielt einen Eiweiß-Shake in die Höhe. »Möchtest du einen?«

Alec beäugte das grüne Getränk misstrauisch. In seinen langen Shorts, dem weißen ärmellosen T-Shirt und den Stiefeln mit Stahlkappen erhob er den Bad-Boy-Look zur Kunstform. Seine Sonnenbrille hing ihm im Nacken, wo sie sich in dem etwas zu langen dunklen Haar verfing, durch das Eve so gern mit den Fingern fuhr.

Hinter ihm schien erstes Sonnenlicht in Eves Wohnzimmer. Sydney schlief im Gästezimmer, nachdem sie die ganze Nacht Wache gehalten hatte, und Montevista war draußen, um sich von den Wachen auf der Straße Bericht erstatten zu lassen. Jenseits von Eves Balkon riefen sich Surfer zu, die sich vor der Arbeit noch kurz in die Wellen stürzten.

»Du hast wieder diesen Blick«, sagte Alec grinsend. »Du willst mich.«

Sie kehrte ihm den Rücken zu. »Das nehme ich mal als Nein.«

»Doch, ich will es ja.« Er kam näher. »Ich will alles, was du mir anbietest, und das dringend genug, dass ich es mir einfach nehme, wenn du es mir nicht schnellstens gibst.«

Der dunkle Unterton in seiner Stimme ließ bei Eve alle

Alarmglocken schrillen. Der alte Alec, ehe er Erzengel wurde, hätte niemals ihr gegenüber solche Drohungen ausgesprochen, aber der neue Alec ...

Er sagte nicht nur Dinge, die überhaupt nicht zu ihm passten, sondern Eve fürchtete auch, dass er sie nicht ganz im Scherz meinte.

Sie streckte den Arm hinter sich, um ihm das Glas anzubieten. Seine Finger legten sich um ihre und fühlten sich, verglichen mit dem kalten Shake, sehr warm an. Er kam immer näher, bis sich die Haarsträhnen, die sich mal wieder aus Eves Zopf gelöst hatten, mit jedem seiner Atemzüge bewegten. Ihre mentale Verbundenheit verriet ihr, dass er den Duft ihres Shampoos ebenso genoss wie das perfekte Zusammenspiel ihrer Körper. Und da dieser geistige Austausch in beide Richtungen lief, wusste Alec auch verdammt gut, was er mit ihr anstellte. Als er zurücktrat, vermisste sie sofort seine Körperwärme, nicht jedoch die Finsternis in ihm, die ihr Angst machte.

Es ist etwas ... in mir, hatte er ihr kürzlich erklärt, und Eve glaubte ihm. Manchmal spürte sie es, brutal und kalt, und es nutzte jede Gelegenheit, sich an ihr zu reiben.

Eve schenkte den Rest aus dem Mixer in ein zweites Glas. Ihre Hände zitterten noch von der Nähe eben. Verlangen nach Sex und/oder Gewalt war das einzige Gefühl, das Gezeichnete nervlich angreifen konnte. »Gehen wir noch mal zu der Baustelle, auf der wir erstmals von der Gehenna Masonry erfahren haben.«

Es entstand eine kleine Pause, bevor Alec sagte: »Mist! Die Tengu hatte ich völlig vergessen.«

»Ich auch, bis gestern Abend.« Die Suche nach dem ersten getarnten Tengu hatte Eve und Alec auf die Baustelle eines neuen Gebäudes von Gadara Enterprises geführt, Olivet Place. Dort fanden und töteten sie zwei Tengu, aber ... »Das Gebäude hat vier Ecken, und so gern, wie die sich zusammenrotten, vermute ich, dass sie sich dort wieder sammeln wollen.«

»Warum fahren wir nicht zurück nach Upland, wo sie geschaffen wurden?«

Eve drehte sich zu ihm und lehnte sich an den Küchentresen. »Weil wir den Steinmetzbetrieb in die Luft gejagt haben?«

»Du weißt, was ich meine. Warum Raguels Gebäude? Warum nicht eines der anderen auf der Kundenliste der Gehenna Masonry?«

»Weil ich zu diesem eingeladen wurde ... schon vergessen?«

»Stimmt«, murmelte er. »Die Einladung.«

»Einer von vielen losen Fäden in meinem Leben.«

Sie war zufällig über den Bau gestolpert, als sie den Tengu suchte, fand aber später eine Einladung zur Einweihung in ihrem Briefkasten. Eigentlich war es nur der Entwurf für die Einladung gewesen und noch nicht druckreif; trotzdem hatte jemand sie an Eve adressiert und abgeschickt. Jemand, der wollte, dass sie dorthin ging und es sich ansah.

»Ich hatte das überprüft«, sagte Alec. »Du wurdest zusammen mit allen anderen Innenarchitekten und Architekten von hier eingeladen. Dein Name stand auf einer Liste, auf der auch deine alten Kollegen von der Weisenberg Group waren.«

»Sollten die anderen Einladungen auch an die Privatadressen gehen?«

Alec lehnte sich ebenfalls an die Kücheninsel. Die lässige Pose täuschte allerdings nicht über seine Wachsamkeit hinweg. »Nein, jetzt, wo du es sagst ... Deine Einladung sollte an dein Büro gehen.«

»Zu der Zeit hatte ich dich gefragt, wie groß die Wahrscheinlichkeit ist, dass ich genau in dem Moment zu einem dämonenverseuchten Gebäude gelockt werde, in dem ich frisch gezeichnet war. Und du hast gesagt ...«

»... gering bis ausgeschlossen.«

Eve nickte. »Und was hat deinen Sinneswandel herbeigeführt?«

»Ich dachte mir Folgendes: Die Einladungen waren von Raguel in Auftrag gegeben worden, die Verseuchung war in einem seiner Gebäude, und wir löschten die beiden Tengu aus, die wir dort gefunden haben.«

»Also dachtest du, dass es von göttlicher Hand gesteuert war?«

»Könnte sein. Die Guten haben davon profitiert. Und warum sollten die Höllenwesen absichtlich eine Falle stellen, bei der ihre Tarnung auffliegt? Das ergibt keinen Sinn.«

»Kann es sein, dass Gadara das alles inszeniert hat?« Zutrauen würde sie es ihm allemal. Der Erzengel hatte Eve den neuen Job von Anfang an so schwer wie möglich gemacht. Als Mentor und Gezeichnete waren Alec und sie ein festes Gespann, und Gadara kostete die Chance aus, Cain – und dessen Prestige – in seiner Firma zu haben. Gleichzeitig hielt dieser Coup allein Raguel nicht ab, mittels Eve seine Autorität gegenüber Alec zu behaupten. Indem er sie wie einen Bauern im Schach bewegte, zwang er Alec, immer wieder Grenzen zu überschreiten, wollte er nicht riskieren, dass Eve etwas passierte.

»Er geht gewöhnlich direkter vor, wie du weißt.«

»Aber wenn du glaubst, dass die Einladung himmlisch gesteuert war, muss jemand von den Tengu gewusst haben. Wer?«

»Angel, das könnte bis zu den Seraphim hinaufreichen.«

»Und warum nutzen sie dann nicht die normale Befehlskette? Den Befehl an Gadara schicken, der ihn einem Teamleiter zuteilt, der ihn wiederum an einen ausgebildeten und fähigen Gezeichneten weitergibt. Ihn geradewegs an mich zu geben ist doch unsinnig.«

»Ist es? Du hast den Job erledigt.«

»Schmeicheleien bringen dich nicht weiter. Ein andermal vielleicht, aber diesmal nicht.«

Er sah sie genervt an. »Verstehe ich dich richtig, dass du dies hier für einen Teil irgendeiner Verschwörung hältst?«

»Weiß ich nicht. Deshalb fahren wir ja dahin.«

Seine Augen blitzten amüsiert. »Dein Verstand macht mich scharf, weißt du das?«

»Dich macht alles scharf.«

»Alles an dir.«

»Anscheinend fühlst du dich heute Morgen angriffslustig.«

»Ich mag den Außendienst. Ganz besonders mit dir. Deine Fähigkeit, Katastrophen anzuziehen, sorgt immer wieder für Unterhaltung.«

»Das ist nicht witzig.« Eve trank nachdenklich und versuchte, sich Alec an einem Schreibtisch vorzustellen. Nach einer Minute gab sie es auf.

»Dieser Shake ist gar nicht so schlecht«, bemerkte Alec und leckte sich die Lippen.

»Was für ein Kompliment.« Der Shake bestand aus

Orangensaft und Banane mit Grüntee-Extrakt. Eve fand ihn köstlich, und er würde sie mindestens für einige Stunden in Gang halten. Gezeichnete verbrannten Kalorien wie verrückt. Oder, wie Reed zu sagen pflegte, *hocheffiziente Maschinen brauchen besonderen Treibstoff.* Was im Klartext hieß: Eve futterte wie ein Sumo-Ringer.

»Ich dachte, ich mache dir One-Eyed Jacks.«

»Wenn wir zurück sind. Ich will bald los.«

»Und dich womöglich einer Horde von Tengu stellen? Warum?«

»Kannst du nicht meine Gedanken lesen?«, provozierte sie ihn, während sie ihm bereits die Tür zu ihrem Geist vor der Nase zuknallte.

Für einen Moment verengten sich seine Augen vor Konzentration, dann zog er eine dunkle Braue hoch. »Wir müssen herausfinden, wie du das machst.«

»Was gibt es da herauszufinden? Meine Anpassung lief von Anfang an schräg.« Sie spülte ihr Glas aus.

Alec trat zu ihr und hielt seines unter den Wasserstrahl. Beiden kam gleichzeitig der Nix in den Sinn, und beide verdrängten den Gedanken sofort wieder. Ein Dämon nach dem anderen ...

»Ich meine es ernst, Angel. Unsere Verbindung kann dir das Leben retten.«

»Es ist nicht meine Schuld. Mein Novium kam viel zu früh. Und seien wir ehrlich: Das Kainsmal und ich vertragen uns nicht sonderlich gut.«

Das Novium war ein körperlicher wie geistiger Übergang, den die Gezeichneten durchmachten, wenn sie von der Lernphase in die volle Reife übergingen. Ähnlich wie in der Pubertät, veränderte sich ihre Gestalt, schärften sich ihre ohnehin schon übernatürlichen Sinne weiter, und sie gewannen an Selbstvertrauen. Die Nebenwirkungen waren Reizbarkeit und eine niedrige Hemmschwelle. Mit ihnen einher ging ein Fieber, welches das Band zwischen Gezeichnetem und Teamleiter stärkte, während es das zum Mentor kappte. In Eves Fall hatte es ein Kommunikations-Triumvirat geschaffen, von dem sie ziemlich sicher war, dass es sie langsam, aber sicher in den Wahnsinn trieb.

»Gib nicht dem Mal die Schuld«, erwiderte Alec. »Du schließt mich absichtlich aus.«

»Du musst nicht alles wissen.«

Er schlang einen Arm um ihre Taille, als Eve an ihm vorbeigehen wollte, und zog sie an sich. »Ich *will* dich kennen, in- und auswendig.«

»Das kannst du auch auf die altmodische Art. Die ist sogar viel spannender.«

Sie war in ihn verliebt, seit sie achtzehn war. Und es nervte, dass er jetzt zwar wieder in ihrem Leben war, aber niemals dauerhaft bleiben könnte. Alec war von Natur aus ein Killer. Darin war er nicht nur extrem gut, er liebte es auch. Und deshalb war er nicht der Typ zum Heiraten und Kinderkriegen – ganz abgesehen von der Kleinigkeit, dass Gezeichnete keine Kinder bekommen konnten. Aber darum ging es nicht.

Alec küsste sie auf die Nasenspitze. »Bereit zum Aufbruch?«

»Nicht teleportieren«, sagte Eve rasch. »Nehmen wir dein Motorrad.«

»Ha! Mit dir als beweglichem Ziel? Kommt nicht infrage.«

»Es sind nicht mal zehn Minuten Fahrt! Außerdem weißt du gar nicht, ob das mit dem Kopfgeld stimmt.«

»Und ich werde dich nicht als Köder auswerfen, um es herauszufinden.«

Eve griff um ihn herum und drückte seinen Hintern langsam und fest.

»Das ist unfair«, raunte er.

»Hast du verlernt, wie das Fahren geht, weil du dich laufend von einem Ort zum nächsten zwinkerst?«

»Wohl kaum.«

»Ich könnte fahren«, schnurrte Eve und sah lächelnd zu ihm auf. »Dann würdest du mir den Rücken decken. Kein Höllenwesen legt sich mit dem berüchtigten Cain an.«

»*Du* solltest dich lieber auch nicht mit mir anlegen«, warnte er. »Es sei denn, du bist gewillt, die Folgen zu tragen.«

»Wenn du hinter mir auf dem Bike sitzt, kannst du mich betatschen.«

»In voller Bekleidung?«, konterte er. »Wo bleibt da der Spaß?«

Trotzdem teleportierte er sie in den Carport neben seine Heritage Softail. Die Maschine war eine Schönheit in Schwarz und Chrom mit eigens angefertigten Satteltaschen und einem weidlich ausgesessenen Sattel.

»Na, sieh einer an.« Eve stieß einen Pfiff aus. »Ich hätte gedacht, dass sie schon ganz eingestaubt ist.«

Alec warf ihr die Schlüssel zu. »Sei still und hüpf rauf, bevor ich es mir anders überlege.«

Fünf Minuten später fuhren sie mit röhrendem Motor aus der Tiefgarage. Als ihr der bibelschwenkende böse Nikolaus an der Ecke »*Hure!*« nachbrüllte, streckte Eve ihm die Zunge raus. Alec versetzte ihr einen spielerischen Klaps an die Hüfte.

Ich hab's ja gesagt, murmelte sie.

Benimm dich.

Eve nahm die Hamilton Avenue zur Magnolia Street und schlängelte sich elegant zwischen riesigen SUVs, schnittigen Porsches und Hybridwagen hindurch. Aus den offenen Wagenfenstern erklang ein Musik-Mischmasch – wummernde Bässe, jaulende Gitarren und Herzschmerz-Balladen. Zum ersten Mal seit viel zu langer Zeit fragte sich Eve nicht, wie viele der Fahrer niedere Dämonen sein mochten. Sie sperrte die Welt aus ihrem Kopf aus und konzentrierte sich ganz auf das Vergnügen, mit dem heißesten Mann auf dem Planeten eine Harley zu fahren. Das kam dem Himmel schon recht nahe.

Sie erreichten das gotisch gestaltete Bürogebäude weit schneller, als Eve lieb war. Sie überlegte schon, weiterzufahren und später wiederzukommen, als ein Jeep Liberty aus einer der gebührenpflichtigen Parklücken vor dem Haus bog. Es war ein himmlischer Wink, also lenkte Eve die Maschine in die freie Lücke und schaltete den Motor aus.

»Siehst du? Ich habe dich heil hergebracht«, scherzte sie, während sie den Helm abnahm.

Seine Gedanken drangen in ihren Geist und teilten ihr unverblümt mit, dass die Nähe ihres Körpers ein gefährliches Verlangen in ihm befeuerte. Eve stieg vom Bike und fixierte das Gebäude, doch ihre Atmung veränderte sich durch das schiere Ausmaß von Alecs Erregung. An ihr war nichts Zärtliches, sondern es war reine, wilde Lust.

»Du kannst weglaufen …«, warnte er sie.

Doch sie konnte nicht entkommen. Eve blickte sich um, ihre Sinne in Habachtstellung, und suchte nach möglichen Bedrohungen. In der lauen Brise wehte der Geruch fauliger Seelen, doch nicht in alarmierendem Maße. Höllenwesen waren überall, verrichteten normale Jobs und lebten unauffällig unter Sterblichen. Ihre Anwesenheit allein war kein Grund zur Sorge, sehr wohl hingegen ihre Zahl, die jedoch im Rahmen zu sein schien.

Es sei denn, es waren noch getarnte da.

»Sie nutzt sich ab, vergiss das nicht«, sagte Alec, der ihre Helme ans Motorrad schloss.

»Es könnte mehr geben.«

»Unwahrscheinlich, da wir die Hersteller getötet haben. So oder so arbeitet Hank an einem Gegenmittel.«

Eve blickte über die Schulter zu ihm. »Wirklich?«

»Würde ich dich belügen?«

»Ist die Frage ernst gemeint?«

Er hob beide Hände, doch was wie eine Kapitulation aussehen sollte, wurde von seinem verschlagenen Grinsen sabotiert.

Kopfschüttelnd schritt Eve auf die Eingangstür zu. Das Gebäude war noch nicht ganz in Betrieb, doch die Eingangshalle war fertig, und das Verwaltungs- und Maklerbüro unten hatte bereits geöffnet. Eine adrette Blondine in einem schmalen grauen Kostüm kam herausgestürmt, als Eve und Alec das Gebäude betraten, und lachte angesichts Eves Ausweises von Gadara Enterprises. »Ich wollte gerade mit meinem Verkaufsgespräch loslegen.«

»Ich bin schon gekauft«, sagte Eve. »Feindliche Übernahme.«

Angel …

Am Sicherheitstresen saßen zwei Wachmänner, ein sterblicher und ein gezeichneter. Der Sterbliche nahm Eves Ausweiskarte und zog sie durch einen Scanner, um die Zeit ihrer Ankunft zu registrieren.

Gadaras Sicherheitsvorkehrungen waren nicht ausgefeilter als bei den meisten anderen Unternehmen auch, aber sie wurden auf jeden Fall gründlicher überwacht. Anstatt alles mit einem himmlisch geschärften Auge zu beobachten, mussten sich die Erzengel an die Mitgefühl-mit-Sterblichen-Regeln halten und sich auf die moderne Technik verlassen. Sie konnten es auch anders handhaben, nur bliebe das nicht folgenlos. Das war eines der vielen Dinge, die Eve am Allmächtigen rasend machten. Er behauptete, den Menschen eine »Wahl« zu geben, doch die Konsequenzen, die ihnen bei einer falschen Entscheidung blühten, machten es wenig erstrebenswert.

»Klasse Bike«, sagte der sterbliche Wachmann zu Eve.

»Es gehört ihm.« Sie nickte zu Alec.

»Ich sollte meine Freundin auch mal fahren lassen.«

Alec musterte Eve mit einem hitzigen Blick. »Es hat definitiv seine Vorzüge.«

Eve schob die Namensliste zurück über den Tresen. »Sind die Aufzüge schon in Betrieb?«

»Ja, endlich.« Bei der hörbaren Erleichterung der Wache musste sie schmunzeln. Drei Stockwerke ohne Aufzug zu patrouillieren wäre ein Lacher für eine Gezeichnete, doch für den Sterblichen war es wohl mehr sportliche Betätigung, als er sich in seinem Job wünschte.

»Danke.«

Als Eve auf die Aufzüge zuging, bemerkte sie die Kalksteinböden und spitzen Bogenrahmen um die Lifttüren herum. Eine Fensterrose war der Blickfang an der hinteren Wand, gleich oberhalb des Ausgangs. Eve nahm sich vor, den Namen des Architekten in Erfahrung zu bringen. Der Baustil stach aus den modernen Glaskästen der Gegend heraus, allerdings nicht auf schrille Art. Vielmehr bot er eine Eleganz, die hier bisher gefehlt hatte.

In dem Moment, in dem sich die Fahrstuhltüren schlossen, nahm Alecs Gegenwart den kleinen Raum vollständig ein. Er stand Eve gegenüber und hatte die Hände hinter sich auf dem Handlauf, sodass seine Oberarme und seine Brustmuskeln besonders betont wurden. Sein dunkler Blick war ein wenig amüsiert und fast schon unverschämt. Eve wurde ganz heiß davon, und sie verlagerte nervös ihr Gewicht von einem Fuß auf den anderen.

Dieses Novium war die Pest!

Es half auch nicht gerade, dass Sex für Gezeichnete wie Atmen war. Die fortwährenden Nahtoderfahrungen schufen eine Spannung, die sich am besten mittels ausgiebigen Beischlafs lockern ließ. Sinn und Zweck des übertriebenen Verlangens war, dass die Gezeichneten engen Kontakt untereinander hielten, statt sich in sich selbst zurückzuziehen. Und Eves platonisches Doppel-Dating bedeutete, dass ihr dieses Stressventil fehlte. Doch selbst wenn dem nicht so wäre, hatte Alec sich schlicht verändert. Die sanfteren Gefühle, die sie früher in seinen Augen wahrnahm, wenn er sie ansah, waren verschwunden. Er wollte sie, und Eve glaubte ihm, wenn er sagte, dass er sie immer wollen würde, nur reichte ihr großartiger Sex allein nicht. Nicht nachdem sie wusste, wie es sich anfühlte, mehr zu haben.

»Was ist das Beste daran, ein Erzengel zu sein?«, fragte

sie ihn, um sich von Gedanken an Schlafzimmer abzu-
lenken.

»Keine steigenden Fahrtkosten.«

»Sei ernst.«

»Willst du die Postkartenantwort? Etwas verändern zu
können.« Er richtete sich auf, als der Aufzug hielt. »Keiner
weiß besser als ich, wie schwierig das Dasein als Gezeichneter ist. Es gibt bestimmte Dinge bei Gadara Enterprises,
die ich verbessern kann, um es den Leuten im Außendienst
leichter zu machen.«

Sein Tonfall war beinahe monoton, leidenschaftslos. Und
Eve fragte sich, wie er so funktionieren konnte. Gott hielt es
für nötig, dass Erzengel emotional neutral blieben, doch
Eve nannte es lieber beim Namen: Sie waren gefühllos. Eve
war überzeugt, dass das ein elender Zustand sein musste.

Ich fühle dasselbe wie du, sagte Alec und beobachtete sie
aufmerksam. *Ich fühle, was Abel fühlt, ebenso wie die
Schwingungen jedes Gezeichneten unter mir.*

Demnach wusste er, wie es für sie war, ihn zu lieben,
und er wusste, wie es für Abel war, sie zu wollen. Vielleicht
rührte seine ungewohnte sexuelle Aggression daher.

Oder sie kam von diesem finsteren Ort in ihm …

Wie auch immer, das Ganze war total und komplett verkorkst.

Eve blickte seufzend zu den sich öffnenden Fahrstuhltüren.

Der zweite Stock bot ein völlig anderes Bild als die Eingangshalle. Die Deckenbeleuchtung war noch nicht angebracht, die Wände mussten gestrichen werden, und der
bordeauxrote Teppichboden war entlang der fehlenden
Fußleisten noch nicht geschnitten.

»Also«, begann Eve, während sie voraus zur Treppe ging, die aufs Dach führte, »du wolltest wissen, warum ich unbedingt hierherkommen wollte.«

»Schieß los.«

»Als ich das erste Mal durch dieses Gebäude ging, hatte ich keinen Schimmer, was ich tat. Ich wusste nicht, worauf ich achten musste, wo die Gefahren lauerten, was nicht passte. Ich muss es mir noch einmal ansehen, meine Schritte nachverfolgen, denn ich habe das Gefühl, dass mir etwas entgangen ist, und das macht mich irre.«

Alec packte ihren Ellbogen. Sie hatte ein blassrosa Oberteil ohne Ärmel und eine alte Jeans an. Dieses Outfit war bequem, feminin und gab ihr größtmögliche Bewegungsfreiheit.

»Wir entscheiden nicht, wann Dinge geschehen, Angel. Wir nehmen sie, wie sie kommen, und vertrauen darauf, dass alles aus einem Grund passiert.«

»Ich glaube nicht an einen göttlichen Plan, wie du weißt. Ich denke, das Leben ist, was wir daraus machen, und Gott wirft uns die angeschnittenen Bälle zu, um für seine Unterhaltung zu sorgen.«

»Vorsicht«, warnte er sie, als könne sie jeden Moment der Blitz erschlagen. Was Eve nicht mal wundern würde. Der Herr schuldete ihr noch den einen oder anderen Gefallen.

Sie betraten das Treppenhaus. Warme, abgestandene Luft blies ihnen entgegen, die im krassen Gegensatz zu der kühleren, klimatisierten Luft in den bereits in Betrieb genommenen Bereichen stand. Die schwere Metalltür knallte hinter ihnen zu, und prompt fluteten Erinnerungen an Reed Eves Gedanken. Er hatte sie im Treppenhaus des

Gadara Towers mit dem Kainsmal versehen, und das bei einem rohen, brutalen Geschlechtsakt, der sich für immer in ihr Gedächtnis eingebrannt hatte.

Wenn du nicht aufhörst, daran zu denken, warnte Alec sie scharf, *ersetze ich die Erinnerung durch eine neue. Gleich jetzt!*

Rasch klärte Eve ihren Geist.

Der Alec, den sie gekannt hatte, hätte ihr niemals so gedroht. Sie verführt, ja. Mit ihr Liebe gemacht, bis sie sich nicht mehr rühren oder denken konnte, ja. Aber primitives Vögeln war Reeds Stil. Alec war ein Liebhaber gewesen. Und Eve wusste nicht, wie sie mit dieser neuen Version von ihm umgehen sollte. Er war aggressiver, ungeduldiger. Eher wie der biblische Kain, vermutete sie. Diese Seite von ihm hatte sie nie zuvor gesehen. Ihr war klar, dass sie genießen sollte, was immer er mit ihr tat – alles andere würde er nicht tolerieren –, aber sie durfte nicht riskieren, noch tiefer zu sinken. Sie steckte ja jetzt schon bis zum Hals drin.

Die Tür zum Dach öffnete sich über ihnen.

»Die hübsche Gezeichnete ist wieder da!«, erklang der Singsang eines Tengu, gefolgt von einem wilden Auf- und Abgehüpfe. »Und Cain auch! Zeit zu spielen!«

Tengu waren boshafte Kreaturen. Ihnen mangelte es vollends an Tatendrang und Ehrgeiz, weshalb sie ziemlich unten auf der »Muss ausgelöscht werden«-Skala rangierten. Reed verglich sie mit Mücken – lästig und man könnte auf sie verzichten, aber nicht so widerwärtig wie Ratten. Sie infiltrierten Gebäude als Fassadenschmuck und sorgten dann bei den Bewohnern für Angst und Verzweiflung. In Häusern mit Tengu lagen die Selbstmordraten höher als in anderen, gab es mehr Firmenpleiten, Wucher, Zwangsräumungen, Veruntreuungen und Ehebruch. Tengu-Plagen ließen ganze Stadtviertel verfallen, Einkaufszentren schließen und Geisterstädte entstehen. Im Rudel konnten Tengu tödlich oder zumindest ernsthaft destruktiv sein.

Die Tür knallte zu, und ein wildes Hämmern bebte durchs Dach, verursacht von kleinen tanzenden Steinfüßen. Einer Menge Füße. Einer Menge Tanz.

»Verdammt, du bist gut«, sagte Alec.

Eve seufzte. Manchmal hasste sie es, recht zu haben.

4

»Was machst du da, *mon chéri?*«

Reed verkrampfte sich beim Klang der vertrauten Stimme. Er sah über die Schulter und begegnete dem berechnenden Blick von Sarakiel, einem der sieben Erzengel auf Erden. Sie kam in Cains Büro, als gehörte ihr hier alles.

»Das geht dich nichts an«, antwortete Reed.

»Wie ich höre, ist Cain wieder mit Evangeline im Außendienst. Wühlst du deshalb in seinen Sachen herum? ›Ist die Katze aus dem Haus ...‹, wie es so schön heißt.«

Die Art, wie Sara Eves Namen sagte, sprach Bände. Sie erhob nach wie vor Anspruch auf Reed, obwohl sie sich bereits Jahrhunderte vor Eves Geburt getrennt hatten. Die Chefin der europäischen Gezeichneten-Firma wurde von Theologen oft als männlich ausgegeben, was ein geradezu lächerlicher Fehler war. Sarakiel war durch und durch Frau, und sie teilte Reeds Vorliebe für rauen Sex und Designergarderobe.

Reed schob die oberste Schublade von Cains Aktenschrank wieder zu. Die Erzengel hielten sich gewöhnlich in ihrem eigenen Territorium auf. Sie schätzten es nicht, sich anderen Erzengeln unterzuordnen, was sie notgedrungen mussten, wenn sie sich in deren Hoheitsgebiet bewegten. Zudem war es gefährlich, Erzengel nahe beieinander zu haben. Die Höllenwesen wären entzückt, mit einem Coup gleich mehrere Firmen zu schädigen. Aber Sara war hier, weil sie darum gebeten hatte, Cain bei der Leitung von Raguels Firma helfen zu dürfen. Und es war ihr gestattet worden, nachdem ihre persönliche Leibgarde Cain und Eve in Upland unterstützt hatte. Man hatte sie für ihre Initiative gelobt, obwohl sie ihr Team einzig im Tausch gegen Reeds körperliche Gefälligkeiten ausgeliehen hatte. Und nun hatte ihre Rolle als Mentorin seines Bruders zur Folge, dass sie Reed unangenehm im Nacken saß.

»Was willst du, Sara?«

»Was will ich immer, wenn ich dich sehe?«

Reed wurde unbehaglich. »Heute nicht, Schatz. Ich habe Kopfschmerzen.«

Angesichts seiner offenkundigen Lüge wurden Saras Lippen zu schmalen Linien. *Mal'akhs* waren immun gegen die Beschwerden Sterblicher. Ihre Wut tat Saras Schönheit keinerlei Abbruch. Sie war groß und schlank mit exakt den richtigen Kurven und von einer physischen Vollkommenheit, die zu erreichen sterbliche Frauen Tausende Dollar investierten. Saras hellblondes Haar und ihr Engelsgesicht waren ungeheuer verlockend und bescherten ihrer Firma eine solide Finanzierung. Sara Kiel Cosmetics war ein internationales Phänomen, dessen Umsätze vor allem dem unvergleichlichen Gesicht der Besitzerin zu verdanken waren. Es hatte eine Zeit gegeben, in der ihr bloßer Anblick Reeds Blut bedenklich in Wallung gebracht hatte, doch die war vorbei. Heute gab es für ihn ausschließlich eine bestimmte Brünette.

Sara kam weiter ins Zimmer. Bei ihrem typischen Hüftschwung wisperte die rote Seide ihres Hosenanzugs verführerisch. Sie erinnerte Reed an eine Tigerin – golden, geschmeidig, räuberisch. »Du hast eine furchtbare Art, Dankbarkeit zu zeigen.«

»Du hast überhaupt nichts für mich getan, Sara, abgesehen von gelegentlichen Orgasmen«, entgegnete Reed achselzuckend. »Die kann ich überall haben.«

»Früher wolltest du sie nur von mir.«

»Das ist lange her.« Da er wusste, wie sehr sie auf Äußerlichkeiten fixiert war, sank er tief in Cains großen Lederbürosessel und zwang sich zu entspannen.

»Du willst, was er hat«, sagte sie und setzte sich auf den Besucherstuhl vor dem Schreibtisch. Sie schwenkte ihre Hand durch den Raum, bei dem es sich um ein Eckbüro mit zwei vollständig verglasten Wänden, einem angeschlossenen Bad mit Ankleideraum und einem großen Schreibtisch aus Glas und Chrom im industriellen Stil handelte. Sara lehnte sich vor und strich mit den Fingern über den silbernen Bilderrahmen mit einem Schwarz-Weiß-Foto von Evangeline. »Wolltest du schon immer.«

»Ich will, was ich verdiene, nachdem ich meine Fähigkeiten hinlänglich bewiesen habe.«

»Und dennoch bekommt Cain es zuerst.«

»Was mir durchaus entgegenkommt. Er versaut immer alles, und das lässt mich gut aussehen.«

Sein Leben lang hielt Reed sich an die Regeln und übertraf die Erwartungen anderer. Er war verdammt perfekt. Ideal für eine Beförderung; ideal für die Leitung einer Firma. Es ergab keinen Sinn, dass sein Bruder befördert wurde. Cain wollte keine Verantwortung für irgendwas übernehmen, und er war schon zu lange Nomade. Er hatte nie gelernt, mit anderen zusammenzuarbeiten.

Sara schmollte. »Ich versuche, dir zu helfen, und du dankst es mir nicht. Ich habe Izzie doch hergeschickt, oder nicht?«

»Dafür soll ich dir danken?« Er hatte mit der Blondine eine Indiskretion begangen, bei der Eve ihn ertappt hatte. Jetzt verfolgte sie jene Erinnerung, wann immer sie Izzie sah, womit Reed jedes Mal ein bisschen von dem Boden verlor, den er gerade bei Eve gutgemacht hatte.

»Du hättest dich von ihr fernhalten sollen.«

»Du hast gewusst, was passieren würde«, sagte er wütend. »Und du hast Izzie angewiesen, in der Nähe zu sein, wenn es so weit ist.«

»Als Firmenchefin ist es meine Aufgabe, auf jede Eventualität vorbereitet zu sein. Und es stand zu befürchten, dass dich dein Verlangen nach der Geliebten deines Bruders woanders hintreiben würde. Ich musste für diesen Fall vorsorgen.« Sie trommelte mit ihren rot lackierten Fingerspitzen auf den Armlehnen. »Denkst du, ich hätte mir gewünscht, dass Cains Frau solche Wirkung auf dich hat?«

Iselda Seiler war eine Gothic-Frau aus Eves Trainingskurs, die vor allem durch blasse Haut, kajalumrahmte Augen und eine Vorliebe für lila Lippenstift auffiel. Und Izzie hatte sich dadurch ausgezeichnet, dass sie irgendwann früher mit Cain gevögelt haben musste – eine von Tausenden, die ihm im Laufe der Jahrhunderte zu Diensten gewesen waren. Reeds Bruder erinnerte sich nicht an sie, doch das war Izzie egal. Sie wollte einfach noch eine Runde, wobei es ihr gleichermaßen um den Sex ging wie um die Möglichkeit, Ärger zu provozieren. Seit Trainingsbeginn lauerte sie darauf, Eve zu sabotieren, wo sie nur konnte, und sie war überaus willig gewesen, als Eve Reed so weit getrieben hatte, dass er nicht mehr klar denken konnte.

Warum jedoch Sara behaupten sollte, dass sie ihn wolle, während sie im selben Atemzug gestand, ihm eine andere geschickt zu haben, war Reed unbegreiflich.

»Du bist wahrlich niederträchtig«, sagte er. »Ich frage mich, ob Vater stolz auf dich ist.«

Sara packte die Armlehnen sehr fest, aber ihre Stimme blieb ruhig und rauchig wie immer. »Du verunglimpfst mich ohne jeden Grund, *mon chéri*. Wir beide sind uns sehr ähnlich.«

»Mit dem Unterschied, dass du ein Erzengel bist und ich nicht.« Vor langer Zeit war er so dumm gewesen zu hoffen, dass sie ihm helfen könne, seine eigene Firma zu bekommen. Dann wurde ihm klar, dass sie ihn niemals auf einer Stufe mit sich sehen wollte. Er hatte ihr als Deckhengst gedient, sonst nichts. »Du hättest mir helfen können, hast es jedoch nicht.«

»Offensichtlich stimmt Jehova mir zu, denn bisher hat er dich nicht befördert.«

»Leck mich.«

»Na endlich, ein feiner Riss in deiner Fassade.« Sara lächelte. »Ich will dir mal einen Tipp geben: Evangeline wartet, dass einer von euch die Entscheidung für sie trifft. Sie scheut sich vor der Verantwortung, einen von euch zu wählen. Mit dem richtigen Ruck wird sie vom Baum fallen wie ein reifer Apfel.«

Die Anspielung auf die Versuchung entging ihm nicht.

Reed gähnte, um Langeweile vorzutäuschen. »Woher willst du das wissen?«

»Ich bin eine Frau. Ich weiß, wie Frauen denken.« Als keine Reaktion von Reed kam, fragte sie: »Schnüffelst du ihretwegen hier drinnen herum oder nicht?«

»Ich möchte wissen, was wir wegen Raguel unternehmen.«

»Nichts.«

»Dachte ich mir.« Eve dachte es ebenfalls, und es gefiel ihr nicht, was wiederum Reed Sorgen bereitete. Eve konnte sich in Dinge verbeißen wie ein Terrier. Sie würde nicht loslassen. Und Reed hatte seine eigenen Gründe, ähnlich zu denken, was Raguel betraf.

»Am besten handelst du, wenn der richtige Zeitpunkt da ist«, erklärte Sara. »Die sieben Firmen sind gegenwärtig intakt. Wir können es uns leisten, weise und nicht überstürzt zu agieren.«

»Schwachsinn.«

»Was können wir denn tun, *mon chéri*? Wir haben nichts, was wir Sammael als Tauschgeschäft anbieten können.«

»Ihr versucht es nicht einmal.«

»Cain schon.« Sara benetzte ihre Lippen. »Hoffst du, Evangelines Gunst zu gewinnen, indem du den Helden spielst? Ist dein Bruder dir wieder einmal einen Schritt voraus?«

»Weißt du, Sara«, er legte die Fingerspitzen zusammen, »Cain ist nicht der Einzige, der mit den Jahren einige Gefälligkeiten angehäuft hat, die er einfordern kann. Wenn ich wollte, könnte ich dir dein Leben sehr viel schwerer machen, als es ist.«

Der Engelszorn verlieh ihren blauen Augen einen Goldschimmer, und ihre Stimme hatte diesen hallenden Befehlston, als sie sagte: »Droh mir ja nicht, Abel!«

»Werde ich nicht«, antwortete er mit einem trägen Lächeln. »Ich erinnere dich lediglich daran, dass auch ich Zähne besitze, die beißen können.«

So schnell, wie sie gekommen war, schwand ihre Wut wieder und wich unübersehbarer Erregung. Trotz ihrer Krallen – oder vielleicht wegen ihnen – mochte sie eine feste Hand. Und Reeds war fester als die meisten anderen. Doch während Sara rauen Sex mochte – egal mit wem –, war Eve schockiert gewesen, dass sie seine grobe Art genossen hatte. Sie hatte sich vollkommen hingegeben, wie es Sara niemals könnte, da sie als Erzengel unfähig war, für irgendjemanden außer Gott tief zu empfinden. Eves hilfloses Vergnügen hatte ihrer Begegnung eine Würze verliehen, nach der Reed sich seither verzehrte wie ein Junkie.

Aber niemand durfte das je erfahren, geschweige denn wissen, wie sehr er sie gerade jetzt brauchte, da Cain ein Erzengel war. Durch seine Verbindung zu ihr konnte Reed das Wissen und die Macht seines Bruders anzapfen. Er konnte mit Cain zusammen lernen und seinen Bruder dann übertrumpfen, wie er es immer tat.

Sofern dieses Band mit Eve stark genug war.

Und sie ihm genug vertraute, um ihn nicht auszusperren.

Wenn sie ein Paar wären.

»Abel.« Sara stand auf und kam um den Schreibtisch herum. Ihre Finger wanderten zum Knopf ihrer Jacke, lösten ihn und enthüllten ein schwarzes Stricktop und harte Nippel darunter. »Du siehst so liebeskrank aus, wenn du an sie denkst. Aber ich würde mit Freuden den Ersatz spielen … für den Moment.«

Er sprang auf, stürzte sich auf sie und rang sie auf den Teppichboden. In ihrem Schrei klangen Schmerz und Erregung durch. Mit leuchtenden Augen und keuchend wand sie sich unter ihm. Reed drängte sich zwischen ihre gespreizten Beine und rieb sich lüstern an ihr.

»Willst du das?«, raunte er, wobei sein Mund direkt über ihrem war.

»Nein.«

Reed grinste. Dieses Spiel kannte er. »Schön, denn du bekommst es auch nicht, ehe du mir nicht hilfst, Raguel zurückzuholen.«

Sara erstarrte. »Wie bitte?«

»Du hast mich verstanden.« Er stemmte sich von ihr hoch und stand auf. »Ich bekomme, was ich will; du bekommst, was du willst.«

Sie lachte, allerdings kein bisschen amüsiert. »Wie du vorhin schon so treffend erwähntest, hast du nichts, was ich woanders nicht auch bekommen könnte.«

»Dann hol es dir dort und lass mich in Ruhe.« Er richtete seine Krawatte und fuhr sich mit den Fingern durchs Haar.

Sara lag noch auf dem Boden, derangiert und vollkommen regungslos. »Ich kann dich vernichten.«

»Tu es doch«, reizte er sie. »Es würde uns beiden zugutekommen. Übrigens ist das ein furchtbares Klischee, diese zänkische, sexhungrige Femme-fatale-Rolle, die du spielst. Du brauchst mal eine Rundumerneuerung, Sara. Vielleicht bekommst du die, wenn ich weg bin.«

Für einen Moment glaubte Reed, sie würde ihn in Stücke

reißen. Was sie fraglos könnte, wenn sie wollte. Sie war in vielerlei Hinsicht sehr viel mächtiger als er. Dann war der Moment vorbei. Saras ausdrucksstarkes Gesicht wandelte seinen Ausdruck von wütendem Schmollen zu berechnender Nachdenklichkeit. Sie streckte ihm ihre Hand hin, damit er ihr aufhalf. Reed packte ihr Handgelenk und zog sie hoch.

»Woher diese Sorge um Raguel?«, fragte sie, während sie ihre Kleidung richtete.

Reed schüttelte den Kopf. Was er von Raguel wollte, ging nur ihn allein etwas an.

»Ich habe dich unterschätzt.« Ihr Ton war nachdenklich. Sie tauchte die Finger in ihre schulterlangen Locken und schüttelte sie aus. »Eines solltest du mir glauben: Evangeline wird sich nie zu dir hingezogen fühlen. Sie muss schon geschubst werden. Und Raguel zu retten wird nicht ausreichen, um sie Cain auszuspannen.«

»Warum bist du so auf Eve fixiert? Komm endlich drüber weg.«

»Ich will, dass *du* über *sie* hinwegkommst«, erwiderte sie ungerührt. »Und das wirst du am ehesten, indem du kriegst, was du willst.«

Er beobachtete, wie sie sich in Cains Büro umsah. Seinem neuen Machtzentrum. Und dann dämmerte es Reed. »Ah, verstehe! Kluges Kind. Dies hier hat nichts mit mir zu tun. Oder mit Sex. Es geht um meinen Bruder.«

Ausnahmsweise nervte es ihn nicht, dass mal wieder Cain im Mittelpunkt stand. Vielmehr war er froh, dass es nicht Eve war.

Trotzig reckte Sara das Kinn. »Muss alles in deinem Leben mit ihm zu tun haben?«

»Gib nicht mir die Schuld«, sagte er. Ihr Verdruss amüsierte ihn. »Du musst mit einem neuen Erzengel konkurrieren, der noch dazu in Jehovas Gunst steht, ganz gleich, wie verkorkst er ist. Eve mir zu geben bringt sie von Cain weg, und das könnte ihn rasend genug machen, um eine Dummheit zu begehen. Vielleicht sogar eine, die ihn als unwürdig für seine neue Rolle ausweist.«

»Du bist ja besessen von ...«

»Mir gefällt, wie du denkst, Sara«, fiel er ihr ins Wort. »Verdirb meinen Moment der Bewunderung für deine Hinterhältigkeit nicht.«

Sie klappte den Mund zu.

Reed ging zum Schreibtisch und lehnte sich dagegen. »Mich überrascht allerdings, dass du mich mittels Eve gewinnen willst. Warum bietest du mir nicht Cain als Köder? Hast du ernsthaft geglaubt, dass sie ein größerer Anreiz ist als mein Bruder?«

»Ich habe dich noch nie so auf eine Frau fixiert gesehen. Und ich kenne die Aufnahme von dir und ihr im Treppenhaus, als du sie gezeichnet hast.«

Reed überkam Wut. Jenes Erlebnis gehörte Eve und ihm allein. Bei dem Gedanken, dass jemand anderes ihnen zusah – noch dazu Sara –, verkrampfte sich sein Bauch, und er ballte die Fäuste.

Langsam lockerte er die Finger einen nach dem anderen.

»Ach, aber sie ist doch nur irgendeine Frau, oder nicht?«, murmelte er. Als sich Saras Lippen zu einem Lächeln bogen, wusste Reed, dass er sie hatte. »Wir wollen dasselbe, und wir sind uns einig, wie wir es am besten bekommen.«

Sie sah ihn misstrauisch an und setzte sich wieder. »Und?«

»Ich denke nicht, dass Izzie ausreicht, um ihn wegzulocken oder Eve zu mir zu treiben.«

»Iselda hatte ihn schon mal.«

»Als er dachte, dass er Eve nicht haben kann. Das ist jetzt nicht der Fall.«

»Du sprachst von Gefälligkeiten, die eingefordert wurden. Welche könnte er geltend gemacht haben, um befördert zu werden?«

Reed überlegte. »Vielleicht … ist es eine Gefälligkeit, die *er* jemandem zugesagt hatte.«

Nach kurzem Schweigen begann Sara zu applaudieren, wobei jedes Klatschen wie ein Gewehrknall durch den Raum hallte. »Brillant.«

»Finde heraus, wem er den Gefallen schuldete«, befahl Reed. »Und, wenn du kannst, was der Einsatz war.«

»Tja, das dürfte mich nur wenige Jahrzehnte kosten. Ich bin nicht mal sicher, wie viele Seraphim und Cherubim es gibt.«

Reed wusste, dass sie einen Weg finden würde. Schließlich wäre sie nicht der letzte weibliche Erzengel, der eine Firma leitete, wäre sie nicht skrupellos und einfallsreich.

Was Raguel betraf, würde Reed im Alleingang handeln, und das sehr vorsichtig. Kein Erzengel wäre zu einem offensiven Manöver gegen Sammael bereit, was bedeutete, dass auch kein *Mal'akh* oder Gezeichneter ihm helfen würde.

An wen also sollte er sich wenden, wenn er dorthin gehen wollte, wo sich nicht einmal Engel hintrauten?

Er wandte sich von Sara ab.

An einen Dämon natürlich.

Noch eine Horde Tengu.

Alec blickte zu Eve und stöhnte innerlich. Sie war wirklich ein Katastrophenmagnet. Und das hatte nichts mit dem Umstand zu tun, dass sie nach Gezeichneter roch.

»Komm her.« Seine Stimme hatte den Befehlston des Erzengels, war jedoch nicht streng, denn er wollte, dass sie freiwillig zu ihm kam.

Eve betrachtete ihn misstrauisch, da sie den Tumult in seinem Innern spürte. Cain fragte sich, ob sie die Unruhe in seinem Kopf hörte, das Verlangen, das schlangengleich in ihm zischte, seine Stimmung beeinflusste und ihn reizbar und boshaft machte.

Wenn sie nur erahnte, was dieses pinke Shirt mit ihm anrichtete! Dass es so eng saß, machte es schwierig für ihn, sich auf das Wesentliche zu konzentrieren. Er wollte sie, und die Finsternis in ihm drängte, dass er sie nahm, während ein anderer Teil weit faszinierter war von der kleinen Sommersprosse an ihrem Hals und der seidigen Haarsträhne, die sich immer wieder aus ihrem Zopf befreite. Beide Hälften stritten sich fortwährend, was so ermüdend wie verwirrend war.

Litten alle Erzengel unter so einem Zwiespalt? Oder war er – der berüchtigte Cain – auf eine Weise einzigartig böse, die er seit Jahrhunderten leugnete?

Als Erzengel war ihm die Fähigkeit genommen worden, jemand anderen als Gott zu lieben, aber sein Verlangen nach Eve war stärker denn je. Böse Stimmen hatten sich bei seinem Aufstieg zu ihm gesellt. Sie flüsterten tief in seiner Brust, befeuert durch seine Verbindung zu all den Höllenwesen in der Firma. Solange Eve in der Nähe war, stand es sehr schlecht um seine Selbstbeherrschung. Sie war ein Licht in der Dämmerung, und Cain begehrte sie wie verrückt, konnte sie jedoch auch nicht aufgeben, nicht mal um ihretwillen. Sie war seine Direktverbindung zu Abels Gedanken und all dem Wissen, das sich sein Bruder in den Jahrhunderten als Teamleiter angeeignet hatte. Als neuer Erzengel brauchte Alec diese Informationen, um seine Firma zu führen.

Er konnte sein Versprechen nicht halten, ihr bei der Befreiung vom Kainsmal zu helfen. Noch nicht.

Vielleicht nie.

»Ich kann nie erkennen, was du denkst«, sagte sie, »wenn du diesen Gesichtsausdruck hast.«

»Ich kann es dir zeigen ...« Er schaffte es nicht, weniger scharf zu klingen.

»Du und dein Bruder seid euch ähnlicher, als euch bewusst ist.«

»Oder als *dir* bewusst ist«, warnte er sie.

Sein Lächeln fühlte sich grausam an. Lange hielt er es nicht mehr aus, ohne sie zu haben, und wenn es passierte, bezweifelte er, dass er so sanft mit ihr sein könnte wie früher.

Ein Schatten huschte über ihre Züge und durch ihren Geist: eine Andeutung von Verlust und Melancholie.

Prompt überkam ihn ein erdrückendes Reuegefühl; seine Menschlichkeit siegte über die Skrupellosigkeit, sobald sich Eve zurückzog.

»Komm her«, wiederholte er nun deutlich sanfter und reichte ihr die Hand.

Erhobenen Hauptes stieg Eve die wenigen Stufen zwischen ihnen herauf. Alec ärgerte sich über diesen Anflug von Widerwillen, schlang einen Arm um ihre Taille und zog sie dicht an sich. Er bewegte sich so schnell, dass Eve noch mitten im Luftschnappen war, als sie auf einem benachbarten Dach landeten.

Sie knuffte ihn in die Schulter. »Du hättest mich warnen können!«

Er knabberte zärtlich an ihrer Nasenspitze. »Hätte ich. Aber so hat es mehr Spaß gemacht.«

»Wem?«

»Uns beiden. Ich kenne dich doch, du Draufgängerin. Du bist die Sorte Frau, die mit einem Fremden auf einer Harley davonbraust, weil ihr nach einem wilden Ritt ist.«

Sie rümpfte die Nase. »Und wo bleibt der Fremde auf einer Harley, wenn ich ihn brauche?«

»Was denn? Willst du etwa diese Party versäumen?« Er zeigte zum Dach von Gadaras unfertigem Gebäude.

Ein paar Dutzend Tengu tanzten aufgeregt um die riesigen Lüftungs- und Klimaanlagenkästen herum, die das glänzende Metalldach sprenkelten. Jede kleine graue Steinbestie war ungefähr so groß wie ein 3,5-Liter-Kanister. Sie hatten winzige Flügel und grienten breit. Eve hatte sie einst als niedlich bezeichnet, dabei waren sie alles andere als knuddelig.

»Stimmt«, sagte sie und stemmte die Hände in die Hüften. »War ja klar, dass es wieder auf dem Dach sein muss.«

»Die Tengu bildeten die Vorlage für Gargoyles. Wo sollten sie sich besser verstecken als vor aller Augen?«

»Das ist mir egal. Mich interessiert mehr, dass sich meine Höhenangst schlecht mit dem Herumhüpfen auf Dächern verträgt.«

Alec sah sie an. Er wusste, dass sie panische Angst vor Höhe hatte, was ihre Entschlossenheit allerdings nicht beeinträchtigte. Ihr war anzusehen, dass sie sich für den Kampf bereitmachte: die Lippen geschürzt, die Augen verengt und die Zähne trotzig zusammengebissen. Und obwohl Alec nicht gefiel, dass sie in der Schusslinie war, mochte er ihre Kämpferinnenmiene.

»Sieh dir die kleinen Mistkerle an«, murmelte sie, sodass Alec wieder zu den Tengu blickte. »Sie wollen uns den Schädel einschlagen.«

Und tatsächlich formten die Tengu eine Art Leiter, indem einer auf die Schultern des anderen kletterte, bis sie die obere Kante des Treppenhausaufbaus erreicht hatten. So warteten sie auf die Chance, demjenigen auf den Kopf zu springen, der sich durch die Tür aufs Dach wagte. Und sie hielten sich die Hände vor die Mäuler, um ihr wildes Kichern zu unterdrücken.

»Was denkst du wohl, warum wir hier drüben sind?«, fragte Alec. »Ich wollte, dass du dir ansiehst, womit wir es zu tun haben, bevor du dich Hals über Kopf aus der Tür und in die Gefahr stürzt.«

»Das hätte ich gar nicht!«

»Es wäre das erste Mal, dass du dich zurückhältst.«

Eve drehte sich zu ihm. »Ich bin sehr versucht, zum Aufwärmen erst mal dir den Hintern zu versohlen, ehe ich mir die vorknöpfe. Wieso drängst du mich?«

»Weil das von Mentoren erwartet wird, Angel.«

Sie atmete scharf aus. »Ist dir aufgefallen, dass es nicht stank, als die Tür offen war? Und sieh mal, sie haben keine Kennzeichen.«

»Ja, ist es.«

»Die Maskierung sollte sich eigentlich abnutzen. Vielleicht haben wir nicht alle erwischt, die von der Formel wissen.«

»Ja. Das könnte Probleme geben.«

»Oder bei ihrer Herstellung wurde die Tarnung in den Zement gemischt.«

Alec lächelte.

Sie warf ihm einen verärgerten Blick zu. »Das hattest du dir schon gedacht, oder?«

»Stimmt, allerdings erst eine Sekunde vor dir.«

»Wir könnten also irgendwo in der Firma ein Leck haben.«

»Möglich wär's«, stimmte er ihr zu. »Aber das würde ich als Letztes vermuten.«

Die meisten Firmen beschäftigten Höllenwesen, denen jedoch selten sensible Informationen anvertraut wurden. Dämonen passten sich nie ganz dem himmlischen Leben und den damit einhergehenden Regeln an. Viele betrachteten ihre »Bekehrung« als zeitlich begrenzt. Insgeheim hofften sie, wertvolle Informationen oder Objekte in die Finger zu bekommen, die Sammael dazu brachten, sie wieder bei sich aufzunehmen. Sowohl Raguel als auch Alec hatten volles Vertrauen zu Hank, jenem auf magische Künste spezialisierten Okkultisten, der die Ermittlungen zu dieser Maskierungssubstanz leitete. Hank war schon so lange bei der nordamerikanischen Firma, dass er als feste Institution galt. Natürlich war er im Grunde noch böse, lebte es jedoch gern zum Nutzen der Guten aus.

»Also, wie wollen wir es angehen?«, fragte Eve und zog ihren Zopf straffer. »Ich schätze, wir sollten einen von ihnen behalten, damit wir sehen, woraus sie gemacht sind.«

»Falls du es diesmal hinbekommst.« Das letzte Mal, dass sie auf Gadaras Dach gegen Tengu kämpften, hatte Eve sie beide zerstört.

Sie boxte ihm spielerisch gegen die Schulter. »Dann mal los. Sehen wir, wer von uns beiden einen fangen kann.«

»Was ist der Einsatz?«

»Hmm …«

»Sex.«

»Mit mir? Der ist mehr wert als ein Tengu.«

Alec lachte. »Richtig. Aber ich bin auf Entzug, da musste ich es probieren.«

»Tja, dann nehmen wir ihn als Anzahlung.«

»Abgemacht. So habe ich Zeit, mir etwas richtig Gutes auszudenken.«

»Ha! Vorausgesetzt, du gewinnst, was du nicht wirst.«

Er reichte ihr die Hand, um es zu besiegeln. »Los geht's.«

Eve schüttelte seine Hand, und ihre dunklen Augen blitzten schelmisch. »Ich nehme die untere linke Ecke.«

»Dann starte ich in der oberen rechten, und wir treffen uns in der Mitte.«

Sie nickte.

Alec riss sie an sich und küsste sie. Es war ein heißer, tiefer Kuss, bei dem er ausnutzte, dass sie vor Schreck nach Luft rang, und kurz mit der Zunge in ihren Mund glitt. Zugleich transportierte er sie auf das Tengu-verseuchte Dach, sodass der Kuss rasch wieder endete. Trotzdem war er großartig gewesen. Alec ließ Eve los und versetzte sich in seine Ecke der Diagonale.

»Hübsche Gezeichnete!«, schrie ein aufmerksamer Tengu, worauf die restlichen begeistert losquiekten. Die am Treppenaufgang sprangen nach unten, wobei sich einer ein Bein abbrach. Er hob das Teil wieder auf und hinkte weiter.

»Hey!«, brüllte Alec, als sich alle auf Eve stürzten.

»Cain!«, kreischten mehrere Tengu verzückt, trennten sich von der Horde und hetzten auf ihn zu.

Eve war bereits in Aktion, sprang zur Seite und fing einen Tengu am Arm ab. Sie schwenkte ihn im großen Bogen, um Schwung zu holen. Dann schleuderte sie ihn wie eine Bowlingkugel auf die anderen zu. Einige krachten in die Tengu hinter ihnen, andere übersprangen die purzelnde Welle. Einen Tengu wehrte Eve mit einem Roundhouse-Kick ab und wich einem anderen geschmeidig aus. Ihre verbissene Entschlossenheit und die völlige Konzentration faszinierten Alec. Wenn Gezeichnete auf der Jagd waren, wurden sie von den Wirkungen des Kainsmals aufgeputscht – Adrenalin, Aggression, erhöhte Muskelmasse. Und sie hielten die Angst im Zaum. Aber Eve war nicht bloß auf einer Jagd, sie war auf sich gestellt. Sie schaffte das wunderbar.

Zwei Tengu warfen einen Dritten nach Alec, der wie ein Geschoss angeflogen kam. Alec duckte sich. Wie Eve setzte auch er schnelle Tritte ein, um seine unmittelbare Umgebung freizuhalten, aber das war nicht das eigentliche Ziel. Sie mussten diese Dinger auslöschen. Ein lautes Krachen und schrille Verzweiflungsrufe auf der anderen Seite des Dachs verrieten ihm, dass Eve eben einen Tengu zerschmettert hatte. Tengu waren jederzeit für ein bisschen bösen Spaß zu haben, hielten aber nichts davon, wenn sie selbst zu Schaden kamen.

Alec packte mit jeder Hand einen Tengu und knallte die beiden zusammen. Steinbrocken stoben in alle Richtungen und verwandelten sich in Asche, noch ehe sie am Boden ankamen. »Zwei erledigt, noch zehn übrig.«

»Cain kann die Hübsche nicht retten!«, trällerte ein

Tengu und wedelte mit seinen Steinflügeln. »Sammael kriegt, was Sammael will.«

»*Mich* bekommt er nicht«, entgegnete Alec, »wenn er seine Lakaien nicht für sich behält.«

Lachend gingen die Tengu wieder in Stellung und stürmten auf ihn zu. Alec wartete bis zur letzten Sekunde, dann verschwand er von der Stelle. Die heranstürmenden Tengu kollidierten. Zwei besonders eifrige stießen mit hinreichend Wucht zusammen, dass sie sich gegenseitig auslöschten. Eine Aschewolke quoll auf und verflog in der sanften Brise.

Alec hörte das Ächzen von dickem Metall, das in die falsche Richtung gebogen wurde, und drehte sich zu Eve um. Er entdeckte kleine Zementfüße, die aus einem Loch in einem Lüftungsschacht staken. Das aufwendige, teure Klimasystem war nach ihrem letzten Scharmützel mit den Tengu auf diesem Dach schon einmal repariert worden.

Halte durch, sagte er, denn er spürte, dass Eves Kraft von den schweren Biestern arg strapaziert wurde.

Sorg dich nicht um mich. Pass auf dich auf.

Alec fragte sich, ob sie wusste, dass sie das einzige Wesen auf der Welt war, das sich seinetwegen Sorgen machte. Er legte einen Zahn zu, schnappte sich jeden Tengu, der das Pech hatte, in seiner Reichweite zu sein, und benutzte ihn, um seine Freunde zu zerschmettern. Währenddessen überquerte er das Dach in Richtung Eve. Sie hatte es immer noch mit einigen Tengu zu tun, schien sich aber gut zu halten.

Ich gewinne, reizte er sie.

Hierauf wurde sie noch aggressiver und stürzte sich mit derselben erbarmungslosen Inbrunst auf die kleinen

Dämonen wie Alec. Bedachte man, wie viel kleiner sie war, war es wahrlich beeindruckend.

Die müssten eigentlich längst aufgegeben haben, stöhnte sie.

Eve hatte recht. Wie gesagt: Tengu spielten gern, doch wandte sich das Blatt gegen sie, ergriffen sie die Flucht.

Die wollen dich, erklärte er.

Hä?

Ich glaube, die Eiskönigin hat nicht gescherzt.

Super, murmelte sie, hob einen Tengu über ihren Kopf und erschlug mit ihm einen anderen. Beide explodierten zu Asche.

Alec packte zwei Tengu bei den Hinterköpfen und knallte sie zusammen. Dann lief er zu Eve.

Zurückbleiben, Held, sagte sie und trat noch einen Tengu in eine Lüftungsturbine. *Ich habe das hier im Griff.*

Grinsend trat Alec zurück und verschränkte die Arme. *Einer ist links von dir. Rechts. Links. Hinter dir. Aah, super! Tritt ihn noch mal. Duck dich!*

Als Nächstes bringe ich dich um, japste sie, während sie versuchte, einen Tengu abzuschütteln, der sich an ihren Rücken geheftet hatte.

Du würdest mich vermissen. Er rieb sich die Brust, denn sie schmerzte von seinem anschwellenden Stolz.

Im Moment garantiert nicht. Sie packte den Dämon und riss ihn über ihren Kopf. Dann schwang sie ihn wie einen Golfschläger gegen den, der ihr Bein umklammerte, woraufhin beide wegflogen. Alec breitete die Arme aus, fing sie beide und schleuderte sie in Diskuswerfer-Manier gegen die Treppenhaustür. Ein wenig schwankend von dem Schlag gegen ihr Bein, nahm Eve sich den letzten Tengu vor.

»Sammael will dich, hübsche Gezeichnete«, sagte das Höllenwesen und hüpfte auf und ab.

Eve fand das Gleichgewicht wieder und strich sich einige verirrte Haarsträhnen aus dem Gesicht. »Da muss er sich hinten anstellen.«

»Du kannst weglaufen, aber du wirst nicht entkommen.«

»Du machst mir keine Angst«, erwiderte sie seinen Singsang mit einem zynischen Lächeln.

»Sammael wird es aber schon.«

Mit einem Knurren stürzte er sich auf sie. Alec richtete sich abrupt auf und machte sich bereit, dazwischenzugehen. Eve täuschte zur Seite an und fing den Dämon am Arm ab, als er vorbeiwirbelte. Sie riss ihn in die Höhe und knallte ihn auf das Dach. Asche waberte auf und verharrte einen kurzen Moment in der Windstille, bevor sie sich in einer plötzlichen Böe auflöste.

Alec applaudierte. Er bezweifelte, dass viele Novizen eine ganze Horde von Gegnern so gekonnt abgewehrt hätten.

Eve nahm sich eine kleine Weile, um den Blutrausch zu zähmen, den ihr die Nachwehen des Noviums bescherten. Dann lächelte sie verlegen und vollführte eine kurze, übertriebene Verbeugung. Alec liebte diese Geste und die Charakterstärke, die es Eve möglich machte, sich derart schnell wieder zu fangen.

Er blickte zu den strampelnden Tengu-Füßen, die aus einem Lüftungskasten so groß wie ein Van ragten. »Du hast gewonnen.«

»Verdammt richtig.«

»Natürlich hast du auch einen tollen Mentor.«

Ihr verärgerter Blick brachte Alec zum Lachen … auch so etwas, das er nur bei ihr tat.

»Das«, sie zeigte auf den zappelnden Tengu, »passt nicht auf dein Bike.«

»Stimmt. Willst du den Wagen holen oder soll ich?« Er konnte sich mit Sterblichen wie mit Gezeichneten teleportieren, mit Dämonen hingegen nicht. »Ich müsste zurückfahren, also ginge es nicht besonders schnell.«

»Immer noch schneller als bei mir. Du kannst dich in die Garage teleportieren; ich müsste beide Strecken fahren.«

»Bist du sicher?«

»Ja.« Sie blickte zu dem wackelnden Zementhintern. »Wenn er sich danebenbenimmt, versohle ich ihn.«

»Der Glückliche!«

Mit einem Augenzwinkern verschwand Alec.

5

Keine halbe Stunde später stiegen Eve und Alec im Erdgeschoss des Olivet Place aus dem Fahrstuhl. Alec hatte sich den Tengu unter den Arm geklemmt. Für normalsterbliche Augen war das Ding so starr wie die steinernen Nachbauten, obwohl es wie verrückt strampelte.

»Mach nur so weiter«, warnte Eve, »und wir schmeißen dich in den Marianengraben. Dann kannst du von da zurücktrampen.«

Der Tengu japste und erstarrte.

»Wo wollen Sie damit hin?«, fragte die sterbliche Wache, doch der Gezeichnete neben ihm berührte seinen Arm und schüttelte den Kopf.

»Den werden Sie nicht vermissen«, sagte Eve und winkte ihnen zum Abschied. »Glauben Sie mir.«

Sie verließen das Gebäude. Draußen strebte Eve direkt auf die Harley zu und holte ihre Oakley-Sonnenbrille aus der Ledertasche über der Tanköffnung. »Wo ist der Wagen?«

»Um die Ecke.«

Sie schwenkte eine Hand nach vorn. »Ich folge dir.«

Alec ging voraus, verlangsamte allerdings seine Schritte, um sich nicht zu weit von ihr zu entfernen. Eve war ein wenig links hinter ihm, sodass er den Tengu auf der Straßenseite tragen konnte, weg von den Passanten. Sie rümpf-te die Nase, als ihr der Gestank fauliger Seele entgegen-wehte. Eve hielt die Luft an, doch ein Fußgänger rempelte sie an der Schulter an, sodass sie sich unweigerlich um-drehte. Der Schuldige funkelte sie gierig an. Mit gebleck-ten Reißzähnen. Sein Gesicht war bedeckt von mäandern-den schwarzen Zeichnungen, und seine Augen glühten neongrün. Mit einer Hackbewegung seiner Hand sagte er stumm: *Dein Kopf wird rollen.*

Obwohl sie innerlich erschauderte, zeigte Eve ihm einen Vogel … und krachte gegen etwas Steinhartes.

»Vorsicht!«, raunte Alec.

Eve blickte zu ihm auf und wollte es ihm erklären, doch da starrte er dem fliehenden Vampir mit tödlichem Blick nach. Und dieser Blick von dem gefürchteten Cain jagte selbst Eve Angst ein. Dann sah er sich prüfend um. Eve tat es ebenfalls, und ihr wurde kalt. Höllenwesen bevölkerten die Gehwege in außergewöhnlich hoher Zahl für diese Gegend, und es waren weit mehr als bei ihrer Ankunft vor-hin. Die Zentrale der nordamerikanischen Firma schreckte sie normalerweise davon ab, ihre Spielchen in Orange County zu veranstalten; anscheinend galt das heute nicht.

Alecs wachsender Zorn übertrug sich auf sie, und Eve fröstelte vor seiner kalten Aggressivität. Ein tiefes, kraftvol-les Knurren drang aus seiner Brust und drängte merklich sämtliche Dämonen zurück. Die Kraft, die von ihm aus-strahlte, machte Eve schwindlig, denn sie fühlte sie wie eine Phantomgliedmaße. Schon die schiere Macht eines Erzengels wäre zu viel für sie, doch dieses Eisige verschlug ihr den Atem.

Alec …

Die Welle verebbte. Eve musste sich an einem Laternenpfahl festhalten und tief durchatmen. Es war ein Ausdruck puren Besitzanspruchs gewesen – ähnlich einem Hund, der an einen Hydranten pinkelte. Und jedes Höllenwesen im Umkreis einer halben Meile hatte die Botschaft klar und deutlich verstanden.

Eve sah Alec ein bisschen ängstlich an, denn dieser Weltuntergangsausdruck in seinen Augen flößte ihr Furcht ein. »Was war das denn?«

»Wir müssen dich schnellstens hier wegbringen.« Er packte ihren Ellbogen und zog sie in eine Seitenstraße.

Dutzende starrende Augen trieben Eve an, schneller zu gehen. Sie musste sowieso halb laufen, um mit Alec mitzuhalten, doch es fiel ihr überhaupt nicht schwer. Einige Schritte von ihrem Chrysler 300 entfernt drückte Alec die Kofferraumentriegelung auf der Fernbedienung. Er steckte den Tengu hinein und warf Eve die Schlüssel zu. »Warte, bis ich das Bike hergeholt habe. Dann fahren wir zusammen zurück.«

Sie nickte, und Alec verschwand. Einen Moment später hörte sie den Motor der Harley anspringen.

Eve schloss den Kofferraum und bemerkte einen Mann, der direkt neben ihrem Wagen stand. Vor Schreck quiekte sie und machte einen Satz rückwärts.

»O Mann!«, hauchte sie kopfschüttelnd. »Haben Sie mich erschreckt, Pater.«

»Verzeihung.« Pater Riesgos lächelnde grüne Augen ließen seine rauen Züge weicher wirken. Der Priesterkragen schien an ihm so deplatziert wie ein Kostüm. Er sah definitiv mehr wie ein Abtrünniger als wie ein Missionar aus. An seiner Wange war eine Narbe von einer Messerwunde, und sein überlanges dunkles Haar war zu einem Zopf gebunden. Mit über einem Meter neunzig Größe und der Statur eines Panzers war Riesgo nicht unbedingt gut aussehend, doch sehr charismatisch und außergewöhnlich anziehend.

»Wie geht es Ihnen, Miss Hollis?«

»Gut, danke.« Ein Bollern ertönte aus dem Kofferraum, und Eve klatschte ihre Hand auf die Klappe.

Riesgo runzelte die Stirn. »Was war das?«

»Was?«

»Dieses Geräusch.«

»Ich habe nichts gehört.« Sie schaute sich misstrauisch um. Alle Höllenwesen hielten sich zurück, was vielleicht an Alecs unausgesprochener Warnung lag, vielleicht aber auch an der Gegenwart des Priesters. »Und ... wie geht es Ihnen?«

Er sah von dem Kofferraum wieder zu ihr. »Besser, nun, da ich Sie sehe.«

Bei einigen Männern wäre es wie ein Anmachspruch rübergekommen; Riesgo jedoch interessierte sich für ihre Seele, nicht deren Verpackung.

»Haben Sie in der Bibel gelesen, die ich Ihnen gegeben habe?«, fragte er.

»Ja, habe ich. Danke. Ich wollte sie Ihnen längst zurückbringen, aber bei der Arbeit geht es in letzter Zeit ziemlich verrückt zu.«

»Haben Sie irgendwelche Fragen?«

Alec konnte mit seiner Stimme Wachs zum Schmelzen bringen, doch Riesgo war diesbezüglich auch nicht zu verachten. Seine Stimme hatte diese rauchige Tiefe eines Telefonsexanbieters. Nicht dass Eve jemals bei einer Telefonsexnummer angerufen hätte; sie stellte sich lediglich vor, dass die Männer dort so klangen. Und sie fragte sich, ob Riesgo bewusst war, wie viele Frauen die Messe in St. Mary's einzig besuchten, um ihn mit diesem tollen spanischen Akzent reden zu hören.

»Keine Fragen«, antwortete sie und hörte, wie das Motorengeräusch der Harley verebbte, als Alec die andere Seite des Blocks umfuhr.

»Möchten Sie das Buch nicht zum Nachschlagen behalten?«

Noch mehr Wummern aus dem Kofferraum.

»Nein danke«, sagte sie und achtete darauf, nicht die Stimme zu erheben, obwohl sie gegen den Tengu-Lärm anredete. »Ich habe ein gutes Gedächtnis.«

»Was ist in Ihrem Kofferraum, Miss Hollis?«, rief er.

»Wie bitte?« Ihr Wagen begann zu wippen, und Eve drückte fester auf die Klappe, um ihn ruhig zu halten.

Riesgo beugte sich näher zu ihr. »Was ist das für ein *Geräusch?*«

»Ich höre nichts.«

Er zog eine dunkle Braue hoch. Dann streckte er seine langen Finger aus und nahm ihr die Schlüssel aus der freien Hand. Nicht dass Eve groß Widerstand leistete. Sie war viel zu geschockt von der Art, wie der Pater übernahm. Wie konnte ein Mann mit solch einem autoritären Wesen katholischer Priester werden?

Mit seinem Unterarm schob er Eve vom Wagen weg. Als der daraufhin wild zu wippen begann, sah Pater Riesgo sie fragend an.

»Sie sind aufdringlich, Pater.«

Riesgo drückte den Knopf auf der Fernbedienung, und

die Kofferraumklappe sprang auf. Der Tengu erstarrte, und sogleich war der Wagen ruhig. Eine Hand auf der Kofferraumkante und die andere mit den Schlüsseln an seiner Seite, blickte er hinab zu dem Wasserspeier – was der Tengu in seinen Augen war.

»Gefällt er Ihnen?«, fragte Eve.

Energisch schüttelte der Tengu den Kopf.

»Er ist niedlich.« Riesgo sah wieder Eve an, und der Tengu streckte dem Priester die Zunge raus. »Was ist mit Ihrem Wagen?«

»Nichts. Der läuft traumhaft. Ich kann den 300er nur jedem empfehlen.«

Alecs Harley hielt neben ihnen. Durch die schützende Sonnenbrille verschlang Eve den Fahrer förmlich mit ihren Blicken, als wäre Alec ein köstliches Dessert. Was ein passender Vergleich war, wenn sie es recht bedachte. Genau so hatte er sie schon vor zehn Jahren in seinen Bann gezogen. Ein heißer Typ auf einer Harley.

Er stellte den Motor ab und lächelte Riesgo an. »Pater.«

Die beiden Männer schüttelten sich die Hand.

»Sie sollten Miss Hollis' Wagen mal zur Werkstatt bringen«, schlug Riesgo vor. »Ihre hinteren Stoßdämpfer sind nicht in Ordnung.«

Alec sah zu Eve, die zum offenen Kofferraum nickte.

»Ich glaube, es ist sowieso eine Inspektion fällig«, sagte Alec mit einem Lächeln, bei dem seine weißen Zähne in dem sonnengebräunten Gesicht strahlten.

Riesgo wandte sich wieder zu Eve und reichte ihr die Schlüssel. »Ich freue mich darauf, Sie wiederzusehen.«

Hinter ihm lauerte schon eine ganze Schar Dämonen.

»Seien Sie vorsichtig auf dem Rückweg zur Kirche, Pater.«

Nachdem er noch einmal in den Kofferraum geblickt hatte, schüttelte Riesgo den Kopf und warf die Klappe zu. Mit einem Winken lief Eve zur Fahrerseite und setzte sich hinters Lenkrad. Alec fuhr voraus, und sie bog hinter ihm auf die Straße. Der Tengu begann, gegen die Rückbank zu treten.

»Ihn ins Meer zu werfen ist eine super Idee«, raunte Reed vom Beifahrersitz.

Eve verlor für einen Sekundenbruchteil die Kontrolle über den Wagen, der schlingerte, als wäre sie betrunken. »Verdammt noch mal, musst du mich so erschrecken?«

»Du bist angespannt.« Sie spürte, wie er ihr Profil musterte.

»Da draußen bricht die Hölle los. Buchstäblich. Also habe ich wohl allen Grund.«

Er legte eine Hand auf ihr Knie. Die Wärme übertrug sich durch die abgewetzte Jeans auf die Haut darunter. *Ich lasse nicht zu, dass dir etwas geschieht.*

Der Wageninnenraum war von Reeds Duft erfüllt – Leder und Stärke, ein Hauch von Würze und erhitzter männlicher Haut. Seine Nähe war beruhigend, und Eve drückte seine Hand.

Der Tengu polterte weiter in ihrem Kofferraum umher.

»Wenn du mir den Wagen verbeulst«, rief Eve über die Schulter, »werde ich ernsthaft sauer!«

Die Intensität der Tritte und Schläge ließ nach, nicht jedoch deren Häufigkeit.

Alec fuhr durch Brookhurst, womit klar wurde, dass sie auf dem Weg zum Gadara Tower waren. Was Eve nur recht war, denn aus irgendeinem Grund wollte sie den Tengu nicht bei sich zu Hause. Die verfluchten Dinger brachten Unglück.

Sie fühlte Reeds Unruhe und fragte: »Was ist mit dir?«

»Ich habe mich mit unserem Nix-Problem beschäftigt.«

»Aha?«

»Es ist zwei Monate her, seit du ihn in die Luft gejagt hast, doch es gab keine Berichte von neuen Morden mit seiner Visitenkarte – bis letzte Woche.«

»Vielleicht hält die Polizei es unter Verschluss. Das tun sie manchmal.«

Seine Finger verwoben sich mit ihren, bevor er ihre Hand auf seinen Oberschenkel zog. »Du siehst zu viel fern. Und hör auf, dir ein schlechtes Gewissen einzureden, weil du mich berührst.«

Sie verzog den Mund. »Eine Dynamitstange an beiden Enden anzuzünden, macht mich eben nervös.«

Das Bild einer zerzausten Sara unter ihm auf dem Fußboden kam in seinen Kopf, und folglich tauchte es auch in Eves auf. Sie hielt den Atem an, als sie eine vollkommen unerwartete Eifersucht überkam.

Reed blickte geradeaus. Seine Ray Ban verbarg seine Augen, und sein Profil gab nichts außer einem kurzen Zucken seines Wangenmuskels preis. »Es ist nicht, wie du denkst«, raunte er.

Eve vertrieb alles aus ihrem Kopf. »Du weißt nicht, was ich denke.«

»Du machst mich wahnsinnig.«

»Das bin nicht ich, sondern der ganze Kram, der dir durch den Kopf rauscht.« Da waren Unmengen an Informationen, die durch seine Gedanken strömten – Tötungsbefehle von Alec, Aufträge für die Gezeichneten unter seinem Kommando, Berichte von den Gezeichneten an ihn. Der menschliche Verstand könnte solch eine Flut niemals verkraften, doch *Mal'akhs* gingen täglich mit ihr um. Allein das winzige bisschen, das Eve durch ihn mitbekam, war schon erdrückend.

Sie zog an der Hand, die Reed hielt, und er gab sie frei. »Ich denke, wir brauchen alle drei eine Pause voneinander.«

Seine Lippen wurden schmaler. »Warum kommen Frauen immer mit diesem Mist, wenn sie eifersüchtig sind?«

»Leck mich, du Mistkerl.«

»Ich bin nicht der Mistkerl«, konterte er.

»Ich bin eine Belastung, und das weißt du. Dieser Dating-Quatsch ist das Risiko nicht wert. Alec kann nichts für mich empfinden, und du legst dich sowieso noch nicht fest. Wir sehen uns erst seit einigen Wochen. Ziehen wir lieber früher als später einen Schlussstrich.«

Er sah zu ihr. »Bekommt Cain diese kleine Ansprache auch?«

Sie nickte. »Wird er.«

»Also … du sagst, Cain ist herzlos, und du denkst, dass mir noch nicht genug an dir liegt. Wo bleibst du dann? Trauerst du ihm weiter nach?«

»Offensichtlich nicht ausreichend, um tatenlos abzuwarten.« Sie blickte wieder zur Straße und fuhr auf die Linksabbiegerspur zum Harbor Boulevard, einen Wagen hinter Alec. »Hör mal, das Wider überwiegt hier klar das Für, und ich stelle ein Risiko dar, das sich keiner von euch erlauben kann. Was wiederum mich belastet, und das hasse ich!«

Reed trommelte mit den Fingern auf seinem Bein. Wegen seiner steinharten Muskeln war die Haut gespannt wie ein Trommelfell.

Solchen Quatsch bemerkst du also, während du im selben Atemzug behauptest, mich nicht zu wollen?

»Ich habe nicht gesagt, dass ich dich nicht will. Ich sagte bloß, dass es keine Zukunft hat.«

»Hör auf, dir darüber Gedanken zu machen, und konzentriere dich auf das, was es ist.«

»Ich möchte mich lieber darauf konzentrieren, am Leben zu bleiben.«

»Und dazu brauchst du Sex. So ticken Gezeichnete nun mal.«

»Weiß ich.«

Die Stille, die jetzt eintrat, war so drückend, dass sie selbst den polternden Tengu übertönte.

Reeds Stimme klang gefährlich leise, als er sagte: »Nein, verdammt.«

Eve bog in den Harbor Boulevard ein und sah wieder zu ihm. »Was?«

Er nahm die Sonnenbrille ab und blickte sie streng an. »Ich habe mich an deine Spielregeln gehalten. Und jetzt erzählst du mir, dass das Spiel vorbei ist, ehe ich eine Chance hatte zu gewinnen. Kommt nicht infrage.«

Eve stand der Mund offen. »Heißt das etwa, ich *schulde* dir eine Nummer?«

»Verdammt richtig. Und ich fordere sie ein.«

»Das ist ja wohl das Unreifste, Chauvinistischste …«

»Ja, ja, spar dir das.«

»Ruf Sara an, wenn du so dringend jemanden um Sex erpressen willst«, erwiderte sie.

»Ich bin *deinetwegen* enthaltsam. Du schuldest mir was.«

Ihretwegen enthaltsam?

Was nicht wettmachte, dass er ein Arsch war. »Soweit

ich sah, scheint Sara deine Neandertalerseite zu vermissen.«

»So wie du.« Er setzte die Sonnenbrille wieder auf und verschränkte die Arme. »Da habe ich gepatzt. Ich sollte auf deine Körpersprache hören, nicht auf den Müll, der aus deinem Mund kommt. Ich sollte deinen Hintern über die Sofalehne beugen und dich nageln. Dann würdest du kapieren, dass dein läppischer Versuch, mir die kalte Schulter zu zeigen, nicht funktioniert.«

»Ich würde dich nicht mal vögeln, wenn du der letzte Mann auf der Welt wärst.«

Reed hielt eine Hand an sein Ohr. »Hast du das gehört? Das war das Geräusch von Samthandschuhen, die abgestreift werden.«

»Ja, ja. Werde endlich erwachsen.«

»Ich wollte, dass du den ersten Schritt machst. Jetzt …« Er drehte den Kopf zum Fenster. »Will ich dich einfach nur.«

Der letzte Satz klang nicht überheblich, sondern weicher. Resigniert. Sein Verlangen war mehr als rein körperlich. Er zeigte es zwar nicht, doch Eve fühlte es.

Es kam nicht sonderlich häufig vor, dass Gezeichnete Beziehungen mit ihren Teamleitern eingingen, aber eben hin und wieder. Auftragseinteilungen und Außendienstberichte sorgten für eine stete Kommunikation zwischen ihnen, die eine Vertrautheit schuf, aus der manchmal mehr wurde.

»Sogar wenn dein Verlangen nach mir mich zur Zielscheibe für Satan macht?«, fragte sie in der Hoffnung, seinen mentalen Schutz ein wenig zu lockern.

»Sogar dann.«

Eve wandte den Kopf zu Reed und stellte fest, dass er fort war. Er hatte sich an irgendeinen anderen Ort auf der Welt teleportiert. Diese Fähigkeit, in einem Moment hier zu sein und im nächsten weit weg, erinnerte Eve an Comic-Helden wie Superman oder Spiderman.

»Aber ich spiele nicht die Rolle der dauernden Geisel«, beharrte sie laut. »Hörst du mich?«

Falls ja, antwortete er trotzdem nicht.

Von seinem Platz am Kopf der U-förmigen Tafel aus genoss Sammael den Anblick Raguels, des arrogantesten aller Erzengel, der mit gesenktem Haupt und geballten Fäusten vor ihm auf dem Boden kniete. Das leuchtende Weiß seiner Flügel stand in einem bizarren Kontrast zu seinem mokkafarbenen Teint und dem zerschlissenen Wollhemd, das er trug.

Sammael lehnte sich lächelnd auf seinem Stuhl zurück. Schmerz. So wunderschön und wirkungsvoll. Von allen Schöpfungen Jehovas war der Schmerz Sammael am liebsten. Terror und Unterdrückung folgten erst in einigem Abstand.

Allerdings würde Schmerz allein nicht reichen, seinen Bruder Raguel zu brechen.

Nach über einem Monat im Höllenfeuer hatte die Haltung seiner Schultern immer noch nicht ihre Eleganz eingebüßt, und das freute Sammael. Und dass der Erzengel seine weißen Flügel mit den goldenen Spitzen zeigte, war ein Zeichen von Rebellion, mit dem die niederen Dämonen eingeschüchtert werden sollten. Sammael amüsierte es.

»Gefällt dir deine Unterkunft?«, fragte er höflich.

Raguel hob den Kopf. Aus seinen dunklen Augen sprachen Hass und Zorn, doch er sagte nichts.

Perfekt. Es blieb kein Raum mehr für die Liebe zu Gott, wenn die Seele vor abscheulichen Gefühlen barst.

»Sprachlos? Ach, nun ja ... hast du Hunger?« Sammael warf ein Fleischstück auf den Boden. »Es ist recht gut.«

Die Augen seines Bruders blieben auf ihn gerichtet. Raguel machte keinerlei Anstalten, nach dem Essen zu greifen, obgleich er sichtlich ausgezehrt war. Zwar konnte er nicht an Hunger sterben, litt aber doch unter ihm.

Lächelnd blickte Sammael sich um. Der große Saal und der Tisch darin veränderten ihre Größe je nach Anwesenden. Mochte es nun wirken, als wäre er bis auf den letzten Platz besetzt, waren tatsächlich sehr viel weniger Untertanen da als sonst. Sammael hoffte, die Fehlenden vergnügten sich im sonnigen Südkalifornien. Ihre Ferien wären bald vorbei.

»Was willst du?« Raguel war heiser vom endlosen Schreien. Er wurde in einem Metallkäfig über Höllenfeuer gehalten, wo ihm mit jeder Flamme die Haut weggebrannt wurde, bevor seine Engelsgaben sie wiederherstellten. Das fortwährende Heilen kostete ihn zu viel Kraft, als dass ihm noch Energie blieb, sich selbst zu befreien. Daher kniete er jetzt nicht etwa, um dem Prinzen der Hölle seinen Respekt zu erweisen, sondern weil er sich nicht auf den Beinen halten konnte. Er hatte zu viel Mühe an die Wiederherstellung dieser prächtigen Flügel vergeudet.

Plötzlich war Sammael verärgert und stand auf. Er breitete seine blutroten Flügel mit den schwarzen Spitzen aus. Die Dämonen brüllten sofort und reckten die Fäuste. Raguel hob sein Kinn. Immerzu trotzig.

»Cain leitet die Firma«, schnurrte Sammael und verschränkte seine Hände unterhalb der Flügel auf seinem Rücken. »Unsere Geschwister scheinen es nicht eilig zu haben, dich zu befreien. Vielleicht vermissen sie dich nicht. Das System der Sieben ist auch ohne dich intakt.«

»Ich mache mir keine Sorgen.«

»Cain hat einige Änderungen eingeführt, die zu einer erhöhten Produktivität und weniger Gezeichneten-Unfällen führten. Er hat auch die Fehler im bestehenden System offengelegt.«

»Trifft er dich dort, wo es wehtut?«, fragte sein Bruder.

Sammael lachte. Er begann, links um den Tisch herumzugehen, wobei seine Hufe ein rhythmisches Klopfen auf dem Steinboden verursachten. Der wuchtige, rubinrote Kronleuchter über ihnen folgte seinen Bewegungen. Es war das Schicksal Niederer, in der Dunkelheit zu leben, es sei denn, Sammael brachte ihnen Licht. »Eine Zeit lang sah es aus, als wäre seine Faszination von Evangeline Hollis überstanden, doch nun umwirbt er sie wieder. Was sieht er in ihr? Was hat sie, das ihn an ihr festhalten lässt, wie er es noch bei keiner Frau seit seiner Gemahlin Awan tat?«

»Das interessiert mich nicht.«

»Wirklich nicht? Jetzt verstehe ich, warum sie sich von dir abgewandt haben. Du bist faul geworden.« Er strich mit der Hand über die Wange eines Sukkubus, an dem er vorbeiging. »Nach all diesen Jahren, von allen weiblichen Wesen auf der Welt – all den Gezeichneten und Höllenwesen, all den Nephilim und Sterblichen –, bindet er sich an diese eine unscheinbare Frau. Und du fragst dich nicht, warum?«

Raguels Züge verhärteten sich.

»Ich frage mich, warum«, murmelte Sammael. Es war unnötig, laut zu sprechen, da ohnehin niemand wagte, ihn zu übertönen. »Was macht sie besonders? Möchtest du wissen, zu welchem Schluss ich gekommen bin?«

»Nicht unbedingt, nein.«

Das Schweigen blieb ungebrochen, doch das Entsetzen ob Raguels Respektlosigkeit war deutlich zu spüren. Und es würde wie ein Krebsgeschwür wuchern, wenn man es ließ.

Als Sammael an einem Berserker vorbeiging, berührte er ihn. Es war ein liebevolles, sanftes Streicheln, bei dem der Dämon lächelte ... bevor er sich in eine ranzige Pfütze auf-löste, die von der Bank rann und eine Lache auf dem Boden bildete. Beißender Angstgestank breitete sich im Raum aus.

»Ich bin großzügig gestimmt«, sagte Sammael lächelnd, »deshalb erzähle ich es dir trotzdem. Ich denke, es ist ihr mangelnder Glaube, der Cain fasziniert. Ich denke, ihr Agnostizismus spricht ihn an, und Gemeinsamkeiten sind ja immer verlockend, nicht?«

»Cain ist fromm«, erwiderte Raguel scharf.

»Ist er das? Kann er es sein?«

»Hat er es nicht bewiesen?«

»Er ist Gottes oberster Vollstrecker. Er tötet so oft, wie er atmet. Kann so eine Kreatur Liebe in ihrer Seele tragen?«

»Seine Liebe zu Evangeline Hollis beweist es.«

»Liebt er sie? Wirklich? Oder regt sich etwas Primitive-res, Roheres in ihm? Vielleicht bezweckt er etwas, von dem wir nichts wissen. Oder es ist schlicht eine inzestuöse Vor-liebe für ihren Namen. Eve. Eva. Die Verführerin. Sie ist mir heute genauso frisch im Gedächtnis wie an dem Tag, als ich ihr begegnet bin.«

»Ich bete, dass ihr Andenken in deinem Geist eitert wie eine offene Wunde.«

Sammaels Fäuste ballten sich unter den Flügeln. »Cain leitet eine Firma. Wer hätte geahnt, dass er einst zu solchen Höhen aufsteigt? Es muss dich ungemein stören.«

»Willst du auf etwas Bestimmtes hinaus, Sammael?«

»Ich unterhalte mich nur, mein Bruder. Es ist so lange her, seit wir beide zusammen waren.«

Raguel schlug seine mächtigen Flügel und nutzte den Auftrieb, um seinen geschundenen Körper aufzurichten. »Ich habe nichts zu sagen. Schick mich zurück in meine Hölle.«

»Sag bitte.«

Eine Zeit lang herrschte Stille, dann kam ein geknurrtes »Bitte«.

Der Hass seines Bruders war glühend.

Wunderschön.

Zufrieden mit dem Stand der Dinge, schickte Sammael ihn mit einem Fingerschnippen zurück und versetzte sich gleichzeitig in seinen Empfangssaal. Einen Moment später erschien Azazel, sank auf ein Knie und verneigte sich. Abgesehen von Größe und Statur, ähnelte ihm sein Lieutenant nicht im Geringsten. Weißes Haar und blassblaue Augen betonten die elfenbeinfarbene Haut, und seine Kleidung in Eisblau und Silber betonte Azazels frostiges Wesen noch. Er konnte allein mit seiner Gegenwart einen Raum erkalten lassen, und er war überaus nützlich, wenn Sammaels feuriges Temperament gekühlt werden musste.

»Mein Gebieter«, murmelte Azazel.

»Wie ist dein Eindruck von Raguel?«

Der Dämon sah auf. »Er ist ungebrochen, aber seine Seele ist müde.«

»Gut. Genau so will ich ihn. Jetzt erzähl mir, welche Neuigkeiten du hast.«

»Die *Yuki-Onna*, Harumi-san, hat uns an Evangeline Hollis verraten. Cain ist wieder im Außendienst. Dadurch wird es schwieriger für uns, an sie heranzukommen.«

Sammael lächelte. »Sie hat andere Schwächen.«

»Ihre beste Freundin macht eine Rucksacktour durch Europa, und ihre Schwester lebt in Kentucky.«

»Hervorragend.«

»Ihre Eltern wohnen ganz in ihrer Nähe.«

Sammael ging auf seinen Thron zu. Seine unteren Gliedmaßen veränderten sich, als er über den Mosaikboden schritt, und wurden zu Beinen. Seine Flügel versanken in seinem Rücken, als hätte es sie nie gegeben. »Lass sie.«

»Mein Gebieter, ich denke …«

»Nein, tust du nicht.« Er richtete seine schwarze Samthose, bevor er auf seinen Stuhl sank und Azazel bedeutete, sich zu erheben. »Nimm ihr die Familie, und du nimmst ihr den Lebensgrund.«

»Warum sollte das schlecht sein?«

»Ihre Familie hält sie sterblich, was sie schwach macht. Was glaubst du, warum die Seraphim Ungebundene als Gezeichnete wählen? Eine Seele ist am gefährlichsten, wenn sie nichts zu verlieren hat. Wir wünschen sie uns motiviert, nicht als kummergebeutelte Ein-Personen-Bürgerwehr. Sie könnte sogar zur Verbündeten werden.«

»Verbündete?«

»Warum nicht?« Er winkte lässig mit einer Hand ab. »Sie glaubt nicht. Folglich liegt nahe, dass sie das Kainsmal loswerden will. Jeder, der ihr dazu verhelfen kann, wäre ein Freund.«

»Du willst sie erpressen *und* zur Freundin?«

»Oder sie töten. Was immer das Günstigste für mich ist. Finde jeden, der ihr etwas bedeutet, dessen Verlust sie aber nicht brechen würde. Befreundete Kollegen, Schulfreunde, Nachbarn.«

Azazel schnaubte. »Ulrich hat sich schon um die Nachbarin gekümmert. Sie wäre ideal gewesen, beinahe so nahe wie Familie.«

»Ulrich? Der Nix?« Sammaels Blick wanderte hinauf zum »Sündenfall« von Michelangelo an dem hohen Deckengewölbe. »Asmodeus überschreitet mal wieder die Grenzen.«

»Er ist ehrgeizig.«

»Er ist übereifrig. Er hat es schon einmal geschafft, sie zu töten, indem er Grimshaw einen Drachen lieh.« Er sah wieder seinen Lieutenant an. »Behalte ihn im Auge. Er und ich könnten bald einiges zu besprechen haben.«

Ein rares Lächeln trat auf Azazels Züge. »Ja, mein Gebieter.«

Sammael lehnte seinen Kopf an den Thron und schloss die Augen. »Und lass den Schmutz wegmachen, den der Berserker im großen Saal hinterließ.«

6

Eve lenkte ihren Wagen in die Lücke neben Alecs und stellte den Motor aus. Die Tiefgarage im Gadara Tower war dunkler und kühler als das Erdgeschoss, und allein der Temperaturwechsel reichte aus, um den Tengu im Kofferraum verstummen zu lassen.

Eves Hände umklammerten noch das Lenkrad. Nach wie vor genervt von Reed, starrte sie auf das einzelne Schild vorn mit der Aufschrift »A. Cain und E. Hollis«. Privilegien wie diese sorgten immerfort für Verdruss bei den anderen Gezeichneten.

Ihre Wagentür wurde geöffnet, und Alecs große Hand tauchte vor Eves Gesicht auf. Sie zog den Zündschlüssel ab und ließ sich von ihm aus dem Wagen helfen. Kaum stand sie halbwegs, wurde sie von knapp zwei Metern Mann gegen die hintere Wagentür gedrückt.

»Ich habe nachgedacht …«, begann Eve.

Der Tengu polterte erneut drauflos.

Wir müssen die Schutzvorkehrungen verschärfen, sagte er in ihrem Kopf. *Wichtige Informationen bleiben unter uns beiden, verstanden?*

»Verstanden.«

Alecs Hände packten ihre Taille; seine Daumen strichen

über ihre Hüftknochen, und die Sonnenbrille baumelte zwischen seinen Fingern. »Habe ich dir wehgetan?«, fragte er leise. »Vorhin?«

Allein die Erinnerung an die ungeheure Macht, die er beim Tengu-Gebäude ausgestrahlt hatte, ließ sie erschauern. Dennoch schüttelte sie den Kopf. »Mir geht es gut. Ich war nur nicht darauf vorbereitet.«

»Und ich hatte nicht bedacht, wie es auf dich wirken könnte.«

»Hörst du mich klagen? Ich denke, du hast uns vor einem weiteren Angriff bewahrt.«

Er neigte seine Stirn zu ihrer. »Du bist zu gut für mich.«

»Alec ...« Ihre Kehle wurde eng.

»Doch diese Schlussmach-Rede, die du Abel gehalten hast, wird bei mir genauso wenig ziehen, also spar dir die Mühe.«

Eve stemmte die Hände gegen seine Schultern. »Du hast mich belauscht!«

Lachend wich er zurück. »Ich bin skrupellos.«

Alec griff nach der Kofferraumtaste vorn bei der Fahrertür, da klingelte Eves Telefon im Becherhalter. Er warf es ihr zu. Auf dem Display erschien lediglich *California*, also meldete Eve sich mit einem strengen »Hollis«.

»Miss Hollis, hier ist Detective Jones vom Anaheim Police Department.«

Beim Klang der bekannten Stimme zuckte sie ein wenig zusammen. Der Detective sprach leicht näselnd, als wäre er in den Südstaaten aufgewachsen und dann hierher umgesiedelt.

Das Mantra der einheimischen Kalifornier kam ihr unweigerlich in den Sinn: *Willkommen in Kalifornien. Jetzt reist wieder ab.*

Als Alec ihr bedeutete, zum Kofferraum zu gehen, drückte Eve seinen Arm und sagte besonders deutlich: »Hallo, Detective.«

Alec hielt inne.

»Ist es gerade ungünstig?«, fragte Jones.

»Nein, ich habe eine Minute Zeit.«

»Mein Partner und ich waren vor ungefähr einer Stunde bei Ihnen zu Hause.«

»Ich bin bei der Arbeit.«

»Nein, sind Sie nicht.«

Sie ging zum Wagenheck. »Ach nein?«

Als der Tengu wieder im Kofferraum herumhämmerte, fragte er: »Was ist das für ein Lärm?«

»Welcher Lärm? Und warum glauben Sie, dass ich nicht bei der Arbeit bin?«

»Weil wir in diesem Moment in Ihrem Büro sitzen.« Er wurde lauter. »Hören Sie mich?«

Eves Blick huschte zu Alec. Der wartete auf ihr Zeichen, den Kofferraum zu öffnen. »Sie sind hier?«

»Wo sind Sie, Miss Hollis?«

»In der Tiefgarage des Gadara Towers.«

»Wir würden gern mit Ihnen sprechen, wenn Sie einen Moment erübrigen können.«

»Natürlich. Ich bin in zehn Minuten oben.« Sie legte auf.

Alec lehnte die Arme auf die Oberkante der offenen Wagentür. »Ich lasse Kaffee und Donuts in dein Büro bringen.«

So praktisch die mentale Gegensprechanlage der Erzengel auch sein mochte, war sich Eve nicht sicher, ob sie all die Kopfschmerzen wert war. Durch Alec strömten die Informationen wie durch ein Sieb, wenn auch nicht auf dieselbe Weise wie bei Reed. Die Einteiler oder Teamleiter waren quasi vorgeschaltet, um den Firmenleitern ein wenig von der Last abzunehmen. In ihre Verantwortung fielen allerdings nur einundzwanzig Gezeichnete, wohingegen die Erzengel für Tausende zuständig waren.

»Vielleicht finden sie Donuts zu klischeehaft und sind beleidigt«, sagte Eve und steckte ihr Telefon ein. Dann ging sie zum Kofferraum.

»Gut. Sie sollen wissen, dass sie mein Mädchen lieber nicht nerven.« Er drückte den Knopf, der die Heckklappe öffnete.

Der Tengu kam quiekend herausgeschossen. Eve fing ihn ächzend auf, doch die Wucht, mit der die kleine Bestie ihr entgegenrauschte, bewirkte, dass Eve auf ihrem Hintern landete.

»Hübsche Gezeichnete!«, schrie das Ding und schnappte mit den Steinzähnen nach ihr.

Eve wartete, bis Alec um den Wagen kam, und schleuderte ihm den Dämon entgegen.

Wie üblich wimmelte es in der Lobby des Gadara Towers von geschäftigen Gezeichneten und Sterblichen. Das Surren der gläsernen Aufzüge und unzähliger Unterhaltungen war für Eve mittlerweile vertraut und beruhigend. Hier fühlte sie sich sicher, abgeschirmt von der Außenwelt, in der die Dämonen Amok liefen.

Fünfzig Stockwerke über ihr fiel Tageslicht durch ein riesiges Glasdach und sorgte für natürliche Beleuchtung unten. Die sanfte Sonnenwärme, kombiniert mit einer Vielzahl von Grünpflanzen, bewirkte eine leichte Luftfeuchtigkeit. In der wiederum gewann der süßliche Geruch der Gezeichneten eine beinahe überwältigende Intensität.

Neben Eve atmete Alec tief ein und mit einem genüsslichen Seufzer wieder aus. Eve konnte den Nachhall des Machtschubs spüren, der ihn immer dann traf, wenn er sich unter mehreren Gezeichneten aufhielt. Dieser Kraftschwall war einzigartig bei ihm, dem ursprünglichen und dem gefährlichsten Gezeichneten von allen. Eve fragte sich, wie er es geschafft hatte, so lange autonom zu bleiben, bedachte man, wie viel stärker ihn die Nähe anderer Gezeichneter machte. Sicher gab es dafür eine Erklärung, nur verriet Alec sie ihr nicht.

Während sie sich ihren Weg bahnten, blieben immer wieder Gezeichnete stehen, um den Tengu anzustarren. Es war das erste Mal, dass sie ein maskiertes Höllenwesen sahen. Und ihr Unbehagen war beinahe mit Händen zu greifen. Eve hoffte, dass es nicht allzu große Zweifel weckte. Das Letzte, was sie gebrauchen konnten, waren verängstigte Gezeichnete, die auf Sterbliche losgingen.

Werden sie nicht, sagte Alec und schüttelte den zappelnden Tengu, damit er Ruhe gab. *Ich sorge dafür.*

Eve wusste, dass er es konnte. Seine Überzeugungskraft war beeindruckend. Sie sah zu seinem Profil und musste an Batmans Widersacher Two-Face denken. Auch Alecs Persönlichkeit hatte zwei gegensätzliche Seiten: Er tötete mit der einen Hand, arbeitete aber mit der anderen daran, Leben zu retten.

Seit seinem Aufstieg zum Erzengel schien dieser Zwiespalt in ihm besonders stark. Aber vielleicht war er auch von je her da gewesen, und Eve hatte es lediglich nicht bemerkt. Seine Beförderung war wenige Stunden nach Eintritt ihres Noviums erfolgt, sodass ihre geistige Verbindung noch ganz frisch gewesen war. Entsprechend hatte Eve zuvor keine Gelegenheit gehabt, das Denken des alten Cain kennenzulernen.

Sie gingen zu einer Reihe von verborgenen Fahrstühlen, die in die abgeriegelten Untergeschosse fuhren. Ihr Büro im fünfundvierzigsten Stock sah Eve eher selten. Meist hatte sie hier in den unterirdischen labyrinthartigen Korridoren zu tun, die sowohl freundliche als auch weniger freundliche Höllenwesen beherbergten.

»Hübsche Gezeichnete, nicht so nett«, jammerte der Tengu, als sie in den Fahrstuhl stiegen.

»Du hast gut reden!«, erwiderte sie. »Du hast versucht, mir den Schädel einzuschlagen, mich zu Boden zu ringen, zu beißen …«

»Spaß, Spaß, Spaß!«

Eve zeigte ihm den Vogel. Er streckte ihr die Zunge raus.

»Lasst das, Kinder«, sagte Alec, dessen Augen amüsiert blitzten.

Eve sah zu dem Lautsprecher in der Ecke. »Was ist eigentlich mit diesem Barry Manilow? Jedes Mal, wenn ich in einen der Aufzüge hier steige, höre ich Manilow.«

»Dann hast du eben Glück. Übrigens komme ich mit dir nach oben.«

»Die Detectives wissen nicht, dass du hier arbeitest.«

»Na und? Sie haben ja schon mitbekommen, dass du nicht den ganzen Tag im Büro gesessen hast. Sag ihnen einfach, dass heute dein freier Tag ist und du etwas vergessen hast.«

Sie blickte an sich hinab. Ihre Jeans war schmutzig, die Stiefel waren zerkratzt, und ihr Top war am Saum eingerissen.

Alec grinste. »Dein Haar braucht auch Hilfe.«

Eve drehte sich um und betrachtete ihr Spiegelbild in der glänzenden Messingwand. Ihr Zopf war schief, und auf ihrem Kopf standen halb gelockerte Strähnen ab. Außerdem war ihr Haar stumpf von Höllenwesenasche.

»O Gott.« Sie biss die Zähne zusammen und atmete zischend ein, als ihr Mal brannte. »So lässt du mich herumlaufen?«

»Du bist immer noch scharf.«

Sie warf ihm einen bösen Blick zu. »Du bist furchtbar.«

»Abel hat auch nichts gesagt.«

»Ihr seid beide furchtbar«, korrigierte sie sich und löste ihren Haargummi.

Ich würde dich immer noch nehmen, meldete sich Reed.

O Mann, ihr tickt doch beide nicht richtig, konterte sie.

Der Fahrstuhl hielt, und mit einem »Pling« öffneten sich die Türen. Prompt schlug Eve der Gestank von zahlreichen Höllenwesen entgegen, sodass sie die Nase rümpfte. In einem Sitzbereich zur Rechten waren Dutzende Dämonen unterschiedlicher Klassen, die sich allesamt beschwerten, dass sie warten mussten. Links saß ein weiblicher Werwolf am Empfangstresen. Sie hatte Kopfhörer auf und feilte sich die Krallen.

Sobald die anderen Alec bemerkten, kehrte Stille ein, obwohl er gar nicht auf sie achtete. Eve hingegen war sich der Wesen um sie herum sehr bewusst. Gezeichnete und

Höllenwesen beäugten sie misstrauisch. Und leider waren es die Gezeichneten, die sie unverhohlen bösartig ansahen, während die Höllenwesen schlicht neugierig waren.

Als sie Alec den Korridor hinunterfolgte, las Eve die vergoldeten Buchstaben auf den Glastüren, an denen sie vorbeigingen. Es lag ein dünner Rauchfilm in der Luft, der zusammen mit der Inneneinrichtung allem eine Atmosphäre von Fünfzigerjahre-Krimis verlieh. Einzig die Aufschriften an den Türen gaben den übernatürlichen Zweck dieser Räumlichkeiten preis.

Als sie vor einer stehen blieben, auf der »Forensische Wiccanologie« stand, trat Eve vor und klopfte an. Der Knauf drehte sich, und die Tür schwang wie von Geisterhand nach innen auf. Drinnen war die Deckenbeleuchtung ausgeschaltet. Pendelleuchten hingen über mehreren Arbeitsbereichen, die nur jeweils den einen Bereich erhellten, den Rest aber in tiefen Schatten tauchten.

»Eve!« Die raspelnde Stimme vom hinteren Ende des Raums erinnerte Eve immer an Larry King. Sie wartete, bis die vertraute, schwarz gekleidete Gestalt aus der stygischen Finsternis kam.

»Hi, Hank«, begrüßte sie ihn. »Wir haben dir etwas mitgebracht.«

Nur war die Gestalt, die erschien, nicht Hank. Es war eine junge Frau mit schneeweißen Haaren und gelben Wolfsaugen. Sie war knapp einen Meter siebzig groß, gertenschlank und schüchtern, ihren Bewegungen nach zu urteilen.

»Hallo.« Sie lächelte scheu. »Ich bin Fred.«

Eve verkniff sich ein Schmunzeln, was den maskulinen Namen betraf. Hank und Fred. Aber Fred dürfte ziemlich sicher weiblich sein. Bei Hank wusste es niemand, auch wenn Eve glaubte, dass er ein Mann war, weil er ihr gegenüber grundsätzlich in Männergestalt auftrat.

»Freut mich, Fred«, sagte Eve und reichte ihr die Hand. Fred schüttelte sie, dann sah sie zu Alec. »Cain.«

Alec nickte ihr nur kurz zu.

Hank trat in den Lichtkegel einer Pendelleuchte. Seine schwarz gekleidete Form veränderte sich, als er aus der Dunkelheit kam: von einer buckligen Greisin zu einem großen, eleganten Mann mit feuerrotem Haar. Hank war ein Chamäleon und wechselte Figur und Geschlecht je nach Gegenüber. Immer gleich blieben einzig die roten Haare, die maskuline Raucherstimme und die schwarze Kleidung.

»Meine neue Assistentin«, erklärte Hank. »Hier ist in letzter Zeit so viel zu tun, dass ich Hilfe brauchte. Fred ist zur Hälfte Lili, zur Hälfte Werwolf. Daher diese tollen Augen und das Faible für die Forschung.«

Lilin waren die Nachkommen der Verführerin Lilith – der ersten Frau von Alecs Vater, Adam, und der Mutter unzähliger Dämonen. Eve war der blonden Wölfin bisher nicht persönlich begegnet, und sie hoffte, dass es auch nie dazu kam.

»Die Hektik ist ihre Schuld«, sagte Alec und stieß mit seiner Schulter gegen Eves.

Sie schubste zurück.

Hank lachte. »Man kann es ihm nicht anlasten, dass er recht hat, meine reizende Eve. Wie ich höre, sind reichlich Höllenwesen in der Stadt, die es möglicherweise auf dich abgesehen haben.«

»Seinetwegen«, sagte sie und wies mit dem Finger auf Alec.

»Ein treffendes Argument.« Hank kam näher, um sich den merkwürdig stillen Dämon unter Alecs Arm anzusehen. »Ein Tengu? Faszinierend. Die Maskierung hat sich noch nicht abgenutzt. Oder sie haben es geschafft, mehr herzustellen.«

»Finde du das bitte heraus«, sagte Alec. »Und forsche bitte auch nach, warum der hier so aggressiv ist.«

»Verräter«, fauchte der Tengu und funkelte Hank und Fred wütend an.

Fred schnaubte, während Hank lachte. »Aus dem Stegreif würde ich vermuten, dass sein Verhalten eine Nebenwirkung der Tarnmaske ist. Bei meinen bisherigen Experimenten habe ich entdeckt, dass eine Infusion von Gezeichnetenblut und -knochenmehl auf lange Sicht nicht verträglich für Höllenwesen ist. Ich untersuche diesen Burschen mal und sehe, ob ich es eindeutig nachweisen kann.«

»Halte mich auf dem Laufenden«, bat Alec.

»Selbstverständlich.« Hank sah zu Eve. »Wie es aussieht, hat er dir ganz schön zugesetzt.«

»Er hatte Freunde«, murmelte sie und klopfte ihre staubige Jeans ab.

Hank wandte sich zu Alec, wobei er sich in einen Jessica-Rabbit-Doppelgänger in einem Morticia-Addams-Kleid verwandelte. »Ich habe auch ein bisschen mit einer Umkehrung der Tarnung herumgespielt.«

Eve merkte auf. »Würde die Gezeichnete unter Sterblichen unerkennbar machen?«

»Nein, sie soll sie wie Dämonen riechen lassen.«

»Uuuhh …«

Hank nahm wieder männliche Gestalt an. »Wie dem

auch sei, bislang ist es mir nur gelungen, Dämonen wie Gezeichnete riechen zu lassen.«

»Uärgs.«

»Vernichte das Rezept«, befahl Alec.

»Ist schon geschehen.«

Fred wollte nach dem Tengu greifen. Die kleine Bestie fauchte sie an, was Fred jedoch nicht zu stören schien. »Ich nehme ihn.«

Alec gab ihn ihr. Der Dämon schnappte nach Fred, worauf sie knurrte und tödliche Reißzähne bleckte.

»Meine Zähne sind größer«, warnte sie.

Der Tengu wimmerte und rollte sich zusammen.

»Stört es eigentlich sonst noch jemanden, dass die Dämonen uns so weit voraus sind, was Experimente und genetische Mutationen angeht?«, fragte Eve. »Und ›genetisch‹ ist doch das richtige Wort, oder sollte ich es anders nennen?«

»Höllenwesen mangelt es nicht an Versuchsobjekten«, erklärte Hank. »Die Gezeichneten hingegen sind zum Töten ausgebildet. Sie nehmen eher selten Wesen gefangen, um sie zu foltern oder mit ihnen zu experimentieren.«

Eve sah Alec an. »Daran sollten wir arbeiten.«

»Tun wir.«

Allmählich gewöhnte sie sich an diese ewigen vagen Aussagen.

»Hank«, fuhr Alec fort, »hast du noch diese Bowleschale, die ich dir brachte? Die, die der Nix Eve geschickt hatte?«

»Ja.«

»Hast du an der irgendwas entdeckt?«

Hank runzelte die Stirn. »Nichts Eindeutiges. Und nachdem der Nix tot war, hatte ich sie weggepackt.«

»Du musst sie wieder rausholen. Er ist zurück.«

»Zurück? Wie Montevista? Und Grimshaws Kind?«

»Genau.« Alec nahm Eve beim Ellbogen. »Wir haben oben noch einen Termin.«

»Ich brülle, wenn ich etwas finde.« Hank schwenkte eine Hand vor Eve von oben nach unten, und auf einmal fühlte sie sich blitzsauber.

Sie sah an sich hinab und stellte fest, dass ihre Kleidung makellos war. »Du bist der Hammer!«

»Selbstverständlich.«

Eve rief in die Dunkelheit, in der Fred verschwunden war: »Hat mich gefreut, Fred.«

Die Lili antwortete aus anscheinend großer Entfernung: »Bye, Eve. Bye, Cain.«

Nicht zum ersten Mal fragte Eve sich, wie groß Hanks Labor eigentlich war. Sie wollte Alec schon fragen, als sie sich plötzlich im Vorzimmer ihres Büros wiederfand.

»Ich hasse es, wenn du das machst«, beschwerte sie sich und orientierte sich blinzelnd neu.

»Ich wollte nicht zu spät kommen.«

Ihre Sekretärin Candace, ebenfalls eine Gezeichnete, stand lächelnd auf. »Guten Tag, Miss Hollis. Cain. Ich habe den Detectives Kaffee gebracht, wie gewünscht.«

Alec nickte und zog Eve zur Milchglastür, die in ihr Büro führte. Eve atmete tief durch, als er den Knauf drehte. Alec war cool und ruhig, Eve nichts von beidem. Sie hatte erst vor wenigen Monaten kurz mit Jones und Ingram gesprochen, aber das reichte, um ihr zu sagen, dass die beiden anständige Männer waren. Männer, die sich nur mit sterblichen Kräften in den Kampf für das Gute stürzten. Und Eve hatte ihnen ins Gesicht gelogen. Das Mal an ihrem Arm hatte auch entsprechend gebrannt, was allerdings keinen Sinn ergab. Es war ja nicht so, als hätte sie ihnen die Wahrheit sagen können.

Detective Jones erhob sich, als Eve eintrat. Er war ein unscheinbarer Mann in einem alten Anzug von einem Curry-Ton, wie er schon seit ungefähr dreißig Jahren nicht mehr für Kleidung verwendet wurde. Sein Partner, Detective Ingram, stand am Fenster und blickte hinab auf die Stadt. Sein Kleidergeschmack war besser, doch der gezwirbelte Schnurrbart war gleichfalls seit Jahrzehnten aus der Mode.

»Nette Aussicht«, sagte Ingram und beäugte Eve prüfend. »Schade bloß, dass man von hier nicht Disneyland aus der Vogelperspektive sehen kann.«

Sie lächelte. »Um den Freizeitpark herum gibt es eine 2,2-Quadratmeilenzone, die als Naherholungsgebiet ausgewiesen wurde. Wenn man im Park ist, sollen keine hohen Gebäude den Blick stören. Sie wollten die Fantasie nicht beeinträchtigen.«

»Ah, verstehe«, sagte Jones. »Tja, einige von uns müssen in der realen Welt leben.«

Eve ging zu ihrem Schreibtisch und nahm auf ihrem schmalen Ledersessel Platz. »Was kann ich für Sie tun, Detectives?«

Jones sah zu Alec, der wie ein Wächter an der Tür stand: die Beine leicht ausgestellt und die Arme vorm Oberkörper verschränkt. Der Detective schien drauf und dran, gegen Alecs Anwesenheit zu protestieren, überlegte es sich aber offenbar anders und setzte sich achselzuckend.

Eve fiel die Art auf, wie er sich bewegte. Sein untersetzter Körper zeigte nichts von der Steifheit eines älteren Mannes, wie es bei seinem größeren Kollegen der Fall war. Eve betrachtete ihn genauer und kam zu dem Schluss, dass er deutlich jünger sein musste, als er zunächst schien. Vermutlich war dieser Eindruck gewollt, was Eve umso misstrauischer machte. Jones war auch ein Jäger, und seine Beute waren die Informationen, die Eve besaß.

Er machte auch keinerlei Umschweife. »Haben Sie Neuigkeiten für uns, was den Tod Ihrer Nachbarin angeht, Miss Hollis?«

Eve schüttelte den Kopf. »Wenn ich etwas wüsste, hätte ich Sie angerufen. Ich habe ja noch Ihre Karte.«

»Kennen Sie einen Anthony Wynn? Er war einen Jahrgang über Ihnen an Ihrer Schule und hat vor Ihnen seinen Abschluss gemacht. Amerikaner mit chinesischen Wurzeln, etwa einen Meter fünfundfünfzig …«

»Ja, ich kenne ihn. Wir waren auch zusammen auf der Grundschule und der Junior High.«

»Er ist tot.«

Eve erstarrte. Sie hatten sich nur oberflächlich gekannt, aber gelegentlich waren sie auf denselben Partys gewesen, und Eve hatte ihn gemocht. »Wann? Wie?«

»Ertrunken, so wie die anderen«, antwortete Jones. »Wann haben Sie ihn das letzte Mal gesehen?«

Sie musste einen Moment überlegen. »V-vor ein paar Jahren. Ich war ihm zufällig in einem Supermarkt begegnet.«

»Also hielten Sie beide keinen Kontakt?«

»Nein. Wir waren nie enger befreundet. Das Einzige, was ich über ihn sagen kann, ist, dass er auf Partys immer still war und richtig tolle Skizzen auf Servietten zeichnete.«

Ingram trat an ihren Schreibtisch und zog eine Karte aus ihrem Visitenkartenhalter. »Sie sind erst seit Kurzem bei Gadara Enterprises, stimmt das?«

»Einige Monate.«

»Sie wurden unmittelbar vor dem Mord an Ihrer Nachbarin eingestellt, Mrs. Basso?«

»Auch das stimmt.« Sie widerstand dem Impuls, zu Alec zu sehen. *Worauf wollen die hinaus?*

Weiß ich noch nicht.

Ingram steckte sich ihre Karte ein, bevor er nach einer Aktentasche griff, die an dem Bein des Stuhls lehnte, auf dem Jones saß. Er holte ein Foto heraus und legte es auf den Schreibtisch. Es war ein Bild von ihrer alten Visitenkarte mit dem Winkel-Lineal als Rahmen. Und die Karte sah wellig aus, als wäre sie durchnässt gewesen und getrocknet worden.

Alec kam näher. Er sah erst zu dem Foto, dann zu Ingram. »Haben Sie die bei der Leiche gefunden?«

Jones lehnte sich auf seinem Stuhl zurück, die Arme lässig auf dem Lederlehnen. »Können Sie uns erklären, warum wir Ihre Karte bei der Leiche eines Mannes finden, den Sie seit Jahren nicht gesehen haben, Miss Hollis?«

Eve starrte ihn an. Der Nix verhöhnte sie. »Ich habe keine Ahnung.«

Ingram griff wieder in die Aktentasche und zog etwas heraus, das ebenso vertraut war wie das letzte Foto – eine Fotokopie von der unheimlich guten Phantomzeichnung des Nix. Die Detectives hatten sie ihr schon einmal gezeigt. Eine Floristin hatte den Kunden beschrieben, der häufiger in ihrem Laden gewesen war, um Seerosen zu kaufen.

»Sehen Sie sich die bitte noch einmal genau an«, sagte Ingram und hielt ihr das Bild vor die Nase.

Angewidert wandte sie das Gesicht ab. »Den habe ich nie gesehen.«

Das Mal wurde heiß von ihrer Lüge.

Jones atmete frustriert aus. »Sehen Sie genauer hin, Miss Hollis. Denken Sie nach. Er hat einen deutschen Akzent. Und irgendwann muss er an Ihre Visitenkarte gekommen sein. Hat er Sie hier aufgesucht? Sind Sie ihm irgendwo über den Weg gelaufen?«

»Ich erinnere mich nicht an ihn.« Sie rieb sich den brennenden Arm. »Ich hatte Briefe mit meiner Visitenkarte an alle früheren Kollegen, Kunden, Kommilitonen und Freunde verschickt. Und ich habe mindestens tausend Mitteilungen über meinen Wechsel zu Gadara Enterprises verschickt. Außerdem werfe ich sie manchmal auf diese Teller auf Restauranttresen, weil man ja nie weiß, wo man zufällig an Kunden kommt.«

»Stand Wynn auf Ihrer Adressliste?«, fragte Ingram.

»Nein. Ich weiß nicht mal, wo er wohnt. Ich sagte doch schon, dass ich ihn nicht näher kannte.«

»Er wohnte in der Beacon Street.«

Eves Bauch krampfte sich zusammen. *Das ist gleich bei meinen Eltern …*

Alec gab sofort Befehle in solcher Geschwindigkeit aus, dass Eve schwindlig wurde. Unwillkürlich hielt sie eine Hand an ihre Stirn und rieb sie.

Jones setzte sich auf. »Können wir eine Kopie der Liste haben?«

»Ja, sicher.« Eve griff nach ihrem Telefon.

»Diese Sache könnte persönlich sein.« Die ruhigen

Worte des Detectives ließen Eve mitten in der Bewegung erstarren. Sie sah ihn an. »Meinen Sie, es geht um mich?«

Der Detective blickte zu Alec und wieder zu ihr. »Dieser Kerl treibt sich seit neun Monaten in Anaheim herum. Er hat sein bevorzugtes Gebiet, soweit wir wissen, nur ein einziges Mal verlassen ...«

»Mrs. Basso.«

»*Ihre* Nachbarin. Danach war sein nächstes Opfer ein alter Bekannter von Ihnen, und Ihre Visitenkarte wurde in einer Bowleschale mit einer Seerose gefunden. Solche Dinge sind selten Zufall.«

Eve stemmte sich vom Schreibtisch ab und stand auf. Sie war viel zu rastlos, um sitzen zu bleiben. Jones richtete sich kurz auf, bevor er sich wieder setzte.

»Was ist mit den anderen Opfern?« Sie blickte beide Detectives abwechselnd an. »Kannte ich die auch? Gab es bei ihnen irgendeinen Bezug zu mir?«

Konnte es sein, dass der Nix sie schon umkreiste, *bevor* sie gezeichnet wurde?

Diesmal war es Jones, der in die Aktentasche des Schreckens griff und eine getippte Liste mit Namen, Geburtsdaten und Adressen zückte. Eve las die Tabelle durch und zermarterte sich das Hirn.

»Keiner dieser Namen kommt mir bekannt vor.«

»Wir konnten auch keine Verbindung herstellen«, sagte Ingram. »Vielleicht ist er erst vor Kurzem auf Sie aufmerksam geworden. Es könnte etwas völlig Simples sein, zum Beispiel dass Sie ihn im Verkehr geschnitten haben. Was auch immer der Grund ist, wir denken, dass er sich steigert, denn er terrorisiert sowohl die Opfer, die er umbringt, als auch Sie.«

Eve sah zu Alec. *Ich will ihn tot!*

Er blickte ihr in die Augen. *Ich auch.*

Sie verschränkte die Arme. »Wurden alle Opfer zu Hause gefunden?«

»Ja.«

»Dann brauchen Sie sich um mich keine Sorgen zu machen. In meinem Leben gab es in letzter Zeit keine ungewöhnlichen Vorkommnisse. Nichts, was mir Anlass gab, mich zu sorgen. Seit Mrs. Bassos Tod hat die Eigentümergemeinschaft einen zusätzlichen Sicherheitsmann eingestellt, also haben wir jetzt zwei. Einen, der den Außenbereich überwacht, und einen beim Aufzug in der Eingangshalle. Konzentrieren Sie sich nur darauf, diesen Kerl zu finden, bevor er noch jemanden bedroht.«

»Es ist unser Job, uns um Sie zu sorgen, Miss Hollis.«

»Nein, ist es nicht.« Das Letzte, was sie brauchte, war die Polizei auf den Fersen, die sie fortwährend abhängen musste, um die kopfgeldversessenen Dämonen zurück in die Hölle zu jagen.

»Doch, ist es«, entgegnete Ingram ungerührt. »Es ist nämlich so, Miss Hollis, dass Sie derzeit unsere heißeste Spur sind.«

Mit der Aktentasche in der Hand stand Jones auf. »Mit anderen Worten, gewöhnen Sie sich daran, uns häufiger zu sehen.«

7

Die Detectives haben das Gebäude verlassen.

»Irgendwie«, sagte Eve mit einem bitteren Lächeln, »klingt das nicht ganz so toll wie Elvis' ›Sign-off‹.«

Alec schickte den Gezeichneten an den Sicherheitsmonitoren ein kurzes Dankeschön, bevor er sich wieder Eve zuwandte. Er wusste, dass ihr nicht gefallen würde, was er sagen musste, hoffte allerdings, sie würde sich nicht übermäßig aufregen. Er hatte schlicht zu viel Mist um die Ohren, enorm schlechte Laune und brauchte dringend eine lange, harte Nummer. Im Gadara Tower zu sein, machte alles nur noch schlimmer. Die Nähe anderer Gezeichneter hatte Alec von jeher an Kraft und Energie gewinnen lassen, und früher genoss er es, das zu spüren, wenn er eine Firma betrat. Aber jetzt war es nicht mehr nur der Gezeichnete in ihm, der aufgeladen wurde. Das Finstere in seinem Innern reagierte ähnlich; es hatte sogar Energie von den Höllenwesen absorbiert, die sich beim Olivet Place herumtrieben. Und die darauffolgende Explosion, bei der Eve beinahe verletzt wurde, hatte ihm Angst gemacht.

»Lass mich das regeln«, sagte er ernst. »Du musst mit Montevista und Sydney zu Hause bleiben, bis wir wissen, was zum Teufel los ist.«

Sie sah ihn mit einem »Was hast du denn geraucht?«-Blick an. »Sehr witzig.«

»Verärgere mich nicht«, warnte er sie schärfer als beabsichtigt. Er erkannte eine verdammte Katastrophe auf Anhieb, und bei dieser steckte Eve mittendrin. Wie immer.

Sie stemmte die Hände in die Hüften. »Wozu zur Hölle habe ich mich durch das Training gequält?«

»Was denkst du, wofür du einen Mentor hast?«, konterte er. »Du kannst in sieben Wochen nicht alles lernen, was du wissen musst. So einem Kampf bist du noch nicht gewachsen, Eve, und ich kann nicht tun, was getan werden muss, wenn ich mir Sorgen um dich mache.«

Cain. Sabraels Stimme pochte mit der schieren Kraft des Seraphs durch seinen Kopf. *Du musst mit mir reden.*

Alec wurde von der Wucht, mit der das Dunkle in ihm zurückwich, körperlich durchgeschüttelt. *Kein guter Zeitpunkt*, erwiderte er.

Du stehst in meiner Schuld. Vergisst du so schnell?

Hast du vergessen, dass ich dir sagte, ich komme zu dir, wenn ich so weit bin?

Eve, die nichts von diesem Austausch mitbekam, blieb beharrlich. »Dann teil mich einem anderen Mentor zu.«

Alecs erster Impuls war, sie zu schlagen, was ihn vollkommen entsetzte. Er faltete seine Hände auf dem Rücken. »Nein.«

»Warum nicht? Wenn du zu beschäftigt bist, um deinen Job zu machen, solltest du mich jemand anderem zuteilen.«

Er rang mit seinem Zorn. Wie hatte Raguel das geschafft? Alec fand diesen ewigen Kampf sehr kräftezehrend.

»Du bist mein, Angel«, sagte er schroff. »Selbst wenn du dich nicht so verhältst.«

»Wir reden hier übers Geschäft.« Sie reckte das Kinn. »Raguel drohte damit, mich einem anderen zuzuteilen, also ist es grundsätzlich möglich. Das System hat immer einen Plan B für Notfälle.«

»Ich bin deine Notfallsicherung.« Er trat vor. Ihm war, als würde er sich auf Autopilot bewegen. Sein Verstand hatte keinerlei Verbindung zu den brodelnden Gefühlen, die ihn antrieben. »Und ich nagle dich an die Wand, wenn es sein muss.«

Noch wenige Schritte, dann wäre sie gefangen. Sie könnte nirgends hin ...

Eve rührte sich nicht vom Fleck. »Du hörst dich an wie dein Bruder.«

Alec runzelte die Stirn. »Und du klingst, als würdest du ihn nicht wollen, obwohl wir beide wissen, dass das nicht stimmt.«

Ungeduldig flog er auf sie zu, fing ihren Zopf mit der Faust ein und hakte seine Finger in eine ihrer Gürtelschlaufen. Der Jeansstoff riss ein, und das Ratschen löste eine Hitzewelle zwischen ihnen aus.

»Alec ...« Ihre Stimme war matt und zittrig; Alec wollte sie kehlig und heiser. Er wollte ihre Fingernägel an seinem Rücken fühlen, ihren Schweiß auf seiner Haut.

Er schloss die Augen und atmete tief ein, während er es auskostete das Beben ihres schmalen Körpers zu spüren. Die Höllenwesen in der Firma zapften die Gefühle von Lust und Zorn in ihm an. Alec sperrte sie aus, hörte jedoch das Echo ihrer empörten Schreie. Geschwächt vom Verlust ihrer Energie, holte er sich von Eve, was er brauchte, und nahm ihren Mund mit einer Verzweiflung ein, die ihm ein Kribbeln über die Haut jagte.

Eve rang nach Luft, versteifte sich zunächst, schmiegte sich dann aber erhitzt an ihn. Ihre vollen Brüste waren an seinen Oberkörper gepresst, ihre Finger krallten sich in sein Shirt, und ihre Beine schoben sich zwischen seine.

Eve biss ihm auf die Lippe. »Ist es das, was du willst? Mich im Kampf nehmen?«

Der Geschmack von Blut machte ihn schmerzlich hart. Er schüttelte Eve. »Mir ist scheißegal, wie ich dich nehme. Ich will nur, dass du aufhörst, mich herumzuschubsen, und mir endlich gibst, was ich will.«

Ihre Hand in seinem Haar ballte sich zur Faust und riss. »Wer bist du, verdammt noch mal? Du bist nämlich nicht Alec Cain!«

Er zitterte heftig und fühlte sich wie ein Säufer, der dringend einen Schluck brauchte. Die Nachwirkungen von Eves Novium drangen in ihn ein und befeuerten sein dunkles Verlangen erst recht. Er änderte die Taktik.

»Komm schon, Angel«, lockte er. »Du weißt, dass du es genauso dringend willst wie ich. Du weißt, wie es mit uns ist. Wie du kommst, wenn ich dich vögle ... bis du mich anflehst aufzuhören ...«

Ihre dunklen Augen glänzten fiebrig, ihre Lippen waren feucht und geschwollen. »Du drängst mich wie Robert«, sagte sie voller Verachtung. »Erinnerst du dich an ihn? Meinen Ex von der Highschool, der mir die Unschuld nehmen wollte, die ich für dich aufgespart habe?«

»Eve ...« Die Erinnerung an den unverschämten blonden Jungen, der versucht hatte, Eve zu einer Nummer auf der Rückbank seines Mustangs zu nötigen, überkam Alec ein Blutrausch. Ihm war damals bereits klar gewesen, dass er keinem erlauben konnte, sie zu haben.

Das Ding in dir darf sie auch nicht bekommen.

Seine Finger rissen Eves Jeans noch weiter ein. Eine Sekunde noch, und es wäre nichts mehr übrig.

Eve zog seinen Kopf zu sich nach unten und küsste ihn heiß und feucht. Der Kuss war voller Wut und Entschlossenheit und strafte Alec so gründlich ab, dass ihm die Kehle eng wurde. Er hasste es, wenn sie so war, und sich selbst, weil er sie dazu machte.

Tut mir leid, Angel ... entschuldige ...

Der Klang seiner Stimme bewirkte, dass Eve sanfter wurde. Ein leises Stöhnen vibrierte in ihrer Brust, ein Klang voller Sehnsucht und Hingabe. Die rhythmischen Bewegungen ihrer Finger in seinem Nacken und ihre Hand, die unter sein Shirt glitt, bargen eine ganze Flut von Gefühlen. Ihre Zunge drang tief in seinen Mund ein und streichelte ihn langsam. Genüsslich. Sie liebte ihn zu sehr, als dass sie länger wütend auf ihn sein konnte.

Und der Teil von ihm, der sie vor seinem Aufstieg geliebt hatte, wusste, wenn er sie nicht vor seinen privaten Dämonen in Sicherheit brachte, würden die sie brechen.

Keuchend wandte er den Kopf ab. *Er* wollte sie nicht mit rauschhafter Brutalität. Er wollte sie bedächtig und langsam. Sanft und weich. Es war das *Ding* in ihm, das alles zwischen ihnen in etwas ... Falsches verkehren wollte.

»Alec.« Eve drückte ihre Stirn an seine. »Irgendwas stimmt mit dir nicht. *In* dir. Das kann ich fühlen.«

Nimm sie, drängten die Stimmen.

»Ich muss dringend vögeln«, sagte er bewusst kühl. »Zieh dich aus, bevor ich dir die Sachen runterreiße.«

Sie stemmte sich von ihm ab. Angesichts des Schmerzes

in ihren Augen wünschte er verzweifelt, er könnte die Worte wieder zurücknehmen. Was er jedoch nicht tat.

»Alec?«

Er riss den Knopf seiner Jeans auf, um seinen Schwanz zu befreien. »Auf die Knie. Ich will zuerst deinen Mund.«

»Fick dich!«

»Nein, ich ficke *dich*.«

Sie schlang die Arme um ihren Oberkörper und ging langsam rückwärts. Alec zwang sich, sie nicht weiter zu bedrängen.

Eine Träne rollte über Eves Wange. »Es ist, als hättest du zwei Ichs – den Alec, den ich kenne, und ein Monster.«

»Du fängst an, mich zu langweilen, Eve.« Sein Mal brannte bei der Lüge.

»Und du fängst an, mir Angst zu machen.«

Alec hatte Mühe, aufrecht stehen zu bleiben, denn der Schmerz in seiner Brust war so heftig, dass er sich krümmen wollte. Eve jedoch schien es nicht zu sehen. Nein, sie sah einzig die Finsternis in ihm, die ihr Dinge antun wollte, die Alec nicht zulassen konnte.

»Ich habe es mir anders überlegt.« Er knöpfte seine Jeans wieder zu.

Ihr Blick war misstrauisch, als überlegte sie, vor ihm zu fliehen. Er hoffte, dass sie es nicht tat, denn er war nicht sicher, ob er dem Drang widerstehen könnte, sie zu jagen.

»Ich habe beschlossen, deine Schlussmach-Ansprache doch zu akzeptieren.«

Sie hielt hörbar die Luft an, als hätte er sie geschlagen.

»Was?«, fragte er höhnisch. »War die nicht ernst gemeint?«

Alec kehrte ihr den Rücken zu und ging um ihren Schreibtisch herum, damit etwas zwischen ihnen war.

»Das ist eines deiner Probleme, Eve. Du wirfst mit leeren Drohungen um dich. Es war spaßig, solange wir gevögelt haben, aber jetzt ...«

Sie rief im Geiste nach Abel, und gleich darauf war sie fort, wegteleportiert von seinem Bruder, bevor er mehr sagen konnte. Alec hechtete über den Schreibtisch, unfähig, seinen Zorn über ihren Verlust zu bändigen.

Doch eine unsichtbare Kraft bremste ihn. Seine Füße waren wie in den Teppichboden eingewachsen, sodass er beim Sprungversuch fast der Länge nach hinschlug.

Sabraels amüsierte Stimme erklang hinter ihm: »Die Präzision, mit der du ihr Herz gebrochen hast, ist geradezu bewundernswert. Aber den schnellen tiefen Schnitt hast du ja schon immer beherrscht.«

Alec stolperte, als er befreit wurde. Er fuhr herum und blinzelte angesichts des grellen Glanzes, der selbst die Sonne übertraf. Mit mehrmaligem Zwinkern verdickte er den Flüssigkeitsfilm auf seiner Hornhaut, sodass er durch den Lichtschein des Seraphs sehen und den Mann erkennen konnte. Sabrael saß an Eves Schreibtisch, seine sechs Flügel eingezogen und die Füße auf die Schreibtischkante gelehnt. Die Dornen an den Rändern seiner schwarzen Lederstiefel blitzten im strahlenden Licht des Engels und bildeten einen seltsam brutalen Kontrast zu seiner langen weißen Toga. Dieser visuelle Widerspruch war zugleich eine passende Illustration seines Temperaments. Sabrael wirkte äußerlich wie der Inbegriff des Engelhaften, was leicht über seine grausame Seite hinwegtäuschen konnte.

»Ich habe zu tun, Sabrael. Du musst dich hinten anstellen.«

Blaue Flammen loderten in den Augen des Seraphs auf,

und bei seinem leisen Lachen stellten sich Alecs Nacken-haare auf. »Entspann dich. Ich bin nicht zum Kassieren hier, Cain, sondern komme im Auftrag deiner Mutter.«

»Nein.« Alec ahnte die Frage bereits und schüttelte den Kopf. »Jetzt nicht.«

»Du vertröstest sie immer wieder. Und sie ist nicht er-freut.«

Alec schnaubte verächtlich. »Ist euch nicht aufgefallen, dass die Welt vor die Hunde geht? Es ist zu gefährlich.«

»Gabriel ist anderer Ansicht.« Sabraels Lächeln war so wunderschön wie beängstigend. »Er ist ihre Klagen leid. Dir bleibt eine Woche, dich auf sie vorzubereiten. Außer-dem hast du jetzt eine Wohnung. Sicher macht es diesen Besuch weniger heikel als zu Zeiten, in denen du umher-gestreunt bist.«

»Du nervst.« Die Seraphim enthielten Gott immerfort Informationen vor, doch das Ausmaß ihrer Täuschungen verblüffte Alec stets aufs Neue. »Sag Jehova, was hier unten los ist, dann wird er sie zurückhalten. Er würde sie nicht in Gefahr bringen, wie du weißt.«

Sabrael verschränkte seine massigen Arme. »Du hast doch alles unter Kontrolle, oder nicht? Falls du der Auf-gabe nicht gewachsen bist, die dir übertragen wurde, lass es mich einfach wissen, dann nehme ich dir die Last ab.«

Alec biss die Zähne zusammen. Er würde am liebsten auf Sabrael losgehen, was bei einem Seraphen allerdings selbstmörderisch wäre. »Ich habe alles im Griff.«

»Hervorragend. Dann sollte der Besuch deiner Mutter kein Problem sein.« Sabrael strich sich über das makellose Gewand, als wäre er nicht auf Alec fixiert wie ein Falke auf seine Beute. »Weiß Evangeline, dass diese Beförderung dein Wunsch war? Hast du es ihr erzählt?«

»Spielt das noch eine Rolle?«

Sabrael lachte leise. »Vermutlich nicht.«

»Sara war lange mit Abel zusammen«, sagte Alec achselzuckend, obwohl er innerlich um Fassung rang. »Beziehungen sind nicht unmöglich.«

Ja, er hatte angenommen, dass er die Fähigkeit verlieren würde, Eve zu lieben – und sei es auch nur unterbewusst –, nur hatte er geplant, dass sie ihn vorher verließ. Seine Absicht war gewesen, dass sie wieder sterblich sein und ihr Leben weiterleben würde, ehe er aufstieg. Dann wäre es ihm recht gewesen, sie nicht mehr lieben zu können. Wie sonst wollte er ihren Verlust überleben?

Aber Eve würde es nicht verstehen. Sie würde es so deuten, dass sein Ehrgeiz die Liebe zu ihr überwog.

»Sarakiel *spielte* mit Abel«, widersprach Sabrael. »Und Abel benutzte sie. Gott schuf uns absichtlich so, dass wir physische Beziehungen eingehen. Aber Sex allein macht noch keine wahre Partnerschaft.«

»Abel oder unsere Anatomie interessieren mich eigentlich nicht.«

»Und jetzt interessiert dich auch Evangeline nicht mehr. Das Leben sollte weit einfacher für dich sein.«

»Verschwinde«, fuhr Alec ihn an. »Du gehst mir auf die Nerven.«

Der Seraph schoss von seinem Stuhl wie eine Rakete. In einem Flammenstrahl aus Flügeln, Leder und Dornen knallte er Alec in die Brust und auf der anderen Seite wieder raus. Die klaffende, schwelende Öffnung, die er dabei riss, war so groß, dass sie Alecs Torso beinahe halbierte.

Mit einem Schmerzensschrei fiel Alec zu Boden und schürfte sich die Wange an dem rauen Teppich auf.

Du vergisst dich, brüllte der Seraph.

In seiner Pein rief Alec die Macht der Bestie in sich an und fand immerhin die Kraft, Sabrael den Mittelfinger zu zeigen.

Für einen Moment wurde es unheimlich still, sodass einzig Alecs gequältes Keuchen zu hören war. Dann lachte Sabrael – *lachte* – und zog Alec auf die Beine, wobei er ihn zugleich wieder heilte.

»Du amüsierst mich, Cain.« Der Seraph wischte sanft die Tränen von Alecs Wangen. »Weil ich dich mag, werde ich deiner teuren Evangeline nicht sagen, dass du die Beförderung ihr vorgezogen hast. Dein Geheimnis ist sicher bei mir.«

Alec schlug seine sengenden Hände weg. »Halt Eve da raus.«

Der Seraph blickte grinsend auf ihn herab. »Darf ich vorschlagen, dass du neue Bettwäsche für dein Gästezimmer kaufst? Mit Blumenmuster vielleicht? Deine Mutter liebt Gärten.«

So schnell, wie er gekommen war, war der Seraph wieder fort.

Alec schritt im Zimmer auf und ab und dachte angestrengt nach. Der Seraph sollte unbedingt etwas anderes finden, womit er sich beschäftigen konnte. Doch was?

Und dann war da Eve …

Der Zeitpunkt, an dem er ihr alles offen gestehen konnte, war vorbei. Jetzt musste er sich überlegen, wie er dieses Chaos auf die Reihe brachte. Er weigerte sich zu glauben, dass sein Bruder damals recht gehabt hatte, als er die Worte schrie, die Alec verleiteten, ihn zu töten.

Die Finsternis in ihm lächelte bei der Erinnerung, und ein Lächeln trat auf seine Züge, ehe er sich zügeln konnte.

Wer verdammt noch mal zog diese Show in ihm ab?

Alec atmete ein und langsam wieder aus, um sich halbwegs zu fangen.

Eines nach dem anderen. Sabrael. Eve. Er selbst.

Alec hielt sich eine Hand auf den Bauch, wo er noch fühlen konnte, wie die Stiefel des Seraphs durch seine Eingeweide fetzten.

Schwarzes Leder. Dornen.

Alec kam eine Idee.

Er versetzte sich in einen anderen Teil des Gebäudes, blieb stehen und betrachtete die einsame Blonde an dem Schießstand. In den Tiefen des Gadara Towers bot diese Halle einen guten Ort für Gezeichnete, um ihre Fertigkeiten zu verbessern. Schließlich waren Silberkugeln nach wie vor die schnellste Methode, Werwölfe auszuschalten.

Iselda Seiler – Izzie, wie die anderen Gezeichneten sie nannten – spürte, dass sie beobachtet wurde, und drehte sich zu Alec um. Sie legte ihre Waffe ab und befreite sich von Brille und Gehörschutz. Letzterer war für Gezeichnete zwar nicht ganz so notwendig wie für Sterbliche, aber doch ratsam. Izzie betrachtete Alec mit der inzwischen vertrauten Intensität, an die er sich anfangs erst gewöhnen musste. Ihre Haltung hatte etwas Erwartungsvolles, als suchte sie nach etwas Bestimmtem in seiner Miene oder seinen Worten.

Sein Blick wanderte von ihren schwarz gerahmten blauen Augen über den lila geschminkten Mund zu dem Nietenband an ihrem Hals.

Mit einem boshaften Lächeln sagte er: »Ich habe einen Auftrag für dich, Miss Seiler.«

Ihre Augen blitzten. »Stehe zu Diensten.«

Eve zeichnete eine Stützsäule in ihre Skizze ein, als Montevista aus dem Wohnzimmer rief.

»Hey, Hollis? Wollen wir spielen?«

Sie beendete noch die genaue Linie, bevor sie antwortete: »Nein danke. Macht ihr nur.«

»Ach Mann«, beschwerte Sydney sich. »Ich hab's satt, ihn beim Wii-Tennis plattzumachen.«

»Versucht es mit Bowling.«

Sie sah zur Wanduhr. Es war unmöglich, sich länger als eine Viertelstunde zu konzentrieren, wenn sie zugleich das Gefühl hatte, ihre Welt gerate aus den Fugen. In ihrem Sterblichenleben hätte ihr Verstand alles andere ausgeblendet, damit sie sich ganz in ihre Arbeit vertiefen konnte. Mit dem Kainsmal war ihr Körper zu einer Maschine geworden, die nicht mehr auf ihren Verstand hörte. Das Mal zapfte ihre negativen Gefühle an und bündelte sie zu einem fast überwältigenden Verlangen wegzulaufen, zu jagen, zu töten …

Alec hat mich abgetan, als würde ich ihm nichts bedeuten.

Eve wünschte, sie könne weinen. So war ihr Liebeskummer wie eingesperrt in ihr und steigerte sich, bis irgendwas explodierte.

»Ach!« Eve stand von ihrem Zeichentisch auf und fuhr ihren Computer hoch. Dann loggte sie sich ins System von Gadara Enterprises ein und öffnete die Datei mit ihrem Bericht über den Zwischenfall in Upland. Als ihr erzählt wurde, dass in dem Gezeichneten-System sowohl säkulare Berichte als auch himmlische abgespeichert wurden, war sie geschockt gewesen. Das schrie doch förmlich nach einem Sicherheitsverstoß! Aber Gadara und Alec hatten ihr beide versichert, dass eine göttliche Hand die Informationen schützte. Gott mochte den Status quo.

Als sie ihre Erinnerungen an den Bericht auffrischte, bemerkte sie eine Reihe von Links, die neben dem Text angefügt waren. Sie führten zu den Berichten von Reed und Mariel – beide Einteiler, die Gezeichnete an die Höllenhunde verloren hatten –, von den Wachen, die dabei gewesen waren, und von Alec und Gadara selbst. Letzterer interessierte Eve am meisten, deshalb klickte sie den Link an. Eine Passwortabfrage erschien, und Eve runzelte die Stirn.

Was würde Gadara als Passwort wählen?

Erzengel. Gott. Himmlisch. Christus. Jesus. Jehova. Kopfgeldjäger. Weihnachten.

Nichts funktionierte. Eve knurrte. Eine warme Brise wehte über ihre Haut, und sie schloss die Augen.

Reed.

Sie streckte ihre mentalen Fühler nach ihm aus und drang tiefer als nötig in seinen Geist vor, wobei sie den Namen »Raguel« durch sein Denken laufen ließ, um zu sehen, was passierte.

Er, der Strafe über die Welt und die Gestirne bringt.

»Das hilft mir nicht weiter«, murmelte sie.

Hör auf zu graben, schalt er sie belustigt. *Ich bin bald da, dann kannst du mich alles fragen, was du willst.*

Eve atmete tief ein und fühlte nach Alec. Sie bewegte sich vorsichtig, tastend wie eine Blinde in einem unbekannten Zimmer.

Bis sie von kräftigen Krallenfingern gepackt und in die Dunkelheit geschleudert wurde.

8

Alecs Geist war wie ein Meer mitten in einem Hurrikan. Eve wurde wild herumgeworfen, sank unter die Oberfläche und tauchte japsend wieder auf. Wie wollte sie jemals etwas in ihm finden? Sie konnte ja nicht einmal Alec entdecken.

Was suchst du?

Sie erstarrte. Die Stimme kam ihr nur vage bekannt vor, hatte aber diesen verlockenden Ton, den einzig Alec besaß. Inmitten des Treibguts seiner Emotionen wartete Eve mit angehaltenem Atem auf ein ermutigendes Wort von ihm.

Ah, hübscher Engel. Suchst du hier Raguel?

Alec?, fragte sie misstrauisch. Die Stimme war Alecs, der Tonfall jedoch nicht.

Wer sollte es sonst sein? Du willst Raguel. Einen der heiligen Engel, der Strafe über die Welt und die Gestirne bringt.

Ja, das habe ich schon gehört. Gib mir etwas Neues.

Gestirne, Angel. Und jetzt komm zu mir. Zeig mir deine Dankbarkeit.

Du hast mich in die Wüste geschickt, erinnerte sie ihn und griff nach Reed, damit er ihr half, sich von hier zu befreien.

Versöhnungssex ist der beste.
Wir haben uns nicht versöhnt.

Das Meer aus Irrsinn um sie herum schwoll zu einem Tsunami an und hob sie mit sich auf die höchste Wellenkrone.

Eve. Endlich war es Alecs Stimme, wütend und panisch. Er warf sie aus seinem Geist wie ein Türsteher einen Betrunkenen aus einer Bar.

Erschrocken setzte sich Eve auf und öffnete die Augen. Sie tippte *Gestirne* in die Tastatur.

Auf dem Monitor erschien: »Guten Tag, Raguel.«

»Gestirne, was?«, murmelte sie. Sie hasste es, dass Gadaras Aufenthalt in der Hölle der Grund war, weshalb sie umherschnüffeln konnte, ohne sich Gedanken um die Folgen zu machen. Der Bericht ging auf, und Eve lehnte sich zurück, um zu lesen. Dabei rieb sie mit den Händen über die Gänsehaut an ihren Armen. Wie furchtbar, dass Alec, der Mann, der sie immer heiß gemacht hatte, sie neuerdings zum Frösteln brachte.

Eve überflog den kurzen Text. Es waren nur wenige Seiten, die sich mehr mit Reeds ungewöhnlichem Verhalten befassten, als dass sie die Ereignisse um die Entdeckung der Tarnmaske und der Tengu dokumentierten.

… heftig widersprochen, was die Einteilung von Evangeline Hollis vor dem Training anging …

… mangelnde Objektivität …

… übertriebene emotionale Bindung …

… überschreitet seine Kompetenzen und wendet sich an Sarakiel, um ihre persönliche Leibgarde nutzen zu dürfen …

Eves Finger krallten sich in ihre Schenkel. Reed. Er hatte genauso einen Deal gemacht wie Alec. Aber wozu?

Ihretwegen? Oder für Sara, die über viele Jahre seine Geliebte gewesen war? Sara hatte von der Unterstützung ihres Teams bei der Razzia in jener Nacht profitiert, an Ansehen und Wirkungsbereichen gewonnen. Gadara glaubte, dass Reed es für Eve getan hatte.

Das wahre Dilemma ihrer Beziehungen zu Alec und Reed war nicht etwa Monogamie oder Ehrlichkeit, obwohl Eve meistens beide anführte. Eigentlich ging es um Vertrauen. Sie wusste nicht, wie viel von dem Verlangen der beiden Ehrgeiz und wie viel echtes Begehren war. Solange sich beide Brüder um sie stritten, war sie nicht nur für Gadara ein wertvolles Druckmittel.

Als sich feste Lippen in ihren Nacken pressten, zuckte Eve zusammen. Eine Zungenspitze glitt über ihre Haut und ließ sie erschauern. Sie tippte auf eine Taste, und anstelle von Gadaras Bericht erschien ihr E-Mail-Fenster auf dem Bildschirm.

»Wie geht es dir?«, murmelte Reed, dessen Atem ein sanftes Streicheln auf ihrer feuchten Haut war.

»Gut.«

»Nein, stimmt nicht.« Er drehte ihren Stuhl herum. »Du kannst mich nicht belügen, denn ich fühle dich. Tut mir leid, dass ich dich vorhin sitzen gelassen habe.«

Eve beugte den Kopf nach hinten, um zu ihm aufzusehen. »Du musst dich nicht entschuldigen. Ich weiß ja, dass du dich noch um zwanzig andere Gezeichnete kümmern musst. Aber ich bin froh, dass du gekommen bist.«

»Ich bin immer für dich da.« Reed umfing ihre Handgelenke und zog sie nach oben, um sie zum Futon an der Wand zu führen. Dort setzte er sich und bedeutete ihr, neben ihm Platz zu nehmen. »Erzähl mir, was los war.«

»Weißt du das nicht?«

»Du hattest mich ausgesperrt.«

»Wirklich?« Sie setzte sich halb seitlich hin, sodass sie ihn ansah. »Dabei hatte ich es nicht mal versucht.«

Er nahm dieselbe Haltung ein wie sie, das rechte Bein angewinkelt auf dem Sitz und einen Arm auf der Rückenlehne. Eves Blick fiel auf seine Rolex. Zum einen wirkte das Weißgold zum Olivton seiner Haut sehr hübsch, zum anderen wunderte Eve, dass sich ein Unsterblicher für das Vergehen der Sterblichenzeit interessierte.

»Cain hat dich wütend gemacht.« Es war eine Feststellung, keine Frage.

Eve winkte ab. »Nein. Er hat mir gesagt, dass ich mich verziehen soll. Anscheinend bin ich langweilig, wenn ich mich nicht flachlegen lasse.«

Reed stockte kurz. »Er hat mit dir *Schluss* gemacht?«

»So könnte man es auch sagen.«

Reed musterte sie, und sein Blick verharrte auf dem eingerissenen Hosenbund. Er wurde gefährlich still. »Hat er dich verletzt?«

»Nicht körperlich, nein.«

»Er macht alles kaputt, Babe. Das hat er schon immer.«

»Irgendwas stimmt mit ihm nicht.«

»Und das merkst du erst jetzt?«

»Bleib ernst.«

Reeds Fingerspitzen berührten ihre Wange. »Bin ich.«

Eve sah ihn eine Weile stumm an und wartete auf ein Zeichen, dass er mit ihr spielte oder nicht ernsthaft bei der Sache war, doch da war keins. Nur seine warmen braunen Augen, die sie voller Mitgefühl ansahen. Heute trug Reed ein anthrazitgraues Hemd, die obersten Knöpfe offen und die Ärmel aufgekrempelt wie immer. Er war ein unglaublich gut aussehender Mann, physisch absolut perfekt. Aber es waren die Unvollkommenheiten an ihm, die Eve in seinen Bann zogen.

Sie lehnte die Wange an seine Hand. »Was weißt du über Erzengel?«

Er zögerte kaum merklich, allerdings hatte Eve genau darauf geachtet. »Suchst du nach etwas Bestimmtem?«

»Kann die Veränderung aggressiver machen?«

»Cain ist ein Arsch. Basta.«

»Hör mir zu, statt gleich zu urteilen.«

»Na gut.« Viel verdrossener hätte er nicht klingen können.

»Ich kenne Alec Cain. Aber der Erzengel Cain … ist mir völlig fremd. Er ist nicht mehr derselbe.«

Reed presste die Lippen zusammen und atmete kräftig aus. »Du kennst Cain seit insgesamt drei Monaten, mit einer Pause von zehn Jahren dazwischen. Ist dir mal der Gedanke gekommen, dass er sich eine Weile lang von seiner besten Seite gezeigt hat, sich jetzt aber nicht mehr ganz so sehr anstrengt?«

»Zeit hat nichts mit Vertrautheit zu tun. Man kann Jahre mit jemandem zusammen sein, ohne ihn richtig zu kennen. Und umgekehrt gilt es genauso.«

»Ich denke, er hat dich mittels Vögeln dazu gebracht, alles zu glauben, was er will.«

Eve verkniff sich eine schroffe Erwiderung. Reed wollte ja kein Arschloch sein; er war schlicht taktlos direkt. »Man lernt eine Menge über jemanden, wenn man mit ihm Liebe macht.«

Er schnaubte, und Eve wurde klar, dass er eventuell nichts darüber wusste.

»Liebe machen ist etwas für Mädchen«, sagte er eisig, womit ihre Vermutung bestätigt war. »Kerle ficken. Wir tun alles, was nötig ist, um einer Frau an die Wäsche zu kommen, wenn wir Lust auf sie haben. Cain ist da keine Ausnahme.«

»Dann tu es für mich. Forsch mal nach, was mit dieser Beförderung einhergeht. Vielleicht stolperst du über etwas, das mir eine Erklärung liefert.«

Er erstarrte, und seine Nasenflügel bebten. »Verdammt, du hast echt Nerven!«

»Erzähl mir nicht, dass du das Chaos in ihm nicht fühlst. Wir sind alle verbunden. Es ist etwas in ihm, das vorher nicht da war.«

»Er ist derselbe wie immer«, raunte Reed gereizt. »Er hat nur mehr Macht und weniger Grund, nett zu sein.«

»Und du spuckst nur große Töne«, entgegnete sie. »Ich will wissen, was in ihm ist.«

»Das glaube ich nicht.« Er hob eine Hand, als Eve den Mund aufmachte. »Ist schon gut. Ich höre mich mal um.«

»Danke«, sagte sie aufrichtig.

Reed verzog keine Miene. Dann stand er auf und blickte verächtlich auf sie herab. »Denk mal drüber nach, wie verkorkst du bist, Eve. Ich bin hier und versuche zu sein, was du brauchst, und du bittest mich, dir bei einem Kerl zu helfen, der dich nicht lieben kann.«

Sie wollte etwas erwidern, aber er war schon fort.

Komm zurück, seufzte sie.

Eve wartete und hasste das Gefühl, dass ihr Leben komplett außer Kontrolle geriet. Sie stand von dem Futon auf und versuchte erneut, seinen Geist zu erreichen. *Ich würde*

dasselbe für dich tun, Reed. Ich würde keine Ruhe geben,
wenn ich wüsste, dass etwas nicht stimmt.

Stille.

»Ach, ist ja sowieso zwecklos.«

Sie verließ ihr Arbeitszimmer und sah durch den Flur
zum Blick auf das Meer und den Himmel hinter ihrem
Balkon. Sie war so schrecklich rastlos, dass sie das Gefühl
hatte, jeden Moment aus der Haut zu fahren.

Das Novium trieb sie an, ein paar Dämonen zum Spaß
zu vertrimmen. Diese Lust auf Gewalt ließ sich vorübergehend eindämmen, indem man Sex als Ventil benutzte,
aber Eve hatte ja keinen, weshalb sie sich nach einer safti-
gen Prügelei sehnte. Und ausgerechnet sie hatte sich über
die viele Arbeit beschwert! Dabei war die doch verflucht
praktisch gewesen, was ihr Novium betraf. Das wurde ihr
erst bewusst, nachdem sie ein paar Stunden zu Hause fest-
gesessen hatte.

Und was tat sie nun? Wii-Sport würde nichts bringen.
Sie würde Montevista vorschlagen, dass sie zum Gadara
Tower fahren und das Fitnesscenter dort benutzen könn-
ten, aber sie wollte nicht riskieren, Alec wiederzusehen.
Bevor sie sich wieder seinen Gehässigkeiten aussetzte,
musste sie sich erst mal ein dickeres Fell zulegen.

Eve wandte sich vom lockenden Strand ab und ging
stattdessen in ihr Schlafzimmer. In dem Moment, in dem
sie eintrat, fiel ihr eine unerledigte Aufgabe ins Auge: der
schöne bestickte Ledereinband der Bibel, die Pater Riesgo
ihr geliehen hatte.

Vielleicht machte Montevista keinen allzu großen Aufstand, weil sie weg wollte, wenn es zu einer Kirche ging.
Nicht dass Kirchen sicherer waren als andere Gebäude;

schließlich war den Dämonen nichts heilig. Aber schlimmstenfalls stolperten sie über einige Höllenwesen, die nach dem Kopfgeld für sie gierten und niedergeschlagen werden mussten. Das käme Eve ganz gelegen. Die Dämonen waren ihretwegen in der Stadt, also sollten sie mit ihr kämpfen und nicht den anderen Gezeichneten das Leben zur Hölle machen.

Sie ging um das Bett herum und griff nach der Bibel, als sie hörte, wie hinter ihr die Tür geschlossen und verriegelt wurde.

»Na gut«, sagte Reed grimmig. »Ich fühle es auch. Zufrieden?«

Er hatte die Hände in den Taschen seiner schwarzen Hose vergraben. Sein Gesichtsausdruck war ernst und streng.

Eve spürte, welche Überwindung es ihn kostete, das zu gestehen, und wie sehr er mit seiner Eifersucht rang, um ehrlich zu ihr zu sein. Er würde es vorziehen, wenn sie Alec ganz und gar aufgab. Stattdessen machte er ihr Hoffnungen.

»Jetzt freu dich nicht gleich zu sehr«, murmelte er. »Er ist immer noch ein Arsch. Er wusste, worauf er sich einließ, als er um diese Beförderung bat.«

Sie war wie vom Donner gerührt. »Denkst du, er *wollte* das?«

»O ja, unbedingt.« Reed sah sie an. »Es gibt eine Menge Teamleiter, die besser qualifiziert sind. Cain wurde ausgewählt, weil er sich irgendwo Unterstützung gesichert hat.«

Es fühlte sich schräg an, äußerlich so gefasst zu sein, wenn man innerlich in tausend Stück zerbrach. »E-er muss gewusst haben, dass sich dabei alles zwischen uns ändert, oder?«

Reeds Züge wurden wie versteinert. »Er wusste, dass Erzengel unfähig zu romantischer Liebe sind, ja. Aber vielleicht hat er zu dem Zeitpunkt weder daran noch an dich gedacht.«

Solche Aufrichtigkeit, obwohl es für ihn günstiger gewesen wäre, den letzten Satz für sich zu behalten.

»Danke«, sagte Eve leise und ging um das Bett herum auf ihn zu. Nach Alecs Jekyll-und-Hyde-Nummer war es eine Wohltat, mit jemandem zu sprechen, der offen und ehrlich war. Ohne Rücksicht auf sich selbst.

Vielleicht vermutete Gadara richtig, was Reeds Motiv anging, Sarakiel um Hilfe zu bitten.

Um ihretwillen räumte Abel seinem Bruder einen Vertrauensvorschuss ein. Da war es nur fair, wenn Eve es bei ihm ebenfalls tat.

Als sie vor ihm stand, überlegte Eve nicht länger. Sie legte eine Hand in seinen Nacken, zog seinen Kopf nach unten und küsste ihn.

Reeds Arme schlangen sich so schnell um sie, dass es sich wie eine zuschnappende Metallfalle anfühlte. Er neigte den Kopf zur Seite, um den Kuss zu vertiefen. Sein aggressives Begehren war atemberaubend und vertrieb die Kälte in Eve.

Seine Inbrunst war vollkommen anders als Alecs. Da war Lust, ja, und jede Menge Leidenschaft. Hingegen trübte sein Verlangen keine Spur von Zorn und Finsternis wie bei Alec. Bei Reed hatte Eve nicht das Gefühl, in tosender See als Rettungsleine für einen Ertrinkenden herzuhalten.

Er löste den Kuss und lehnte seine Stirn an ihre. »Benutze mich bitte nicht, um Cain zu bestrafen.«

»Nein.« Sie drängte sich dichter an ihn. »Kein Cain. Nur du.«

Reed spreizte eine Hand an ihrem Hintern und hob sie hoch.

Eve ... will dich ...

Seine festen, sinnlich gebogenen Lippen waren weicher, als sie erwartet hatte. Das letzte Mal, als er sie geküsst hatte, war er grob gewesen. Wütend. Diesmal war seine Zunge samtweich, als sie tief in Eves Mund eintauchte. Diese Bewegung war so erotisch aufgeladen, dass Eve ganz heiß und feucht wurde. Stöhnend rieb sie sich an Reed.

Will dich, Eve, will dich ...

Alecs Frage hallte ihr durch den Kopf – »*Was ist wichtiger? Wenn dich jemand begehrt, weil er nicht anders kann? Oder wenn er dich will, weil er sich bewusst dazu entscheidet?*«

Aber Alec irrte sich. Er wollte sie nicht – weder bewusst noch unwillentlich. Er *brauchte* sie, doch heute Nachmittag war ihr klar geworden, dass sie ihn nicht über Wasser halten konnte. Nicht in dem Meer von Wahnsinn in ihm.

Er würde sie mit sich nach unten ziehen, so wie er es um ein Haar getan hatte, als er zum Erzengel aufstieg. Ein Gezeichneter konnte diese Wandlung nicht überleben. Alec als *Mal'akh* hatte es schon kaum. Trotzdem hatte er sie, als sich sein Körper wandelte, mit in den Abgrund seiner Qualen gerissen. Es war Reed, der sie befreite und vor dem sicheren Wahnsinn bewahrte.

Reed drehte sich um und drückte Eve an die Tür. *Will dich.*

Sie umklammerte seine Hüften mit ihren Beinen. Ihre Brüste hoben und senkten sich an seiner, und das Geräusch ihres angestrengten Atems war umso eindringlicher, da es so selten vorkam. Gezeichnete schwitzten nicht, gerieten nicht außer Atem, bekamen kein Herzrasen … ausgenommen, sie wurden von der Lust nach Blut oder Sex gepackt. Stress konnte ihnen genauso wenig anhaben wie regelmäßiger Sport. Die Seltenheit physischer Reaktionen machte sie noch begehrter. Auf diese Weise ermutigte Gott die Gezeichneten, sich ihre Menschlichkeit zu erhalten, obwohl ihr Lebenszweck das Töten war.

Reed wich zurück und presste seine heiße Wange an Eves. »Manchmal hasse ich dich.«

Das hatte Eve gelegentlich schon gefühlt, wenn er sie beobachtete und glaubte, sie merkte es nicht. *Falls es dich tröstet, ich mich manchmal auch.*

»Du wolltest mich, bevor er wieder auf der Bildfläche erschien, und dann hast du mich verleugnet.« Seine Hand umfing ihre Brust, und mit dem Daumen streichelte er ihren Nippel. Heiße dunkle Augen sahen sie an, wie sie keuchte und sich ihm entgegenbog. Dieser Blick war herausfordernd und spöttisch zugleich.

»Du hast mich verdammt.«

Begehre mich.

Seine Stimme in ihrem Geist war anders als die, mit der er laut zu ihr sprach. Sie war rauer, tiefer, und seine flüchtigen, bruchstückhaften Gedanken trieben ebenso schnell fort, wie sie erschienen waren.

»Ich möchte dich verlassen.« Er wiegte seine Hüften, sodass sich seine harte Erektion direkt an der Stelle von Eve rieb, die sich nach ihm verzehrte. »Ich will eine andere ficken und es dich wissen lassen. Ich will, dass du nachts im Bett liegst und dir wünschst, unter mir zu liegen. Aber das tust du nicht.«

»Ich wünsche es mir jetzt.«

»Jetzt bin ich hier.«

Er rieb sich weiter an ihr. Die Naht ihrer Jeans verstärkte die Reibung und entlockte Eve ein wohliges Wimmern. Das letzte Mal, dass er sie so gehalten hatte, war sie außerstande gewesen, ihn wegzuschicken – an jenem ersten Tag, als sie verblüfft gewesen war, wie ähnlich er Alec Cain sah. Da dachte sie, die beiden könnten Brüder sein. Wer wollte das schon wissen? Und sie hatte in seinem Armen gezittert wie jetzt und um Gnade gefleht, während sie eigentlich mehr wollte.

Begehre mich, Eve, begehre mich …

Sie schmiegte ihre Wange an sein Gesicht. *Tue ich.*

»Dann lass mich bleiben. Jetzt.«

Eve presste ihre Lippen an sein Ohr und hauchte: »Ja, bleib.«

9

Izzie riss die blauen Augen weit auf. »Du willst, dass ich einen Seraph verführe?«, fragte sie mit einem starken deutschen Akzent. Wenn Alec raten sollte, würde er sagen, dass es Sabrael gefallen könnte.

»Falls du so weit kommst.« Ihre Empörung brachte ihn zum Grinsen. »Aber ich wäre schon froh, wenn du ihn mir einfach eine Weile vom Hals hältst.«

Die Gezeichnete war eindeutig von ihrer Unwiderstehlichkeit überzeugt, was mit ein Grund war, weshalb er sie angesprochen hatte. Für Sabrael brauchte er jemanden mit kugelsicherem Selbstbewusstsein, der sich nicht vor ein bisschen Schmerz fürchtete. Und Alec vermutete, dass Izzies Aufzug mehr als ein bloßer Modestil war. Das Funkeln in ihren Augen, wenn sie mit Gewalt konfrontiert wurde, sprach für sich.

»Warum?«, fragte sie.

»Das Warum ist meine Sache. Das Wie ist deine.«

War Sabrael anderweitig beschäftigt, ließ er Eve in Ruhe und kam Alec nicht in die Quere, wenn er Jehova bat, den Besuch seiner Mutter aufzuschieben. Sollte sie lieber ein Jahr auslassen, statt sich in dieser chaotischsten aller Zeiten in Gefahr zu begeben.

Alec legte eine Hand auf Izzies Rücken und führte sie von dem Schießstand weg.

»Kann er nicht hören, dass du das planst?«, fragte Izzie.

»Er könnte, würde er zuhören, aber das tut er nicht.«

»Woher weißt du das?«

»Sonst wäre er hier und würde mich zusammenschlagen«, antwortete Alec trocken.

Sie schmunzelte.

Früher hatte sich Alec Frauen wie sie zum Sex ausgesucht; Frauen, die nicht mehr als eine heiße, harte Nummer wollten. Einzig mit Eve hatte er sich die Zeit genommen, die Nähe zu genießen.

Und sieh dir an, was das für ein Mist war. All die Angst und all der Kummer … die sind die Mühe nicht wert.

Alec ignorierte die Stimmen in seinem Kopf und sagte: »Wir bringen die Sache ins Rollen, sobald ich mit Mariel geklärt habe, dass ich dich vorübergehend ausleihe.«

Den jüngsten Kurs Gezeichneter auf die verschiedenen Teamleiter zu verteilen war eine seiner ersten Aufgaben als Erzengel gewesen. Und Izzie hatte er aus zwei Gründen der unkomplizierten Mariel zugewiesen: erstens, weil Mariel gerade einen Gezeichneten an einen Höllenhund verloren hatte, und zweitens, weil er ahnte, dass Izzie einen männlichen Einteiler manipulieren würde.

So wie Eve es bei Abel tut?

Izzie drückte ihre Brüste an Alecs Arm. »Wie treffe ich diesen Seraph?«

Alec wurde unangenehm heiß. »Das arrangiere ich.«

»Wie kommst du darauf, dass ich ihn verführen kann?« Ihre Stimme war eine rauchige Aufforderung, ihr zu schmeicheln. Sie wollte hören, dass er sie scharf fand.

Der Teil von ihm, den er zu hassen begann, überlegte es tatsächlich, als eine Welle von Lust durch seinen Körper rauschte.

Eve. Sie war nach wie vor erregt von ihrer Begegnung vorhin. Als er mit Izzie bei den Fahrstühlen ankam, blickte er zur Wanduhr. Eine Stunde war seither vergangen, und Eve war erhitzter denn je.

Sie ist dein. Geh und nimm sie dir. Sie wird nachgeben ... am Ende. Und falls nicht, kannst du sie trotzdem dazu bringen, es zu mögen ...

Er streichelte Izzies Rücken. »Weil du heiß bist, Miss Seiler«, raunte er.

Ich könnte hier etwas haben, das dich interessiert, meldete sich Hank.

Die Unterbrechung war ärgerlich. Alec hatte anderes im Kopf. *Wie sehr?*

Ich halte es für wesentlich.

»Wesentlich« war kein Ausdruck, den Hank leichthin verwandte. Leise fluchend drückte Alec den Knopf für den Aufzug. Eves Verlangen bewirkte, dass sämtliche Instinkte in ihm drängten, zu ihr zu eilen und sie beide aus ihrem Elend zu befreien. Sie mochte denken, dass sie Angst vor ihm hatte, aber er konnte sie dazu bringen, ihm nachzugeben. Er wusste, welche Knöpfe er bei ihr drücken musste ...

Ich bin unterwegs, schickte er Hank. *Aber mach es bitte kurz.*

Als die Fahrstuhltüren zuglitten, drängte Izzie sich an ihn.

Er sah sie fragend an.

»Du bist ganz rot«, bemerkte sie.

Ja, er war erregt. Er fühlte Eve, als wäre sie in seinen Armen, an eine Wand gedrängt und sich an ihm wiegend. Er fühlte ihre Brust in seiner Hand, schmeckte sie, roch den Duft ihrer warmen Haut. Es waren so lebendige und eindrückliche Bilder wie in einem feuchten Traum.

Izzies geschminkte Lippen bogen sich zu einem trägen Lächeln. »Entweder bist du sehr wütend oder sehr spitz.«

Alec lehnte sich an den Handlauf und verschränkte die Arme. »Weder das eine noch das andere ist für dich von Belang.«

»War es mal«, erwiderte sie und kam näher. »In Münster, vor wenigen Jahren erst.«

Vor lauter Verwunderung registrierte er das halb wahnsinnige Lachen kaum, das durch seinen Kopf dröhnte. Schweißperlen traten ihm auf die Stirn und brachen in seinem Nacken aus. Das Gefühl von Eves Nippel zwischen seinen Fingerspitzen war so real, dass er gar nicht gleich begriff, was Izzie sagte.

Dann prasselten die Erinnerungen auf ihn ein, begleitet von einem säuerlichen Geschmack in seinem Mund.

Es war wenige Stunden vor Sonnenaufgang gewesen. Das stinkende Blut eines Höllenwesens hatte an seinen Händen geklebt, und die Bilder von Hunderten missbrauchten Kindern füllten seinen Geist.

Wie lange hatte der Ho'ok-Dämon den Kinderpornoring betrieben? Wie viele Kinder hatten gelitten? Warum hatten die Seraphim so lange gewartet, bevor sie das beendeten? Angewidert, betroffen und rasend vor Mordlust war er durch die Straßen von Münster gewandert, bis eine blonde Hure mit Nietenbändern an Hals und Handgelenken aus dem Schatten eines Hauseingangs vor ihm trat.

»Lust auf Gesellschaft?«, hatte sie ihn auf Deutsch gefragt und sich die Unterlippe benetzt.

Er hatte sie in die Nische zurückgestoßen, ihren Minirock hochgezogen und sie gevögelt, bis der Tötungstrieb zu einem dumpfen Sehnen verblasst war. Danach hatte er ihr eine Handvoll Euro zugesteckt und sie – und die Erinnerung – hinter sich gelassen.

Nimm sie.

Alec stand gleichsam eingefroren da, als die Dunkelheit in ihm aufbrandete, gespeist von Eves Lust, und ihn vollständig hart machte. Die Aufzugtüren glitten auf Hanks Stockwerk auf, doch Alec blieb wie angewurzelt stehen. Die lautstarken Auseinandersetzungen der vielen Höllenwesen im Wartebereich füllten die eben noch stille Kabine, dann gingen die Türen wieder zu, sodass Alec mit Izzie, seinen inneren Dämonen und einer Instrumentalversion von »Copacabana« allein war.

Eine Phantomempfindung gaukelte ihm vor, dass Eve sich in dem Moment ihm entgegenbog, in dem Izzies Hand seine Erektion umfasste.

»Ist der für mich?«, schnurrte sie und streichelte ihn.

Fick sie!

Sein Zähneknirschen übertönte die Musik. »Nein.«

Sie zuckte mit den Schultern und griff mit der anderen Hand nach dem Knopf seiner Jeans. »Dann leihe ich ihn mir nur aus.«

Als der erste Knopf aufsprang, setzte sich der Fahrstuhl nach unten in Bewegung.

Vergiss Eve. Sie will deinen Bruder. Sie verleugnet dich für ihn.

Alec fing Izzies Handgelenk ein, und sie sah zu ihm auf.

Für einen Sekundenbruchteil sah er sanfte braune Mandelaugen. Dann blinzelte Alec und blickte in kühle, nordisch blaue Augen.

»Du wünschst dir nicht, was ich zu geben habe«, warnte er sie.

»O doch. Schon seit Monaten.«

Will dich, flüsterte Eves Stimme.

Alec teleportierte sich in sein Büro.

Doch die Bestie in ihm drückte Izzie an die Kabinenwand.

Reed warf Eve aufs Bett. Sie federte mit einem leisen, erschrockenen Aufschrei auf der Matratze, während er schon nach dem Verschluss ihrer Jeans griff. Eve war geschmeidig und vollkommen, schlank und doch an den richtigen Stellen kurvig.

Verführerin, hatte er sie einst genannt. Und die war sie. Ein Schweißtropfen rann ihm über den Rücken.

»Beeil dich«, drängte sie und strampelte sich aus ihrer Jeans. Ein teuflisch sexy aussehender Tanga war das Nächste, wovon sie sich befreite.

Reed dachte an das eine Mal, als er sie gehabt hatte. Er war geschickt worden, um sie mit dem Kainsmal zu versehen, und hatte gedacht, er würde lediglich mit der Frau spielen, nach der sich sein Bruder seit zehn Jahren verzehrte. Dann war er ihr im Atrium des Gadara Towers begegnet und stellte fest, dass er sie wollte – Cain hin oder her.

Dass sie ihm hinterhersah, hatte eine solche Gier in ihm ausgelöst, dass ihm der Schweiß ausgebrochen war. Dieser Blick machte ihn so scharf, dass er ihr die Kleider vom Leib gerissen hatte. *Beeil dich*, hatte er geknurrt. Die Begegnung war beinahe so schnell vorbei gewesen, wie sie begonnen hatte, und dennoch verfolgte sie ihn bis heute.

Er streifte seine Sachen ab und ließ sie auf den Boden fallen. Dann legte er sich über sie. Eve hielt mitten im Ausziehen ihres Tops inne und betrachtete seinen Körper mit einer Mischung aus Ehrfurcht und Verlangen, bei der sein Schwanz noch mehr anschwoll. Sie befeuchtete ihre Lippen, und Reed stöhnte. Er ballte die Fäuste, um ein wenig Zeit zu schinden.

Sah sie Cain in ihm? Fast wollte er ihre Gedanken anzapfen, um es zu erfahren, widerstand der Versuchung aber. Wie sie ihn jetzt sah, würde nichts an dem ändern, was er hiernach für sie wäre.

Eve legte sich halb bekleidet zurück, die Pupillen geweitet vom Novium. Als Sterbliche war sie schon glühend heiß gewesen. Wie viel intensiver würde es sein, nachdem ihr Körper nun von dem Mal verstärkt war?

Reeds Lippen zuckten, denn sein Mund war zu trocken, als dass er ein richtiges Lächeln zustande gebracht hätte. Sie konnte es nicht erwarten – so wenig, dass sie sich nicht mal die Mühe machte, sich vollständig auszuziehen.

»Ich vögle dich nicht, ehe du nicht nackt bist«, sagte er.

Mit beiden Händen packte sie den runden Ausschnitt ihres hübschen rosa Tops und riss es entzwei.

Die Geste fuhr ihm bis ins Mark. Zischend atmete er mit zusammengebissenen Zähnen aus, umfing ihre Knie und spreizte ihre Beine weit, weil er sehen wollte, wonach er seit Monaten lechzte. Sie zitterte unter seinem Blick und nagte an ihrer Unterlippe, als fürchtete sie, dass er sie nicht reizvoll genug fand.

Wenn es doch nur so wäre!

»Rutsch höher«, wies er sie heiser an und folgte ihrer Bewegung, als sie sich zuerst mit dem einen Fuß, dann dem anderen weiter raufstemmte, bis sie am Kopfteil des großen Betts angekommen war. Nun konnte sie nirgends mehr hin.

»Reed«, hauchte sie atemlos, und er sah sie an. »Bitte, warte nicht.«

Sie keuchte, und er hatte noch nicht mal angefangen. Summend presste er die Lippen auf ihren Schenkel. »Entspann dich. Das hier kann eine Weile dauern.«

»Es sind Leute in der Wohnung!«

Er leckte ihre Kniekehle, und sie erbebte. »Und wenn sämtliche Erzengel hier wären, es wäre mir egal. Ich will es auskosten.«

Beeil dich, verdammt! Selbst in seinen Gedanken klang sie kurzatmig, was ihm verriet, wie erregt sie war. Heiß auf ihn.

Er schob die Hände unter ihren Hintern. *Ich werde alles mit dir tun. Alles.* Als er sie anhob, bog sie sich ihm entgegen. *Ich werde so tief in dich eindringen, dass es dir fehlen wird, wenn ich nicht da bin.*

Ihre Beine fielen auseinander, und sie bot sich ihm dar. Sein erstes Lecken war langsam und sanft. Sie war feucht und brannte vor Verlangen, wand sich in seinen Händen.

Ein leises Quieken entfuhr ihr, als er schneller und härter in sie stieß. *Hör nicht auf... nicht aufhören...*

Er ließ seine Zunge kurz über sie flattern, dann versteifte er sie und begann, die kleinen Nervenenden zu bearbeiten, wobei er ihre kehligen Bitten genoss. *Nicht aufhören...*

Reed stöhnte und wiegte seine Hüften an der Matratze. Er musste sie jetzt zum Orgasmus bringen, weil er fürchtete, dass er schon zu weit war, um es später noch zu schaffen. Das Wissen, dass dies Eve war, die er aus ganz anderen Gründen als purem Sex wollte, feuerte ihn an. Jetzt war sie genau da, wo er sie haben wollte – willig und wimmernd vor hilfloser Wonne. Sie waren zusammen, vereint in Körper und Geist. Reed war nicht bewusst gewesen, was für ein einsames Leben er geführt hatte. Er, der abseits stehende Engel, hatte es erst begriffen, als er nicht mehr allein war.

Er wurde wilder, angetrieben von Dankbarkeit und einer seltsamen … Freude. Da er nicht zu grob mit ihr sein wollte, lenkte er einiges von der Lust durch Eve und zu Cain, von wo aus es auf die anderen in der Firma verteilt wurde. Diese Taktik verschaffte ihm ein bisschen mehr Selbstbeherrschung und erlaubte ihm, so sanft mit ihr zu sein, wie er es noch nie gewesen war.

Als Eve kam, krallte sie die Hände in ihren Bettüberwurf. Ihre Schenkel bebten, und ihr zartrosa Geschlecht unter Reeds Lippen pochte mit einer Gier, die seiner eigenen in nichts nachstand.

Er richtete sich auf die Knie auf und packte Eves Beine, die vom Bett zu kippen drohten. Als er seinen Mund an einer ihrer perfekten Waden abwischte, weckte das Gefühl ihrer Haut ein Verlangen in ihm, das er seit Monaten verleugnete. Um ihretwillen.

»Ich bin dran«, sagte er, hob ihre Beine auf seine eine Schulter und nahm seinen Schwanz in die Hand.

Die Lider halb geschlossen, berührte sie scheu seinen Schenkel. Reed erstarrte und fragte sich, ob sie es sich anders überlegt hatte, nachdem ihr Novium befriedigt war, und ob er aufhören könnte, wenn dem so war.

Beim Anblick von Reed brannten Tränen in Eves Augen. Seine Hand an ihren Knöcheln zuckte, und er schluckte, als wollte er etwas sagen, konnte es aber nicht.

»Ich will dich«, flüsterte sie. *In mir… bei mir.*

Dann nimm mich. Mit einem Knurren stürzte er nach vorn.

Halb vor Schmerz, halb vor Freude schrie sie auf. Sie hatte vergessen, wie er sich in ihr anfühlte: so groß und lang, beinahe zu massig. Bevor sie Atem schöpfen konnte, verfiel er in einen hämmernden Rhythmus, drang mit solcher Kraft in sie ein, dass sie gegen das Kopfteil des Betts rummste. Sie verschränkte die Hände über ihrem Kopf und erwiderte seine Bewegungen, damit er so tief in sie hineinstieß, wie sie es brauchte.

Heute gierte sie nach ihm, so wie er es schon immer nach ihr tat. Er war grob, ungekünstelt, ohne die eiserne Selbstbeherrschung, die Alec immer bewies. Reed kam sofort und ungehemmt. Er warf den Kopf in den Nacken, und an seinem Bauch wölbten sich die arbeitenden Muskeln. Beim Orgasmus brüllte er. Seine Flügel schossen in einer weißen Explosion aus seinem Rücken, und seine Schenkel spannten sich an, als er Eves willigen Leib auskostete.

Schließlich wurde er langsamer, und seine Brust hob und senkte sich unter seinem schweren Atem. Er spreizte ihre Beine, schlang sie um seine Hüften und legte sich auf sie. Während er ihr Gesicht mit Küssen übersäte, war sein Atem wie ein Streicheln auf ihrer erhitzten Haut. Mit einem Arm tauchte er unter ihre Schultern und fing sie ein. Die andere Hand umfasste und knetete ihre Brust. Unter ihren Waden fühlte sie das Anspannen und Lockern seiner eisenharten Muskeln, als er weiter in sie stieß – langsam, rhythmisch und tief.

Reed, der Wilde mit dem Hang zu rauem Sex, machte Liebe mit ihr. Und die Erleichterung und ... *Freude,* mit jemandem zusammen zu sein, trieb Eve Tränen in die Augen, die sie hastig wegblinzelte.

»Mmm«, schnurrte er wie ein zufriedener Panther. Ein Schweißtropfen von ihm landete auf Eves Wange, und er leckte ihn weg, bevor er sich an sie schmiegte. »Das war das Warten wert.«

Seine gedehnten Stöße brachten sie zum Stöhnen, und sie kam ihm bei jedem entgegen. »Reed«, keuchte sie und erschauerte unter dem nächsten Orgasmus.

Sein Lächeln war ein wenig triumphierend, seine Augen waren dunkel und aufmerksam, als er ihren Nippel zwischen den Fingern rollte. Vor dem Hintergrund der weißen Flügel nahm sich seine Haut golden aus und glänzte von dem dünnen Schweißfilm, der Eve verriet, wie sehr sie ihn erregte.

Er presste seine Lippen auf ihre und flüsterte: »Jetzt können wir anfangen.«

Alec stand vor den Panoramafenstern seines Büros und fuhr sich mit der Hand durch sein schweißklammes Haar. Es roch nach Sex und Wut. Sein Hemd war zerrissen und nass. Er riss es sich über den Kopf und warf es beiseite, bevor er seine Boxershorts nach unten schob, um seine Erektion zu befreien.

Sein Magen verkrampfte sich, und er ertappte sich bei dem Wunsch, kotzen zu können. Er fühlte sich beschmutzt, als hätte er seinen eigenen Körper vergewaltigt.

Ich will dich in mir... bei mir. Eves atemlose Stimme hatte sich mit den dunklen in seinem Kopf vermischt und ihn zu einer Tat verleitet, die er bitterer bereute als den ersten Mord an seinem Bruder.

Alec ertrug es kaum, die Frau anzusehen, die hinter ihm auf dem Boden lag. Mit ihr hatte er Eve betrogen. Izzie hatte angefangen, ihn zu provozieren, seine Lust und seine Wut angestachelt und seine Fixierung auf Sex ausgenutzt. Vielleicht hatte sie gedacht, es würde genauso wie ihre erste Begegnung.

Doch das änderte sich, als die Finsternis in ihm übernahm. Alec war lediglich die Hülle gewesen, die den Akt ausführte, und irgendwann wurde das auch Izzie klar. Zunächst war sie überrascht gewesen, dann hatte sie Angst bekommen, und schließlich war sie wütend geworden. Am Ende überwog der Genuss alles andere, doch Alec bezweifelte, dass sie noch mal Sex mit ihm wollen würde. Und er betete, dass er widerstehen konnte, falls doch.

Ich muss kontrollieren lernen, was der Aufstieg in mir geweckt hat.

Nackt ging er zu der schlafenden Izzie und bückte sich, um sie hochzuheben. Sie wimmerte und rollte sich von ihm weg, erschöpft von dem, was Alec ihrem Körper abverlangt hatte. Er besaß die Kraft eines Erzengels und die Gier der unzähligen Stimmen in seinem Kopf. Genau genommen war Izzie von einem Dutzend Unersättlicher gevögelt worden. Ihre Kleidung war zerfetzt, ihr Make-up verschmiert.

Alec legte sie behutsam auf das schwarze Ledersofa an der Wand, bevor er ins Bad ging, um zu duschen. Seit seiner Beförderung lebte er praktisch in diesem Büro. Da er sofort bemerkte, dass etwas mit ihm nicht stimmte, hatte er beschlossen, sich von Eve fernzuhalten. Doch der Gedanke an sie mit Abel – oder irgendeinem anderen – war unerträglich gewesen. Deshalb hatte er seinem Wunsch nachgegeben, sie zu sehen. Er musste sie nicht lieben, um sie behalten zu wollen. Zuneigung, Bewunderung, Respekt und Verlangen ... manche Ehen gründeten auf weit weniger.

Will dich ...

Er war so geschafft, dass nicht einmal mehr Eves Stimme ihn erregen konnte, spürte jedoch ein leises Summen in seinem Bauch. Es kündigte ihm an, dass er bald wieder bei vollen Kräften war. Er musste aus dem Tower raus, weg von den anderen Gezeichneten, die ihm so viel Energie gaben.

Was habe ich getan?

Während das heiße Wasser auf seinen Kopf niederregnete und sich der Geruch von Schweiß und Sex im Dampf auflöste, stemmte Alec die Hände gegen die kühlen Fliesen und sah zu, wie das Wasser wirbelnd im Abfluss verschwand. Genau wie sein Leben – und seine Beziehung zu Eve.

Was er zu ihr gesagt hatte ... Nun, da er klar denken konnte, wurde ihm erst das volle Ausmaß seines Verhaltens bewusst. Seine Gründe waren die richtigen gewesen, und doch hatte er es entsetzlich falsch angestellt.

Er dachte an Izzies Erschöpfung und seine Unersättlichkeit und verzog das Gesicht. So wenig es ihm gefiel, war er doch froh, dass das Ding in ihm Eve nicht so benutzt hatte.

Sauber und in frischen Sachen ging Alec wieder ins

Büro zurück und hob Izzie hoch. Er teleportierte sie in ihre Wohnung und legte sie in ihr Bett.

Als er dastand und ihre regungslose Gestalt ansah, verachtete er sich abgrundtief. Anfangs hatte sie bereitwillig mitgemacht, und er hatte sie befriedigt. Aber zu viel blieb zu viel, egal wovon. Und er war gröber mit ihr gewesen als jemals mit irgendeiner Frau.

Er versetzte sich in den Korridor vor Hanks Büro. Inzwischen war er so groggy, dass schon das Anklopfen eine Herausforderung darstellte. Allerdings gelangte man nur mit einer Einladung ins Heiligtum des Okkultisten. So wie vorher, als er mit Eve den Tengu herbrachte, öffnete sich die Tür scheinbar von selbst. Alec trat über die Schwelle in den schattigen Raum.

»Hat ja lange genug gedauert«, sagte Hank raspelnd und kam in seiner üblichen Greisinnengestalt aus dem Dunkeln, bevor er sich in eine üppige, aufreizende Rothaarige verwandelte. Früher hatte Alec sich häufiger gefragt, ob die alte Hexe überhaupt ein Blendzauber war, später jedoch beschlossen, dass es sich nur um eine Schrulle handelte. Sicher war es ein Ritual, mit dem sich Hank in die richtige Arbeitsstimmung versetzte.

»Tut mir leid.« Diese Floskel erfasste nicht einmal annähernd, wie sehr Alec es bereute.

Hank blieb in einigem Abstand vor ihm stehen. »Du siehst beschissen aus.«

So fühlte sich Alec auch. »Was hast du für mich?«

»Einen Rat.« Hank verschränkte die Arme unter dem voluminösen Busen. »Beende deine wie auch immer geartete Beziehung zu Eve. Ihr schwächt euch gegenseitig zu einer Zeit, in der ihr beide am stärksten sein müsst.«

»Ich habe schon mit ihr Schluss gemacht.«

»Ah …« Hank beäugte ihn skeptisch. »Der Verlust scheint dich mehr zu treffen, als er es bei einem Erzengel sollte.«

Alec lag eine schroffe Erwiderung auf der Zunge – seine Laune war nach wie vor sehr schlecht –, doch die letzten paar Stunden hatten ihm gerade genug Kontrolle verliehen, um den Impuls zu unterdrücken. »Was weißt du über den Aufstieg zum Erzengel?«

»Ich weiß, dass ich immer geglaubt habe, Erzengel würden geboren, nicht gemacht.«

Hank drehte sich um und bedeutete Alec, ihm zu folgen. Ein Lichtkegel bewegte sich mit ihnen wie ein Bühnenstrahler. Alec kam es vor, als würde sich der Raum endlos in die Dunkelheit erstrecken, was angesichts der natürlichen Strukturen des Gebäudes nicht möglich war. Andererseits hatte er längst begriffen, dass Hank über ungeahnte Kräfte verfügte, und er war dankbar, den Dämon auf seiner Seite zu wissen und nicht auf Sammaels.

»Hast du eine Idee, warum nicht mehr geschaffen wurden?«, fragte Alec.

»Weil die Sieben vollständig bleiben müssen.«

»Die Sieben. Du sagst es, als wären sie ein Wesen, nicht bloß eine Zahl.«

Vor ihnen erschien ein kleiner, schlichter Holztisch, und Hank setzte sich elegant auf einen passenden Stuhl, bevor er Alec stumm signalisierte, Platz zu nehmen. In all den Jahren, die er mit Hank arbeitete, war Alec nie weiter als wenige Schritte in das Reich des Okkultisten vorgedrungen. Hier hinten war die Luft stickiger und roch nach Schwefel.

Alec setzte sich. Der Tengu kam mit einem Tablett aus der Dunkelheit, unterwürfig wie ein gut ausgebildeter Butler. Er stellte einen Krug mit bernsteinfarbener Flüssigkeit und zwei Kristallgläser auf den Tisch, ehe er sich verneigte und wieder weghuschte. Der Gestank seiner verrottenden Seele blieb noch.

»Was ist das denn?«, frage Alec verdutzt. »Er stinkt. Und er ist … na ja, brav.«

»Dazu komme ich gleich. Von den vielen anderen Erzengeln haben sich nur Michael, Raphael und Gabriel halten können. Metatron, Ariel, Izidkiel … und all die anderen, wo sind sie?«

»Bei Gott.«

»Weil sie nicht fähig waren, Firmen zu leiten und ein säkulares Leben zu führen?«, fragte Hank, womit er sich auf eine weit verbreitete Annahme bezog. »Bei all der Macht und dem Wissen, die einem Erzengel zur Verfügung stehen, konnten nur *sieben* auf Erden bleiben? Gott wollte nicht mehr schaffen, da er hoffte, dass sie es bewältigen können? Und kein *Mal'akh* erwies sich als imstande, die Aufgabe zumindest kommissarisch zu übernehmen? Bis auf dich?«

Alec erhob sein Glas, roch daran und fragte: »Was ist das?«

»Geeister Kamillentee.«

Alec stellte das Glas wieder hin. »Ich wurde befördert, weil Raguel entführt wurde.« Und weil er Sabrael einen bisher noch unbekannten Gefallen versprach, aber das blieb lieber zwischen ihm und Sabrael.

Hank füllte sein Glas und stürzte den Inhalt mit einem lauten Gluckern herunter. »Womit die Zahl der Erzengel auf Erden wieder bei sieben wäre.«

»Meinst du, die Zahl ist entscheidend? Wie eine Obergrenze?«

»Das oder der Wandel ist so schwierig, dass ihn nur die allerwenigsten *Mal'akhs* überstehen können. Ich mag dich recht gern, Cain, aber wir beide wissen, dass es andere gibt, die besser für die Beförderung qualifiziert sind als du.«

Alec atmete pustend aus und lehnte sich zurück, und der Stuhl knarzte laut. Hank hatte ein beachtliches Budget und könnte sich leicht besseres Mobiliar leisten, doch anscheinend legte der Okkultist großen Wert auf ein gewisses Bild. Die wackligen Tische und Stühle sollten irgendwas vermitteln, das Alec bisher nicht verstand. Und er hatte jetzt auch keine Zeit, darüber nachzudenken. »Keiner kennt sich besser aus als ich, wenn es darum geht, Gezeichnetenleben zu retten.«

Hank warf sich eine lange rote Locke über die Schulter. »Seit wann ist das Aufgabe eines Erzengels?«

Die subtile Provokation bewirkte, dass Alec knurrend die Zähne fletschte.

»Sieh dich an«, sagte Hank rauchig. »Wie ein tollwütiger Hund kurz vor dem Angriff. Dennoch hast du den Willen aufgebracht, mit Eve zu brechen, obwohl es sicherlich das Letzte war, was du wolltest. Du dürftest sie eigentlich nicht lieben können.«

»Es ist auch nicht mehr wie vorher.«

»Es ist schwächer, aber nicht vorbei. Warum nicht? Liegt es daran, dass du zum Zeitpunkt der Wandlung verliebt warst?«

»Ich kann gut auf noch mehr Fragen verzichten«, raunte Alec gereizt. »Ich brauche Antworten.«

Hank zuckte mit den Schultern. »Ich bin Wissenschaftler. Es liegt in meiner Natur, Dinge infrage zu stellen.«

»Finde die verdammten Antworten! Was zur Hölle stimmt mit mir nicht?«

»Was mit dir nicht stimmt, ist, dass du glaubst, es würde etwas nicht stimmen.«

Alec ballte die Fäuste. »Ich schlage ungern Frauen, aber treib es nicht zu weit.«

Der Okkultist wechselte in die Gestalt eines Mädchens von sechs oder sieben Jahren, aber die Stimme blieb dieselbe. »Jedes himmlische Wesen glaubt, dass Dämonen frei wählen, böse zu sein. Keiner erwägt auch nur die Möglichkeit, dass wir so geschaffen wurden, wie wir sind. Wir können die Welt nicht so sehen wie ihr, selbst wenn wir wollten. Genau wie ihr unsere Sicht der Dinge nicht nachvollziehen könnt.«

Leider konnte es Alec jetzt doch. Und das war das Problem. Er erkannte den Reiz. Schlimmer noch: Die dunklen Triebe in ihm schienen immer schon ein Teil von ihm gewesen zu sein. »Demnach meinst du, dass ich so sein muss? Dass ich immer schon so war? Ist es das, was du mir sagen willst?«

»Vielleicht wehrst du dich gegen die Veränderung.« Hank nahm Alecs unangerührtes Glas auf und leerte es in einem Zug. »Vielleicht rebelliert der Ehrgeiz in dir, jener Teil deiner Seele, der sich danach sehnt, näher bei Gott zu sein. Er könnte wild geworden sein, weil er nicht bekommt, was er will.«

»Oder es ist der Teil von mir, der Eve will«, sagte Alec, um zu widersprechen.

»Ich persönlich denke, dass der andere, dunklere Teil

deiner Seele aufbegehrt. Der Teil, den du ignorierst und von dem alle anderen tun, als gebe es ihn nicht.«

Alecs Knurren angesichts Hanks scharfsinniger Beobachtung klang mehr nach Raubtier als nach Erzengel. »Er existiert auch nicht. Das ist ein Mythos.«

»Kein bloßes Auslassen, sondern eine bewusste Lüge von einem Erzengel? Das dürfte eine Premiere sein.« Hank lächelte. »Wie dem auch sei, meine Sorge galt Eve, und du hast dich darum gekümmert. Der berüchtigte Cain kann auf sich selbst aufpassen. Ich schlage vor, du fragst einen der anderen Erzengel, worauf du dich gefasst machen musst. Warum kommst du zu einem Höllenwesen, wenn Sarakiel hier ist, um dir zu helfen?«

»Weil ich jetzt mit den anderen Erzengeln konkurriere.«

Wie Kinder wetteiferten die Erzengel um die Gunst ihres Vaters. Sie wollten sich gegenseitig übertreffen, und Alec war nun eine Bedrohung für sie. Sie würden sich selbst sabotieren, wenn sie ihm halfen. Und so selbstlos war kein Erzengel.

Hank wechselte zurück in die Vamp-Form und stand auf. »Komm mit und lass mich dir zeigen, warum ich dich hergerufen habe. Es könnte dich aufmuntern.«

10

Ein leises Trillern, das eine eingehende SMS ankündigte, weckte Reed aus einem leichten Schlummer. »Darf ich dein Telefon zerdeppern?«, murmelte er und schmiegte die Lippen in Eves Haar. »Ich kaufe dir auch ein neues.«

Sie regte sich an seiner Seite. Ihr Körper war wohlig warm, und Reed wollte ihn nicht verlieren. »Manche von uns müssen auf die umständliche Art kommunizieren«, scherzte sie. Als sie sich auf einen Ellbogen aufstützte, fiel ihr Haar auf seine Brust und kitzelte ihn.

Er spürte, wie sie ein Anflug von Unbehagen ergriff, dicht gefolgt von Schuldgefühlen. Reed rollte sich herum, sodass sie unter ihm gefangen war, und küsste sie leidenschaftlich. Sofort entkrampfte sie sich und tauchte die Hände in sein Haar, um ihn festzuhalten.

Er löste den Kuss und rieb seine Nasenspitze an ihrer. Ihn wunderte sein Verlangen, zärtlich zu sein. »Falls du dies hier jetzt für einen Fehler hältst, lege ich dich übers Knie und versohle dir den Hintern.«

Eve lachte, doch ihre Augen blieben ernst. »Du musst Geduld mit mir haben. Ich bin nicht in der idealen Verfassung, mich in etwas Ernstes zu stürzen. Das hatte ich dir gleich gesagt.«

»Und ich will mich in gar nichts hineinstürzen. Das weißt du. Ich habe nicht den blassesten Schimmer, was ich hier tue.«

»Oder ob du es weiterhin tun willst«, ergänzte sie.

Reed zwinkerte. »Das werde ich definitiv.«

»Gut. Belassen wir es beim Sex.«

»Das meinte ich nicht.«

»Doch.« Sie schlang ein Bein um ihn und rollte sich mit ihm herum, bis sie an der Bettkante waren. Dann stand sie auf.

»Babe ...«

Sie ging zur Kommode und nahm das Telefon vom Ladekabel. Nach einiger Tipperei auf dem Display sagte sie: »Sara sucht nach dir.«

Reed schloss die Augen und unterdrückte ein genervtes Stöhnen. Er hatte ein Handy, das er aber die meiste Zeit aus eben diesem Grund ausgeschaltet ließ. Jeder, mit dem er reden wollte, erreichte ihn auch ohne diese weltlichen Hilfsmittel. Und alle anderen durften verdammt noch mal warten, bis er auf sie zukam.

»Wie schlimm ist es, dass sie wusste, bei wem du bist?« Beim Sprechen entfernte sich Eves Stimme.

Reed öffnete die Augen einen Spalt und konnte gerade noch ihren scharfen kleinen Hintern sehen, der im Bad verschwand. Schamlos nackt, was Reed überaus reizvoll fand.

Wahrscheinlich hat sie alle meine Gezeichneten kontaktiert, antwortete er im Geiste, denn wenn er es rief, würden ihn die beiden Gezeichneten im Wohnzimmer hören.

Die Dusche ging an. Eves Zimmer war groß, mit einer hohen Decke und einem breiten, offenen Zugang zum Bad.

Wie lange warst du mit ihr zusammen?, fragte sie.

Reed stieg aus dem Bett und folgte ihr ins Bad. »Ich weiß, was du denkst, aber so war es nicht.«

Eve stand mit geschlossenen Augen und zurückgeneigtem Kopf unter dem Wasserstrahl. Die Dusche war ebenerdig und nur durch eine schmale Glaswand abgetrennt, sodass Reed einen ungehinderten Blick auf Eve hatte.

Was war es dann?, fragte sie.

»Pure Zeitverschwendung.«

Eve richtete sich auf und wischte sich das Wasser aus den Augen. »Manche Beziehungen kommen einem im Nachhinein so vor, aber nicht, solange sie halten.«

»Damit kenne ich mich nicht aus. Ich habe keine Beziehungen.«

»War sie gut im Bett?«

Sie fragte betont beiläufig, doch Reed wusste, dass es ihr alles andere als egal war.

»Sie war praktisch. Keine Dates, kein Werben, kein Vorspiel. Je weniger ich mich für ihre Befriedigung interessiert habe, desto besser gefiel es ihr.«

»Weil sie dich vielleicht mag.«

Reed lachte. »Sie ist ein Erzengel, schon vergessen? In ihrem Herzen ist kaum genug Platz für Gott.«

»Nein, im Ernst. Ich sehe doch, wie sie dich ansieht.«

»Sie will meinen Schwanz. Das hat mit Mögen nichts zu tun.«

Eve drückte sich Seife mit Apfelduft in die Hand und warf Reed einen ungläubigen Blick zu. »Ich weiß ja, dass manche Männer diese Wunschvorstellungen von penisgierigen Frauen haben, aber das ist ein bisschen zu viel des Guten.«

Reed lehnte sich an den Waschtisch, verschränkte die

Arme und beobachtete, wie Eve ihr langes Haar shampoonierte. »Da hast du vor einer halben Stunde noch etwas anderes gestöhnt.«

Sie unterbrach ihre Haarwäsche lange genug, um den Luffa-Schwamm nach ihm zu werfen. Reed fing ihn, richtete sich auf und ging auf Eve zu.

»Ich habe Sara gebeten, etwas für mich zu tun«, erklärte er. »Und sie hat mich jahrelang hingehalten, ehe sie zugab, dass sie es nicht vorhatte.«

»Vielleicht konnte sie es schlicht nicht.«

Reed warf den Luffa-Schwamm zurück, fing Eve an den Hüften ein und zog sie unter der Dusche hervor.

»Hey!«, beschwerte sie sich, als er unter den Wasserstrahl trat.

»Sie wusste die ganze Zeit, dass sie mir nicht helfen würde, ließ mich aber in dem Glauben.« Er schüttelte sein nasses Haar aus, überließ Eve wieder die Dusche und griff nach ihrem Shampoo.

»Ich dachte, Erzengel lügen nicht.«

Reed hielt nachdenklich inne, dann begann er, sein Haar einzuseifen. »Warum reden wir darüber?«

»Ich möchte mehr über dich erfahren.« Achselzuckend fing sie an, ihre Haut mit dem Schwamm zu schrubben, die dabei einen reizenden Rosaschimmer annahm.

»Und warum fragst du dann nach jemand anderem?«

»Na gut, dann zu dir: Was sollte sie für dich tun?«

Seine Hände wechselten von seiner Brust zu ihrer. Doch ihr Blick verriet ihm, dass er sie nicht ablenken konnte.

»Das ist nicht mehr wichtig«, sagte er.

Unvermittelt schlug sie ihm an die Schulter. »Ich hatte recht! Du *willst* ein Erzengel sein.«

Knurrend zog Reed ihren seifigen Körper an sich. »Ich habe mich aus deinen Gedanken herausgehalten, dann darfst du auch nicht in meinen herumstochern.«

»Du hast es eben gedacht. Es ist gerade erst in meinem Kopf aufgetaucht.«

Ihm wurde bewusst, dass ihre neue Vertrautheit Türen öffnen könnte, die er lieber geschlossen halten wollte.

Als würde sie seinen Widerwillen spüren, runzelte Eve die Stirn. »Was ist denn eigentlich so toll daran?«

Er bemerkte, dass sie sich zurückzog, körperlich wie emotional, und seine Hände zuckten an ihrem Hintern.

»Es ist ein ziemlich hochgegriffenes Ziel«, erklärte er angespannt. Wenigstens ein bisschen offen musste er sein, wenn er sie nicht gleich wieder verlieren wollte. »Keines, mit dem man hausieren geht.«

»Was ich auch verstehe. Aber du hast es Sara anvertraut. Als ich dich zum ersten Mal gefragt habe, hast du mich sofort abgeschmettert.«

Reed beugte die Knie leicht, um sich dichter an Eve zu schmiegen. »Du teilst deine Gedanken mit meinem Bruder, Babe.«

»Und was kümmert es ihn, wenn du befördert werden willst?«

Er biss die Zähne zusammen. Über sich selbst redete er äußerst ungern. »Wenn ich mir früher etwas gewünscht habe«, antwortete er vorsichtig, »lief es normalerweise so, dass Cain es zuerst bekam.«

»Ach so.« Sie legte die Arme um ihn, und der Luffa-Schwamm in ihrer Hand rieb angenehm auf seinem Rücken.

»Schrubbst du mir den Rücken?«, fragte er und küsste sie auf die Stirn.

»Redest du weiter?«, erwiderte sie.

»Es gibt vergnüglichere Arten, es dir zu vergelten.«

»Abgemacht oder nicht?«

Leider konnte er ihr nichts abschlagen, und so veränderte er ihre Position, damit Eve unter dem warmen Wasserstrahl stand. Während sie mit dem Schwamm über seine Haut strich, fragte sie: »Meinst du, dass sich Alec jetzt auch noch deiner Beförderung in den Weg stellt? Er hat sie ja schon.«

»Ja, ich denke, er würde. Er ist besser im Töten, aber das ist auch das Einzige, worin er mich übertrumpft. Er weiß, dass ich ihn übertreffen würde.«

Eves Bewegungen wurden langsamer und stoppten dann ganz. Reed wartete und sah schließlich über die Schulter.

Ihre Blicke begegneten sich. »Du hast gesagt, dass er einen Pakt geschlossen haben muss, um sich den Aufstieg zu sichern.«

»Da bin ich mir sicher. Hat er nicht bewiesen, dass er es immer so hält? Er hat mit Gott verhandelt, um dein Mentor zu werden. Er hat mit Grimshaw verhandelt, um dich in dem Steinmetzbetrieb zu finden. Er hat deine Wiederauferstehung ausgehandelt, nachdem Asmodeus' Drachen dich tötete. Cain bricht jede Regel, und er ist gefragt. Andere handeln mit ihm, um die Aufgaben erledigt zu bekommen, an die sie sich selbst nicht rantrauen.«

»So wie du mit Sara gehandelt hast, damit ihre Wachen mir in Upland helfen?«

Reed erstarrte. *Wie viel wusste sie über die Transaktion?* »War es das, wonach du vorhin gesucht hast?«

Sie senkte den Blick. »Habe ich es falsch verstanden? Hattest du es für sie getan?«

Er schluckte. Einerseits war er erleichtert, dass sie offenbar nichts von seiner Prostitution wusste, andererseits machte ihm Angst, welche Erwartungen auf einmal zwischen ihnen standen. Es war, als wäre das ein Wendepunkt, für den er noch nicht bereit war. Er wusste nicht einmal, wie er sich für den bereitmachen könnte. »Nicht für sie«, brachte er mühsam heraus.

Bei dem dankbaren Kuss, den sie auf die nasse Haut seines Bizeps presste, musste sich Reed abwenden, bevor sie sah, was seine Miene verriet. Sie konnte ihn mit einem Blick in die Knie zwingen, und es war besser, wenn sie das nicht erfuhr.

Eve räusperte sich. »Es muss ein Seraph gewesen sein, der deinem Bruder geholfen hat, stimmt's? Sie sind die Einzigen, die Gott anhört.«

»Nein, nicht die Einzigen. Die Cherubim und Throne sind ihm ebenfalls nahe. Aber die Throne oder Ephanim sind bescheidene Engel. Ihnen mangelt es an dem nötigen Ehrgeiz, einen Teufelshandel mit Cain einzugehen.«

Eve hob beide Hände. »Ich bin momentan nicht in der Verfassung für eine Lehrstunde in Engelshierarchie.«

»Na gut.« Er wies auf seinen Rücken und schenkte ihr sein schönstes Lächeln. »Bitte?«

Als Eve wieder weiterschrubbte, blickte Reed nach vorn.

»Ich sorge mich sehr um Gadara«, murmelte sie. »Es macht mich wahnsinnig, dass ihn anscheinend alle abgeschrieben haben. Ich wünschte, die Leute würden herumlaufen, Antworten verlangen, suchen … irgendwas.«

Er nickte.

»Ich habe eine Idee.«

Reed verspannte sich bei Eves Ton, denn sie schien bereits zu ahnen, dass ihr Vorschlag nicht gut aufgenommen würde. »Welche?«

»Wir wollen Gadara. Satan will mich. Warum bieten wir nicht einen Austausch an?«

Er war wie versteinert. Seine Brust hob und senkte sich im normalen Rhythmus, doch sein Herz raste. Was es nicht dürfte, denn er war ja nicht erregt; er war panisch. »Bist du irrsinnig?«

»Kann sein. Wahrscheinlich.«

Reed drehte sich zu ihr und packte sie in der Taille. »Kommt nicht infrage!«

»Nein, ehrlich.« Sie sah ihn ernst an. »Wenn wir gemeinsam überlegen, fällt uns sicher ein, wie wir das durchziehen, ohne dass einer von uns dabei umkommt.«

»Halloooo? Erde an Eve. Wir reden hier über Sammael. Abgesehen von Jehova existiert nichts, das ihn schlagen kann.«

Sie reckte trotzig das Kinn. »Ich meine ja auch nicht, dass wir ihn schlagen sollen. Ich rede davon, ihn auszutricksen.«

Er schüttelte sie. »Und was wird er deiner Meinung nach machen, falls das tatsächlich gelingt? Er hat schon ein Kopfgeld auf dich ausgesetzt!«

»Wenn er mich ernsthaft tot sehen wollte, wäre ich längst tot.«

Das mochte eine verschwurbelte Logik sein, aber sie hatte nicht ganz unrecht. Trotzdem wurde Reed schlecht, wenn er an das Risiko dachte, das sie eingehen wollte. »Er spielt gern mit seinen Opfern«, erwiderte er verbissen. »Das ist alles.«

»Denk bitte drüber nach.«

»Nein.«

»Es ist unsere einzige Option!«

»Schwachsinn.« Ihm schwebte ein weit besserer Tausch-handel vor, doch die Bedingungen würden Eve nicht ge-fallen. »Es ist gar keine Option.«

Eve wollte widersprechen, aber Reed brachte sie mit einem Kuss zum Schweigen.

»Ich koche uns heute Abend etwas«, bot Reed an. »Und, nein, es wird kein Kung-Pao-Hühnchen.«

Eve zog sich ihr T-Shirt über den Kopf und sah ihn an. Er hatte den Kopf gesenkt, weil er gerade seine Gürtel-schnalle schloss. Blank poliert wie immer. Eve betrachtete ihn aufmerksam und bewunderte seine Eleganz umso mehr, da sie völlig ungekünstelt war. Er hatte sich nach dem Duschen nicht gestylt, nicht einmal in den Spiegel gesehen. Ein kurzer Strich durch sein perfekt geschnittenes Haar war alles, was es brauchte.

So wie dies hier hatte Eve sich einst ihr Eheleben aus-gemalt: fantastischer Sex, gemeinsames Duschen vor der Arbeit, ein Mann, an dem sie sich nicht sattsehen konnte. Der Widerspruch zwischen Reeds ruhiger Ausstrahlung jetzt, seiner Leidenschaft im Bett und seiner hitzigen Ablehnung ihres Vorschlags zu Gadara machte ihn noch reizvoller.

Obwohl er zum Erzengel aufsteigen wollte und in Kauf nahm, dann alle Gefühle einzubüßen, die er für sie haben mochte, schreckte es sie kein bisschen ab.

Eve seufzte. Es war von Anfang an klar gewesen, dass sie keinen der Brüder dauerhaft haben konnte. Ihr Dasein war unendlich, Eves nicht. Und sie wollte keinen von ihnen bremsen. Gleichzeitig war sie nicht bereit, ihren Traum von Normalität aufzugeben, was bedeutete, dass sie ihr Herz aus der Geschichte heraushalten musste.

Reed griff nach seiner Armbanduhr auf dem Nachttisch, als er bemerkte, dass sie ihn anstarrte. Er hielt inne, und seine nachdenklichen Züge nahmen einen verwunderten Ausdruck an. Sie war ihm ein Rätsel, und darum wusste Eve, was immer sie für ihn sein mochte: Es war einzigartig.

Sie benetzte ihre Unterlippe und sah, wie sein Atem schneller wurde.

Bei seinem trägen Lächeln krümmten sich ihre Zehen. »Ich habe alle Zeit, die du brauchst.«

»Was zum Teufel sehe ich hier?«, fragte Alec, während er sich vor dem Mikroskop aufrichtete.

Hank grinste. »Den Grund für das brave Benehmen deines Tengu-Freunds.«

»Erklär mir das.«

»Die Tarnmaske unterdrückt bestimmte Aspekte in der genetischen Prägung von Höllenwesen. Daher die Veränderungen bezüglich Geruch und Haut. Ich habe den Zauber umgewandelt, sodass er stattdessen Gefühle ändert. Stell es dir wie Valium für Dämonen vor.«

»Aber es sind die gleichen Materialien nötig?«

»Ja.«

Alec stieß einen angewiderten Laut aus. Das Mittel war aus Blut und Knochen von Gezeichneten hergestellt worden. Sie hatten einen begrenzten Vorrat in dem Steinmetzbetrieb in Upland konfisziert; war der jedoch aufgebraucht, würde Nachschub voraussetzen, dass sie Gezeichnete töteten. »Nutzt es sich ab?«

»Weiß ich noch nicht, doch mich würde überraschen, wenn nicht.« Hank wies nach rechts, und aus dem Nichts erhellte ein Licht einen Zwinger mit dem Tengu. »Ich hatte ein Stück von seiner Hacke abgeschlagen und es einige Tests durchlaufen lassen. Die Maskierung wurde mit dem Zement vermischt. Das könnte die Basis für die Schaffung der Höllenhunde gewesen sein.«

»Und sogar eingebaut in den Tengu lässt sich die Wirkung verändern?«

»Die Materialien in dem Tengu sind unveränderbar, die Magie nicht. Die verdammte Kreatur war eine Nervensäge, also belegte ich sie mit einem Zauber, und ...« Hank wies auf den Tengu, »... das ist passiert. Daraufhin habe ich ein bisschen mit der Formel gespielt, um zu sehen, welche Variationen mir einfallen.«

Eine Bewegung nahe dem Käfig erregte Alecs Aufmerksamkeit. Fred stand neben dem Verhau und machte Notizen.

»Interessant«, sagte Alec und sah wieder zu Hank. »Und Valium für Dämonen kann praktisch sein, aber angesichts des begrenzten Vorrats sehe ich nicht, was uns das bringen soll.«

»Es ist das erste Mal, dass jemand die grundlegende Natur eines Höllenwesens unterdrückt hat«, entgegnete Hank beleidigt.

Alec klopfte ihm auf die Schulter. »Klasse Arbeit. Also ... kannst du mir etwas machen, das ich benutzen kann? Ein Gegenmittel gegen die Tarnung? Eine Maskierung für Gezeichnete, für die Höllenwesenasche statt Gezeichnetenblut verwendet wird? Irgendwas in der Richtung?«

»Das ist eine komplett andere Richtung. Es sind zwei sehr verschiedene Dinge.«

»Du weißt, was ich meine.« Alec wurde wieder gereizt und ungeduldig. Er wollte weg hier. Die wie auch immer gearteten Endorphine seiner jüngsten Orgasmen verbrauchten sich offenbar schnell. »Du hast die Zutaten seit Monaten. Ich hätte längst mehr von dir erwartet.«

Fred pfiff und trat aus dem Licht.

Hanks schöne Züge verhärteten sich. »Geh jetzt, Cain«, sagte er gefährlich ruhig. »Ehe einer von uns etwas sagt oder tut, das wir beide bereuen würden.«

Hank hatte recht, und Alec verschwand.

»Hey.«

Sara lächelte dem dreisten jungen Mann zu, der ihr nachrief. Als sie an dem eingezäunten Volleyballplatz im Innenhof von Izzies Apartment-Komplex vorbeiging, hatte er sie unverhohlen interessiert begafft. Er trug nur lange Shorts und eine Sonnenbrille und sah wahrlich nicht schlecht aus. Recht muskulös noch dazu. Für einen Moment überlegte Sara, sich zum Spaß mit ihm einzulassen, was sie jedoch gleich wieder verwarf. Sein geifernder Blick verriet ihr, dass es ihm an der nötigen Erfahrung fehlte, um sie zufriedenzustellen.

Sie stieg die Treppe zum ersten Stock hinauf und klopfte. Erst nach dem zweiten Klopfen öffnete Izzie die Tür. Sie kam frisch aus der Dusche, war ungeschminkt und sah unglaublich jung aus – so zerbrechlich und ängstlich, wie eigentlich nur ein Kind wirken konnte.

Sara drängte sich in die Wohnung, als Izzie nicht schnell genug weiter öffnete. Das Apartment war großzügig und ging über zwei Ebenen mit hohen Zimmerdecken und einem höher gelegenen offenen Küchen-Essbereich sowie einem Gästezimmer und Gästebad. Das Schlafzimmer war auf derselben Ebene wie das Wohnzimmer, und aus dem Bad waberte feuchte Luft in den Raum.

»Was ist mit dir passiert?«, fragte Sarakiel mit einem kritischen Blick auf die Gezeichnete.

»Cain.«

»Wirklich? Du siehst schlimm aus. Nicht dass es mich wundert. Cain ist und bleibt schließlich Cain.«

»Da bin ich mir nicht so sicher«, sagte Izzie. Sie war in einen dicken Frotteebademantel gehüllt, und das nasse Haar hing ihr auf die Schultern. Blass und matt ging sie zu einem roten Samtsofa und setzte sich.

Sara folgte ihr. »Erzähl.«

Als Izzie fertig war, lehnte Sara sich in die Sofaecke und überlegte. »Hat Cain den Namen des Seraphen genannt?«

»Nein.«

»Kannst du den herausbekommen?«

»Du verstehst das nicht.« Izzies schmale Finger nestelten in dem Frottee. »Zuerst wollte er nicht, und dann war er wie … eine Maschine. Da war nichts in seinem Gesicht … in seinen Augen. Nichts. Und er hat eine Sprache gesprochen, die ich nicht kannte.«

»Hmm … Ich sehe mir das mal an.«

Izzie blickte fragend auf. »Wie?«

»Im Tower sind überall Videokameras.«

»Er ist nicht der Mann, den ich damals in Münster getroffen habe. Etwas stimmt nicht mit ihm.«

Sara holte ihr Telefon hervor. Sie versuchte es wieder bei Abel, wohlwissend, dass sie nur seine Mailbox erreichen würde, aber sie probierte es trotzdem. Auf gut Glück schrieb sie eine SMS an Evangeline.

Wie würde die Gezeichnete auf die Nachricht von Cains Untreue reagieren? Und wie weit würde Cain gehen, damit sie es nicht erfuhr?

Ein Seraph. Sara musste sich ein Schmunzeln verkneifen. Das grenzte die Suche erheblich ein. Wer es auch sein mochte, er dürfte erst kürzlich bei Cain gewesen sein und ihn auf diese lachhafte Idee gebracht haben. Vielleicht sogar im Gadara Tower. Zwar war das göttliche Leuchten der Seraphim für Sterblichen-Technik wie die Videokameras im Tower nicht einzufangen, doch vielleicht hatte Cain im Laufe ihres Gesprächs seinen Namen gesagt. Es war eine dünne Spur, aber immerhin eine Spur.

»Was soll ich jetzt machen?«, fragte Izzie.

»Mariel wird dich nicht einteilen, wenn Cain erst mit ihr geredet hat, also genieß ein bisschen Zeit für dich.«

»Ich bin hier, falls du mich brauchst.«

Sara strich Izzie über die blasse Wange. »Du wirst es noch weit bringen, Iselda.«

Die Gezeichnete sank seufzend tiefer ins Sofa. »Solange ich nur in den Himmel komme. Nachdem ich die Alternative gesehen habe, will ich alles tun, um nicht da zu landen.«

»Jemand Lust auf Tacos?« Eve kam ins Wohnzimmer und sah, dass draußen schon die Sonne unterging. Und den vielen Farbnuancen am Himmel nach zu urteilen, musste sie Stunden mit Reed im Bett verbracht haben. Jedenfalls genug, dass Sydney die Wii aufgegeben und an ihren Laptop gewechselt war. Montevista war nirgends zu sehen.

»Ich.« Sydney klappte ihren Computer zu, stand auf und streckte sich. »Montevista ist noch mal nach den Wachen draußen sehen gegangen.«

»Prima. Wir fangen ihn unten ein und ersparen ihm den Weg zurück nach oben.«

Sydney kam um den Couchtisch herum. Wieder mal staunte Eve, wie anders die Gezeichnete in ihrer Zivilkleidung aussahen, gerade im Kontrast zu ihrer Arbeitskluft. In ihrem dunkelrosa Juicy-Couture-Jogginganzug wirkte sie alles andere als mehrere Jahrhunderte alt.

»Alles okay?«, fragte Sydney. »Du wirkst traurig.«

Eve erschrak kurz. Dann begriff sie, dass sie ihre Verlustgefühle wegen Alec vielleicht nicht bewusst zuließ, es aber nicht bedeutete, dass sie ihr nicht anzusehen waren. »Mir geht es gut.«

Das würde es. Irgendwann. Sie bereute den Nachmittag mit Reed nicht, obwohl ihr ohnehin schon kompliziertes Liebesleben damit noch verworrener geworden war.

Nachdem sie ein wenig Geld aus ihrer Handtasche genommen hatte, folgte sie Sydney aus der Wohnung und verriegelte die vielen Sicherheitsschlösser an der Wohnungstür. Die hatte Eve zu ihrem Schutz angebracht, als sie noch ungezeichnet gewesen war. Dann gingen sie los, vorbei an Alecs Wohnungstür. Er hatte mehrmals deutlich gemacht, dass er es vorziehen würde, bei Eve zu wohnen und nicht neben ihr, doch die Hollis-Familie gehörte der Southern-Baptist-Kirche an, und ein Zusammenleben in wilder Ehe war daher ein absolutes Tabu. Schon Tür an Tür zu wohnen stellte einen kleinen Affront dar.

Die Fahrt nach unten ins Erdgeschoss ging schnell, und

leichtfüßig betraten die beiden Frauen die mit Marmor ausgelegte Eingangshalle.

»Ich könnte morden für eine Wohnung hier«, sagte Sydney.

»Ehrlich?« Eve sah sie grinsend an. »Warum bemühst du dich nicht um einen Umzug, wenn es dir nicht gefällt, wo du wohnst?«

»Ach, das ist okay. Aber in so einem Haus würde ich lieber wohnen.« Sydney lächelte. »Deshalb gleich Ishamel zu verärgern, ist es allerdings nicht wert. Er macht mir Angst.«

Eve stutzte. »Wer ist Ishamel?«

Sie gingen durch die Tiefgarage und verließen das Gebäude durch das automatisch öffnende Eisentor. Eve blickte nach links, wo normalerweise der böse, missionierende Nikolaus an der Ecke herumlungerte. Er war auch heute da und redete mit Montevista. Zum Glück hatte der Irre Eve den Rücken zugekehrt. Montevista sah sie direkt an.

»Wir wollen zu El Gordito«, sagte sie normal laut, denn mit seinem Supergehör konnte er sie problemlos hören. Er reckte beide Daumen.

»Ishamel ist Gadaras Faktotum.«

»Der Sekretär?« Der Mann, der dafür sorgte, dass in Gadaras Büro alles wie am Schnürchen lief, hatte weißes Haar, leicht gebeugte Schultern und eine Vorliebe für Pullunder und Fliegen. Jedes Mal, wenn Eve ihm begegnete, fragte sie sich, was er getan haben mochte, um gezeichnet zu werden. Da mit dem Kainsmal jede Alterung stoppte, musste er damals schon alt gewesen sein.

»Nein, das ist Spencer. Er regelt alles innerhalb des Gadara Towers.« Sydney setzte ihre Sonnenbrille auf und wandte sich in Richtung Strand. »Ishamel ist der Mann außerhalb. Sicher hast du ihn schon mal gesehen. Er ist immer von Kopf bis Fuß in Grau gekleidet und fährt in einer Limousine herum.«

Eve wurde langsamer. Der graue Mann. Sie war ihm begegnet, als sie noch eine funkelniegelnagelneue Gezeichnete gewesen war. Da hatte er sie in einer Limo abgeholt und zum Gadara Tower gebracht. »Ja, der ist unheimlich.«

Sie erreichten den Strand und bogen nach links. Das Restaurant war in Sichtweite: eine schlichte mexikanische Cantina, deren Terrasse von Plexiglas umrandet war.

Eve überlegte, ob es ein Fehler gewesen war, Ishamel erfolgreich zu verdrängen. Wenn er Gadaras rechte Hand war, musste er wissen, wie Erzengel tickten. Vielleicht konnte er ihr helfen zu verstehen, was mit Alec geschah.

»Ich bekomme schon eine Gänsehaut, wenn ich bloß an sein Grinsen denke«, fuhr Sydney fort.

»Es sieht eher nach üblen Verstopfungen aus.« Eve versuchte, sich an mehr Einzelheiten zu erinnern, was ihr nicht gelang. »Was ist er? Ich entsinne mich nicht, dass er nach Gezeichnetem oder Höllenwesen roch. Allerdings war ich da auch noch ganz neu.«

»Ishamel ist ein *Mal'akh*, aber kein Einteiler wie die anderen. Seine Aufgabe besteht ausschließlich darin, Gadara das Leben leichter zu machen und all die lästigen Kleinigkeiten zu erledigen, die unter der Würde eines Erzengels sind, aber zu wichtig für Gezeichnete.«

»Und die Wohnungssuche ist zu wichtig, um sie Gezeichneten selbst zu überlassen?«

»In eine teurere Wohnung zu wechseln erfordert Genehmigungen, an die ein normaler Gezeichneter nicht herankommt. Vor allem nicht bei der miesen Wirtschaftslage. Die Firmen spüren den Einbruch natürlich auch.«

»Stimmt, daran hatte ich nicht gedacht.« Eve rümpfte die Nase. »Leider muss ich gestehen, dass ich die Firmen immer für sehr solide hielt. Unangreifbar. Aber du hast recht. Wir sitzen in Kalifornien, dem Epizentrum des Immobilienkollaps. Und Gadara ist auf Immobilien spezialisiert.«

Sie erreichten die Terrasse und wählten einen freien Tisch mit Blick auf den Strand. Die vorherigen Gäste hatten Tabletts und Müll einfach stehen gelassen, also warfen Sydney und Eve alles in einen Abfalleimer in der Nähe und warteten darauf, dass ein Hilfskellner den Tisch abwischte.

Montevista kam gerade, als sich der Kellner näherte.

»Drei Tacos, bitte«, bestellte Eve. »Mit extra Pico de Gallo und Sour Cream.« Sie sah ihre Begleitung an. »Was wollt ihr?«

Sydney lachte. »Ich hatte keine Ahnung, dass Innenarchitektur so hungrig macht!«

Eve war froh, dass das Kainsmal ein Erröten unmöglich machte.

Nachdem sie alle bestellt hatten und die Getränke gebracht worden waren, lehnte sich Montevista auf dem Kunststoff-Gartenstuhl zurück und sagte: »Der Reverend an der Ecke hat es echt auf dich abgesehen, Hollis.«

»Reverend?«

Montevista grinste. »Presbyterianer.«

Eve griff nach ihrem Eistee. »Der ist durchgeknallt. Religiöse Eiferer wie er sollten gezeichnet werden. Sie sind auf jeden Fall mit Inbrunst dabei. Wenn die Seraphim genug von denen auf Satan losjagen, gibt er schnell auf.«

»Er hält dich für ein Callgirl.«

»Wie bitte?«

»Wegen deines vielen Herrenbesuchs.«

»Ich könnte doch auch einen Bibelkreis veranstalten. Hat er daran mal gedacht?«

Montevistas Augen blitzten hinter der dunklen Sonnenbrille. »Er sagt, dein Körper sei für die Sünde geschaffen.«

»Ah, tausend Dank! Hast du ihn aufgeklärt?«

»Ich habe es versucht, aber er sagt, ich sei verhext. Ich glaube, einzig Gott kann ihn dazu bringen, seine Meinung zu ändern.«

»Super.« Eve verschränkte die Arme.

Sydney lächelte. »Hey, sieh es mal positiv. Ich wünschte, jemand würde sagen, dass mein Körper für die Sünde geschaffen ist.«

»Ist er doch«, sagte Montevista mit einem leisen Schnurren, bei dem Eve verwundert blinzelte.

Sydney starrte ihren Partner eine Weile stumm an und trank einen Schluck von ihrer Cola. Eve kapierte nichts mehr. Seit wann war Montevista scharf auf Sydney? Und warum schien es Sydney so zu überraschen? Die beiden arbeiteten seit Jahrzehnten zusammen, da mussten sie doch irgendwann mal etwas gemerkt haben.

»Einzig Gott, ja?«, wiederholte Eve nachdenklich. »Da bringst du mich auf eine Idee.«

»O-oh.« Montevista zog die Brauen hoch.

Eve bedachte ihn mit einem übertrieben strengen Blick. »Ich muss Pater Riesgo seine Bibel zurückbringen. Bei der Gelegenheit bitte ich ihn, mal vorbeizukommen und ein gutes Wort für mich einzulegen.«

»Du willst einen Priester in die Schusslinie schleudern?«, fragte Sydney.

»Hast du Riesgo mal gesehen? Der Mann kann auf sich aufpassen. Außerdem scheint er wild entschlossen, mich zu retten.« Eve lehnte sich zurück, denn der Kellner kam mit einem Tablett voller Plastikteller. »Soll er mit dem bösen Nikolaus anfangen.«

11

Alec saß annähernd eine Stunde auf den Stufen der alten Masada-Festung, bevor die Energie aus der Firma abebbte und er sich wieder halbwegs wie er selbst fühlte. Er atmete ruhig und langsam gegen seine neue Natur an, bis er hinreichend Kontrolle über sich hatte, um sich unter Leute zu wagen. Er brauchte Hilfe, die er jedoch nicht bekommen würde, wenn er sich weiter wie ein Arschloch aufführte.

An wen konnte er sich wenden? Uriel war seine erste Wahl, doch falls dem Erzengel der Verdacht kam, dass Alec für sich selbst oder andere gefährlich sein könnte, würde er es Michael und Gabriel erzählen. Die würden Alec zweifellos töten. Doch wer sonst wüsste Antworten? Wer würde ihn schützen, wenn sie sein Geheimnis entdeckten?

Es gab nur einen Ort, an dem man ihn so akzeptierte, wie er war. Ob es auch der Ort war, an dem er seine Antworten fand, blieb abzuwarten.

Ehe er es sich noch anders überlegen konnte, versetzte sich Alec nach Shamayim – in den ersten Himmel, den Wohnsitz seiner Eltern. Mit einem dumpfen Knall landeten Alecs Stiefel auf dem Sand, und er atmete wieder tief ein, um sich zu wappnen. Angesichts der ordentlich bestellten Reihen vor ihm spürte Alec einen Stich in der Brust. Es hatte einmal eine Zeit gegeben, in der er sich kein anderes Leben als das eines Farmers vorstellen konnte.

Der Mann war er nicht mehr.

Darum verlässt der Mann Vater und Mutter und bindet sich an seine Frau, und sie werden ein Fleisch …

»Cain!«

Alec drehte sich um und sah seinen Vater weit hinten auf dem Feld. Adam grub den Pflug tief ins Erdreich und wand die Zügel seines Maultiers um einen Griff, um das Tier zum Stehen zu bringen.

Alec teleportierte sich zu ihm, lächelte unsicher und begrüßte ihn aus purer Gewohnheit auf Hebräisch: »*Shalom, Abba.*«

»Deine Mutter vermisst dich«, sagte Adam mürrisch. Er schob seinen Hut höher in die verschwitzte Stirn. Seine dunklen Augen waren prüfend und aufmerksam.

Alec ging nicht auf den kaum verhohlenen Tadel ein. »Ich vermisse euch auch«, antwortete er. »Es ist verrückt dort unten. Der Tag bietet nicht genügend Stunden, selbst wenn die Tage endlos scheinen.«

Er hatte gelernt, seinen Vater in seine Antworten miteinzubeziehen, so sehr ihn auch störte, dass Adam nie auch nur entfernt freundlich sein konnte. Abel hatte die distanzierte Haltung ihres Vaters stets problemlos hingenommen; an Alec hingegen nagte sie unangenehm. Als er jünger und hitzköpfiger gewesen war, hatte er sich immer wieder mit seinem Vater gestritten, um den Schmerz zu lindern.

»Wie geht es Evangeline?«

Die Frage erschreckte Alec. Ihm war nicht bewusst gewesen, dass sein Vater etwas über sein Leben wusste, geschweige denn sich dafür interessierte. »Sie ist perfekt. Ich bin derjenige, der alles verdirbt, wie immer.«

»Stimmt etwas nicht?«

»Was weißt du über Erzengel?«

»Ich weiß, dass du jetzt einer bist. Wer hätte das gedacht, was?«

Alec biss die Zähne zusammen. Selbstverständlich hätte sein Vater nie erwartet, dass er so hoch aufsteigen könne. »Ja. Könnte Mom mehr über sie wissen?«

Ein versonnenes Lächeln trat auf Adams Züge. »Sie ist eine Frau und Mutter, folglich weiß sie alles. Außerdem hatte sie einen größeren Bissen von dem Apfel.«

»Richtig.« Alec wandte sich zu dem großen Cottage im Schatten eines Hains um. Bevor er verschwand, sagte er über die Schulter: »Es war schön, dich zu sehen, Abba.«

»Bleibst du zum Essen?«

»Vielleicht. Kommt drauf an.«

»Der Tag bietet nicht genügend Stunden«, imitierte Adam ihn spöttisch.

Alec versetzte sich zum Cottage und blieb vor der Tür stehen. Das kahle Feld hinter ihm war heiß, doch hier im Schatten herrschte eine ideale Temperatur. Das Haus war wie ein Cottage aus dem Märchenbuch: eine skurrile Bitte seiner Mutter, auf deren Umsetzung sein Vater Jahre verwandt hatte.

Eine vertraute Gestalt füllte die obere offene Hälfte der geteilten Tür.

»Willst du einfach nur dastehen und glotzen?«, fragte seine Mutter und zog die untere Türhälfte auf. Sie trocknete sich die Hände in der Schürze und breitete die Arme aus. »Du siehst furchtbar aus.«

»Während du wunderschön aussiehst, Ima.« Er umarmte sie. Sogleich war er von ihrem einzigartigen Duft umfangen, und die bebende Angst in ihm ließ ein wenig nach.

Er löste die Umarmung und lächelte seine Mutter an. Die Floskel »Du siehst keinen Tag älter aus« traf auf beide Elternteile zu. Sie waren in der Zeit stehen geblieben und sahen auf immer wie Ende vierzig aus.

»Mach keine Witze«, schalt sie ihn und musterte ihn kritisch. »Du siehst krank aus. Du bist blass, und die Haut um deine Augen ist bläulich verfärbt.«

Alec brauchte keinen Spiegel, um zu wissen, dass sie recht hatte. Er fühlte sich ausgelaugt. Die Tatsache, dass man es ihm ansah, war allerdings erschreckend. Er war ein Erzengel, verdammt! Er sollte gesünder und kraftvoller denn je sein.

Ihre kühlen Hände strichen über sein Gesicht, schoben ihm das Haar aus der Stirn und glätteten seine Brauen. »Jemand muss sich um dich kümmern. Es ist zu lange her, dass ich dich besucht habe.«

»Ich habe Fragen«, sagte er ernst.

Sie nickte. »Komm rein und setz dich.«

Alec folgte ihr nach drinnen. Auf dem Weg in die Küche band sie ihre Schürze ab. Der Geruch von kochendem Essen hatte etwas Tröstliches. Er setzte sich auf das Sofa und beobachtete, wie seine Mutter einen halb vollen Krug vom Küchenbüffet nahm. Bis sie die Sitzecke erreichte, waren schon zwei Gläser auf dem Couchtisch vor ihm erschienen. Die Finsternis in ihm störte diese Szene, sodass Alec sich eher wie ein Besucher als ein Familienmitglied fühlte.

Es war lächerlich, ohne Frage. Andererseits war sein Verstand anscheinend auch nicht mehr zuständig.

Die Inneneinrichtung seines Elternhauses war eine Mischung aus Primitivem und Modernem. Zeitgemäße Sofas standen auf harten Sandböden, und modische Glasfliesen zierten die Wände einer Küche, an deren Spüle noch eine Wasserpumpe war. Sowohl Alecs *Abba* als auch seine *Ima* waren mit einer seltsamen Kombination an Gaben gesegnet. Seine Mutter konnte Flüssigkeit mit einer simplen Berührung kühlen oder erhitzen. Die Tiere, die sie verzehrten, kamen von allein zu ihnen, mussten aber mit Sterblichenmitteln gehäutet und zerlegt werden. Gott hatte ihr Leben in vielerlei Hinsicht angenehm gemacht, während er sie zugleich in jener Welt verharren ließ, die sie seit der Schöpfung kannten.

Seine Mutter setzte sich ihm gegenüber hin. Ihr langes dunkles Haar bauschte sich hinter ihr auf dem Sessel. Sie war so reizend wie eh und je, innerlich wie äußerlich. Ihre Sorge um ihn spiegelte sich in ihren braunen Augen und der Art, wie sie an ihrer Unterlippe nagte.

»Du hättest früher kommen sollen«, sagte sie. »Gibt es Neuigkeiten von Raguel?«

Alec schüttelte den Kopf. »Nichts. Bisher hat Sammael noch nicht einmal verlauten lassen, dass er ihn hat. Das zeigt, wie mächtig er geworden ist. Er kann seine Lakaien dazu bringen, solch eine Ungeheuerlichkeit für sich zu behalten.«

»Er war schon immer mächtig. Sterblichenklatsch trübt doch hoffentlich nicht deinen Verstand? Du solltest es besser wissen.«

Alec lehnte sich in die dicken Sofapolster, blickte durch das Fenster hinaus zu den wippenden Ästen der Bäume und fragte: »Weißt du, was mit den anderen Erzengeln passiert ist? Sandalphon, Jophiel und dem Rest?«

Seine Mutter griff nach einem Glas. »Nein.«

»Jemand hat angedeutet, dass die Zahl von sieben Erzengeln geplant sein könnte.«

»Warum? Damit ist jedem eine große Last aufgebürdet.«

»Ich frage mich, ob es Absicht ist«, murmelte er. »Wie bei ungezogenen Kindern, die man beschäftigt hält, auf dass sie keinen Unsinn verzapfen.«

»Was für Unsinn sollten sie verzapfen?«

Alec atmete hörbar aus. »Sie kontrollieren die *Mal'akhs* und die Gezeichneten. Falls sie einen Weg finden, zusammenzuarbeiten, denk mal, was sie alles erreichen könnten!«

Seine Mutter hatte das Glas an ihre Lippen gehoben und hielt mitten in der Bewegung inne. »Sprichst du von einem Coup gegen Jehova?«

»Eher einem Aufbegehren vielleicht. Einem Antrag auf mehr Macht und zusätzliche Privilegien.«

Mit einem Knall stellte sie ihr Glas wieder ab. »Sag solche Dinge nicht! Du darfst sie nicht einmal denken.«

»Ich soll fest im Glauben sein, nicht wahr?«, fragte er zynisch.

Sie überkreuzte die Unterarme vor ihrem Körper. »Als ich hörte, dass du befördert wurdest, nahm ich an, dass du zum tieferen Gespräch mit Gott gelangt sein musstest und dein Aufstieg die Belohnung dafür war.«

Die Stimmen in ihm lachten und stachelten ihn an, verbittert zu entgegnen: »Nichts dergleichen, befürchte ich. Ich erledige die Drecksarbeit, Ima. Daran hat sich nichts geändert.«

Sie seufzte. Dann straffte sie ihre Schultern, was bedeutete, dass sie seine Fehler überging und sich den Problemen zuwandte, die sie verursachten. Diese Haltung erinnerte ihn so sehr an Eve, dass sich seine Züge spürbar verkrampften.

»Also hat dich jemand gegen einen Preis zum Erzengel gemacht?« Ihre Fingerspitzen trommelten lautlos auf den gepolsterten Armlehnen ihres Ohrensessels. »Wer?«

»Was spielt das für eine Rolle?«

»Du bist nun die mächtigste Waffe, die jemals geschaffen wurde.« Sie sah ihm in die Augen. »Ich will wissen, wer das gewagt hat. Und warum.«

»Hier ist es wie in einer Geisterstadt«, murmelte Rosa, bevor sie in einen doppelten Cheeseburger biss. »Brentwood ist langweilig.«

Reed stellte seine Cola ab und überkreuzte die Beine auf der Bank der Sitznische. »Vielleicht sorgt Grimshaws Beta auf diese Weise für Disziplin im Rudel. Er hält sie hier fest, bis sie sich angepasst haben.«

»Nein. Es liegt daran, dass die Zahl der Höllenwesen in der Gegend während der letzten paar Wochen drastisch gefallen ist. Sie wandern alle in den Süden Kaliforniens ab.«

Um Eve zu jagen. Reed streckte seine mentalen Fühler aus – *Babe?* – und war froh, als sie sich sofort meldete.

Sorg dich nicht um mich, schimpfte sie.

Ja, klar. Er konzentrierte sich wieder auf sein Gegenüber. »Du hast bei der letzten Jagd einen Sahnejob abgeliefert«, lobte er sie. »Ich schätze, du hast einen neuen Rekord im Töten von Gwyllions aufgestellt.«

»Ich habe diesen *Corno* in die Hölle gekickt, und jetzt würde ich gern ein bisschen Spaß haben.« Sie lächelte. »Ich hätte nichts dagegen, mir mal Disneyland anzusehen.«

»Wolltest du mich deshalb treffen? Weil du Urlaub willst?«

»Nein, weil ich dahin will, wo die Action ist.«

Rosa aß weiter. Der Burger war so groß, dass sie ihn nur mit Mühe halten konnte. Rosa war eine hübsche Venezolanerin mit wachen braunen Augen und kurzen schwarzen Haaren, die mit Mitte zwanzig zur Gezeichneten wurde. Das war vor fünf Jahren gewesen, und ihre Jugend kam ihr zugute, denn sie war schnell und wendig. Zudem arbeiteten ihr feuriges Temperament und ihr fester katholischer Glauben für sie. Ihr Vater hatte sie und ihre Mutter schwer misshandelt. Eines Tages reichte es Rosa, und sie setzte dem ein Ende. Für immer.

Reed griff nach einer Pommes und musste sich ein Grinsen verkneifen, weil er an den Grund für seinen ungewöhnlichen Hunger dachte. Die zweite Runde mit Eve hatte die Dinge zwischen ihnen auf eine vollends neue Ebene katapultiert. Ob sie das begriff? Falls nicht, würde er sie ins Bild setzen, und zwar *pronto*. »Hier ist jede Menge Action.«

»Im Moment nicht, nein.«

»Du weißt doch etwas, das dich so in Fahrt bringt«, sagte er, denn er spürte es über ihre geistige Verbindung. »Raus damit.«

Rosa legte ihren Burger ab und sah ihn an. »Wenn dies hier der Anfang von Armageddon ist, will ich mittendrin sein.«

Reed zog erstaunt die Brauen hoch. »Erzählt man sich das? Dass das Ende aller Tage naht?«

Gezeichnete tratschten wie verrückt. Manche der Gerüchte, die sie auskochten, waren unterhaltsam. Andere waren gefährlich.

»Es ist doch offensichtlich. Satan züchtet Höllenhunde, Grimshaw plante irgendeine Revolte, und sämtliche Höllenwesen im Umkreis von dreihundert Meilen wollen dringend Cains Freundin erledigen. Was zum …«

»Nein.« Er hatte es schon ausgesprochen, ehe er sich bremsen konnte.

»Nein?« Rosa betrachtete ihn fragend. »Lebst du in einer anderen Welt als ich?«

Er musste sich zusammennehmen, um seine Eifersucht zu bändigen. Seine Reaktion »besitzergreifend« zu nennen wäre eine schändliche Untertreibung. Eve war nicht mehr Cains Freundin. Doch wenn Reed nun seine Ansprüche auf sie geltend machte, würde es für sie nur noch schwieriger. Viele der anderen Gezeichneten nahmen ihr bereits die Vorteile übel, die sie mit Cain als Mentor genoss. Erfuhren sie, dass Eve weitergezogen war und zu wem, würde sich die Stimmung gegen sie noch weiter aufheizen, und sie brauchte gerade jetzt jede Hilfe, die sie kriegen konnte.

»Ich meine«, begann er, »dass das, was gerade vorgeht, nicht zwingend das Ende bedeuten muss. Es gibt Zeichen, die uns warnen, falls dem so ist. Und die sehe ich nicht. Zum einen gibt es keinen Freudentaumel.«

»Kann sein«, sagte sie achselzuckend. »Schick mich bitte da runter!«

Reed nickte. »In Ordnung.«

»Ja!« Ihre Augen strahlten vor Freude und Mordlust.

»Aber wenn ich dich woanders brauche, mach es mir bitte nicht schwer.«

Sie verdrehte die Augen und griff wieder nach ihrem Burger. »Übrigens versucht Sarakiel, dich zu erreichen.«

»Ich melde mich bei ihr, wenn wir hier fertig sind.«

Was er nicht tat.

Nachdem er Rosas Prius nachgesehen hatte, wie er vom Parkplatz und in Richtung Autobahn fuhr, begab er sich zu den Charleston Estates. Die gesicherte Wohnanlage gehörte dem Black-Diamond-Rudel, das jüngst seinen Alpha, Charles Grimshaw, verloren hatte.

Der Beta – jetzige Alpha – war Devon Chaney. Wenn Chaney nach seinem Vorgänger schlug, würde er zu gern stärker und mächtiger als Grimshaw sein. Reed zählte bei seinem Plan auf genau diesen Ehrgeiz.

An der vorderen und hinteren Einfahrt gab es jeweils ein Wachhäuschen, und dazwischen schirmten hohe Mauern die Anlage ab. Luxus war das Wort, das einem in den Sinn kam, sah man die Anlage von außen. Doch hinter dem Mondsichelwappen, das in das Pflaster der Einfahrt eingelassen war, täuschte nichts mehr über die Tatsache hinweg, dass die Bewohner ausnahmslos Werwölfe waren.

Reed schritt mit einer Hand in der Tasche auf das Wachhäuschen zu, während er in der anderen seine Sonnenbrille baumeln ließ. Er blickte gelassen auf und lächelte, als der Wachmann begriff, was und *wer* er war.

»Ruf deinen Neffen Alpha«, sagte Reed, »und sag ihm, dass ich plaudern möchte.«

»Bereue, Hure! Bereue, oder du schmorst in der Hölle!«

Eve widerstand ihrem Wunsch, das Fenster herunterzukurbeln und dem bösen Nikolaus ein blaues Auge zu verpassen. Stattdessen saß sie brav an der roten Ampel, während der Eiferer an ihrem Seitenfenster stand, auf seiner Gitarre schrammte und sie durch das Glas anschrie.

Als er bei ihr nichts erreichte, wechselte er zum Fenster

hinter ihrem und brüllte Sydney an: »Rette dich vor der Fleischeslust und den Klauen dieser Heidin! Rette dich, ehe du im Flammenmeer verbrennst!«

Montevista räusperte sich, und Eve blickte zum Beifahrersitz. »Okay«, sagte er, »deine Priester-Idee gefällt mir immer besser.«

»Jap.« Eve trat das Gaspedal in dem Moment, in dem die Ampel umsprang. Zum Glück war Riesgo da gewesen, als sie nach dem Essen bei der Kirche anrief, und war einverstanden, sich direkt mit ihr zu treffen. Nun fuhren sie zum Glover-Stadion in Anaheim, wo er für ein Gemeindemitglied als Trainer einer Little-League-Mannschaft einsprang.

»Denkst du, dass Pater Riesgo uns hilft?«, fragte Sydney. »Du gehörst doch nicht zu seiner Gemeinde.«

»Ich hoffe, dass er mitspielt, und meinetwegen kann er mich ruhig erpressen. Ich würde zu einer Messe bei ihm gehen, wenn er mir nur diesen Irren vom Hals schafft.«

Montevista schüttelte den Kopf. »Ich habe noch nie mit einer ungläubigen Gezeichneten gearbeitet. Deine Eltern sind doch fromm, oder? Was ist mit dir passiert?«

Eve hob eine Hand. »Wir sind Freunde, und das heißt, dass wir uns nie über Politik oder Religion unterhalten.«

Er wollte etwas erwidern, doch kaum sah er ihren Gesichtsausdruck, ließ er es. »Na gut.«

»Ich kenne diesen Ton«, sagte sie und trommelte mit den Fingern auf dem Lenkrad. »Du denkst, dass ich sauer auf Gott bin und mich mit Pietätlosigkeit räche. Aber ich bin nicht verrückt. Ich denke einfach, dass viele Geschichten in der Bibel einen Gott zeigen, der dieselben Fehler besitzt wie wir. Er ist stolz und launisch, und er behandelt

Menschen wie Spielzeuge. Da braucht es schon eine Menge mehr als das Versprechen eines unsichtbaren Himmels, damit ich so jemanden anbete.«

»Uihui«, hauchte Sydney.

»Entschuldige, dass ich gefragt habe«, pflichtete Montevista ihr bei.

Den Rest der Fahrt sagte keiner von ihnen etwas. Und das nicht wegen der Diskussion über Religion, sondern wegen der Vielzahl laserheller Augen, die ihnen den gesamten Weg über folgten. Die Gehwege waren nur wenig voller als sonst, doch die Zahl der Höllenwesen war eindeutig enorm angestiegen.

»Wenn wir im Stadion sind«, sagte Montevista, »bleibt ihr beim Eingang, solange ich nachsehe, ob der Priester da ist. Und sollte es Stress geben, trittst du das Gaspedal durch und verschwindest von da.«

Sydney beugte sich vor. »Ich kann reinlaufen. Falls irgendwelcher Mist losgeht, bist du der bessere Schutz für sie.«

Er stieß einen genervten Laut aus und entgegnete schroff: »Nein, du bleibst bei Hollis.«

Eve sah im Rückspiegel, wie Sydney die Brauen hochzog und sich zurücklehnte. Dabei sah sie unwillkürlich zu Eve.

PMS?, fragte Eve tonlos.

Sydney lächelte spöttisch, doch ihre Augen blieben ernst. Montevista war heute Nachmittag ein bisschen neben der Spur.

Sie fuhren auf den winzigen Parkplatz neben dem Stadion. Eve kannte es hier. Ihre Highschool war zwar einige Meilen entfernt, doch das Glover-Stadion war der offizielle Heimspielort des Loara-High-School-Footballteams.

Montevista hatte seine Tür geöffnet und stieg aus, als

Riesgo zwischen zwei Wagen auftauchte. In dem Moment, in dem er Eve sah, erstrahlte ein Lächeln auf seinem Gesicht. Er hatte einen schwarzen Trainingsanzug und Turnschuhe an, hielt in einer Hand einen Baseballschläger an seine Schulter gelehnt und in der anderen einen Netzbeutel mit Fanghandschuhen. Eve drückte den Knopf, um ihr Fenster herunterzulassen.

»Hi«, sagte er.

»Hi. Ich bringe Ihnen Ihre Bibel zurück.«

Selbst mit der gefährlichen Narbe auf seiner Wange wirkte er jungenhaft, als er amüsiert grinste. »Die hätten Sie mir mit der Post schicken können.«

»Ja«, gestand sie und erwiderte sein Lächeln. »Aber ich möchte Sie um einen Gefallen bitten.«

»Ach ja?« Sein Blick wanderte zu Sydney und schließlich zu Montevista, der neben der offenen Beifahrertür stand. »Hallo. Ich bin Pater Riesgo.«

Montevista stellte sich vor. Sydney stieg aus dem Wagen und machte sich ebenfalls bekannt.

Riesgo sah wieder zu Eve. »In was für Schwierigkeiten stecken Sie?«

»Wer sagt, dass ich in Schwierigkeiten bin?«

»Sie haben Bodyguards.«

Sie blinzelte verwundert, weil er es gleich erkannte.

Er nickte nach links. »Für Gefallen verlange ich eine Gegenleistung. Parken Sie Ihren Wagen und kommen Sie mit mir.«

Eve blickte in die Richtung, in die er gezeigt hatte, und entdeckte eine freie Parklücke am Ende des Platzes. Sie sah zu Montevista, der offensichtlich nicht begeistert war, dass sie sich ins Freie wagen wollte. Auch wenn dies hier ein sehr öffentlicher Ort war, würden die Höllenwesen einen Angriff riskieren, wenn sie glaubten, damit durchzukommen.

»Macht die Türen zu, Leute«, sagte Eve. Nach kurzem Zögern taten Montevista und Sydney, was sie sagte, und stellten sich zu Riesgo. Eve fuhr in die Parklücke, stieg aus und verriegelte den Wagen über die Fernbedienung. Sie war froh, hier noch einen Platz zu bekommen, denn die Alternative wäre der größere Parkplatz auf der anderen Seite von La Palma gewesen.

Riesgo wartete in der Nähe. Montevista sagte etwas zu dem Priester, worauf beide Männer nachdenklich wurden. Sydney hingegen schaute sich aufmerksam um. Eve tat es auch und bemerkte die Nachzügler um das Stadion herum. Vorerst waren es nur wenige Höllenwesen. Sie mussten in Rudeln arbeiten, sich gegenseitig weitergegeben haben, wohin sie von ihrer Wohnung aus gefahren war. Eve schwenkte die Hand mit dem Stinkefinger im weiten Bogen. Einer von ihnen streckte ihr seine gespaltene Zunge aus, was Eve an ihre erste Begegnung mit dem Nix erinnerte.

Noch ein Problem, dem sie sich ein anderes Mal widmen musste.

In der Gruppe gingen sie über den geschlängelten Weg, der vom Parkplatz zu den Tribünen führte.

Vor ihnen spielten einige Kinder nahe der Werferplatte. Sie schienen zwischen acht und zehn Jahre alt zu sein. Bei ihrem Lachen, das in der frühabendlichen Brise wehte, verspannte sich Eve. Sie waren so jung und ahnten nicht, wie viele Dämonen Eve hierher zu ihnen gelockt hatte.

»Was ist mit dem Trainer?«, fragte Eve. Wieder einmal rätselte sie über den Mann im Priester. Physisch war er groß und kräftig, allerdings nicht wie Alec oder Reed. Riesgo hatte einen massigen Brustkorb, dicke Oberarme und Schenkel. Eine Dampfwalze.

»Er musste unerwartet zu einer Wurzelbehandlung. Deshalb springe ich ein.«

»Uuuh.«

»Sie helfen ebenfalls aus«, sagte er. »Sie können werfen.«

»Nein, kann ich nicht.«

Er sah sie an.

»Das ist kein Witz«, sagte sie. »Ich kann überhaupt nicht werfen, und ich treffe nie, worauf ich ziele.«

Natürlich glaubte Riesgo ihr erst, als sie es ihm demonstrierte. Manche ihrer Würfe schafften es nicht mal bis zur Home Base. Andere drifteten nach links oder rechts ab. Anfangs dachte der Pater, sie würde absichtlich schlecht werfen.

»Geben Sie her«, sagte er schließlich und kam von seiner Fängerposition zu ihr. »Übernehmen Sie die erste Base.«

Eve ließ den staubigen Ball in seine ausgestreckte Hand fallen. »Hab ich doch gesagt.«

»Ja, ja.«

Bald darauf ersetzte er Eve durch Sydney, die wie ein Profi warf. Montevista übernahm die zweite Base. Das Training dauerte eine Stunde. Auf dem Platz gingen die Flutlichter an und machten die Dämmerung taghell. Wie Ungeziefer tummelten sich die Höllenwesen am Rand des beleuchteten Felds. Schließlich kamen die ersten Eltern, um ihre Kinder abzuholen. Der richtige Trainer erschien gerade rechtzeitig, um abzuschließen, und murmelte irgendwelche Anweisungen durch taube Lippen. Montevista und Sydney bezogen Posten an entgegengesetzten Enden des Felds und starrten die Höllenwesen an, die für Sterbliche in der Dunkelheit nicht zu sehen waren.

Riesgo kam zu Eve. »Also, wozu der Personenschutz?«

Eve zuckte mit der Schulter und antwortete wahrheitsgemäß: »Ich habe jemanden verärgert.«

Er sah zu den beiden Gezeichneten. »Muss ein ziemlich gefährlicher Jemand sein.«

»Könnte man sagen.«

Sein Mund bog sich zu einem geheimnisvollen Lächeln. »Und, wie kann ich Ihnen helfen?«

»Da gibt es einen Penner in meiner Straße. Er ist ein bisschen irre.«

Riesgo ging auf die Home Base zu und bedeutete Eve, ihm zu folgen. Im Gehen sammelte er Fanghandschuhe und Bälle ein, und Eve half ihm. Seine Nähe war eigenartig beruhigend. Sie hatte ihn unterschätzt, als sie die Größe seiner Gemeinde einzig auf sein Charisma und den samtigen spanischen Akzent schob. Er strahlte eine wunderbare Zuversicht aus, wirkte auf faszinierende Weise gefestigt. Es war offensichtlich, dass er seine Stärke aus seinem Glauben schöpfte, und Eve schrieb sie nicht jener Naivität zu, die sie den meisten frommen Leuten unterstellte.

»Möchten Sie, dass ich eine Unterkunft für ihn finde?«, fragte er.

»Ähm ...« Daran hatte sie überhaupt nicht gedacht. An manchen Tagen war der Kerl an der Straßenecke, an anderen nicht. Und nach Einbruch der Dunkelheit war er selten dort. Sie hatte schlicht angenommen, dass er irgendeine Bleibe hatte und nur so beschloss, sie zu nerven. »Tja, ich bin nicht ganz sicher, ob er obdachlos ist. Er behauptet, dass er ein Reverend sei. Einer von diesen Typen, die auf den Zorn Gottes und die ewige Verdammnis schwören.«

Riesgo blickte über die Schulter zu ihr. »Trägt er jeden Tag dieselbe Kleidung?«

Eve stopfte einen Fanghandschuh in den Netzbeutel. »Darauf habe ich nicht geachtet. Er trägt Jeans und T-Shirts, aber sind das jeden Tag dieselben? Weiß ich nicht. Allerdings habe ich auch eine gute Ausrede. Es ist schwierig, auf die Garderobe zu achten, wenn man angeschrien wird.«

»Er schreit Sie an?« Der Priester hielt inne.

Die Situation war rasch erklärt. Die ihr folgende Stille hielt länger.

»Warum«, fragte er langsam, »hält er Sie für eine Hure?«

»Bei mir herrscht ein recht reges Kommen und Gehen. Aber ich bin keine Prostituierte.«

»Die Kugelfänger sind es, die kommen und gehen.« Es war eine Feststellung, keine Frage.

»Kugelfänger? Ah, die Bodyguards! Ja. Und sie sind nette Leute«, verteidigte Eve sie. »Anständige Leute.«

Riesgo fing ihren Ellbogen ein und führte sie näher zur Tribüne. »Wer sind die Bösen?«

An dieser Stelle wurde es heikel. »Das hat nichts mit dem bösen Nikolaus zu tun.«

»O doch, hat es. Die Leibgarde hat den Eiferer zu Ihnen gelockt, und Sie kamen zu mir. Es gibt eine Verbindung.«

»Bestenfalls insofern, als alle Leute nur sechs gemeinsame Bekannte trennen.« Sie setzte sich neben ihn.

Inzwischen war es still auf dem Spielfeld, und aus der Ferne war das Brummen des Verkehrs auf dem Harbor

Boulevard zu hören. Über ihnen bildete der Himmel eine pechschwarze Decke mit wenigen Sternen. Die Lichtverschmutzung durch die Stadt verhinderte die Sicht auf die Himmelskörper größtenteils, was Eve auf einmal das Gefühl gab, schrecklich einsam zu sein. Ehe sie sich bremsen konnte, streckte sie ihre Fühler nach Alec aus. Wo früher das warme Licht seiner Seele gewesen war, fand sie nichts als trübe Finsternis. Sie zog sich zurück. Nun war sie noch bedrückter.

Reed.

Er berührte sie kurz. Es war wie ein flüchtiger Kuss auf die Stirn – zerstreut und eilig. Sie zog sich gleichzeitig mit ihm zurück und wollte sich für ihr Klammern ohrfeigen. Egal, wie viele Höllenwesen sie fühlbar bösartig beobachteten, sie würde auf sich aufpassen. Dies hier war *ihre* Berufung – fürs Erste –, ob Eve sie nun wollte oder nicht. Und sie würde einen Teufel tun, die nicht so gut wie möglich zu erfüllen!

Sie drehte sich halb zu Riesgo um. »Glauben Sie an Dämonen, Pater?«

»Ja ...«, antwortete er vorsichtig.

»Glauben Sie, dass sie unter uns wandeln? Unter uns leben? Neben uns arbeiten?«

Seine braunen Augen waren wachsam. »Haben Sie Bodyguards angeheuert, um Sie vor Dämonen zu schützen, Miss Hollis?«

Eve atmete heftig aus. »Was würden Sie sagen, wenn ich Ja sage?«

12

Alec blickte über den kleinen Tisch hinweg seine Mutter an und wollte die Hand nach ihr ausstrecken. Sie hatte ihn immer geliebt und akzeptiert, wie er war. Hatte ihm vergeben, als es niemand sonst tat, und hatte sich gemeinsam mit seinem Bruder Seth eingesetzt, seine Sünde in seine Erlösung umwandeln zu lassen. Aber die Dunkelheit in ihm machte seine Kehle eng und hielt ihn davon ab, Trost zu suchen, wo er konnte.

»Es ist egal, wer mir geholfen hat«, brachte er schließlich heraus.

»Dir geholfen hat?«, schnaubte Ima. »Wohl eher sich selbst geholfen hat!«

»Wie auch immer.« Er griff nach dem Saft auf dem Tisch, um etwas zu tun zu haben. Beim Trinken schmeckte er jedoch nichts.

»Was ist mit Evangeline?«

»Was soll mit ihr sein?«, fragte er gereizt.

»Ach du meine Güte.« Seine Mutter sank auf ihrem Sessel nach hinten. »Was hast du getan?«

Was hatte er getan? »Ich bin hergekommen, um über Erzengel zu reden, nicht über mich.«

»Seid ihr kein Paar mehr?«

In diesem Moment spürte er das sanfte Pochen Eves über ihre besondere Verbindung. Ihre Traurigkeit war Balsam für ihn, dämpfte die Stimmen, die aufgebracht waren, weil er Trost bei seiner Mutter suchte. Sie forderten Anarchie und Chaos, keinen Frieden. Er schloss die Augen und zwang sich, innerlich still zu sein – ähnlich einem Schlafenden.

Sie wird sich an Abel wenden, flüsterten die Stimmen gegen sein Bemühen an. *Lass uns sie haben, bevor es zu spät ist und sie dich nicht mehr will.*

Alec fletschte im Geiste die Zähne. *Weg da!*

Eve zog sich zurück. Alecs ballte die Hände zu Fäusten, als er jenen Teil von sich bändigte, der sie packen und benutzen wollte. Stattdessen schloss er die Tür zwischen ihnen: eine massive Barriere, die zu errichten und aufrechtzuerhalten eine Menge Energie kostete. Ihm blieb nichts anderes übrig, als darauf zu zählen, dass Abel vorerst für Eves Sicherheit sorgte. Es war zu vieles in ihm, das sie verletzen konnte, wie ihn seine jüngsten Erinnerungen lehrten ...

»Cain.«

Die Stimme seiner Mutter holte ihn in die Gegenwart zurück. Er öffnete die Augen.

»Deine Augen«, hauchte sie und hielt eine Hand an ihre Kehle. »Sie sind *golden.*«

Ein Kälteschauer durchfuhr ihn, als wäre er in einen eisigen See gesprungen.

Seine Mutter stand auf. »Du wohnst noch neben Evangeline, oder?«

Alec nickte.

»Gut. Ich rede mit ihr, wenn ich bei dir bin, und sehe mal, ob ich etwas retten kann.«

»Ima«, sagte er warnend. »Du kommst *nicht* zu Besuch. Es ist der schlimmstmögliche Zeitpunkt.«

»Unsinn.« Sie raffte ihr Haar zusammen und drehte es zu einem Knoten auf. »Der Zeitpunkt ist ideal. Bist du mal auf den Gedanken gekommen, dass die Dinge so schlecht stehen könnten, weil ich länger nicht mehr da war?«

Er stutzte. In jedem Mythos, jeder Fabel steckte ein Körnchen Wahrheit. Und die Legende von Persephones Reise zwischen Hades' Unterwelt und Demeters Erde war von Alecs Mutter inspiriert worden. Sie brachte keine Blumen zum Blühen oder vergrößerte Ernten, doch sie schien fähig, Gezeichnete zu verjüngen. Für viele bewies sie den Wahrheitsgehalt der Bibel auf eine Weise, wie es nicht einmal er oder Abel konnten.

»Es gehen Gerüchte um, dass Sammael ein Kopfgeld auf Eve ausgesetzt hat«, erklärte er. »Aus der ganzen Welt strömen Dämonen in unsere Gegend. Du bist ein begehrtes Ziel. Immer schon gewesen.«

»So wie Evangeline?«, erwiderte sie. »Und jetzt hat sie dich nicht mehr als Halt.«

Er knirschte mit den Zähnen und konnte sich kaum noch im Zaum halten. »Abel beschützt sie. Das ist sein Job. Nicht dass er ihn bisher gut gemacht hätte …«

»Dann kann er mich auch schützen.«

Alec sprang auf. »Verdammt noch mal, Ima! Sie ist eine Gezeichnete. Sie ist dazu ausgebildet, Dämonen zu töten. Du kannst euch beide nicht vergleichen.«

»Sprich nicht in diesem Ton mit mir!« Sie stemmte die Hände in die Hüften. »Du brauchst mich. Evangeline braucht mich. Ich bin sicher, dass euer Haus eine wahre Festung ist. Dort bin ich auch sicher.«

»Nicht so wie in Shamayim. Hier kann nichts an dich heran.« Er fuhr sich mit der Hand durchs Haar. »Ich kann mich im Moment nicht um dich sorgen, okay? Ich kann nicht!«

»Ich komme mit, um mich um dich zu sorgen, nicht umgekehrt.« Seine Mutter verließ den Raum und ging in ihr Schlafzimmer.

Alec folgte ihr, blieb jedoch stehen, als er seinen Vater in der Haustür sah, dessen breitschultrige Gestalt den Türrahmen fast vollständig ausfüllte.

Adam zuckte mit den Schultern. »Hat sie sich etwas in den Kopf gesetzt, bringt man sie schwer davon ab. Mir ist es noch nie gelungen.«

»Sie könnte getötet werden«, sagte Alec. »Derzeit ist es gefährlicher denn je.«

»Ja, das hörte ich.«

Also hatte sein Vater, gleich nachdem Alec ins Haus gegangen war, das Feld verlassen, um Erkundigungen einzuziehen. Da Jehova wahrscheinlich nicht das ganze Ausmaß der Geschichte kannte, wusste Adam entweder nach wie vor nicht alles, oder er hatte eine Quelle unter den Seraphim.

Die Seraphim wiederum taten nichts umsonst.

Alec begann sich zu fragen, ob seine ganze Familie ein Spielball in einem größeren Spiel war, das er nicht erkannte, weil er mittendrin steckte.

»Wie viel hat man dir erzählt?«, fragte er.

Als Adam hereinkam, nahm er seinen Hut ab und blickte Alec in die Augen. »Genug, um zu wissen, dass deine Mutter ohne mich nirgends hingeht. Ich hoffe also, bei dir ist hinreichend Platz für uns beide.«

Der neue Alpha des Black-Diamond-Rudels traf Reed vor den Toren der Charleston Estates, und gemeinsam gingen sie zu einem öffentlichen Park in der Nähe. Obwohl der Alpha allein zu sein schien, wusste Reed, dass ihnen andere Wölfe folgten. Wenn Chaney ein Idiot war, würde er einen Angriff versuchen. Abel zu schlagen, könnte für ihn ein reizvoller Zug sein, seine neue Stellung zu festigen. War er jedoch schlau, würde er eine langfristige Allianz für wertvoller halten als einen schnellen Schlag, der den Zorn Gottes auf das gesamte Rudel lenken würde.

In Kalifornien gab es drei Brentwoods – eines im Norden, wo Reed gerade war; eines nahe Victorville und eines in Los Angeles. Dieses Brentwood war einst eine bäuerliche Siedlung gewesen, über die Jahre aber immer weiter gewachsen. Der Gehweg, den sie entlanggingen, grenzte an eine breite Straße, und die moderne Architektur der Häuser hier wies sie als Neubauten aus.

Reed bemühte sich, seine Verbindung zu Eve weitestgehend zu schließen. Im Moment war es sicherer für sie, je weniger sie wusste. Ihm blieb keine andere Wahl, als darauf zu vertrauen, dass Cain und die Wachen vorerst für ihre Sicherheit sorgten. Cain war ein Arsch, aber nicht so blöd, ihr Leben wegen persönlicher Probleme zu gefährden.

»Ich würde untertreiben, wenn ich behaupte, dass mich dein Besuch überrascht«, sagte Chaney, nachdem sie einige Blocks gegangen waren. »Bist du wegen der Zucht hier?«

»Nein. Mir ist bekannt, dass Grimshaws Tage als Höllenhundflüsterer vorbei sind.« Reed war schon beim nächsten Problem.

»Also.« Chaney sah ihn an. »Was willst du?«

»Fangen wir lieber damit an, was *du* willst. Nimmst du an der Jagd auf Evangeline Hollis teil?«

Der Alpha wurde langsamer. Solch ein Fehler wäre Grimshaw nie unterlaufen. »Ich weiß nicht, wovon du redest.«

Es war unwichtig, dass Reed nicht vorhatte, seinen Plan durchzuziehen. Allein laut über ihn zu sprechen – vor allem gegenüber einem Höllenwesen –, machte ihm eine Riesenangst. Doch er brauchte ein Druckmittel, um die Dinge ins Rollen zu bringen. Später würde er sich mit der Logistik des Doppelspiels befassen. Es gab eine Menge größere Fische als Eve, ungeachtet ihrer Beziehung zu ihm und Cain.

»Nun, du bist noch hier«, fuhr Reed fort. »Das könnte ich als Zeichen nehmen, dass du kein Interesse an dem Preisgeld hast. Dabei kommt es selten vor, dass man an einer frei ausgeschriebenen Jagd teilnehmen darf, wie wir sie derzeit in Orange County erleben.« Reed blickte weiter geradeaus. »Ich dachte, jeder ehrgeizige Dämon macht da mit.«

»Wie du schon sagtest, ich bin noch hier«, murmelte Chaney angespannt. »Und ich habe momentan genug anderes zu tun. Außerdem verstehe ich immer noch nicht, wovon du redest.«

»Sicher.«

Sie erreichten den Park und gingen einen geschlängelten Weg hinunter auf eine Gruppe von Picknicktischen zu. Die Nachtluft war lau, mit einer leichten, angenehmen Brise. Um sie herum konnte Reed die Wölfe spüren, die ihn beobachteten, auch wenn er sie nicht hörte. Sie bewegten sich ausschließlich gegen den Wind, und Reed fragte sich, ob sie ihn für blöd hielten und einfach schlecht ausgebildet waren.

Reed blieb abrupt stehen. »Dann sind wir hier fertig.«

Chaney baute sich leicht gebeugt vor ihm auf, als würde er sich sprungbereit machen, und fletschte die Zähne. »Du bist doch nicht ohne Grund hergekommen«, knurrte er. »Was willst du?«

Reed schob die Hände in die Hosentaschen. »Ich will Raguel zurück.«

»Wie bitte? Seit wann ist er weg?«

Offensichtlich hatte der Alpha keine Ahnung, was den Erzengel betraf, denn seine Reaktion fiel deutlich stärker aus als bei der Erwähnung der Kopfgeldjagd. Sammael war verschlagen, also war ihm klar, dass Wissen umso wertvoller für die höherrangigen Dämonen war, je besser es unter Verschluss gehalten wurde. Für die niederen Dämonen hingegen war es günstiger, so viel wie möglich zu wissen.

Chaney machte sich gerade. Seine Augen leuchteten gelb im Mondlicht. »Was es auch ist, ich will dabei sein.«

Reed verbarg seine Zufriedenheit hinter einer gelangweilten Miene. »Es braucht mehr als Enthusiasmus, um den Job zu erledigen.«

»Und es braucht mehr als eine vage Andeutung über vermisste Erzengel, wenn du das von mir kriegen willst, was du brauchst.«

Der Alpha war also doch nicht bloß ein Kläffer, sondern konnte auch ein wenig beißen.

Reed wippte auf seinen Fersen und fragte: »Warst du in Charles' Gespräche mit Asmodeus eingeweiht?«

»Ich wusste über alles Bescheid.«

»Hervorragend. Holen wir ihn wieder ins Boot.« Um

den übereifrigen Höllenkönig musste er sich auch noch kümmern.

Chaney neigte den Kopf zur Seite. »Ich nehme an, du willst die Hure deines Bruders zum Tausch anbieten, richtig? Das ist wohl nicht ganz fair. Einen Erzengel gegen eine frische Gezeichnete.«

»Sammael hält sie eindeutig für wertvoll.«

»Und du nicht?«

»Wie du sagtest, sie ist Cains Hure«, raunte Reed und ballte die Fäuste in seinen Hosentaschen.

»Hängt ihr zwei euch immer noch gegenseitig an der Gurgel?« Chaney lachte, was das Gelb seiner Augen dämpfte. »Seine Beförderung muss dich echt ärgern.«

»Du gehst anscheinend davon aus, dass ich sie nicht hätte verhindern können, wenn ich wollte.«

Chaneys Augen verengten sich, was ein sicheres Zeichen für Unbehagen war. Das war gut, denn der Alpha sollte sich lieber nicht allzu wohl in Reeds Nähe fühlen.

Der Werwolf räusperte sich. »Ah, na gut … Günstig für mich, oder?«

»Ich bin außerdem bereit, über eine Versüßung des Handels zu sprechen, aber zuerst muss ich wissen, dass Raguel noch lebt.«

»Ich kümmere mich darum.«

Reed reichte dem Alpha die Hand. Der nahm sie, und Reed lächelte.

Der Alpha begann zu schreien, dann heulte er, und seine Beine gaben nach, sodass er wie ein Untertan vor Reed kniete. Als dunkle Gestalten aus dem Gebüsch stürmten und über Zäune sprangen, ließ Reed ihn los. Chaney hielt sich keuchend die verwundete Hand.

»Die solltest du dir merken«, schlug Reed vor und wies auf seine Handynummer, die in die Handfläche des Alphas eingebrannt war, »bevor es verheilt.«

Chaney hob das Gesicht zum Mond, und seine wahre Visage schimmerte durch den Blendzauber. Während sein Rudel zu ihm eilte, weitete sich sein Mund zu einem scheußlichen Maul, und seine gelben Augen glühten vor Schmerz und der daraus resultierenden Mordlust.

Reed verneigte sich kurz und teleportierte sich in den Gadara Tower.

»Sie haben Bodyguards engagiert, die Sie vor ... Dämonen schützen sollen?«, fragte Riesgo zögerlich.

»Ähm ...« Eves Mal brannte, obwohl sie die Lüge noch gar nicht ausgesprochen hatte.

»Glauben Sie, dass der Reverend ein Dämon ist?«

»Nein! Er ist eine Nervensäge, aber kein Dämon.«

Riesgo schüttelte den Kopf, als wäre Eve ein anstrengendes Kind. »Die beiden bewachen Sie, als würden sie erwarten, dass irgendwas auf das Feld gestürmt kommt und Sie angreift.«

»Woher wissen Sie so viel über Bodyguards?« Sie veränderte ihre Position auf dem kalten Metallstuhl. Kainsmal hin oder her, ein harter Sitz blieb ein harter Sitz.

Der Priester beugte sich vor und lehnte die Ellbogen auf seine Knie. »Ich bin in Inglewood geboren, in Compton aufgewachsen und mit fünfzehn fast bei einer Messerstecherei umgekommen.«

»Gangs?«

»Sureño.«

»Wow. Ist daher ...?« Eve berührte ihre Wange.

»Nein. Die Narbe bekam ich bei den Rangers.«

Sie nickte. Ja, das leuchtete ein. Früherer Militärdienst erklärte diese selbstsichere, autoritäre und zugleich gefährliche Ausstrahlung ebenso wie das Wissen, das in seinen Bemerkungen durchklang.

Eve fragte sich, ob er Priester geworden war, um sein Leben zu retten. Die meisten Gangs funktionierten nach einem »Mit Blut rein, mit Blut raus«-Motto – man tötete jemanden, um aufgenommen zu werden, und musste tot sein, um wieder rauszukommen. Ein Priestergewand jedoch stellte eine ziemliche Hürde für einen Möchtegernkiller dar. Die Mehrheit der Amerikaner glaubte an eine höhere Macht.

Riesgo führte die Fingerspitzen zusammen. »Die Army bot mir einen Ausweg aus South Central. Gott bot mir einen Weg aus der mexikanischen Mafia. Okay, jetzt kennen Sie meine Geschichte. Erzählen Sie mir Ihre.«

»Das ist eine lange Geschichte, und sowieso würde sie mir niemand glauben.« Sie griff nach oben und zog ihren Zopf strammer.

»Stellen Sie mich auf die Probe.« Er stieß sie mit seiner Schulter an. »Der Herr schickt Sie immer wieder zu mir. Dafür muss es einen Grund geben.«

»Pater … Glauben Sie mir. Wenn der Herr mich absichtlich immer wieder in Ihr Leben schubst, ist das nichts Gutes. Für keinen von uns beiden.«

»Das werden wir erst wissen, wenn alles gesagt und getan, oh ihr, die ihr klein im Glauben seid.«

»Sie verstehen mich nicht, Pater. Und ich verstehe Sie erst recht nicht. Lesen Sie die Bibel nicht, aus der Sie predigen? Gott ist nicht perfekt. Er ist genauso wie jeder andere. Haben Sie das Buch Hiob gelesen? Erst prahlt Gott vor Satan, wie treu Hiob ist, und dann, als Satan mit ihm wettet, dass Hiob sich gegen ihn wenden wird, wenn sie ihm nur heftig genug zusetzen, nimmt Gott die Wette an.«

Riesgos Blick war auf Montevista gerichtet, als der seinen Posten am hinteren rechten Feld verließ und auf Sydney zuging. »Haben Sie eine Ahnung, wie oft das Buch Hiob als Argument angeführt wird, Miss Hollis?«

»Eve«, korrigierte sie.

»Ich hätte mehr Originalität von dir erwartet, Eve.«

Sie lächelte spöttisch. »Haben Sie je überlegt, dass Hiobs Geschichte ein Teil von einer größeren sein könnte? Vielleicht steht Hiob stellvertretend für die Menschheit schlechthin. Vielleicht ist seine Geschichte eine Parabel, keine absolute Wahrheit. Vielleicht versuchen Satan und Gott immer noch, die Wette zu gewinnen.«

Der Priester drehte den Kopf zu ihr. »Du unterstellst Gott menschliche Eigenschaften, so wie es die Griechen bei ihren Göttern taten. Der eine wahre Gott ist über solche Schwächen erhaben.«

»Ach ja? Da habe ich die Bibel anders verstanden«, murmelte sie. »Was ich in der Bibel gelesen habe, stellt einen Gott dar, der so von sich eingenommen ist, dass er Handlanger alles für sich erledigen lässt, während er herumhängt und sich von den Cherubim Lobeshymnen trällern lässt.«

»Ich halte eine Menge aus, Eve.« Riesgos Stimme war ein wenig gereizt. »Aber Respektlosigkeit und Blasphemie nehme ich nicht hin.«

Eve atmete pustend aus. Sie war auf einmal sehr müde.

»Tut mir leid, Pater. Ich will Ihre Überzeugungen nicht abwerten. Es ist nur so, dass ich Gott nie so sehen werde wie Sie. Mir kommt es vor, als würden wir verschiedene Seiten derselben Münze betrachten. Bitte verlangen Sie nicht von mir, auf Ihre Seite zu wechseln.«

»Das ist mein Job«, sagte er streng. »Ich bringe Gott in das Leben anderer.«

»Gott ist in meinem Leben, Pater.« Eve hielt seinem Blick stand, denn sie wollte, dass er ihre Ehrlichkeit sah. »Wir arbeiten auf unsere Art an unseren Problemen. Aber bis dahin treibt mich dieser Typ an meiner Straßenecke in den Wahnsinn.«

»Und was soll ich dagegen tun?«

»Sie könnten vorbeikommen und für mich bürgen.«

»Für dich bürgen?« Da war wieder dieses träge Lächeln. »Soweit ich weiß, könnte er recht haben.«

»Autsch.« Sie verschränkte die Arme vor der Brust und setzte sich gerade hin. »Okay, wie wäre es, wenn ich Sie vorher mit in mein Büro nehme? Waren Sie schon mal im Gadara Tower? Er wurde vor ein paar Jahren zu Anaheims schönster Immobilie gekürt.«

Riesgo tätschelte ihr Knie. Es war eine großväterliche Geste, dennoch war seine Berührung so heiß, dass es Eve erschreckte. Der Kontakt war kurz, ebenso schnell vorbei, wie er begonnen hatte, doch die Hitze blieb. »Sag mir, wie ich zu dir komme. Ich fahre in den nächsten Tagen vorbei und rede mit ihm.«

»Danke.« Sie imitierte seinen kleinen Schulterstoß, bevor sie aufstand. »Dafür haben Sie was gut bei mir.«

»Ja, habe ich.« Er richtete sich langsam, aber elegant auf. Und er strahlte eine eiserne Kraft aus. »Wir veranstalten in drei Wochen ein Picknick bei der Kirche. Ich erwarte, dass du kommst. Bring deinen Freund und die beiden ...« Er sah zum Feld und runzelte die Stirn. »Wo sind die hin?«

Eves Blick folgte seinem. Montevista und Sydney waren nirgends zu entdecken. Eve setzte ihre übernatürliche Sehkraft ein, konnte aber nichts in der Dunkelheit außerhalb der Flutlichter erkennen. Dazu müsste sie ihre Nickhäute benutzen, und die wiederum setzten voraus, dass sie selbst im Dunkeln war. »Weiß ich nicht.«

Mit wachsendem Unbehagen ging sie die Stufen der Tribüne hinunter. In dem Moment, in dem sie unten ankam, nahm sie aus dem Augenwinkel einen vorbeirauschenden weißen Blitz wahr. Zu schnell für einen Sterblichen. Eve schoss hinterher, doch er war schneller als sie, täuschte nach links und rechts. Sekunden später stand sie wieder auf dem Werferfeld. Sie rannte zurück zu Riesgo. Der Priester rieb sich die Augen.

»Ich muss erledigt sein«, sagte er. »Meine Sicht wird schon verschwommen. Eben sah es aus, als wärst du da drüben, und jetzt bist du wieder hier.«

Eve ergriff seinen Ellbogen und zog ihn zur Home Base. In einer Ecke zu stehen war nie gut, aber wenigstens hatte sie hier eine Seite weniger zu verteidigen – die hinter ihnen.

»Was hast du ...« Er verstummte, als er merkte, dass sie in Gedanken war. Wortlos bückte er sich und nahm einen metallenen Baseballschläger auf. Ohne den Priesterkragen und in dem schwarzen Trainingsanzug wirkte er wie jemand, mit dem man sich lieber nicht anlegte ... sofern man sterblich war.

Eve zog die Brauen hoch, bevor sie ihm den Rücken zukehrte und versuchte, ihn hinter sich in die Ecke zu manövrieren. Ritterlich, wie er war, probierte er dasselbe mit ihr.

Der weiße Blitz kam zurück, stoppte diesmal jedoch vor ihr. Ein Höllenwesen, wie Eve es noch nie gesehen hatte, mit weißem Haar und weißen Augen. Er trug ein eisblaues und silbernes Halloween-Kostüm mitsamt Wams und Pluderhose.

Ihre Verbindung zu Reed ermöglichte ihr, den Dämon zu erkennen.

»Azazel«, begrüßte sie ihn misstrauisch.

»Hallo, Evangeline.«

Riesgo stellte sich direkt neben sie. »Ist dies der Kerl, der hinter dir her ist?«

»Einer von ihnen.« Eve sandte die Bitte nach einem Flammenschwert aus, wunderte sich allerdings nicht besonders, als nichts passierte. Sie stellte die Beine etwas auseinander und hob die Fäuste. Der Dämon lachte, was durch seine volle, tiefe Stimme erst recht schaurig klang.

Dieses Höllenwesen war eindeutig von seinem Können überzeugt.

»*Mach dich locker, Evangeline.*« Die unbekannte Stimme dröhnte aus dem Nichts durch die Luft.

Der Boden erbebte, und ein Spalt tat sich auf. Blut sprühte aus der Tiefe nach oben wie ein Geysir, ehe es die Gestalt eines Mannes mit riesigen, wunderschönen roten Flügeln annahm.

Satan. Das erkannte Eve auch ohne Hilfe.

»*Heilige Maria, Mutter Gottes*«, hauchte Riesgo. Er bekreuzigte sich mit der freien Hand.

»Maria kann dich nicht retten, Priester«, sagte Azazel mit einem fiesen Grinsen. »Und Gott wird es auch nicht.«

Angst legte sich schwer auf Eves Brust. Der Höllenprinz war unvorstellbar schön, noch viel schöner als Sabrael. Seine Haut schimmerte wie Goldstaub. Das glänzende schwarze Haar fiel ihm halb über den Rücken und wellte und wand sich, als wäre es lebendig. Die seidigen Strähnen bewegten sich schlängelnd, streichelten ihn, wie es eine Geliebte tun würde, und umrahmten ein Gesicht, das nicht vollkommener sein könnte. Seine Iris loderte wie Feuer, während sich sein Mund zu einem Lächeln bog, das beängstigend verführerisch war. Der Drang, sich zu entkleiden und die Beine für ihn zu spreizen, war so stark, dass Eve unweigerlich einen Schritt vortrat. Sie bremste sich jäh, indem sie sich im Geiste an Reed klammerte wie eine flatternde Fahne an ihre Stange.

»Ah«, murmelte Satan, der sie aus einiger Entfernung geschmeidig umschritt. Er war der personifizierte Sex. »Ich sehe, warum sie dich wollen. Bei deinem Anblick wird ein Mann hart und bereit zum Akt.«

Eve zeigte ihm den Vogel.

Mit einem beiläufigen Abwinken schnappte er ihren Zeigefinger und bog ihn nach hinten, bis die Fingerknöchel ihren Handrücken berührten. Sie sank schreiend auf die Knie.

Riesgo trat vor, doch Eve fing ihn mit der linken Hand am Knöchel ab. Als Sterbliche hätte sie ihn niemals aufhalten können. Als Gezeichnete jedoch brachte sie ihn beinahe zum Stürzen.

»Nicht!«, befahl sie mit einem melodischen Knurren.

Er erstarrte sofort.

Überzeugung. Eine Gabe der Gezeichneten, die Eve gern mit dem Jedi-Gedankentrick verglich. Warum es ausgerechnet jetzt erstmals funktionierte, als sie eigentlich eine Waffe brauchte, war noch so ein Beschwerdepunkt, den sie auf ihre lange Liste setzen würde … später. Und wenn sie schon mal dabei war, würde sie auch gleich erwähnen, dass ihr Kainsmal nicht ansprang und ihr kein bisschen Drive gab.

Wo war Reed? Alec? *Irgendjemand?*

Sie ließ den Priester los und griff stöhnend nach ihrem gebrochenen Finger. Mit zusammengebissenen Zähnen richtete sie den Knochen wieder.

Azazel schnalzte mit der Zunge. »Sie lehren sie immer weniger Respekt, mein Gebieter.«

Satan kam auf Eve zu und blickte mit seinen umwerfenden, gefühllosen Augen auf sie herab. Seine Fingerspitzen mit den Krallen an den Enden hoben ihr Kinn und bewegten ihren Kopf hin und her. Seine Berührung war kühl, fast zärtlich. Und Eve war von dieser Sanftheit genauso gebannt wie von ihrem Entsetzen. Tief in ihr zitterte etwas vor lähmender Angst.

Aus der Nähe war die volle verführerische Kraft des Teufels nicht zu leugnen. Er trug einen Dreiteiler, der Eve an Reed erinnerte, während das lange Haar und die Doc Martens mehr Alecs Stil entsprachen. Sogar seine Gesichtszüge und seine Statur glichen ihren Liebhabern, ebenso wie sein Duft – rauchig, exotisch und sehr maskulin. Sie fragte sich, ob er sie mit einem Blendzauber täuschte oder Gott und sie nur zufällig dieselbe Vorstellung davon hatten, wie ein scharfer Typ auszusehen hatte.

»Weg von ihr«, knurrte Riesgo.

Satan bedachte ihn mit einem gelangweilten, aber gefährlichen Blick.

Eve fing die Handgelenke des Teufels ein und verzog das Gesicht, als es in ihrer verwundeten Hand pochte. Sie würde bald heilen, doch bis dahin tat es höllisch weh. »Ich bin es, die du willst. Ich war es, die deinen Hund überfahren hat. Lass den Priester gehen.«

Der Teufel sah wieder zu ihr und wirkte amüsiert. »Aber der Priester ist die Spielfigur, mit der ich dich unter Zugzwang bringe.«

Sie erbebte innerlich. »Nein. Du brauchst ihn nicht. Verhandle direkt mit mir.«

»Du weißt noch nicht, was ich will«, raunte er und umfing ihr Gesicht mit beiden Händen. Kälte strömte ihr bis ins Mark und ließ sie heftig erschaudern. »Vielleicht möchte ich dich schänden, reizende Evangeline. Vielleicht möchte ich Dinge mit dir tun, die deinen Verstand und deine Seele brechen. Vielleicht möchte ich zusehen, wie andere diese Dinge mit dir tun. Der Melodie deiner Schreie lauschen, bis jeder Kampfgeist aus dir gewichen ist.«

Sie wünschte, sie könnte über seine dramatischen Worte lachen, aber ihr war eher danach, sich vor Angst in die Hose zu machen.

Wo waren Montevista und Sydney? Kämpften sie irgendwo gegen Höllenwesen? Waren sie tot?

»Bitte. L-lass ihn g-gehen«, flehte sie mit klappernden Zähnen. In einem überfrorenen See könnte ihr kaum kälter sein als jetzt.

Riesgo knurrte und begann zu sprechen: »Ich befehle dir, unreiner Geist, wer du auch sein magst, zusammen mit all deinen Untergebenen, die diesen Diener Gottes angreifen, durch die Mysterien der …«

»Bring ihn zum Schweigen«, fiel Satan ihm ins Wort.

Azazel flog wie eine Gewehrkugel über das Feldstück, das ihn von Riesgo trennte. Der Priester machte gleichzeitig einen Satz auf ihn zu, sodass die beiden Körper mit Wucht zusammenknallten. Der Boden öffnete sich, als sie fielen, und verschlang sie. Als der Spalt sich wieder schloss, erschauderte die Erde wie ein Kind, das besonders eklige Medizin trinken musste.

»O mein Gott«, hauchte Eve, die vor lauter Schock und Kälte gar nicht recht spürte, dass ihr Mal brannte. »Was zum Geier machst du denn?«

Satan lächelte und strich mit den Daumen über ihre bebenden Lippen. »Was für ein reizender Mund. Du solltest wirklich für mich arbeiten. Ich würde deinen Zynismus zu schätzen wissen. Und ganz sicher würde ich schätzen, wie bereitwillig du Jehovas Lügen von dir weist.«

Irgendwie gelang es ihr, sich von ihm zu befreien. Sie fiel zur Seite und kroch mit aller Kraft, die sie aufbringen konnte, weg von ihm. Er folgte ihr gelassen, die Hände auf dem Rücken verschränkt.

Nach wenigen Zentimetern hielt sie inne. »Was w-willst d-du?«

»Arme Evangeline«, murmelte er und griff nach ihr. »Du bist ja vollkommen ausgekühlt. Lass mich dich wärmen.«

In dem Moment, in dem seine Hand sie berührte, floss Wärme über ihre Haut wie ein heißer Sommerwind. Die Veränderung kam derart unerwartet, dass Eve etwas brauchte, ehe sie bemerkte, wie weich plötzlich die Erde unter ihr war.

Satan richtete sich auf. Eve wandte langsam den Kopf.

Nun war es mitten am Tag, und sie waren weit weg vom Baseballfeld. Warmer Sand polsterte Eves Seite, und die Sonne schien an einem wolkenlosen Himmel über ihr. Sie war in einer Art Wüste, wo nichts außer goldenem Sand und großen Felsen waren. Die Kälte in ihr schwand. Mühsam rappelte Eve sich auf. Die Hand, die der Teufel ihr reichte, ignorierte sie.

Eve stellte sich mit gestrafften Schultern und gerecktem Kinn vor ihn.

»Einige deiner Gesten sind ihr so ähnlich«, murmelte er mit einem geheimnisvollen Lächeln.

»Wem?«

»Deiner Namenspatronin.« Seine prächtigen blutroten Federn flatterten im heißen Wind. »Auch bekannt als das Lösegeld, das du mir im Austausch gegen den Priester bringen wirst. Und Raguel.«

13

»Was?« Eve hoffte, dass dies hier ein Albtraum war. »Wo bist du?«

»Komm schon«, schalt er, »dein Gezeichnetengehör funktioniert gut genug, dass du mich gehört hast.«

Auf ihre andere Frage ging er nicht ein. War sie in der Hölle? Oder auf irgendeiner anderen Daseinsebene? Ihr schwirrte der Kopf.

Langsam drehte sie sich um und hielt mit ihm Schritt, während er sie umkreiste, sodass er nicht hinter sie gelangte. »Du willst *Eva?*«

Er klatschte in die Hände, als wäre sie schwachsinnig und hätte endlich kapiert. »Sehr gut.«

Eve hasste es, dass er sich so elegant bewegte. Sie hasste es, dass er so wunderschön, so verführerisch war und dass beides im Licht der Wüstensonne noch viel mehr als im Flutlicht des Stadions. Sie war fasziniert von ihm, und das in einem Maß, dass sie bisweilen vergaß, welche Angst sie hatte. Das war irgendein Trick, eine Illusion.

»Sie ist tot«, sagte sie heiser wegen der trockenen Luft.

»Und was ist Tod, Evangeline?« Satan nahm wieder sein langsames Schreiten auf, die Hände unter den Flügel gefaltet. »Sterbliche halten ihn für das Ende, gleich einer erloschenen Flamme. Aber so ist es nicht. Die Würdigen kommen zu mir, die Unwürdigen gehen zu Jehova. Sie alle existieren weiter, nur an anderen Orten.«

»Bringst du da mit den ›Würdigen‹ nicht etwas durcheinander?«

Er schüttelte den Kopf. »Ich hatte mehr von dir erwartet. Du bist zu klug, um Jehova seine Lügen abzukaufen. Ich war sogar recht beeindruckt von deiner These bezüglich der Wette. Wie scharfsinnig du bist.«

Eve wusste nicht, was sie sagen sollte. Sie stellte sich vor, dass Gott genauso Furcht einflößend sein musste wie Satan. Wer war der Gute? Gab es in diesem Mist überhaupt Gute?

Der Teufel beobachtete sie aufmerksam. »Ich gestehe, dass ich bereue, dich nicht als Erster in die Finger bekommen zu haben.«

»Geht mir nicht so«, murmelte sie. »Und ich wüsste nicht, wie ich dir helfen kann.«

»Du hast alles, was du brauchst, zwischen deinen Beinen.« Seine Worte waren grob, sein Tonfall hingegen völlig beiläufig. »Spreize sie gut, stöhne genug, bettle genug, und Cain und Abel geben dir alles, was du willst.«

»Die werden mir garantiert nicht ihre Mutter geben!«

Warum waren sie so verdammt still? Hatte Satan ihre Verbindung zu ihnen gekappt? War er mächtig genug, eine gottgegebene Verbindung zu sprengen?

Er zuckte nur mit den Schultern. »Sie können dich zu ihr führen, und du kannst sie zu mir führen.«

»Was willst du mit ihr?«

»Das geht dich nichts an.«

»Du bittest mich um Unmögliches.«

»Ich gebe sie wieder zurück«, sagte er beflissen. »Ich will sie lediglich für eine kurze Zeit ausleihen.«

Eves Augen brannten. Riesgo war ihretwegen verschleppt worden. Sie durfte ihn nicht im Stich lassen, und sie konnte die Chance nicht ablehnen, an Gadara heranzukommen. Andererseits konnte sie auch nicht tun, was Satan im Gegenzug verlangte. So oder so saß sie verdammt in der Patsche. »Ich kann dir nicht trauen.«

»Kannst du irgendjemandem trauen?«

Da hatte er auch wieder recht.

»Evangeline, ich brauche keine Lügen. Die Wahrheit reicht vollends. Denk daran, dass ich nicht derjenige bin, der den Menschen schuf und ihn unwissend halten wollte. Ich bin es nicht, der Abraham befahl, seinen einzigen Sohn zu töten, um seinen Glauben zu beweisen. Ich bin es nicht, der Hunderttausende Sterbliche verbrannte, ertränkte und lebendig begrub. Ich bin nicht der, der verlangte, dass ein Mann zu Tode gesteinigt werden soll, weil er an einem Tag Holz sammelte, der für sklavische Gottesanbetung vorbehalten war.« Er neigte den Kopf ein wenig. »Hast du gewusst, dass Jehova um ein Haar Moses tötete, weil dessen Sohn nicht beschnitten war? Und *ich* soll das Monster sein?«

Sie hörte auf sich mitzudrehen, weil sie die Orientierung verlor. Doch die Wüste um sie herum schwankte und kippte trotzdem weiter. Es war zu heiß. Zu trocken.

Satan lächelte. Und dieses Lächeln war voller Versprechungen. Versuchung. Dafür war er ja berühmt.

Eves Hand wanderte zu ihrem Hals und rieb ihn, als könnte sie so die Feuchtigkeit in ihrer Kehle herbeizaubern, die sie so dringend brauchte.

»Jehova ist der ursprüngliche Schönredner«, fuhr er fort. Seine sich hebende und senkende Stimme hatte etwas Einlullendes. »Ich gestehe, dass er brillant war. Irgendwie konnte er trotz seiner Grausamkeit erreichen, von allen verehrt zu werden. Ich hingegen werde für meine Ehrlichkeit verachtet.«

Wie zur Hölle sollte sie diese Situation zu ihrem Vorteil wenden? Es musste einen Weg geben, nur fiel ihr das Denken schwer. Ihr Mund und ihre Kehle waren ausgedörrt. Sie würde alles für ein wenig Wasser geben …

»Ruf deine Untergebenen zurück«, sagte sie. »Sie verkomplizieren alles.«

»Jemand muss das Kopfgeld verdienen«, erinnerte er sie und blieb endlich stehen. Das Kippeln und Schwanken stoppte gleichfalls. »Wie gesagt, ich halte meine Versprechen.«

»Wie viel bin ich wert?«

»Immunität. Eine Freikarte aus der Hölle.«

»Hmm …« Sie hätte nicht gedacht, dass sie so viel wert war. Wenn Höllenwesen getötet wurden, blieben sie einige Jahrhunderte in der Hölle. Da konnte die Aussicht auf eine vorzeitige Entlassung einen Dämon schon mal ziemlich tollkühn und skrupellos machen, nahm Eve an. »Gib Azazel die Belohnung. Er hat den ersten Schritt getan.«

Satan rümpfte die Nase ein bisschen, was ihn irrsinnigerweise fast menschlich wirken ließ. »Die meisten würden das unfair finden. Azazel bewegt sich von jeher frei.«

Eve stemmte die Hände in die Hüften. »Mir ist scheißegal, ob es fair ist oder nicht. Ich bin momentan eine Gefangene in meinem eigenen Haus, und das macht es nicht eben einfacher, Dinge zu regeln.«

»Gut. Ich werde mir etwas überlegen.« Jetzt war er eindeutig amüsiert, wie sie seinen Augen ansah. »Im Gegenzug wirst du niemandem von unserem Handel erzählen. Brichst du dein Wort, steht es mir frei, meines auch zu brechen … und im Zweifelsfall den Priester und Raguel zu behalten. Sonst noch was?«

Im Nachhinein ging ihr auf, dass sie ihm direkt in die Hände gespielt hatte. Er wollte sie aus dem Gleichgewicht bringen, indem er alles in ihrem Kopf verwirrte.

»Ja. Übrigens.« Eve begann, ihn zu umrunden, was ein lahmer Versuch war, das Gefühl abzuschütteln, ihr Hals hinge in einer Schlinge. Sie fühlte sich manipuliert und ausgetrickst. »Ich habe auch ein Nix-Problem.«

Sie machte sich darauf gefasst, die nächste Forderung von ihm zu hören.

»Ah, ja, hast du.«

»Nimm ihn mit dir zurück, wenn du gehst.«

»Aber Ulrich macht sich so gut.« Da war ein scherzhafter Unterton in seiner Stimme, der ihn abermals weicher wirken ließ.

Es ist bloß ein Trick, ermahnte sich Eve.

Sie blieb abrupt stehen, als sie blanke Wut packte. »Wenn er mich tötet, nütze ich dir nichts.«

Satan grinste. »Dann hätte ich dich Vollzeit.«

»Cain und Abel hätten mich gar nicht mehr«, wandte sie ein und hatte Mühe, nicht laut zu schreien. Warum wetteten alle darauf, dass sie nach ihrem Tod in der Hölle landete?

»Stimmt.« Er streckte ihr eine Hand hin. Darin war eine Goldkette mit einem Talisman: einem offenen Kreis mit mehreren Linien und Kreisen darin. »Trag dies zum Schutz vor dem Nix. Leg sie ihm um, damit er sich nicht in Wasser verwandeln kann.«

Eve starrte die Kette an. *Hüte dich vor Dämonen, die Geschenke bringen.* Der Gedanke, etwas von Satan an ihrem Hals zu tragen, gruselte sie. »Gibt es keine andere Methode? Gold steht mir nicht.«

Er zog eine Braue hoch, dann kam er auf sie zu. Eve wollte zurückweichen, wurde aber von einer unsichtbaren Kraft festgehalten. Seine Finger umschlossen das Gelenk ihrer verwundeten Hand, und der Schmerz schwand. »Wenn du tust, was ich sage«, murmelte er, »bekommen wir beide, was wir wollen.«

Satan ließ ihren Arm los und hängte ihr die Kette um. Mit einem zufriedenen Summen schob er den Anhänger in ihr Shirt. »Da. Das Nix-Problem ist gelöst.«

Er trat zurück, und Eve, die unwillkürlich die Luft angehalten hatte, atmete aus.

»Du wirst ihn natürlich noch töten müssen«, ergänzte er. »Aber ohne die Fähigkeit zur Wandlung sollte er ein leichteres Ziel für dich sein. So kann er tödlich verletzt werden.«

»Super, danke«, zischte sie.

Ihre Blicke begegneten sich. Eve fragte sich, ob er ernsthaft glaubte, dass sie ihm Alecs und Reeds Mutter auslieferte. Falls ja, wie kam er darauf, dass ihr der Priester und Gadara so viel wert waren? Genug, um die Männer zu betrügen, die sie liebte.

Sie musste noch herausfinden, was Satan sah, das ihr entgangen war. Vielleicht dachte er, sie wäre dankbar, weil er die Kopfgeldjagd beendete und ihr mit dem Nix half. Nein, so eitel konnte er nicht sein. Es war bequemer für sie, keine Frage, doch sie wäre sowieso mit dem Nix und der Jagd fertiggeworden.

»Sind wir uns über die Bedingungen im Klaren, Evangeline?«

»Dass ich es richtig verstehe: Du willst Eva nur vorübergehend, im Austausch für eine dauerhafte Rückgabe von Pater Riesgo und Raguel?«

Er nickte. »Ich blase die Kopfgeldjagd ab, und im Gegenzug versicherst du mir, diese Angelegenheit für dich zu behalten. Ich werde es erfahren, solltest du gegen die Vereinbarung verstoßen. Anders als Jehova, behalte ich meine Finger am Puls der Zeit.«

»Was verlangst du dafür, dass du mir den Nix auf einem Silbertablett servierst?«, fragte sie misstrauisch.

»Meine Belohnung wird der Unterhaltungswert sein. Die Bedingungen sind fairer, doch er könnte dich trotzdem noch töten. Wie kann ich einen Lohn für so wenig verlangen?«

Er schwenkte die Hand, und Eve war wieder auf dem Baseballfeld. Satan war fort.

Sie blickte sich um und stellte fest, dass sie allein war.

Sofort rannte sie auf die Dunkelheit jenseits der Flutlichter zu und suchte nach Montevista und Sydney, wobei ihr schlecht vor Angst wurde.

»Wohnt da Evangeline?«

Während Alec den selten benutzten Schlüssel ins Schloss seiner Wohnungstür schob, blickte er in die Richtung, in die seine Mutter zeigte. Es war eine Weile her, seit er weltliche Mittel benutzt hatte, um in seine Wohnung zu gelangen, doch seine Eltern waren keine *Mal'akhs*, und die wenigen Gaben, die sie in Shamayim hatten, standen ihnen auf der Erde nicht zur Verfügung. Hier waren sie in jeder Beziehung Sterbliche, abgesehen von ihrem Alter. »Ja.«

Bevor er sie bremsen konnte, schritt seine Mutter auf Eves Tür zu und klopfte an. Alec wappnete sich, Eve wiederzusehen. Alles in ihm krampfte sich zusammen, mit Ausnahme der Stimmen, die das Chaos genossen.

Bei Eve öffnete niemand.

Seine Mutter sah ihn verwirrt an. »Sagtest du nicht, dass es gefährlich für sie sei, das Haus zu verlassen?«

Sein Vater stand wachsam hinter ihr.

Alec schloss seine Tür auf und öffnete sie für seine Eltern, ehe er sich in Eves Wohnung versetzte. Drinnen war alles dunkel und totenstill. Er stand in ihrem Wohnzimmer und versuchte, ihren Geist zu erreichen, fand jedoch nichts als unheimliche Stille.

Eve. Wo bist du?

Sie stürmte mit solcher Wucht auf ihn zu, von Sinnen vor Angst und Sorge, dass Alec einen Schritt zurückstolperte. Knurrend teleportierte er sich zu ihr.

Sie schrie, als er neben ihr erschien, und wich zur Seite. Alec fing sie ein und zog sie in seine Arme. »Schhh … ich bin hier.«

Zitternd lehnte sie sich an ihn, und eine Bilderflut rauschte durch seinen Kopf. Montevista. Sydney. Der Priester. Azazel.

Wut loderte in ihm auf.

Abel!

Er brüllte den Namen seines Bruders. Wieder einmal hatte Abel sie hängen gelassen.

Aber das war das letzte Mal.

Er schob Eve ein Stück auf Abstand und verwob seine Finger mit ihren. Dann zog er sie an dem Maschendrahtzaun entlang und suchte nach Anzeichen von Blut, zerrissener Kleidung oder einem Kampf.

Plötzlich fühlte er die Gezeichneten. Schwach, aber in der Nähe. Er versetzte sich mit Eve zu dem Parkplatz auf der anderen Seite von La Palma. Der Platz war schlecht beleuchtet, dennoch erkannte er zwei Gestalten in der Ferne, die übereinander zusammengesunken waren.

Wieder versetzte er sie beide näher zu den anderen. Er stützte Eve, als sie desorientiert torkelte.

»O mein Gott«, hauchte sie. Ihre Hand umklammerte seine fester, bevor sie ihn losließ und sich neben die gefallenen Wachen kniete.

Montevista lag auf seiner Partnerin, als wolle er ihren Körper mit seinem abschirmen. Eve streckte eine Hand aus und strich ihm sanft über die Wange. Stöhnend rührte er sich.

»Sie leben«, sagte Eve.

Als Firmenchef wusste Alec es bereits, doch das musste er nicht eigens erwähnen. Stattdessen stellte er sich hinter Eve und fragte sich, warum es einige Momente gedauert hatte, die Verbindung zu ihr herzustellen.

Abel erschien auf der anderen Seite der beiden am Boden. »Was zur Hölle war hier los?«

»Wenn du deinen Job gemacht hättest«, fuhr Abel ihn an, »wüsstest du es.«

Eve stöhnte. »Wenn ihr euch jetzt in die Wolle kriegt …«

»Wo zum Henker *warst* du?«, fragte Abel.

»Bei Ima und Abba.«

Sein Bruder riss die Augen weit auf. »Warum?«

»Geht dich nichts an. Du sollst dich um sie kümmern!«
Alec nickte zu Eve. »Und überleg mal, wie Azazel vor ihrer
Nase den Priester entführen konnte.«

»Ja, ich sehe es gerade.« Abel starrte Eve stirnrunzelnd
an, während er sich mithilfe ihrer Gedanken auf den
neuesten Stand brachte.

»Ihr seid beide zum Kotzen«, fauchte sie. »Die zwei hier
sind verletzt, und ihr steht da und zickt euch an?«

Alec fuhr sich mit der Hand durchs Haar. »Schaff sie
weg von hier.«

Abel stand auf und war im nächsten Moment neben
Eve. Er sah zu Alec. »Kümmerst du dich um die beiden?«

»Ja. Verschwinde!«

Eve schüttelte den Kopf. »Ich werde nicht …«

Mitten im Satz wurde sie durch eine Berührung Abels
an ihrem Kopf wegtransportiert.

Die Stille, die auf ihr Verschwinden folgte, war von
kurzer Dauer. Montevista ächzte und rollte sich zur Seite.
Sydney rang nach Luft und hob den Kopf.

»Wo ist Hollis?«, fragte sie.

Alec hockte sich neben sie. »In Sicherheit.«

Doch wie lange? Der Angriff auf den Priester war zu
kühn gewesen. Warum hatten sie nicht einfach Eve geschnappt?

Er legte beiden Gezeichneten seine Hände auf und
schaffte sie in den Gadara Tower.

»… die zwei einfach hierlassen … Was soll das?«, fragte Eve
wütend, als Reed sie in ihr Wohnzimmer zurückversetzt
hatte. »Ich hasse es, wenn ihr das ohne Vorwarnung macht!«

»Entschuldige, Babe.« Reed stützte sie sanft. »Aber dir

muss doch klar sein, dass wir dich nicht da draußen lassen konnten.«

Sie funkelte ihn wütend an. »Und dir muss klar sein, dass ich krank vor Sorge bin, solange ich nicht weiß, ob es ihnen gut geht.«

»Das finde ich für dich heraus.« Er presste seine Lippen auf ihre Stirn. In dem Moment der Berührung wurde ihm bewusst, wie leicht er sie hätte verlieren können. Seine Hände umklammerten ihre Oberarme fester. Dann stieß sie einen Laut aus, und er ließ sie hastig los.

Reed trat zurück, ging auf sicheren Abstand.

»Hey«, sagte Eve leise. »Ist schon okay.«

Nein, war es nicht. Nicht für ihn.

Sie tippte sich mit dem Finger an die Stirn. »Halt mich auf dem Laufenden.«

Er rang sich ein Lächeln ab. *Natürlich*, versicherte er ihr. »Mach es dir bequem. Wenn ich wieder da bin, koche ich uns Abendessen, wie versprochen.«

Eve wollte etwas sagen, doch er war schon wieder weg. Er begab sich in die Untergeschosse des Towers und lehnte sich erschöpft an die Wand in einem der Korridore. Während Gezeichnete und Höllenwesen an ihm vorbeieilten, nahm er sich einen Augenblick, sich zu fangen.

Mistkerl, schimpfte sie. *Ich wollte fragen, ob ich irgendwas für dich vorbereiten soll.*

Nur dich selbst. Den Rest übernehme ich.

»Abel.«

Reed blickte auf und sah Hank – in seiner Jessica-Rabbit/Morticia-Addams-Verkleidung – auf sich zukommen. Der übliche Hüftschwung fehlte selbstverständlich auch nicht. »Hi, Hank.«

»Wie geht es dir?« Die begeisterte Note im Ton des Okkultisten war unverkennbar.

»Nicht annähernd so gut wie dir, wie es sich anhört.« Reed richtete sich auf. »Was gibt's?«

»Ich habe mit der Tarnmaske experimentiert. Und ich denke, ich habe da etwas.«

»Aha?«

Hank grinste. »Wenn du Zeit hast, komm vorbei, dann zeige ich es dir.«

»Mach ich.«

Reed schüttelte sein Unbehagen ab und machte sich auf den Weg zum Empfang, wo er nach Montevista und Sydney fragen wollte. Er war mehrere Meter vom Ausgang des Korridors entfernt, als er sah, wie Sara um die Ecke kam. Beinahe hätte er sich teleportiert, doch sie entdeckte ihn und bremste ihn mit der ausgestreckten Hand.

»*Mon chéri.*« Sie lächelte. »Eil nicht gleich wieder davon. Ich habe gute Neuigkeiten für dich.«

Reed blieb steif stehen, als sie sich auf die Zehenspitzen stellte und ihre Lippen auf seine drückte.

»Bring uns in mein Büro«, flüsterte sie.

Er gab ihrer Bitte nur nach, weil er keine Zeugen bei ihrer Unterhaltung wollte. Sobald sie dort waren, schob er Sara von sich. »Fass dich kurz.«

»Du gehst nie an dein Telefon«, beschwerte sie sich mit einem gekünstelten Schmollen. »Würdest du, hätte ich dir nicht unten auflauern müssen.«

Ihre begeisterte Miene hielt ihn davon ab, gleich wieder zu verschwinden. »Jetzt hast du meine Aufmerksamkeit.«

»Ich hatte recht, was Iselda und Cain angeht.«

Er stockte. »Und weiter?«

Als sie rückwärts zu ihrem Schreibtisch ging, bekam ihr breites Lächeln etwas Teenagerhaftes. »Lass es mich dir lieber zeigen.«

Sie nahm die Fernbedienung auf und aktivierte den Monitor, der sich vor dem einzigen Fenster senkte. Saras Büro war viel kleiner als Cains, aber eleganter. Sara zog Damast Leder vor und mochte es lieber farbig als streng.

Die Lichter wurden gedimmt, und die Vorführung begann. Reed sah ungefähr die Hälfte der Zeit gar nicht hin. Bis es vorbei war, saß er mit dem Rücken zum Bildschirm auf einem der Stühle vor Saras Schreibtisch.

Sie setzte sich zu ihm, und ihre blauen Augen funkelten gierig. Mit der Fernbedienung schaltete sie die Aufnahme aus, worauf der Bildschirm wieder verschwand und das Licht anging. »Ich habe dir eine Kopie auf einen Stick gezogen. Jetzt musst du nur noch dafür sorgen, dass Evangeline es sieht, dann kannst du dich zurücklehnen und zusehen, wie die Funken fliegen.«

»Das zeige ich ihr nicht«, sagte er angespannt.

Ihr Lächeln erstarb. »Warum nicht?«

Reeds Fuß klopfte ein stilles, schnelles Stakkato auf dem Teppichboden. Wenn Eve diese Aufnahme sah … Er biss die Zähne zusammen. Es tat ihm schon weh, das zu sehen, und ihm waren Cain und Izzie völlig egal. Körperlich schienen die beiden ihren Spaß zu haben. Mental … die entsetzliche Angst im Gesicht seines Bruders wäre für jeden schmerzlich anzusehen. Und bedachte Reed, wie viel Eve für Cain empfand, könnte es sie umbringen.

»O verdammt«, hauchte sie. »Du schützt sie.«

»Es würde unsere Sache behindern.«

Sie sah ihn argwöhnisch an. »Wie das?«

Er überlegte kurz, ehe er antwortete. »Sie kam heute Nachmittag zu mir und bestand darauf, dass mit Cain etwas nicht stimme. Sie bat mich, nachzuforschen und herauszufinden, ob sein Aufstieg schuld daran sein könne, wie er sich verhält. Sieht sie dieses Video, wird sie Mitleid haben und umso entschlossener sein. Es würde ganz anders wirken, als du denkst.«

Saras manikürte Finger trommelten auf den raffiniert geschnitzten Holzarmlehnen ihres Stuhls. »Glaubst du, sie so gut zu kennen?«

»Sie ist meine Schutzbefohlene. Selbstverständlich kenne ich sie. Außerdem ist es mittlerweile unnötig, die beiden zu trennen. Das hat Cain heute Morgen schon selbst erledigt.«

»*Ne dis pas des conneries!* Cains Reaktionen sind anders als ihre. *Sie* muss kooperieren. Er wird sie letztlich zurückwollen, und wenn das geschieht, müssen wir sicher sein, dass sie ihn abweist. Das ist entscheidend. Nicht dieser …« sie zeigte auf die Stelle, wo der Bildschirm eben verschwunden war, » … temporäre Wahnsinn.«

»Demnach siehst du es auch.«

»Jetzt geht es ihm gut. Ich habe ihn gerade erst gesehen, als er die zwei Wachleute hereinbrachte.«

»Haben wir eben dasselbe Video gesehen?«

»Vielleicht sieht er schlicht immer so aus, wenn er vögelt.«

»Wer redet jetzt gequirlten Mist? Was zum Teufel stimmt mit ihm nicht? Hat ihn der Aufstieg irre gemacht?«

»Woher soll ich das wissen?«, erwiderte sie beleidigt. »Wir anderen wurden so geschaffen, wie wir sind. Hör auf, dich um Cain zu sorgen, und nenn mir einen besseren Grund, wieso Eve dieses Tape nicht sehen soll.«

»Weißt du eigentlich …« Reed lehnte sich zurück, blieb aber wachsam. »Trotz deiner Feindseligkeit ihr gegenüber hat Eve sich heute für dich ausgesprochen.«

»*Hélas!*« Sara versuchte, gleichgültig zu klingen, was ihr nicht gelang.

»Ich habe ihr gesagt, dass du eine verlogene, egozentrische Kuh bist.«

Wut funkelte in ihren Augen. »Ich habe dich nie belogen.«

»Du wusstest, dass ich aufsteigen will. Und du hast mich in dem Glauben gelassen, du würdest mir dabei helfen.«

»Du hast mich auch benutzt.«

Die Verbitterung in ihrer Stimme war nicht zu überhören. Reed stand auf und ging um den Schreibtisch herum. »Eve hatte die Idee, dass du mir vielleicht nicht deshalb nicht geholfen hast, weil du nicht wolltest, sondern weil du nicht konntest.«

»Ich brauche ihre Fürsprache nicht.« Sara drehte sich mit ihrem Stuhl zu ihm und überkreuzte die Beine. Ihr roter Hosenanzug verlieh ihr etwas Aggressiv-Verführerisches. Dieser Eindruck wurde jedoch durch ihren unsicheren Blick gemildert, und Reed erinnerte er daran, dass er einst geglaubt hatte, sie wären ideal füreinander.

Er legte seine Hände auf ihre und beugte sich zu ihr. Sie benetzte ihre Lippen und starrte auf seinen Hals.

»Zuerst«, fuhr Reed fort, »hielt ich sie für übertrieben freundlich, weil sie dir Eigenschaften andichtete, die du nicht besitzt. Aber dann habe ich ein bisschen nachgedacht, und weißt du, zu welchem Schluss ich gekommen bin? Ich glaube, du würdest mich lieber verlieren, als zuzugeben, dass es etwas gibt, das du nicht tun kannst.«

Sie drückte die Schultern fester gegen ihre Rückenlehne. »Hatte ich dich denn jemals richtig, *mon chéri?*«

»Eine Zeit lang, ja. Und deshalb schuldest du mir die Wahrheit, Sara. Wenn du mir hättest helfen wollen, weiterzukommen ... hättest du es gekonnt? Oder war es von Anfang an ausgeschlossen?«

Sie schluckte, bevor sie antwortete: »Ich wollte dir helfen.«

Der Knoten in seinem Bauch lockerte sich. »Warum hast du mir dann nicht die richtige Richtung gewiesen? Mir gesagt, dass ich mich an eine höhere Stelle wenden muss?«

»Habe ich«, antwortete sie gekränkt. »Ich sprach mit Jehova selbst. Vor den anderen musste ich es verbergen. Hätten Gabriel oder Michael davon erfahren, sie hätten sich mir in den Weg gestellt. Aber letztlich war es so oder so zwecklos.«

»Warum?« Reed richtete sich wieder auf, strich sich mit den Fingern durchs Haar und fragte: »Warum war es für Cain möglich, für mich aber nicht?«

Er ging einige Schritte auf Abstand, weil er Raum brauchte, und hörte, wie sie hinter ihm aufstand.

»Du kennst doch dieses Spiel«, sagte sie leise. »Das, bei dem man zwei scheinbar identische Bilder vergleichen und herausfinden muss, was auf dem ersten Bild ist, das auf dem zweiten fehlt. Was fehlt jetzt, das vorher hier war?«

»Raguel.« Er drehte sich zu ihr um. »Er ist tot, oder? Deshalb sucht keiner von euch nach ihm.«

»Sieh es mal von der positiven Seite«, wich sie ihm aus. »Würdest du so leiden wollen wie Cain?«

»Cains Probleme könnten allein an ihm liegen, und das weißt du genauso gut. Und was ist, wenn ihr euch alle irrt?

Was ist, wenn Raguel lebt und wir ihn zurückholen können?«

Sara ballte die Fäuste, dass ihre Fingerknöchel weiß wurden. »Dann müsste einer von uns Hoheitsgebiet abtreten, damit eine neue Firma eingerichtet werden kann.«

Reed ging ans Fenster, blickte hinaus auf die nächtliche Stadt, nahm allerdings nichts von ihr wahr.

Hoheitsgebiet abtreten. Zum ersten Mal fragte er sich, ob die Erzengel sich gegenseitig abgeschlachtet haben könnten, bis nur noch die sieben übrig waren. Die Stärksten überleben? Könnten sie aktiv auf Cain Einfluss nehmen? Ihn sabotieren, indem sie ihn in den Wahnsinn trieben? Sara sollte eigentlich seine Mentorin sein, arbeitete aber gegen ihn.

Zwar hatte Reed die Videoaufzeichnung größtenteils nicht angesehen, doch er hatte gehört, dass Cain in Zungen sprach. Sie beide kannten jede Sprache, die es je gegeben hatte, also war das nicht weiter verwunderlich. Bei den Worten jedoch war Reed eiskalt geworden.

Ich befehle dir, unreiner Geist, wer du auch bist, mit all deinen Untertanen, die diesen Diener Gottes angreifen…

Ein Exorzismus. Beim *Vögeln?* Das war pervers und so bizarr, dass Reed nicht mal raten konnte, warum diese Worte gesprochen wurden.

Warum entführte Azazel den Priester und nicht Eve? Warum machte Cain mit Eve Schluss und ging dann ausgerechnet zu Izzie?

Reed fluchte im Geiste, als ihm klar wurde, dass er höchstens noch einer Handvoll Leuten trauen konnte. Für sie alle gab es etwas, das sie wollten, und sie scheuten vor nichts zurück, um es zu bekommen.

Wem konnte Cain noch trauen, nachdem er sich von Eve abgewandt hatte?

Reed lächelte verbittert. *Ihren Eltern.*

Dieser Gedanke war erstaunlich beruhigend. Falls Cain bewusst war, was mit ihm geschah, würde er alle Hebel in Bewegung setzen, es zu richten.

Es richten … Sich von Eve abwenden …

»Scheiße«, murmelte Reed, als ihm aufging, dass Cain Eve nicht weggestoßen haben könnte, weil ihm nichts an ihr lag, sondern ganz im Gegenteil.

Reed blickte über seine Schulter zu Sara, die ihn anstarrte. »Finde heraus, wer Cain geholfen hat, zum Erzengel aufzusteigen. Mir ist egal, wie du es anstellst, aber beeil dich.«

Sara nickte. »Was bedeutet das für uns? Für dich und mich? Irgendwas?«

Sie konnte ihn nicht lieben. Umso verwirrender war, dass sie sich die Mühe gab, so zu tun, als könne sie.

»Nicht jetzt.« Er zog sein Telefon aus der Tasche und machte sich bereit, den Ort zu wechseln. »Mein Telefon ist eingeschaltet. Ruf mich an, sobald du etwas weißt.«

Dann machte er sich auf die Suche nach seinem Bruder.

Sara starrte die Stelle an, an der Abel gestanden hatte. Etwas an ihm war anders, seit sie morgens in Cains Büro mit ihm gesprochen. Auffallend anders.

Da sie vermutete, dass es mit Evangeline Hollis zu tun hatte, fuhr sie ihren Computer hoch, tippte hastig auf das Keyboard ein und öffnete die Videoaufzeichnungen aus der Wohnung der Gezeichneten. Wie versteinert sah sie die Bilder an, von denen sie inständig gehofft hatte, sie nicht zu finden.

»Abel«, flüsterte sie. Sie hasste ihn mit einer Leidenschaft, die ihrem Verlangen nach ihm in nichts nachstand.

Dann schickte sie das Video per E-Mail an Cain.

Sicherheitshalber schickte sie auch eine Kopie von Cains Video an Evangeline.

Danach verließ Sara lächelnd ihr Büro, um ihren Notfallplan in Gang zu setzen. Wenn Abel zu feige war, die Dinge wieder in den Normalzustand zu bringen, musste sie es eben selbst tun.

14

Eve blätterte in Riesgos Bibel und stellte im Geiste eine Liste zusammen, was sie alles schaffen musste. Sie saß mit angezogenen Beinen auf ihrer Couch, ein Glas Cola auf dem Tisch vor sich. Gavin Rossdale sang »Love Remains the Same«, und im stummgeschalteten Fernseher lief der History Channel, weil Eve auf eine Bibeldoku hoffte.

So zu tun, als wäre alles normal, war ihre Art, mit dem Chaos fertigzuwerden. Es funktionierte nicht immer – manchmal war Schreien besser –, doch in diesem Fall konnte sie nicht riskieren auszuflippen und Alec oder Reed auf ihr Problem aufmerksam zu machen. Riesgo und Gadara zu verlieren war ein zu hoher Preis, sollte sie den Pakt mit dem Teufel brechen.

Sie brauchte Antworten, aber wie wollte sie die bekommen, wenn sie mit niemandem über ihr Problem sprechen durfte? Die Archive in Gadaras Datenbanken reichten so weit zurück, dass es wie die Suche nach der Nadel in einem Feld voller Heuhaufen anmutete. Die einzige Lösung, die Eve einfiel, war, zu Hank zu gehen, der ihre Gedanken lesen konnte. Wenn es ihr gelang, etwas fallen zu lassen …

Könnte sie, würde sie jetzt gleich zu Hank fahren, aber ihr Wagen war noch beim Stadion, und eine der Wachen draußen zu bitten, sie zu fahren, würde Fragen aufwerfen, die sie schlecht abwimmeln konnte. Vermutlich konnte sie Hank über einen Festnetzanschluss erreichen und um einen Hausbesuch bitten …

Alecs Wohnungstür wurde aufgeschlossen.

Bei dem vertrauten Geräusch zuckte Eve zusammen. Für einen Moment war das Déjà-vu so stark, dass es ihr beinahe das Herz brach. Sie musste an ihre Nachbarin denken, Mrs. Basso, und wie viel einfacher ihr Leben noch vor wenigen Monaten gewesen war. Eve fehlten die weisen Worte und die Unterstützung ihrer Nachbarin, und ihr fehlte ihre beste Freundin Janice, die ein Sabbatjahr in Europa machte. Wie gern würde sie mit Janice reden und lachen können.

Als an ihre Tür geklopft wurde, zwang sich Eve, Ruhe zu bewahren. Es musste etwas heißen, wenn Alec auf weltliche Art zu ihr kam. Und egal, ob er über Riesgo und die Wachen oder über das zwischen ihnen reden wollte, es wäre für sie beide schwierig. Sie atmete tief ein und bemühte sich, zumindest äußerlich gefasst zu bleiben.

»*Evangeline? Bist du zu Hause?*«

Beim Klang der weichen Frauenstimme blieb Eve wie angewurzelt stehen. Sie wurde erst recht vorsichtig und ging ein wenig zur Seite, um nicht direkt vor der Tür zu sein. Für einen Moment überlegte sie, die Waffe aus der Kommodenschublade zu holen – Gott war ja offenbar durch damit, ihr Schwerter zu schicken, wenn sie welche brauchte. Andererseits traute sie derzeit sich selbst nicht mit einer Waffe in der Hand. Eifersucht nagte an ihr, angeheizt vom Novium. Was zur Hölle tat eine Frau bei Alec?

»Wer ist da?«, rief sie.

»Ich bin keine Gefahr, versprochen.«

Eve ließ die Kette vor, schloss aber die übrigen Riegel auf. Dann öffnete sie ihre Tür einen Spalt und linste hindurch. Die Frau draußen war so wunderschön, dass Eve mehrmals blinzelte.

»Hi«, sagte die Besucherin freundlich lächelnd. »Ich bin Cains Mutter.«

Eve fiel die Kinnlade herunter, und sie packte den Türknauf fester. *Heiliger Strohsack!*

Blitzschnell löste sie die Kette und zerrte die Ur-Eva nach drinnen. Dann blickte sie sich auf dem Flur draußen um, ehe sie die Tür zuknallte und verriegelte. Danach drehte sie sich zu Alecs Mom um, den Rücken an die Tür gepresst.

Sie schluckte angestrengt. »Hi.«

»Du bist genauso schön, wie ich es mir vorgestellt hatte«, sagte Alecs Mutter mit einem warmherzigen Lächeln. Sie kam mit ausgebreiteten Armen auf Eve zu und drückte sie. »Es freut mich sehr, dich kennenzulernen, Evangeline.«

»Es f-freut mich auch … Eva«, brachte Eve heraus, während in ihrem Kopf sämtliche Alarmglocken schrillten.

Satan wollte diese Frau so dringend, dass er bereit war, Gadara für sie herzugeben. Warum? Und woher hatte er gewusst, dass sie schon bald in Reichweite sein würde?

»Nenn mich doch bitte Ima«, sagte Alecs Mutter, trat einen Schritt zurück und musterte Eve.

Sie waren gleich groß und hatten einen ähnlichen Teint. Allerdings war die biblische Eva exotischer, hatte braune Mandelaugen und üppige Kurven.

Sie trug ein schlichtes Leinenkleid, das handgenäht aussah, und sie schien ungefähr Mitte vierzig zu sein, was definitiv nicht stimmen konnte. Auf jeden Fall sah sie nicht annähernd alt genug aus, um Alecs und Reeds Mutter zu sein.

»Ima«, wiederholte Eve, die noch nicht richtig begreifen konnte, dass die Mutter der Menschheit in ihrem Wohnzimmer stand.

»Was für eine hübsche Wohnung du hast.« Ima ging weiter ins Zimmer und blickte zur hohen Decke auf. »Cain sagt, dass du Innenarchitektin bist.«

»Ja.« Eve folgte ihr. »Möchtest du etwas trinken? Ich habe Wasser oder Tee. Auch Cola, falls du die magst.«

Eve wusste nicht, ob die Frau in ihrer Wohnung ein Geist war oder real. Aß und trank sie überhaupt? Schlief sie?

»Was trinkst du?«, fragte Ima und wies zu dem Glas auf dem Couchtisch.

»Diät Dr. Pepper.«

»Diät?« Ima lächelte ihr zu. »Du brauchst doch keine Diät.«

»Ja. Diese Gezeichnetensache …«

»Nicht deshalb. Du hast eine fantastische Figur.«

»Danke.« Eve ging an ihr vorbei in die Küche. Dort stellte sie die Arbeitsplattenbeleuchtung an und holte ein Glas aus dem Schrank. Die federleichte Kette an ihrem Hals fühlte sich auf einmal bleischwer an.

Alecs Mutter zog sich einen Barhocker vor und setzte sich an die Kücheninsel. »Ich bringe dich in Verlegenheit.«

Eve hielt mit dem Becher in der Hand inne, seufzte und lächelte unsicher. »Nein, es liegt nicht an dir. Ich bin bloß überrascht. Ich muss mich noch daran gewöhnen, Leute kennenzulernen, von denen ich immer dachte, sie wären ... ein Mythos.«

»Hat Cain dir nicht erzählt, dass ich real bin?« Ihr Grinsen wirkte auf eine gewinnende Art schelmisch. »Ich habe gesehen, dass du die Bibel liest. Forschst du nach etwas Bestimmtem?«

Für einen Moment machte das Rattern der Eiswürfelmaschine jede Unterhaltung unmöglich. Dann nahm Eve eine Dose Cola aus dem Kühlschrank und wandte sich wieder zu Ima. Sie haderte noch mit sich, ob sie gleich die ganze Geschichte mit dem Garten Eden, dem Apfel und Satan ansprechen durfte, wo die zentrale Figur schon mal vor ihr stand. Doch ihr lief die Zeit davon. Wer wusste, was Pater Riesgo und Gadara gerade durchmachten? Und wie lange könnte ein Priester vermisst bleiben, bevor sich dessen Leben unwiderruflich veränderte?

Eve stellte das Glas vor Alecs Mom und öffnete die Getränkedose. »Ich habe die Schöpfungsgeschichte gelesen, um ehrlich zu sein.«

»Glaub nicht alles, was du liest.« Ima nahm die Dose und schenkte sich etwas ein. Sie saß sehr aufrecht, die Schultern nach hinten gestreckt, was sie elegant und zart zugleich wirken ließ. Ihr Haar war ein dichter, dunkelbrauner Schleier, der bis zu dem Sitzpolster fiel. An der rechten Schläfe waren zarte Silberfäden zu sehen, die man jedoch nur bei genauerem Hinsehen bemerkte.

»Ach nein?« Eve lehnte einen Ellbogen auf den Tresen und stützte ihr Kinn in die Hand. »Was soll ich nicht glauben?«

»Nun ja, du wirst es nicht in der Ausgabe finden, die du

hast, aber diese alberne Geschichte, dass mein Ehemann nur die Missionarsstellung mag, ist lächerlich. Er ist ein Mann. Er nimmt es auf jede Art, die er kriegen kann. Und je weniger er sich anstrengen muss, desto lieber ist es ihm. Lilith hat dieses Märchen verbreitet, weil sie verbittert ist.«

Eve verkniff sich ein Grinsen. Dann klopfte es an ihrer Tür, und sie schrak auf.

»Bleib hier«, sagte sie und ging um Imas Stuhl herum. »Falls etwas passiert, lauf in eines der Zimmer hinten im Flur und schließ dich ein.«

Eine feste Hand an ihrem Oberarm stoppte Eve.

»Sofern du nicht jemanden erwartest«, sagte Ima, »ist es wahrscheinlich Adam.«

Eve blinzelte. *Adam.* Es wurde erneut geklopft, energischer und lauter.

»Isha?«, rief eine Männerstimme.

»Isha?«, wiederholte Eve.

»Weib.« Ima glitt von dem Barhocker und ging zur Tür. »Er wird begeistert sein, dich kennenzulernen.«

Eves Verstand brauchte ein wenig, um mit den Ereignissen Schritt zu halten; dann rannte sie an Ima vorbei. Falls Reeds und Alecs Mutter hier etwas zustieß …

Als Adam kurz darauf ihre Wohnung betrat, war Eve sprachlos. Die Ähnlichkeit mit seinen Söhnen war verstörend. Er sah umwerfend aus. Seine Haltung war von einer Würde, wie sie einige Männer mit zunehmendem Alter gewannen.

Während Eve an der Tür stand und ihn stumm anstarrte, musterte Adam sie von oben bis unten. Seine Züge waren streng und gaben nichts von dem preis, was in seinem

Kopf vorgehen mochte. Eve wand sich innerlich und fragte sich, was er von ihr hielt ... und ob es gut oder schlecht war.

Auf einmal umarmte er sie, und für einen Augenblick war Eve stocksteif, ehe sie die Umarmung erwiderte.

»Mir ist klar, warum Cain denkt, dass sie das Warten wert war«, sagte Ima und lächelte, als Adam die Umarmung löste und linkisch sein grobes Hemd richtete. Öffentliche Zuneigungsbekundungen schienen ihm unangenehm zu sein.

Eve sprang zur Seite, als Reed mit einer Plastiktüte in der Hand neben ihr auftauchte.

»Erschieß mich nicht, aber ich habe fertiges Essen mitgebracht.« Erst jetzt bemerkte er seine Eltern und riss die Augen weit auf. »Ich wusste gar nicht, dass ihr zu Besuch seid!«

»Überraschung!«, sagte seine Mutter. Ihre dunklen Augen blitzten.

»Tut mir leid wegen des Essens«, murmelte er Eve zu. »Es ist fast zehn, also zu spät zum Kochen. Du hast doch noch nicht ohne mich gegessen, oder?«

Da seine Eltern sie aufmerksam beobachteten, brachte Eve nur ein Kopfschütteln zustande.

»Gut.« Er küsste sie auf die Stirn und lächelte seinen Eltern zu. »Zum Glück konnte ich mich nicht entscheiden und habe Berge von Essen gekauft. Wir können alle zusammen essen. Ich hoffe, euch ist nach Italienisch.«

Er ging in die Küche. Eve folgte ihm zögerlich.

Hinter ihr flüsterte Reeds Mutter leise: »Gütiger Gott, nicht schon wieder.«

Reed massierte Eves Schultern, als sie draußen auf dem Flur standen und seinen Eltern nachsahen, die in Alecs Wohnung verschwanden. »Entspann dich. Wenn es hier sicher genug für dich ist, ist es auch sicher genug für sie.«

Nachdem sie hörte, wie Alecs Sicherheitsriegel einrastete, entwand Eve sich Reed und kehrte in ihre Wohnung zurück. Die letzten zwei Stunden hatte sie sich immerfort gefragt, ob sich Alec zeigen würde, und sie war zugleich erleichtert und enttäuscht, dass er es nicht tat.

»Sie mögen dich«, sagte Reed, schloss die Tür hinter ihnen und verriegelte sie.

Dessen war Eve sich nicht so sicher. Sie hatten recht nett zusammengesessen, sobald das Essen serviert war, doch es hatte eine komische Anspannung geherrscht, die Reed anscheinend nicht mitbekam.

»Wie geht es Montevista und Sydney?«, fragte sie.

»Sie schliefen auf der Krankenstation, als ich dort war, aber die Hexenärztin sagte, dass sie stabil und außer Gefahr sind.«

Eve setzte sich aufs Sofa.

Reed kam zu ihr und warf einen Arm über die Rückenlehne der Couch. Da war ein merkwürdiger Ausdruck in seinem Gesicht, eine Andeutung von Sorge.

Eve legte eine Hand auf sein Knie. »Ist alles in Ordnung?«

»Nein. Es ist gar nichts auch nur ein bisschen in Ordnung.« Er verwob seine Finger mit ihren. »Anscheinend hatte Azazel die Wachen überwältigt, bevor er sich den Priester geholt hat. Die Frage ist: Warum hatte er es nicht auf dich abgesehen? Er muss irgendetwas von dir wollen im Tausch gegen den Priester – Schuldgefühle, Wut, Skrupellosigkeit ... irgendwas. Aber warum hat er dann nicht deine Eltern entführt? Oder deine Schwester? Das war zu frech und gleichzeitig zu zurückhaltend. Mit anderen Worten: Es ergibt keinen Sinn.«

Sie drückte sein Knie fester. »Ich wäre durchgedreht, hätte er meiner Familie etwas getan.«

»Eben. Also spielt er mit dir. Warum? Wieso geht er nicht gleich in die Vollen und trifft dich, wo es am meisten schmerzt?«

Weil Satan clever war. Er wollte sie in die Enge treiben, sodass sie zwar verzweifelt war, aber nicht rasend. Sie sollte einen klaren Kopf behalten, damit sie seine Drecksarbeit für ihn erledigen konnte. Vielleicht wollte er sogar vernünftig erscheinen. Sie wusste nicht, wie, doch sie verstand ja ohnehin nicht, wie diese Leute tickten.

Eve zuckte mit den Schultern. »Eventuell geht es bei dieser Jagd nicht darum, mich zu töten, sondern mich irre zu machen. Es könnte sein, dass sie mir wegen der Höllenhundgeschichte die Daumenschrauben anlegen wollen.«

»Hat dir die *Yuki-Onna* das erzählt?«

»Zu der Zeit stand sie unter Druck«, erinnerte Eve ihn trocken.

»Warum warst du überhaupt mit dem Priester da draußen?«

Eve erklärte es ihm, und mit jedem ihrer Sätze wurde Reeds Miene finsterer.

»Damit ich das richtig verstehe«, sagte er, als sie fertig war. »Du solltest zu Hause bleiben. Stattdessen bist du weg, um mit dem Priester über einen Irren zu reden, der dich gar nicht stören würde, solange du im Haus bleibst, wie abgesprochen?«

»Schon, aber …«

»Nichts aber. Was hast du dir nur dabei gedacht?«

»Du weißt, was ich dachte! Die Dämonen wollen mich. Wir wollen Gadara. Es nützt nichts, mich hier zu verstecken. Ich brauche nicht noch mehr Schuldgefühle, Reed. Und mir ist bewusst, dass Pater Riesgos Entführung ganz allein meine Schuld ist.«

Ihre Augen brannten, und ihre Sicht wurde verschwommen. Ungeduldig wischte sie sich die Augen. Sie hasste es, vor anderen zu weinen, und vor Reed war es besonders schlimm, denn es machte ihn spürbar verlegen. Anscheinend ähnelte er seinem Vater. Und war vollkommen anders als Alec, der zu viel empfand und offen damit umging.

Reed blickte hinab auf ihre Hände. »Raguel ist wahrscheinlich tot.«

Eve erstarrte. Es war gut, dass ihr Herz wie eine Maschine arbeitete, bedachte man, wie oft Eve heute schon geschockt worden war. »Wie kommst du darauf?«

»Bei meinem Gespräch mit Sara hatte ich den Eindruck, dass Cain nicht befördert worden wäre, würde Raguel noch leben.«

»Glaubst du ihr?«

»Weiß ich nicht. Es scheint mir logisch. Seit Ewigkeiten gibt es nur sieben Firmen. Vielleicht ist die Zahl unveränderbar.« Er sah ihr wieder in die Augen. »Ich muss mal nachforschen.«

Falls Gadara tot war, könnte Riesgo es auch sein. Sie nahm an, dass sie lieber einem Erzengel glaubte als Satan. Andererseits war sie noch nie der Typ gewesen, anderen blind zu vertrauen. Ohne Beweise glaubte sie nichts. Was bedeutete, dass sie Satan irgendwie dazu bringen musste, ihr zu beweisen, dass er die beiden hatte.

Morgen stand ihr ein langer Tag bevor.

»Ich muss ins Bett«, sagte sie. Je schneller sie einschlief, desto früher könnte sie aufstehen und loslegen.

»Ja.« Er beobachtete sie abwartend.

»Ich möchte heute Nacht nicht allein sein.«

Reed stand auf, zog sie von der Couch und trug sie ins Schlafzimmer.

Ein Telefonläuten weckte Eve.

Sie drehte den Kopf zur Seite und linste mit einem Auge zum Wecker auf dem Nachttisch. Es war kurz vor elf Uhr vormittags.

»O Mann ...«, stöhnte sie. »Wir haben verschlafen.«

Reed schwang ein Bein über sie, sodass sie sich nicht rühren konnte. »Lass es klingeln.«

»Die Welt geht vor die Hunde«, erwiderte sie, »und wir liegen im Bett!«

»Wo wärst du denn lieber, wenn die Welt untergeht?«

Auch wieder wahr. Sie hob den Arm, den er über ihren Oberkörper gelegt hatte, und küsste seinen Handrücken. »Ich muss da rangehen.«

Murrend rollte er sich auf den Rücken und gab sie frei. Bis Eve das Gespräch annahm, war ihre Mailbox bereits angesprungen, doch die Nummer auf dem Display verriet, dass der Anruf aus dem Gadara Tower kam. Sie wollte gerade in ihrem Büro anrufen, als es wieder klingelte.

Eve setzte sich auf. »Hallo?«

»*Miss Hollis.*« Ihre Sekretärin Candace flüsterte und klang ein bisschen panisch. »*Hier ist die Polizei für Sie.*«

Eve strich sich das Haar aus der Stirn. Unter dem übergroßen T-Shirt, das sie trug, pochte Satans Kette zwischen ihren Brüsten. »Mist.«

»Ich habe ihnen gesagt, dass Sie zum Essen sind und sie anrufen, wenn Sie wieder da sind, aber die wollen unbedingt hier auf Sie warten.«

»Großer Mist.«

Reed setzte sich ebenfalls auf.

»Okay«, sagte Eve. »Ich komme, so schnell ich kann.«

»Danke.«

»Nein, nein, ich danke Ihnen! Sie machen Ihren Job super. Bis bald.« Sie beendete das Gespräch und verzog das Gesicht. »Cops.«

»Habe ich gehört«, murmelte er.

Eve konnte nicht aufhören, ihn anzusehen. Als *Mal'akh* blieb er von den Nachwirkungen des Schlafens verschont, mit denen Sterbliche geplagt waren. Seine Augen waren nicht geschwollen, und er hatte nicht den typischen Mundgeruch am Morgen. Er war schlicht umwerfend und auf eine Weise entspannt, die Eve nie zuvor an ihm gesehen hatte. Seine nackte Brust war von leicht gelocktem Haar gesprenkelt, das sich genauso weich anfühlte, wie es aussah.

Seufzend warf Eve die Decke zur Seite und stieg aus dem Bett. »Ich muss los.«

»Ich bringe dich hin.«

Richtig, sie hatte keinen Wagen. »Vergiss es.«

Eine halbe Stunde später war sie in einem Bleistiftrock und einer Seidenbluse. Ihr noch feuchtes Haar hatte sie zu einem Chignon aufgesteckt, und auf ihren Zwölf-Zentimeter-Absätzen war sie immer noch kleiner als Reed.

Er hatte mit ihr geduscht und war danach nach Hause verschwunden, um sich umzuziehen. Solange er fort war, hatte Eve an kaum etwas anderes als an ihn gedacht. Sie war noch nie bei ihm zu Hause gewesen und hatte keine Ahnung, wie er sich eingerichtet hatte. Als Innenarchitektin würde sie aus seiner Wohnung einiges herauslesen können. Das galt auch für die Bücher, die er besaß oder nicht, seine MP3-Playlist, die DVD-Sammlung …

»Bereit?«, fragte er.

Eve nickte. »Was ist mit deinen Eltern?«

»Ich habe auf dem Rückweg nach ihnen gesehen. Ihnen geht es gut. Dad schnarcht auf Cains Couch, Mom sieht die Nachrichten und Wiederholungen aller Seifenopern, die sie mag. Sie sagt, sie könnte so ein ganzes Jahr verpassen, und ihr würde nichts fehlen.« Er legte die Hände an ihre Oberarme und lächelte. »Verdammt, du siehst echt schick aus, Babe.«

»Du bist immer gestylt«, sagte sie und betrachtete den makellosen Krawattenknoten. Keiner konnte einen Dreiteiler so tragen wie Reed.

»Ist das eine Beschwerde?«

»Wie könnte ich mich beschweren, wenn du so aussiehst. Aber das weißt du ja.«

»Ich wollte es nur von dir hören. Halt dich fest.«

Minuten später klackerten Eves Absätze in einem schnellen Rhythmus über den Flur zu ihrem Büro. Vor der Tür wurde Eve langsamer und war froh, dass ihre Atmung und ihr Herzschlag ruhig blieben.

»Detectives«, sagte sie, als sie die beiden vertrauten Gestalten im Empfangsbereich sah. »Was für eine Überraschung!«

Ingram und Jones standen auf, und Jones hatte mal wieder die abgewetzte Aktentasche dabei. »Miss Hollis.«

Sie bedeutete ihnen, ihr ins Büro zu folgen. Dort setzte sie sich hinter ihren Schreibtisch und griff nach dem Telefon. »Kann ich Ihnen etwas zu trinken anbieten? Kaffee oder Tee vielleicht? Oder Wasser?«

»Nein danke«, antwortete Jones, dessen Tonfall unmissverständlich signalisierte, dass er es leid war, um den heißen Brei herumzureden.

»Okay.« Eve faltete ihre Hände auf ihrem Kalender. »Erzählen Sie mir bitte nicht, dass es wieder einen Mord gab.«

»Noch nicht«, sagte Ingram und strich über seinen Bart, während er sie nachdenklich betrachtete. »Kennen Sie Pater Miguel Riesgo?«

Eve wünschte, sie hätte ein Pokergesicht, was leider nicht der Fall war. Und die beiden Detectives beobachteten sie mit Argusaugen. Jones lehnte sich vor.

»Ja, den kenne ich«, antwortete Eve.

Ingram nickte. »Wann haben Sie ihn zuletzt gesehen?«

»Gestern Abend. Warum?«

»Er wurde heute Morgen von einem Pater Ralph Simmons vermisst gemeldet.«

»Ein bisschen voreilig, oder?«, fragte sie.

»In Kalifornien gibt es keine Mindestwartezeit vor einer Vermisstenanzeige«, sagte Jones. »Pater Riesgo erschien heute Morgen nicht in der Kirche, und sein Wagen wurde beim Glover-Stadion hier in Anaheim gefunden. So wie Ihrer.«

»Ja. Mein Freund holte mich spontan zum Abendessen ab.« Sie fluchte innerlich, als ihr Mal brannte. *Jetzt ist aber gut*, dachte sie verärgert. *Das war ziemlich nahe an der Wahrheit.*

Jones zückte einen Notizblock aus seiner Tasche. »Alec Cain?«

»Nein. Reed Abel.«

»Cain und Abel?« Ingram runzelte die Stirn.

Eve zuckte mit den Schultern.

Es klopfte an der Tür, bevor sie aufging. Der graue Mann kam herein. Er hatte einen dunkelgrauen Dreiteiler an und bewegte sich mit geschmeidiger Anmut. Sein Haar und seine Augen waren von einem etwas helleren Grau als seine Kleidung, und seine schmalen Lippen umspielte ein vages Lächeln, das seine Augen nicht erreichte. Eve blickte an Ishamel vorbei zu ihrer Sekretärin, und Candace lächelte ihr aufmunternd zu.

»Verzeihung«, sagte Jones und erhob sich schwerfällig. »Würden Sie bitte draußen warten, bis wir hier fertig sind?«

»Ich vertrete Miss Hollis«, sagte Ishamel gelassen und streckte die Hand aus. »Ishamel Abramson.«

»Haben Sie das Gefühl, einen Rechtsbeistand zu brauchen?«, fragte Ingram Eve und beäugte sie misstrauisch.

»Ich bin im Auftrag von Gadara Enterprises hier«, erklärte Ishamel und setzte sich auf das Sofa nahe der Tür. »Miss Hollis ist entscheidend am Umbau des Mondego Hotel and Casino in Las Vegas beteiligt. Wir möchten sichergehen, dass nichts die Fertigstellung des Projekts behindert.«

Jones stand einen Moment regungslos da, brummte etwas und sank auf seinen Stuhl zurück. Er ignorierte Ishamel und konzentrierte sich wieder ganz auf Eve.

Sie räusperte sich. »Mich erstaunt, dass sich zwei Detectives von der Mordkommission für einen Vermisstenfall interessieren.«

Ingram wühlte in seiner Aktentasche. »Sobald Ihr Name ins Spiel kam, folgten wir unserer Intuition.«

Super! »Intuition?«

Wieder einmal wurden ihr Fotos über den Schreibtisch zugeschoben. Diesmal war der Stapel knapp zwei Zentimeter dick. Eve blätterte die ersten durch.

Es waren sehr körnige Schwarz-Weiß-Fotos. Eve sah sie flüchtig an und schloss aus dem Winkel und der Qualität, dass es sich um Standbilder von Aufzeichnungen aus Sicherheitskameras handeln musste – am Spielfeld und den Ampeln in der Nähe. Sie war froh, dass weder Satan noch Azazel auf den Bildern zu sehen waren; allerdings sah Eve auf einigen ziemlich lächerlich aus, weil sie mit der Luft zu reden schien.

»Sehen Sie, was wir sehen?«, fragte Ingram, rutschte auf die vordere Kante seines Stuhls und beugte sich über den Schreibtisch.

Eve war nicht sicher, was er meinte.

»Hier.« Er schob einige Bilder zur Seite, bis er bei denen ankam, die sie noch nicht angesehen hatte.

Ihr Atem stockte, als sie die Vergrößerung eines Ausschnitts aus dem Zaun hinter ihr sah. Dort stand der Nix, die Finger in den Maschendraht gehakt, und grinste seltsam. Eve sah zu Ishamel, der aufstand und näher kam.

»Der sieht wie der Kerl auf der Zeichnung aus, die Sie mir gezeigt hatten«, sagte Eve zu den Detectives und lehnte sich zurück, um Abstand zwischen sich und dem Abstand zu schaffen. »Die Phantomzeichnung.«

»Stimmt«, bestätigte Jones. »Wie der Mann, den wir im Zusammenhang mit den Bowleschalen-Morden suchen. Wir haben ihn auch auf einer Verkehrskamera einen Block weiter. Er stand allein auf dem Gehweg, aber er könnte einen Komplizen haben, der bei der Entführung mitmachte.«

»Bowleschalen-Morde?«, wiederholte Eve, die nicht fassen wollte, dass etwas derart Abscheuliches solch einen albernen Namen bekam.

Ingrams Finger tippten auf den Bilderstapel. »Leider ist die Qualität der Aufnahmen um das Stadion herum sehr schlecht. Es gibt jede Menge blinde Flecken, und die Kameras zeichnen nur in Intervallen auf, sodass es Zeiten gibt, in denen weder Sie noch Riesgo zu sehen sind, gefolgt von Abschnitten, in denen Sie beide aufgezeichnet wurden.«

Eve dankte im Geiste demjenigen, der so vorausschauend gewesen war, sich darum zu kümmern.

»Also, wir haben Folgendes«, sagte Jones und richtete seine Krawatte über den gespannten Hemdenknöpfen. »Ihre Nachbarin, Mona Basso, Ihr Schulfreund, Anthony Wynn, Ihr Priester, Miguel Riesgo, Ihr Wagen am möglichen Schauplatz einer Entführung und ein Serienmörder. Sie stecken mittendrin, Miss Hollis. Ich bin schon lange genug dabei, um zu wissen, dass Sie uns wertvolle Informationen vorenthalten. Was keinen Sinn ergibt, da es dieser Typ eindeutig auf Sie abgesehen hat. Verraten Sie uns, wer er ist, bevor Pater Riesgo für Ihr Schweigen bezahlt. Sie wollen doch gewiss keinen Priester auf dem Gewissen haben.«

Eve sah beide Detectives erbost an. »Ich habe keine Ahnung!«, sagte sie hitzig. »Glauben Sie mir, wenn ich Pater Riesgo irgend helfen könnte, würde ich es. Auch wenn er nicht ›mein‹ Priester ist.«

»Was hatten Sie dann mit ihm zu schaffen?«, fragte Ingram.

Sie erzählte es ihnen, ließ jedoch aus, warum sie die Bibel eigentlich wollte. »Das letzte Mal, als ich Pater Riesgo gesehen habe, sammelte er Schläger und Fanghandschuhe ein.«

Nicht ganz die Wahrheit, aber …

»Erlauben Sie, dass wir uns Ihren Wagen ansehen?«, fragte Jones.

»Natürlich.«

»Wir müssten Sie auch bitten, aufs Revier zu kommen und eine Aussage zu gestern Abend zu machen. Vielleicht sind wir bis dahin mit Ihrem Auto fertig.«

»Kann ich nach der Arbeit vorbeikommen? Sagen wir, gegen fünf?«

»Abgemacht. Wir schicken eine Streife, die Sie abholt.«

»Das wird nicht nötig sein«, sagte Ishamel. »Ich bringe Miss Hollis zu Ihnen. Welches Revier?«

»Harbor Boulevard. Übrigens«, Jones' Stift schwebte über seinem Notizblock. »Welchen Weg sind Ihr Freund und Sie vom Stadion aus gefahren, und was für einen Wagen fährt er? Wir müssten die Kameras überprüfen, falls dieser Kerl Ihnen nach Hause gefolgt ist.«

»Reed fährt einen silbernen Lamborghini Gallardo Spyder. Und wir nahmen den Harbor Boulevard nach Brookhurst.« Sie blickte zu Ishamel, der es ihr irgendwie bestätigte, ohne mit der Wimper zu zucken. Er würde alles arrangieren, um den Detectives diese fiktive Fahrt vorzugaukeln.

»Lamborghini, ja? Muss nett sein. Danke.«

Die Detectives standen auf. Ingram sammelte seine Fotos ein und sah Eve an. »Überlegen Sie genau, was gestern Abend war. Jede Einzelheit, jedes Wort, das gesprochen wurde. Alles, was Ihnen im Nachhinein seltsam vorkommt. Manchmal knackt ein winziges Detail einen Fall.«

»Selbstverständlich.« Sie stand ebenfalls auf. »Ich möchte Ihnen wirklich gern helfen.«

Ishamel begleitete die Detectives hinaus. Eve rechnete damit, dass er wieder zurückkäme, also wartete sie. Doch er kam nicht.

Da sie ihn auf der Fahrt zur Polizei noch sprechen konnte, machte sie sich stattdessen auf den Weg zu Hank.

15

Raguel roch die menschliche Todesangst schon, bevor die Tür zu seiner Zelle aufging. Mit der wenigen Kraft, die er noch besaß, änderte er seine Erscheinung. Er ließ die Flügel verschwinden, die ihn warm hielten, und veränderte seine Züge in die eines Teenagers. Er *würde* aus der Hölle kommen, und deshalb durfte er nicht riskieren, als der bekannte Immobilien-Tycoon wiedererkannt zu werden.

Der Neuankömmling wurde mit solcher Wucht in Raguels Zelle gestoßen, dass er hinfiel. Der Schock hatte bei dem Mann bereits eingesetzt. Seine Pupillen waren geweitet, und er atmete zu schnell.

Es dauerte einen Moment, bis Raguel ihn erkannte. *Evangelines Priester!* Der Mann, an den sie sich gewandt hatte, was sie wiederum zur Tengu-Plage im Olivet Place führte. Eve musste der Grund sein, weshalb der Priester hier war.

»Setzen Sie sich, Padre«, sagte Raguel und wies auf den kahlen Steinboden. »Wie Sie sehen, ist hier reichlich Platz.«

Wie Jehova, hielt auch Sammael eine Menge von dramatischen Effekten. In diesem Fall war es die Anspielung auf die Spanische Inquisition, als in Gottes Namen unbeschreibliche Gräueltaten begangen wurden. Handschellen hingen an den Wänden, ferne Schreie zehrten an den Nerven und verhinderten einen erholsamen Schlaf.

»Wo sind wir?«, fragte der Priester, blickte wirr und hockte sich hin.

»Ich denke, das wissen Sie.«

Hastig stand der Mann auf und ging zur Tür. Er packte die groben Eisenstangen und versuchte, nach draußen zu sehen. Dort war nichts als Feuer und Hitze. Kein Boden unter ihnen, kein Himmel über ihnen. Sammael hatte die Wahl, dies zum prächtigsten Raum zu machen, aber das wäre zu freundlich. Auf diese Art vermittelte ihnen die Zelle ein absurdes Gefühl von Sicherheit.

»Es war noch jemand bei mir«, sagte der Priester heiser. »Eine junge Frau.«

»Evangeline geht es gut. Fürs Erste.«

»Woher wissen Sie das?«

Raguel schlang die Arme um seine Knie. Seine Seele war kalt, wenn sie von Gott getrennt war. »Sonst wären Sie tot oder nicht hier.«

»Wer sind Sie?«

»Ein Gefangener wie Sie. Ein Druckmittel, damit die auf Erden tun, was ein Dämon verlangt.«

»Sind Sie einer von ihnen?«

»Nein. Ich bin ein Diener Gottes, genau wie Sie.«

»Wie kann ich Ihnen glauben? Woher kennen Sie Evangeline?«

»Sie müssen auf Gott vertrauen, Padre.«

Die Knie des Priesters gaben nach, und er sank zu Boden. Seine Lippen bewegten sich wie im stummen Gebet.

Raguel hielt es für sinnlos, ihm zu erklären, dass Jehova ihn hier nicht hören konnte. Keiner von ihnen konnte es sich leisten, die Hoffnung zu verlieren. Sie hatten hinreichend Zeit zu reden, wenn der Mann seinen Schock überwunden hatte. Und es war unsinnig, ihn zu befragen, solange sein Verstand nicht richtig arbeitete.

Eine lange Zeit verstrich. Raguel war halb eingenickt, als der Priester wieder sprach.

»Sie fragte mich, ob ich an Dämonen glaube.«

Raguel rieb sich übers Gesicht. Er hasste den Geruch auf seiner Haut. »Was haben Sie geantwortet?«

»Ich bin nicht sicher, ob ich überhaupt geantwortet hatte.«

»Verständlich. Selbst Gläubige stoßen bisweilen an ihre Grenzen.«

Der Priester sah ihn an. »Sie behauptet, keinen Glauben zu haben, dennoch glaubte sie an die Dämonen. Sie heuerte sogar Bodyguards zu ihrem Schutz an.«

Raguel merkte auf. »Haben Sie diese Wachen gesehen?«

»Ja.«

»Wie hießen sie? Erinnern Sie sich an die Namen?«

»Montevista und Sydney. Warum fragen Sie?«

Sie war in Gefahr. Irgendwie hatten Cain oder Abel schon vor der Entführung dieses Priesters gewusst, dass sie gefährdet war. Was war los? Warum sollte Sammael Evangeline wollen?

»Wie lange sind Sie hier?«, fragte der Priester. »Sind Sie der Grund, weshalb Eve an Dämonen glaubt?«

Raguel lehnte sich vor. »Sie und ich haben eine Menge zu bereden, wenn wir hier lebend rauswollen.«

»*Können* wir denn raus?«

»Wir müssen.« *Ich zumindest.*

Cain müsste die Position wieder aufgeben, die er gestohlen hatte. Irgendwie würde Raguel die nötigen Mittel dazu finden. Der Priester war alles, womit er arbeiten konnte, und es blieb wenig Zeit. Ein längerer Aufenthalt in der Hölle war wie ein Krebsgeschwür, das sich von innen nach außen fraß. Je länger ein Sterblicher hier war, desto weniger blieb von seiner Seele und seinem Verstand übrig. Raguel fühlte die Auswirkungen schon an sich, und er war viel stärker.

»Machen Sie es sich bequem, Padre«, murmelte Raguel. »Sie müssen mir so genau wie irgend möglich erzählen, was geschehen ist.«

Eve hatte gerade die Hand angehoben, um an Hanks Tür zu klopfen, als die von allein aufschwang. Drinnen war es so dunkel wie immer, abgesehen von einigen Lampen über den Arbeitstischen, die Petrischalen und Reagenzgläser beleuchteten. Anders als sonst jedoch war heute ein Lärmen aus den Tiefen des Raums zu hören. Es war das erste Mal, dass sie Hanks Reich betrat und es nicht totenstill war.

»Hank!«, rief sie laut.

Er trat als Mann in schwarzer Tuchhose und schwarzem Oberhemd aus der Dunkelheit. Seine düstere Kleidung bewirkte, dass sein leuchtend rotes Haar besonders hervorgehoben wurde. Eve war ein bisschen neidisch auf diese Farbe.

»Eve.« Er hielt ihr beide Hände hin. »Was führt dich zu mir?«

»Was ist das für ein Lärm?«

»Dein Tengu-Freund.«

Weit hinten konnte sie Fred fluchen und knurren hören.

»Was ist das Problem?«, fragte sie.

»Ich experimentiere mit dem Burschen, benutze ihn als Versuchskaninchen für meine verschiedenen Tarnmittelproben. Beim jüngsten Versuch war das Verhältnis von Gezeichnetem zu Höllenwesen höher, und der Dämon in ihm rebelliert.«

Sie verzog das Gesicht. »Wie lange wird er so sein?«

»Noch ein paar Stunden, mindestens.«

»Ich glaube nicht, dass ich so lange schreien kann.«

Sein Lächeln war charmant. »Wollen wir woanders hingehen?«

»Wenn es dir nichts ausmacht.«

Sie wollten gehen, als ein rasches Poltern von Zementfüßen den nahenden Tengu verriet.

»Vorsicht!«, brüllte Fred.

»Hübsche Gezeichnete!«, kreischte der Tengu und schoss wie eine Rakete auf Eve zu.

»Umpf!« Sie schlug mit dem Rücken auf dem Boden auf, und ihre Zähne knallten unangenehm hart aufeinander.

Eve schlang die Arme um das schwere Biest und rollte sich herum. Aus Erfahrung wusste sie, dass man bei einem Tengu lieber nie unten lag.

Sie veranstalteten einen recht bizarren Ringkampf, wobei es Eves Stilettos ihr schwermachten, Halt auf dem polierten Steinboden zu finden. Das Höllenwesen nutzte diesen Umstand und keckerte, wie Eve es noch nie zuvor gehört hatte. Das klang weniger fies als irre, und es hallte so sehr durch den Raum, dass man glauben konnte, Dutzende von Tengu würden sich prächtig amüsieren.

Fred kam in Wolfsgestalt aus der Dunkelheit geprescht und bellte.

»*Genug*«, brüllte Hank und griff nach unten, um Eve zu befreien.

Doch der Tengu hatte ihren Chignon gepackt und hielt ihn fest. Eve schrie, als Hank an dem Gargoyle zog. Bei dem Gerangel rutschte die Kette aus dem Ausschnitt von Eves Bluse. In dem Moment, in dem der Anhänger den Arm des Tengu berührte, erstarrte der Dämon. Sein Steinmund öffnete sich zu einem O, dann blinzelte das Ding, als würde es eben aufwachen. Die Hand in Eves Haar löste sich, und der Arm fiel mit einem dumpfen Knall auf den Boden.

»Hübsche Gezeichnete«, flüsterte der Dämon wie benommen.

Eve schrie auf, als Hank sie nach oben riss.

Der Okkultist griff nach der Kette und sah sie entgeistert an. »Wo hast du die her?«

Eve blinzelte genauso angestrengt wie der Tengu. Sie dachte an Satan und hoffte, dass Hank ihre Gedanken las, wie er es so oft tat. Doch er betrachtete sie nur wütend. Als sich der Tengu wieder regte und kehlig zu knurren begann, zog Hank die Kette über Eves Kopf und hängte sie dem Tengu über. Prompt verstummte das Höllenwesen, hockte sich hin, die Hände im Schoß, und neigte den Kopf zur Seite. Verzückt streichelten die Zementfinger den Anhänger.

»Sammael«, murmelte Hank, stellte Eve auf die Füße und richtete ihren Blusenkragen.

»Ich brauche die«, sagte sie und zeigte auf die Kette.

»Und ich kann dich nicht lesen, wenn du sie trägst.«

»Oh.«

»Außerdem kannst du mich nicht hören, wenn dein Freund einen Anfall kriegt. So schlagen wir zwei Fliegen mit einer Klappe. Du kannst das Ding später wiederhaben.«

»Alles klar.«

Fred verwandelte sich wieder in ihre Lili-Gestalt. Da sie nackt war, wandte Eve sich ab, hörte aber, wie Fred den Tengu aufnahm und zurück in die Dunkelheit tapste.

»Du steckst in gewaltigen Schwierigkeiten«, sagte Hank, nahm Eve beim Ellbogen und zog sie weiter nach hinten in den Raum.

Sie erschrak, als vor ihnen plötzlich ein Holztisch und Stühle auftauchten. Hank setzte sich, und sie nahm ebenfalls Platz. Wieder einmal wunderte sie sich über seine Manieren. Die hatten nichts von einem Gentleman.

Er musterte sie eingehend. »Es ist offensichtlich, dass weder Cain noch Abel etwas wissen. Täten sie es, wärst du schon weggesperrt, so zwecklos es auch sein dürfte.«

»Ich kann nichts sagen.«

»Und deine Erinnerungen an Sammael sind wie eine Bildstörung im Fernsehen.« Hank seufzte. »Nun gut. Ich übernehme das Reden. Du musst nur die richtigen Fragen stellen.«

Eve nickte. Sie hatte keinen Schimmer, wie alt Hank war, fest stand allerdings, dass er über ein unglaubliches Wissen verfügte. Doch reichte das bis zum Anbeginn der Zeit zurück?

»Weißt du«, begann sie, »wie viel genau an der Geschichte von Eva und dem Apfel wahr ist und wie viel nicht?«

»Ah, die Schöpfungsgeschichte … Interessant.« Hank schürzte die Lippen. »Die Geschichte variiert je nachdem, wen man fragt. Manche sagen, die Bibel ist so akkurat, wie man es erwarten kann. Andere sagen, dass es eher Fabeln mit verborgenen Bedeutungen sind.«

»Welchen zum Beispiel?«

»Beispielsweise der, dass Sammaels Schlange eine Anspielung auf den Phallus ist und sich der Baum des Wissens auf die erwachende weibliche Sexualität bezieht.«

Sie stieß einen leisen Pfiff aus. »Ach du Schande.«

»Es gibt auch jene, die so weit gehen, dass Cain der Sohn von Sammael ist, nicht von Adam, und dass er sich deshalb so gut aufs Töten versteht.«

Eve atmete zittrig ein und aus. Falls Satan auf eine Familienzusammenführung mitsamt Vögeln aus war, waren sie alle geliefert. Wenn man schon vom Teufel sprach …

»Er ist ein gut aussehender Dämon«, sagte sie. »Er würde sich doch nicht insgeheim nach ihr verzehren, oder? Er hat quasi die freie Auswahl.«

»Du musst bedenken, dass unterschiedliche Ebenen existieren.« Hank rieb sich den Nacken. Es war einer der sehr raren Momente, in denen Eve tatsächlich Anzeichen von Stress an ihm wahrnahm.

»Weiter«, forderte sie ihn auf.

»Es ist ein Irrtum, dass Sammael einen Ort namens Hölle beherrscht. Sammael herrscht über die Erde. Er wurde aus dem Himmel verbannt, bekam aber hier sein Reich. Er schmort nicht in irgendeinem ewigen Feuer.«

»Nicht?«

»Nein. Er kann diesen visuellen Effekt herstellen und

tut es auch oft, weil wir darauf gedrillt sind, ihn zu fürchten, doch es ist reine Show. Es gibt verschiedene Schichten des Himmels, wie es verschiedene Schichten der Erde gibt. Wie bei einer Zwiebel. Sammael kann die Schichten entfernen oder mischen, um die gewünschten Effekte zu erzielen.«

Fred erschien in einem Laborkittel. Lächelnd brachte sie ein Tablett mit einem Krug und zwei halb vollen Gläsern. Sie sah eher wie eine harmlose Streberin aus, nicht wie ein Killerdämon.

Eve lehnte sich zurück, damit Fred die Erfrischungen hinstellen konnte. »Setzt du dich zu uns?«, fragte sie die Lili.

»Kann ich nicht, aber danke.«

Hank sah seiner Assistentin nach, als sie ging. »Sie sorgt sich, dass sie jeden Moment sterben könnte. Deshalb kann sie nie entspannen.«

Jeden Tag starben einhundert Lilin. Eve konnte sich nicht vorstellen, wie es war, damit zu leben.

»Okay, zurück zu den Schichten«, sagte sie.

»Die Schicht, in der du und ich die meiste Zeit leben, ist wegen Jehova und Sammael mit diversen Fallstricken versehen. Wie du weißt, kommen sie nicht gut miteinander aus. Wenn sie also hier mit derselben Bewegungsfreiheit fungieren wollen, die Sterbliche haben – zu berühren, zu schmecken, zu verlangen –, brauchen sie Gesandte.«

Es fiel ihr wie Schuppen von den Augen. »Wie Jesus!«

»Und der Antichrist. Man kann die Hand Gottes oder die Klauen Sammaels im übertragenen Sinne fühlen oder durch stellvertretende Wesen wie Dämonen und *Mal'akhs*, doch um sie buchstäblich zu fühlen, müssen sie mittels eines Gesandten Zugang zu dieser Erdenschicht gewinnen.«

»Nehmen wir mal hypothetisch an, dass Satan mir ein Geschenk machen will. Nicht Macht, sondern ein tatsächliches *Ding*, wie eine Kette. Müsste er das über einen Gesandten tun?«

Hank umfing sein Glas mit einer Hand, nahm es jedoch nicht auf. »Oder er würde einen Gesandten als Portal benutzen, um es selbst zu tun. Wenn der Gesandte stark genug ist, kann sich Sammael vielleicht sogar separat von ihm manifestieren. Dann wären die beiden gleichzeitig auf derselben Ebene.«

Wenn der Gesandte stark genug ist …

Eve fragte sich, warum sich der Raum um sie herum nicht drehte. Sie fand, er sollte, bedachte man, wie sehr es in ihr schwirrte. »Ist Cain das Portal?«

Wie sonst konnte Sammael gewusst haben, dass die ursprüngliche Eva diese Schicht besuchen wollte?

Hank, der zugesehen hatte, wie sein Daumen Muster in den Kondensschleier an seinem Glas malte, blickte auf. »Jetzt fängst du endlich an, die richtigen Fragen zu stellen.«

»Warum gibt mir keiner eine klare Antwort?« Alec rollte die Schultern und kämpfte gegen seine Müdigkeit an, die er eigentlich gar nicht empfinden dürfte. »Seit Stunden stehe ich mir die Beine in den Bauch, und du kommst einfach nicht auf den Punkt. Es ist eine ganz simple Ja-oder-nein-Frage.«

Uriel reichte ihm eine Flasche gekühltes Wasser und setzte sich ihm gegenüber auf einen Korbstuhl. Der Chef der australischen Firma hatte kein Hemd an und war barfuß. Sein langes, sonnengebleichtes blondes Haar flatterte sanft in der Meeresbrise, die durch die offenen Terrassentüren in sein Büro wehte. Er galt als einer der führenden Bootsbauer der Welt – mit Schwerpunkt Luxusyachten –, hatte sich neuerdings aber auch auf Weinkellerei verlegt. Die Weltwirtschaft kriselte, was der Markt für Luxusprodukte besonders zu spüren bekam.

»Ja, es gibt nur sieben von uns«, antwortete der Erzengel schließlich, nachdem er Cain zwanzig Minuten lang ausgewichen war. »Und, ja, es entspricht dem Plan. Ist das besser?«

Alec nahm das Wasser und leerte die Flasche in wenigen Zügen. Er wurde beständig fiebriger, sodass seine Kehle wie ausgetrocknet war und er schwitzte.

»Du willst mich jetzt hoffentlich nicht verarschen«, raunte er und stellte die leere Flasche mit einem dumpfen Knall auf dem Glastisch ab.

»Ich hoffe um deinetwillen, dass du nicht glaubst, wir wären einander ebenbürtig«, warnte Uriel ihn. »Oder aus meinem freundlichen Wesen schließt, du wärst mir gegenüber im Vorteil.«

Alec atmete mehrmals tief durch, um sich zu beherrschen.

Warum fühle ich Eve nicht?

Seit sie die beiden Wachen fanden, konnte er sie nicht mehr fühlen. Wenigstens konnte er Abel spüren, weil er als Erzengel für ihn verantwortlich war, und sein Bruder war nicht in Sorge. Doch das befeuerte nur Alecs Neid. Das verdammte Ding in ihm kostete ihn das Einzige, was ihm noch etwas bedeutete.

»Wessen Plan?«, kehrte er zur vorherigen Frage zurück. »Habt ihr eine kleine Geschwisterausrottung betrieben, um eine übersichtliche Zahl zu erreichen?«

Uriels strahlend blaue Augen verengten sich. »Mit deinen Anschuldigungen begibst du dich auf heikles Terrain.«

»Wie konntet ihr Jehova überzeugen, dass sieben von euch ausreichen?«

»Wir haben keine Kontrolle über Jehova, was dir bekannt sein sollte. Wie bei allem wurden die Pros und Kontras sorgfältig abgewogen.«

Alec konnte nicht umhin sich zu fragen, ob er gerade die Kontras erlebte. Trotz der kühlen Abendluft, die von der Terrasse hereinwehte, schwitzte er. Es bestand kein Zweifel, dass das Chaos in ihm eskalierte. »Mir geht ... es nicht gut.«

»Das sehe ich«, murmelte der Erzengel, der seine lässige Pose beibehielt.

»Haben die anderen – die Erzengel, die nicht mehr hier sind – ähnliche Probleme gehabt?«

»Welche Probleme hast du denn?«

»Lass es mich anders ausdrücken«, sagte Alec angespannt. »Musstet ihr jemals einen anderen Erzengel ausschalten, weil er außer Kontrolle geriet?«

Uriel strich sich mit einer groben Bewegung das Haar nach hinten. »Nein. Wir sieben wurden als das geschaffen, was wir sind, Cain. Du bist eine Anomalie. Eine unbekannte Größe. Vielleicht ist dein ehedem sterblicher Körper unfähig, die Kraft eines Erzengels zu beherrschen.«

»Ich wurde *verändert*«, entgegnete Cain. »Es fühlte sich an, als würde ich in Stücke gerissen. Der Schmerz war unbeschreiblich.«

Uriels einer Mundwinkel bog sich nach oben. »Das möchte ich wetten. Was jedoch nicht bedeutet, dass du jetzt einer von uns bist. Damit Abel zum *Mal'akh* werden konnte, musste er sterben. Damit Christus seine Ziele erreichte, musste er sterben. Es ist durchaus möglich, dass deine Wandlung nicht abgeschlossen werden kann, ohne dass du sämtliche Überreste deines früheren Ichs abwirfst.«

»Wenn ich eine Anomalie bin, könnte es sein, dass Raguel noch am Leben ist und mein Aufstieg deshalb so vermurkst ist?«

Das plötzliche Erstarren des Erzengels war unverkennbar. »Ich vermute, ja.«

Nun, das erklärte, warum keiner von ihnen aktiv nach ihrem Bruder suchte. Sie nahmen an, dass er tot war.

Rastlos sprang Alec auf und begann, auf und ab zu gehen. Wenn es nur sieben Erzengel geben konnte, war er in einer unhaltbaren Position. Er musste sich als Erstes vergewissern, ob Raguel noch lebte oder nicht. Und dann musste er entscheiden, ob er tötete oder getötet wurde.

Wie dringend will ich das hier?

Die Finsternis in ihm begehrte wütend auf. Macht war wie eine Droge, von der man nicht so leicht loskam.

Er ging an die Terrassentür und blieb dort stehen, um seine schweißklamme Haut im Wind zu kühlen.

Uriels Stimme hinter ihm klang sanft und freundlich. »Was quält dich?«

»Es ist etwas *in* mir. Das ist wütend, brutal und sehr stark.«

»Zu stark?«

»Noch nicht.« Alec blickte zum Ozean. Bei Nacht sah

ein Strand wie der andere aus. Unweigerlich musste er an die Nächte mit Eve denken. Der egoistische Teil in ihm wünschte, er könnte diesen Mist mit ihr teilen. »Aber ich will es besser kontrollieren können.«

»Vielleicht hat die Wandlung einen … unterdrückten Teil deiner Persönlichkeit freigesetzt.«

»Glaubst du eigentlich alles, was du hörst?«

Der Korbsessel knarrte, als sich der Erzengel erhob. Zwar bewegte sich Uriel lautlos, doch Alec spürte, dass er näher kam. Die Energie, die von einem einzelnen Erzengel ausstrahlte, war vergleichbar dem Schub, den Alec empfand, wenn er eine Firma betrat.

»Kommt drauf an, mit wem ich rede«, murmelte Uriel.

Wusste Jehova, wie viel an den Gerüchten war?

Alecs Herz schlug schneller, weil er panisch wurde. Etwas überwand die Schutzbarrieren seines Kainsmals, und die unerwartete physische Reaktion machte ihn leicht desorientiert.

Er rieb sich die Brust durch sein dünnes T-Shirt. »Mit wem hast du gesprochen?«

»Spielt das eine Rolle? Der Punkt ist, dass das Problem vielleicht in deinem Blut liegt.« Es trat eine längere Stille ein, bevor Uriel Alecs Schulter berührte. »Du solltest deine Fragen an Jehova richten.«

»Und bei meiner ersten Herausforderung als Erzengel versagen?«, konterte Alec. »Auf keinen Fall.«

»Hältst du dies für eine Prüfung?«

»Ist nicht alles eine? Mein ganzes Leben ist eine Prüfung.« Er wandte sich zu Uriel um. »Das ist keine Beschwerde, sondern eine Tatsache.«

»Verstehe. Wir alle haben uns Prüfungen zu stellen,

Sünder wie Heilige gleichermaßen. Ich wünschte, ich könnte dir bei dieser helfen.«

Alec staunte. »Bist du sicher, dass du es nicht kannst? Viel hast du mir bisher nicht angeboten.«

Uriel lächelte, auch wenn seine Augen ernst blieben. »Der beste Rat, den ich dir geben kann, ist der, woanders nach Antworten zu suchen. Du sprichst von Zorn und Gewalt in dir, dennoch wendest du dich nicht an den einen von uns, der für diese Züge bekannt ist. Warum nicht?«

»Michael?«

»Den Befehlshaber über Gottes Armee. Wer kennt die Dunkelheit besser als er? Er hat selbst gegen Sammael gekämpft.«

Alec trat weiter nach draußen, und Uriel folgte ihm. Gemeinsam standen sie an der Terrassenbrüstung und beobachteten das schimmernde Mondlicht auf dem Wasser.

»Du fürchtest ihn«, bemerkte der Erzengel, ohne Alec anzusehen. »Das solltest du auch. Aber wenn jemand dir helfen kann, dann ist er es.«

»Danke.«

»Dank mir noch nicht, Cain.« Jetzt blickte Uriel zu ihm. »Falls du eine Gefahr wirst, werde ich dich jagen.«

Die Aussicht auf eine eventuelle Schlacht fand Alec sogar reizvoll.

Uriels Blick wurde härter. »Ich rieche es an dir. Vielleicht solltest du gehen, bevor ich mich entscheide, dich nicht mehr gehen zu lassen.«

Innerlich fluchend verschwand Alec.

Reed war in Gedanken, und das sosehr, dass er erst mit einiger Verzögerung bemerkte, dass ihm sein bestelltes Bier schon serviert wurde. Die Kellnerin wartete ungeduldig.

»Tut mir leid«, sagte er. »Ich habe nicht gehört, was Sie sagten.«

»Möchten Sie sonst noch etwas?« Die hübsche Brünette lächelte strahlend. Auf ihrem Namensschild stand »Sara«, was ein unglücklicher Name war, aber dafür konnte sie schließlich nichts.

»Nein, vielen Dank.« Er nahm die Bierflasche auf und ignorierte das Glas daneben. Für Sterbliche war es ein bisschen früh, um schon zu trinken. Für einen *Mal'akh* hingegen war es nicht anders, als würde er Sprudelwasser zu sich nehmen.

»Ich komme später wieder zu Ihnen«, sagte sie. »Wenn Sie in der Zwischenzeit etwas wünschen, winken Sie einfach.«

»Okay.«

Sara zwinkerte, bevor sie ins Restaurant zurückkehrte. Ihre Einladung zum Flirt war offensichtlich und amüsierte Reed, doch er hatte keine Zeit für solche Späße. Es stand viel zu viel auf dem Spiel.

Reed war froh, dass er der einzige Gast auf der Terrasse des House of Blues war. Von drinnen wehte Musik heraus – laut genug, um die Songs zu erkennen, jedoch nicht so laut, dass sie ein Gespräch störten. Trotz der schlingernden Wirtschaft herrschte in Downtown Disney reger Betrieb. Eine bunte Menge aus schlendernden Teenagern und Touristenfamilien war beim Schaufensterbummel, aß und plauderte und das alles inmitten einer großen Anzahl von Höllenwesen. Die Sterblichen hatten keine Ahnung.

Ihre offenen, glücklichen Mienen verrieten, dass sie nichts von der Gefahr wussten. Was würden sie sagen, wenn sie wüssten, dass der Karikaturenzeichner ein Inkubus war? Oder dass die Frau, die das Popcorn in riesige Pappbecher füllte, eine *Dschinn* war?

»Abel?«

Betont gelassen wandte sich Reed um und sah Chaney und Asmodeus auf sich zukommen. Der neue Alpha war in einer Baumwollhose und einem übergroßen Polohemd. Sein Begleiter, einer der sieben Höllenkönige, war ähnlich gekleidet wie Reed: Armani-Anzug, makellos gebügeltes Hemd und auf Hochglanz polierte Lederschuhe. Sein Blendzauber war beeindruckend. Er hatte sich eine muskulöse Statur und kantige Züge ausgesucht, um die mehrköpfige Monstrosität zu verbergen, die er eigentlich war.

Als die Dämonen um den niedrigen Metallzaum herum zu ihm kamen, blieb Reed sitzen. Er trank sein Bier und beobachtete die Passanten.

»Raguel lebt«, kam Asmodeus direkt auf den Punkt. »Gegenwärtig genießt er die Gastfreundschaft der zweiten Höllenebene.«

Der Ebene, auf der Asmodeus herrschte. Natürlich. Der Dämon musste Sammael irgendwie erfreut haben, sich solch eine Ehre zu verdienen.

»Das ist ja sogar besser, als ich erwartet hatte«, antwortete Reed. »Wir beide haben Zugang zu dem, was der andere will.«

Er sah beide Höllenwesen an, was seine Sonnenbrille jedoch weitestgehend verbarg. Keiner von ihnen sah ihn an. Der Alpha blickte sich unter den Leuten um, und

Asmodeus schaute ins Restaurant, wobei er Blickkontakt zu Sara aufnahm.

Die beiden Dämonen bestellten sich Essen und Trinken. Reed bat um ein zweites Bier. Als sie saßen, nahm Asmodeus seine Sonnenbrille ab und enthüllte die grellrote Iris seiner Augen.

»Ich will mehr«, erwiderte der Dämonenkönig sanft.

Reed zupfte am Etikett seiner Bierflasche, wobei er die beiden anderen weiterhin ansah. »Ach ja?«

»Ich wüsste nicht, was es mir nützen sollte, ein Kopfgeld mit einem niederen Dämon zu teilen. Ich habe mehr davon, Raguel bei mir zu behalten.«

»Ah … verstehe.«

»Du bist nicht überrascht«, bemerkte Chaney.

»Selbstverständlich ist er das nicht«, lachte Asmodeus. »Er kennt mich gut genug.«

»Ich hatte gehofft, dass du darauf bestehst«, sagte Reed. »Ich will auch mehr. Und zwar den Priester.«

»Abgemacht. Wir haben keine Verwendung mehr für ihn, nachdem wir mit seiner Hilfe Cains Frau in die Finger bekommen haben.«

Reeds Finger legten sich fester um die Flasche. »Stimmt.«

Die Kellnerin kam mit ihren Drinks und versprach, gleich das Essen zu bringen. Reed wollte nicht einmal an Essen denken, und er vermutete, dass die anderen zwei nur welches bestellt hatten, um gefasster zu erscheinen, als sie waren.

So oder so hatten sie die größere Kontrollgewalt.

»Also, was willst du noch?«, fragte er, als sich das Schweigen hinzog.

»Was kannst du beschaffen?«, konterte Chaney mit einer Gegenfrage.

Reed lachte. »So arbeite ich nicht. Fangen wir damit an, dass ihr mir erzählt, wogegen ich biete, und ich sehe, ob ich das Gebot schlagen kann.«

Der Alpha bemühte sich, unschuldig auszusehen. Asmodeus sparte sich die Anstrengung, warf den Kopf in den Nacken und lachte.

»Ich habe dich schon immer gemocht, Abel.« Er grinste. Seine Zähne waren eklig gelb, was nicht zu dem sonst so schönen Blendzauber passte. »Woher hast du das gewusst?«

»Habe ich nicht«, gestand Reed freimütig, während sich seine Gedanken überschlugen. »Ich nahm es an, ihr habt es bestätigt. Ich dachte mir, dass noch jemand außer mir Raguel zurückwollen würde. Es schien mir ausgeschlossen, dass ich der Einzige bin, der dafür einen Handel mit einem Dämon eingehen will.«

Cain vielleicht? Jemand, der von Sabrael geschickt wurde? Ishamel?

»Ich habe Verschwiegenheit geschworen«, sagte der König. »Also kann ich dir nicht sagen, wer es ist.«

»Mir ist auch egal, wer.« Das würde er als Nächstes allein herausfinden. »Mir geht es um das *Was*. Sie bieten euch etwas, aber ihr denkt, dass ihr von mir mehr bekommen könnt, sonst wärt ihr jetzt nicht hier. Was bieten sie dir an, und wie viel mehr willst du?«

Asmodeus sah den Alpha an, dann wieder zu Reed. »Sie bieten eine Erweiterung des Black-Diamond-Territoriums an, indem sie die Rudel in der Umgebung dezimieren.«

»Okay.« Reed wartete einen Moment. »Raus damit. Du sagtest bereits, dass es dir nichts bringt, den Gewinn mit Chaney zu teilen. Also was hast du davon?«

Der König lehnte sich lächelnd zurück. »Einen Teamleiter. Einen, der mir schon zu lange ein Dorn im Auge ist.«

Reed unterdrückte sein Entsetzen und warf sein Angebot in den Ring. »Das kann ich toppen. Mit Leichtigkeit.«

»Aha?« Das Höllenwesen grinste. »Was hast du?«

»Einen Erzengel im Tausch gegen den, den du mir gibst.«

Chaney pfiff. »Welchen?«

Asmodeus lachte. »Was denkst du denn?« Seine Augen leuchteten so hell, dass Reed froh war, seine Sonnenbrille noch zu tragen. »Er gibt uns Cain.«

16

Azazel stand abseits der Feiernden, die Hände auf dem Rücken verschränkt. »Du hast ihr das Amulett gegeben, mein Gebieter?«

Sammael zuckte mit den Schultern. »Es dient gleich mehreren Zwecken, nicht zuletzt dem, dass sie ein wenig sicherer bleibt, bis die Nachricht vom Ende der Jagd alle erreicht hat.«

»Wenn du sagst, dass ich mitgemacht habe, wird es meinen Status abwerten. Ich stehe über solchen Spielen.«

»Tust du das?« Sammael legte sich auf dem Diwan zurück und schaute der feiernden Menge durch den dünnen Vorhang zu, der sein Lager umgab. Zwischen seinen gespreizten Beinen arbeitete ein Sukkubus; ihr Mund glitt mit lobenswerter Fertigkeit an seinem Schwanz auf und ab. »Wie eigenartig. Ich dachte, dein Platz wäre da, wo ich sage.«

Sein Lieutenant verneigte sich. »Verzeih, mein Gebieter. Ich wollte lediglich darauf hinweisen, dass meine Fähigkeit, die mir übertragenen Aufgaben zu erledigen, umso verlässlicher ist, solange mich die anderen fürchten. Und diese Furcht lässt sich leichter erhalten, nimmt man mich als über der Menge stehend wahr.«

Sammael fauchte vor Wonne, als die feurige Zunge die Unterseite seines Schwanzes streichelte. »Sorge dich nicht, Azazel. Ich sagte Evangeline, dass ich mir etwas überlegen würde, nicht, dass ich auf ihren Vorschlag eingehe.«

»Danke.«

Sammael blickte wieder zu seinen Untertanen, die gleich am Rande des Diwans ausgelassen tanzten und kopulierten. Leider verdarb ihm die Empörung seines Lieutenants das Vergnügen an den Ausschweifungen. »Du hast immer noch Fragen.«

»Nur eine.«

»Dann raus damit. Ich hasse es, wie leichthin jeder an einen göttlichen Plan glaubt, während ich fortwährend infrage gestellt werde.«

»Du hast jemandem einen Vorteil verschafft, der ein Spielball unserer Feinde ist. Ich möchte nur begreifen, warum.«

»Vorteil«, wiederholte Sammael langsam. »Ja. Ich vermute, das Amulett ist ein Vorteil. Es gleicht jedenfalls die Chancen zwischen einer machtlosen Gezeichneten und einem begabten Dämon aus.«

»Ja. Du hättest die Jagd auch beenden können, ohne es ihr leichter zu machen.«

Sammael hob träge eine Hand in Richtung seines Lieutenants und wiegte die Hüften, um seinen Schwanz in den bereitwilligen Mund zu stoßen. Der Sukkubus verstand den Wink und erhöhte Druck und Tempo. Sammael kam mit einem tiefen Stöhnen und erschauerte unter der willkommenen Entspannung.

»Hervorragend.« Er grub die Finger in das Haar der Dämonin und riss ihren Kopf nach oben. Sie blickte ihn mit schweren Lidern und voller Bewunderung an. Der asiatische Blendzauber war ihre Idee gewesen, und es hatte ihm ein perverses Vergnügen bereitet, nachdem er Cains Frau getroffen hatte.

»Azazel ist zu grimmig«, murmelte er und streichelte ihre Wange. »Hilf ihm zu entspannen.«

»Ist mir eine Ehre, mein Gebieter.« Sie kroch auf Händen und Knien zu ihm, was peinlich wirken könnte, würden ihre langsamen Bewegungen es nicht so sinnlich anmuten lassen.

»Ich bin nicht grimmig«, widersprach Azazel. »Nur neugierig.«

Sammael gähnte. Er war gefährlich angeödet, und sein Orgasmus hatte ihn nur wenig milder gestimmt. »Vorteile arbeiten in beide Richtungen«, sagte er. »Jetzt mach dich locker. Der Priester ist unsere nächste Unterhaltung, und ich möchte die Show genießen.«

Eve schob all ihre Zweifel von sich und vertraute auf ihr Gefühl. »Ich glaube nicht, dass Cain irgendwas hiermit zu tun hat. Ihm geht es nicht gut, aber er ist auch kein Portal zu einer Höllenebene. Dazu hat er zu viel Gutes in sich.«

»Er versteht nicht, was mit ihm geschieht«, wandte Hank ein. »Wie können wir da irgendwas ausschließen?«

»Er versteht genug, um mich wegzustoßen.« Sie drehte sich um und blickte in die dunkle Tiefe des Raums. Nach dem Radau, den der Tengu vorhin veranstaltete, war die Stille nun unheimlich. »Ich war zu verletzt, um es gleich zu erkennen, aber er versucht, mich vor ihm zu schützen. Gestern Abend hat er bewiesen, dass ihm nach wie vor an mir liegt, indem er zum Stadion kam. Der Cain, den wir kennen, ist noch irgendwo in ihm. Er ist nicht vollständig besessen.«

Sie sah wieder zu Hank. »Er müsste doch besessen sein, oder?«

»Das nehme ich an, aber Cain ist momentan unberechenbar. So etwas wie ihn hat es noch nie gegeben. Wir alle können nur Schritt für Schritt lernen, was mit ihm ist.«

Während Eve überlegte, wie sie am besten mit der Situation umging, schwiegen sie beide. Dann begann Eve, mit den Fingern auf dem Holztisch zu trommeln, und schürzte die Lippen. Alec war ihr nicht zu Hilfe gekommen und wollte es auch eindeutig nicht, doch das hielt sie nicht ab. Wenn er mental vollkommen instabil wurde, war das für alle schlecht. Ganz besonders für ihn, denn Eve hegte nicht den geringsten Zweifel, dass die anderen Erzengel ihn töten würden.

»Hey!« Sie hatte einen Geistesblitz. »Du hast gesagt, dass er nicht versteht, was mit ihm passiert. Er kam her, um dich zu fragen, nicht? Er wollte Hilfe!«

»Jeder kommt zu mir, weil er Hilfe will«, antwortete Hank achselzuckend. »Ich habe nicht immer Antworten für sie, aber ich schätze es, auf dem Laufenden gehalten zu werden.«

»Was für Antworten wollte er heute?«

»Genau genommen hatte ich ihn hergerufen, um über euren Tengu-Freund zu reden. Aber wir sprachen auch darüber, wie wenig er sich für die Position eines Erzengels eignet.«

Eve runzelte die Stirn. »Wie wenig er sich eignet? Ich finde, er ist ideal für den Job. Er übernimmt in jeder Lage das Kommando und kennt diesen Job besser als jeder andere.«

Hank grinste. »Cain ist ein Gezeichneter, der gern zupackt. Am besten ist er direkt in den Schützengräben. Es gibt andere, die besser geeignet wären, Presseinterviews zu geben und in einem Büro zu sitzen.«

»Womöglich ist das sein Problem«, sagte Eve. »Vielleicht kann er einfach nicht mit dem Drumherum umgehen. Allein die Flut von Informationen zu hören, die durch Abels Gehirn rauscht, macht mir Kopfschmerzen. Es ist, als würde man unten in den Niagara-Fällen stehen. Ich halte es höchstens einige Sekunden am Stück aus. Und Cain hat diesen Teil übersprungen und ist direkt in den Bereich der Datenautobahn aufgestiegen. Er hat sich kopfüber auf eine Stufe katapultiert, wo er eine Zillion dessen an Infos bekommt. Das kann jeden irre machen.«

»Anzunehmen. Obwohl ich andere Erzengel getroffen habe, die es nicht ausstehen können, und die sind nicht von jetzt auf gleich ins kalte Wasser geworfen worden.«

Eve dachte an die Erzengel – Sarakiel, Raguel, Michael, Gabriel, Raphael, Uriel und Remiel. Sie alle schienen sich mit ihren Jobs wohlzufühlen. »Welche? Wie sind sie damit klargekommen?«

»Chamuel ist durch die Hölle gegangen. Ich glaube nicht, dass er jemals drüber weggekommen ist. Es gab noch andere, aber deren Namen sind mir entfallen.«

Eve lehnte sich auf den Tisch. »Es gab mehr als die sieben, die ich kenne? Abel hat die Theorie, dass ihre Zahl fest begrenzt sein könnte. Falls er recht hat, müssen wir wissen, was mit den anderen passiert ist.«

»Da kann ich auch nur raten.« Hanks Stimme blieb raspelnd ruhig. »Ich weiß bloß, dass kurz nach der Schaffung der Firmen die Zahl der Erzengel rapide schrumpfte, bis nur noch sieben übrig blieben.«

»Warum? Wir müssen – *Aua!*« Eve hielt sich den Kopf mit beiden Händen. »Scheiß…migräne!«

Aber sie war nicht anfällig für Migräne. Hank stand auf, trat hinter sie und berührte ihre Schultern. Der Schmerz wurde heftiger, sodass sie sich über den Tisch krümmte. Dann, so plötzlich wie die Attacke gekommen war, endete sie auch wieder. Zurück blieb Alec, der durch ihren Verstand rauschte wie ein Lauffeuer, das an ihren Erinnerungen entlangzüngelte.

Alec.

Wo warst du?

Er klang genauso wütend wie zuvor. Es musste kräftezehrend sein, so viel Zorn mit sich herumzuschleppen.

Auf der Suche nach Antworten für dich, keuchte sie, überwältigt von der Wucht, mit der er in sie eingedrungen war.

Hör auf. Zu gefährlich.

Lass mich dir helfen!

Er zog sich rasch zurück. Eve griff mit beiden Händen nach ihm, doch es war sinnlos. Er bewegte sich wie Rauch, der von einem Vakuum aufgesogen wurde. Im nächsten Moment war er fort.

Eve sprang auf. Ihr Hinterkopf kollidierte mit Hanks Kinn, und Hank torkelte fluchend rückwärts.

»Entschuldigung«, rief sie, während ihr Stuhl scheppernd umfiel. »O Gott, Hank, tut mir leid!«

»Verfluchter Mist!«, schimpfte er und hielt sich das Kinn. »Entschuldige dich nicht bei mir. Geht es dir gut?«

Sie wollte sich schon übers Gesicht wischen, als ihr einfiel, dass sie Make-up trug. »Es war Alec – *Cain* –, der in meinem Gehirn herumgesucht hat.«

»Hat er dir wehgetan?«

Hanks Tonfall erschreckte sie, deshalb erklärte sie eilig: »Er wollte mir Informationen geben. Die anderen Erzengel glauben, dass Raguel tot ist, aber Cain nicht. Er denkt, dass Raguel lebt und er deshalb so im Eimer ist. Er glaubt, dass die Zahl sieben eine Höchstgrenze ist, was Erzengel betrifft.«

»Du hattest irrsinnige Schmerzen«, beharrte Hank und ließ sein Kinn los, um ihres zu packen. Dann drehte er ihren Kopf hin und her, schnippte mit den Fingern, und ein Taschentuch erschien, das er an ihr rechtes Nasenloch drückte. »Du hast Nasenbluten.«

»E' war, al' würde er 'ich 'heinbock'en«, näselte sie durch das Taschentuch.

»Er ist dein Firmenchef. Er dürfte sich nicht in dich hereinboxen müssen … Ah!« Seine Miene leuchtete geradezu auf. Und während er sich zurückzog, rief er über die Schulter: »Sieh mal, ob du Kontakt zu ihm herstellen kannst.«

Eve streckte ihre mentalen Fühler nach Alec aus. Das Tuch an ihrer Nase wurde warm von ihrem Blut. Aber sie fand Alec, in einem Orkan wirbelnd, rasend vor Wut und destruktiv.

Sie zielte auf seine Menschlichkeit. *Es gibt so vieles, das ich dir erzählen möchte. Ich möchte … mich an dich lehnen.*

Der Wirbelsturm schwächelte ein klein wenig und schwankte. Alec sagte kein Wort, doch Eve fühlte, wie er sanfter wurde.

Du bist mir was schuldig, versuchte sie es, *nachdem du mich gestern so mies behandelt hast.*

Ich habe dir einen Gefallen getan.

Sie schnaubte. *Leck mich!*

Vorsicht! Seine Stimme veränderte sich, bekam diese Singsangnote des Irrsinns, die Eve eine Gänsehaut machte. *Ich könnte.*

»Hier.« Hank tauchte aus dem Nichts auf und warf ihr die Kette zu. Sie peitschte durch die Luft, und Eve duckte sich, damit sie ihr nicht ins Gesicht hieb. Doch als die Kette näher war, öffnete sie sich, schlang sich wie ein Lasso um ihren Hals und schloss sich wieder. Das wäre ohne übernatürliche Mittel undenkbar.

Und wie ein sterbendes Handysignal war die Verbindung zu Alec schlagartig weg.

Blinzelnd sah Eve zu Hank. Das Mal hatte seinen Job gemacht und die Verletzung ihrer Nase geheilt, aber die Nachwirkungen tiefer in ihr blieben.

Sie senkte die Hand mit dem Taschentuch und fragte: »Was ist passiert?«

Der Okkultist verschränkte die Arme und betrachtete sie nachdenklich. »Dieses Schmuckstück scheint die Macht von Höllenwesen einzuschränken.«

»Ich dachte, das funktioniert nur bei dem Nix.«

Hank zuckte mit den Schultern. Hinten im Raum begann der Tengu zu kreischen und gegen etwas Metallisches zu donnern. Einen Käfig vielleicht.

»Warum wirkt ein Zauber gegen Höllenwesen bei Cain?«

»Wir kehren zu meiner Theorie zurück, oder?«

»Aber ich …«

Der Tengu setzte seine Schimpftirade fort.

»Kannst du das Ding ruhigstellen?«, brüllte Eve. Sie bückte sich, um ihren Stuhl wieder aufzustellen.

Hank nickte und gab ihr ein Handzeichen, ihm zu folgen. Der Lichtkegel wanderte mit ihnen. Diesen Trick würde Eve zu gern selbst beherrschen!

Wie sie bereits vermutet hatte, war der Tengu in einem Käfig eingesperrt, der wie ein großer Hundezwinger aussah. Er hing mit Händen und Füßen an dem Deckengitter, rüttelte daran und schrie wie verrückt.

Fred stand neben dem Käfig und machte Notizen auf einem Klemmbrett. Sie blickte zu Hank auf und nickte. Was er ihr bedeutet hatte, wusste Eve nicht. Jedenfalls legte Fred das Klemmbrett auf einem Labortisch ab und nahm einen Kanister mit einer Sprühdüse auf, die an einen Feuerlöscher erinnerte. Damit zielte sie auf den Tengu und besprühte ihn mit einem rötlichen Wassernebel. Er prustete und hustete, verlor den Halt und krachte zu Boden. Dort lag er für kurze Zeit, schüttelte den Kopf und schien beinahe so benommen wie mit der Kette um den Hals. Die rote Flüssigkeit versickerte rasch in seiner Zementhülle, sodass er bald wieder aussah wie zuvor. Hank stimmte einen lyrischen Singsang an, und der Tengu setzte sich auf und glotzte zu Eve.

»Hübsche Gezeichnete«, sagte er und sprang auf.

»Du bist zu laut«, antwortete sie.

Er sah erbost zu Hank. »Verräter!«

Eve lehnte sich zu dem Okkultisten und flüsterte: »Was war in dem Kanister?«

»Das Blut von Höllenwesen.«

Fast wollte sie ihn fragen, woher er das hatte, entschied aber, dass sie es lieber nicht wissen wollte. »Dämonen finden Dämonenblut beruhigend? Damit könnten wir den Krieg gewinnen. Wir töten einige und besprühen den Rest.«

»Es hätte keinerlei Wirkung auf die gesunden Höllenwesen. In diesem Fall löscht es nur die Überdosis an Gezeichnetenblut aus, das ich ihm vorhin verabreicht habe. Ich bezweifle, dass du dieses Szenario mit Gezeichnetenblut ausprobieren willst.«

»Stimmt.« Eve trat näher an den Käfig und musterte die kleine Steinkreatur. »Der Kerl hat ziemlich heftig reagiert.«

»Öl und Wasser«, sagte Fred. »Höllenwesen und Gezeichnete vermischen sich nicht.«

»Ach was.«

»Was den Nix angeht.« Hank ging zu dem Labortisch, auf dem Fred ihr Klemmbrett abgelegt hatte.

»Ja?«

»Ich habe diese Bowleschale ausgegraben, die ihr mir gebracht hattet. Ja, Cain wollte, dass ich den Nix anhand irgendwelcher Reste an der Schale ausfindig mache, aber ich fürchte, das ist nicht möglich.«

»Aha.« Sie rümpfte die Nase. »Es hätte vieles einfacher gemacht, doch da er hinter mir her ist, werden wir ihn sowieso wiedersehen.«

Dank der Kette war der Nix im Moment ihre geringste Sorge. Sie verdrängte jeden Gedanken an ihn, um sich den dringenderen Problemen zu widmen.

»Ja, aber ich dachte, wenn ich eine neue Kombination der Bestandteile der Tarnung benutze, kann ich eine Art Schutz entwickeln.«

Eve zog die Brauen hoch. »Sofern es kein dauerhafter Schutz ist, würde ich wohl eher den Idioten töten, und gut ist's.«

»Tja, da wusste ich ja noch nichts von der Kette.« Hank stützte sich mit einer Hand auf den Labortisch und stemmte die andere in die Hüfte. Es war eine sehr feminine Geste, die Eve zum Schmunzeln brachte. »Jetzt hingegen denke ich, ich könnte imstande sein, die Wirkung umzukehren.«

»Umkehren?«

»Dich attraktiver machen. Unwiderstehlich.«

»Sie braucht keine Hilfe, um unwiderstehlich zu sein!«

Alecs tiefe Stimme erreichte sie, noch ehe Eve der rhythmische Klang seiner Stiefel auf dem Steinboden bewusst wurde. Er trat aus der Dunkelheit; sein Blick war wirr und bedrohlich, und die Adern an seinen Armen waren deutlich vorgewölbt. Eventuell wäre Eve ohnmächtig geworden, wäre sie denn der Typ dafür und keine Gezeichnete. So benetzte sie nur nervös ihre Lippen. Sie hatte schon immer ein Faible für Bad Boys gehabt, aber der hier ... wow!

»Du konntest mir schon ziemlich gut widerstehen«, brachte sie heraus.

Er kam einer rasenden Naturgewalt gleich auf sie zu und drängte sie gegen den Käfig mit dem Tengu.

Mit einer Hand umfing er ihren Nacken. »Leg ja nie wieder auf, wenn ich dich anrufe!«

Sie straffte die Schultern. »Was willst du dagegen machen, wenn ich es doch tue?«

Wie sie bereits geahnt hatte, riss er sie näher an sich und küsste sie. Oder vielmehr knallten seine Lippen ohne einen Hauch von Feingefühl auf ihre.

Seine Hand an ihrem Hals bewegte sich, glitt zu ihrer Brust. Obwohl sie Publikum hatten, ließ er sich vollkommen von seinen animalischen Trieben steuern. Eve griff nach der Kette, zog sie über ihren Kopf und hängte sie Alec über.

Er erstarrte. Ein seltsamer Moment folgte, in dem sie

wie Statuen dastanden, ihre Lippen noch aufeinanderge-
presst.

Was soll das?

Eve schob ihn von sich und trat von dem Käfig weg, wo
ihr der fiese Tengu mit seinen Knubbelfingern in den Hintern piekte. Dann betrachtete sie Alec und sah die drastische Veränderung in seinen Augen und an seiner Haltung.

Sie holte tief Luft und begrüßte den Alec, den sie kannte.
»Hi.«

Er runzelte die Stirn.

»Wie fühlst du dich?«, fragte sie.

Hank kam näher. »Ja, wie fühlst du dich, Cain?«

»Wie soll ich mich denn fühlen, verdammt?«, polterte
er, doch es klang deutlich zahmer. Er rieb sich mit den
Händen übers Gesicht, als wäre er eben erst aufgewacht.

»Nicht wütend?«, fragte Eve. »Beherrscht?«

Alec hob das Amulett hoch und starrte es an. »Was ist
das?«

»Ein Glücksbringer.«

»Glück für wen?« Er sah wieder Eve an, und ein gequäl-
ter Ausdruck huschte über seine Züge. Bleierne Schuldgefühle drückten auf Eves Bauch. Es waren allerdings
nicht ihre, sondern seine.

»Glück für uns«, sagte sie. Um die Schuld konnten sie
sich später kümmern. »Wir brauchen dich jetzt in Top-
form. Und wenn wir dich dafür mit einer Zuhälterkette
behängen müssen, bin ich dafür.«

»Wo hast du die her?«

»Ich habe sie ihr zugeworfen«, improvisierte Hank. »Es
ist eines meiner Projekte.«

Eve warf ihm einen dankbaren Blick zu.

»Was es auch sein mag«, sagte Alec, »es ist ideal. Wie schön, dass die Experimente auch mal gut für uns ausgehen.«

Er neigte den Kopf zur Seite, als würde er etwas hören, das sie nicht hören konnten. »Montevista ist aufgewacht. Ich muss mit ihm reden.«

In der Hoffnung, dass ihm der Wachmann etwas erzählen konnte, was Eve nicht sagen durfte, ermunterte sie ihn: »Dann geh.«

»Du kommst mit mir«, sagte er streng. »Ich muss auch mit dir reden. Und am besten mit dir, Sydney und Montevista zusammen. Mal sehen, ob wir gemeinsam herausfinden, was gestern Abend los war.«

»Ich habe noch etwas mit Hank zu erledigen«, erwiderte sie.

Alec sah den Okkultisten an. »Er macht dir nichts, um den Nix anzulocken. Das ist ein Befehl.«

Hank hob unschuldig beide Hände. »Ich weiß nicht mal, ob ich das könnte, aber selbst wenn, kann es euch helfen, Zeit und Ort für den Showdown zu bestimmen.«

»Das wäre doch praktisch«, ergänzte Eve.

»Als hättest du dank der Kopfgeldjagd nicht schon ausreichend Ärger mit den Höllenwesen?« Alec zog sie zur Tür.

Eve winkte Hank zu, ehe sie zu weit weg waren und er wieder in der Dunkelheit verschwand.

Wenn ich Gadara zurückholen könnte, fragte sich Eve, *was würde dann mit Alec passieren?*

Am liebsten würde sie denjenigen fragen, der Alecs Beförderung durchgesetzt hatte, aber das könnte bedeuten, dass sie ihn töteten. Falls Alec der Gesandte war, würden sie nicht zögern.

Er ist nicht der Gesandte, schalt sie sich. Außerdem hatte sie sowieso keinen Schimmer, wer verantwortlich war.

Plötzlich sah sie im Geiste blaue Augen vor sich, deren Farbe dem Inneren einer Flamme ähnelte. Aber sie verwarf den Gedanken gleich wieder, denn natürlich dachte sie an ihn. Immerhin war er der einzige Seraph, dem sie jemals begegnet war.

Und dann begriff sie, dass der Gedanke von Reed kam.

Chaney sank verblüfft auf dem Plastikstuhl nach hinten. »Ich weiß ja, dass du deinen Bruder hasst, aber das ... Bekommst du dafür keinen Ärger?«

»Genau genommen«, antwortete Reed und nahm sein Bier auf, »ist es ein Auftrag.«

»Jemand hat dir die Genehmigung erteilt, Cain loszuwerden?«, fragte Asmodeus ungläubig.

Reed überlegte, wie viel er enthüllen durfte. »Bei der Wandlung ging etwas schief. Er ist eine Gefahr für sich und andere.«

»Wir könnten so einen Mann gebrauchen.«

»Ich vermute, die Abwesenheit Gottes in seiner Seele wäre tödlich für ihn. Damit ist er für niemanden von Wert.« Reed blickte zu den Touristen. Sie wurden mehr, und gleichzeitig nahm die Zahl der Höllenwesen zu. Als er ins dunkle Restaurant sah, bereute er seine Entscheidung, sich draußen hinzusetzen. Dasselbe Ambiente, das ihm ein Minimum an Sicherheit vor Asmodeus gewährte, machte ihn auch sichtbar für die Dutzende Gezeichneten, die wegen der überreichlichen Höllenwesen in der Gegend waren. Sie waren hier zu sichtbar.

»Das ist für euch Jungs schlimmer als der Tod, was?«

Chaney schnitt in sein blutiges Steak und biss genüsslich in das Fleischstück. »Ich hoffe, dass ich mich nie mit euch anlege.«

»Dann vermassle diesen Austausch nicht.«

»Was schlägst du vor, wie wir es anstellen?«, fragte Asmodeus und stocherte mit der Gabel in seinem Voo-DooShrimp-Cocktail herum.

»Ihr müsst mir den Nix bringen«, murmelte Reed. Er drehte seine Bierflasche im Sonnenlicht. »Aber weist ihn in seine Schranken. Er soll eine Bedrohung sein, sonst nichts. Cain wird zur Rettung herbeieilen, und ich sorge dafür, dass euch keiner in die Quere kommt.«

»Was ist mit Raguel und dem Priester?« Chaney leckte sich Blut von den Lippen. »Wer spielt den Helden? Du?«

»Nein. Lass sie entkommen.«

»Was hast du von dem Ganzen?«

»Der Seraph, der Cain geholfen hat, will diesen Mist los sein«, log er. »Ich tue ihm quasi einen Gefallen, für den ich später etwas einfordern kann. Und ohne Cain ist Evangeline Hollis uninteressant. Raguel wird froh sein, dass sein Ersatz weg und die Kopfgeldjagd vorbei ist. Noch ein Gefallen, den ich mir irgendwann vergelten lasse.«

»Einen verlieren, viele retten.«

Asmodeus' Gabel tippte auf den Tellerrand. »Ich werde Hilfe brauchen, um Cain zur Strecke zu bringen.«

»Das ist dein Problem«, sagte Reed gleichgültig. »Nicht meines. Egal wie du es anstellst, sei einfach übermorgen bei Hollis' Wohnanlage. Der Nix weiß, wo sie wohnt. Sagen wir ... nachmittags? Wir werden draußen am Pool sein. Ich öffne den Wasserzulauf, damit der Nix hereinkann. Er wird alle ablenken, während ihr tut, was immer ihr tut.«

»Die Anlage ist eine Festung!«, knurrte Asmodeus. »Das wird ein Blutbad.«

»Deshalb solltest du lieber verdammt sicher sein, dass Raguel und der Priester schon unterwegs sind, wenn du nicht selbst mit einem ›Tötet mich‹-Schild dort aufschlagen willst.«

»Such einen anderen Ort aus«, sagte Chaney.

»Geht nicht«, erwiderte Reed. »Nachdem der Priester verschleppt wurde, steht Hollis unter strengster Bewachung. Es bleiben nur ihr Zuhause oder ihr Büro, und wir alle wissen, dass ihr nicht in den Gadara Tower hereinkommt.«

»Scheiße.«

»Nein«, sagte Asmodeus. »Ich warte, bis sich die Lage ein bisschen beruhigt hat, und passe sie zu einem günstigeren Zeitpunkt ab.«

Reed tippte leise mit dem Fuß unterm Tisch. Er würde auch lieber warten, aber der Priester dürfte es nicht mehr lange machen. Und Eve würde es sich nie verzeihen, sollte er sterben. »Bis dahin könnten der Priester und sie tot sein.«

»Lieber verliere ich die als mich«, konterte Asmodeus.

»Du könntest auch Cain verlieren, wenn er endgültig durchdreht.« Reed stand auf, nahm den Geldclip aus seiner Tasche und warf ein paar Zwanzig-Dollar-Scheine auf den Tisch. »Du weißt ja, wo du mich findest, solltest du es dir anders überlegen.«

»Ich mag es nicht, wenn man mit mir spielt, Abel.«

Reed grinste. »Ob ich mit dir spiele, erfährst du erst, wenn du zur verabredeten Zeit da bist.«

»Mariel? Geht es dir gut?«

Mariel löste den Blick von der Gruppe auf der Terrasse des House of Blues und sah wieder zu ihrer Begleitung. Die Veranda von Ralph Brennans Jazz Kitchen an der belebten Promenade lag direkt gegenüber von dem anderen Restaurant, doch Mariels *Mal'akh*-Gehör hatte die Unterhaltung auf der anderen Seite mühelos verfolgt. Selbst aus dieser Entfernung konnte sie die leuchtenden Augen des Dämons sehen und die Boshaftigkeit in seiner Stimme hören.

»Nein«, antwortete sie in Zulu, der Muttersprache ihres Gezeichneten. »Mir geht es alles andere als gut.«

»Was ...«

»Nicht.« Sie legte eine Hand auf Kobe Denners, damit er sich nicht umdrehte. »Was du nicht weißt, kann dir das Leben retten.«

Kobe runzelte die Stirn und musterte sie besorgt. Er war einer ihrer besten Leute und seit Jahren bei ihr. »Was kann ich tun?«

»Ich fürchte, wir müssen unser Mittagessen vorzeitig beenden.«

Er schob seinen halb vollen Teller weg. »Natürlich. Geh nur, wenn du musst.«

Mariel faltete ihre Serviette zusammen und legte sie auf den Tisch. »Ich bringe dich hier weg. Es ist besser, wenn du nicht gesehen wirst.«

Es war nicht zu verkennen, dass sie es eilig hatte. Kobe stand sofort auf. Mariel wühlte in ihrer Handtasche nach Bargeld, das sie auf dem Tisch liegen ließ. Der erschrockenen Kellnerin erklärten sie kurz, dass sie weg mussten, bevor sie die Treppe hinunter ins Erdgeschoss gingen.

Vom kleinen Korridor vor den Toiletten aus brachte Mariel sie rasch zurück in den Tower.

Alec zog Eve den Flur hinunter und um die Ecke. Dann drängte er sie in eine Nische mit einem Springbrunnen und umfing ihr Gesicht mit beiden Händen.

»Ich bin völlig verkorkst«, sagte er offen.

»Na, ich bin auch nicht direkt Premiumware«, erwiderte sie trocken, doch ihre dunklen Augen glänzten.

»Über Persönliches müssen wir ein anderes Mal reden.« Er lehnte seine Stirn an ihre. Tatsächlich war er so erledigt, als hätte er gerade einige besonders üble Dämonen zur Strecke gebracht. »Es ist hässlich und schmerzhaft, aber wir haben etwas, für das es sich zu kämpfen lohnt. Gib mir eine Chance, diesen Mist wieder hinzubekommen.«

Er fühlte, wie sich ihre Finger in die Gürtelschlaufen seiner Jeans hakten. »Ja, wir müssen reden.«

Alec spürte einen Anflug von Furcht in ihr, konnte jedoch keine Einzelheiten erkennen. Zumindest war es mehr, als er die letzten paar Tage von ihr bekommen hatte.

»Sperrst du mich aus?«, fragte er schroff. »Oder ist mein ... *Zustand* schuld an der schwachen Verbindung zwischen uns?«

»Ein bisschen von beidem vielleicht«, gestand sie und steckte die Kette unter sein Shirt. »Wenn ich dir etwas erzähle, möchte ich es auf normale Weise tun. Richtig mit dir reden, privat und nicht in Hetze.«

»Okay. Sobald wir hier fertig sind.« Er zog sie wieder aus der Nische.

»Ich muss hiernach zur Polizei.«

Als sie den Flur hinuntereilten, brachte sie ihn auf den aktuellen Stand.

»Okay.« Seine Finger umklammerten ihre Hand fester. »Wir gehen zusammen hin.«

»Ishamel fährt mich. Das gehört zu seiner Rolle als Anwalt. Es könnte komisch wirken, wenn du mitkommst.«

»Warum?«

»Äh …« Eve sah zu ihm und verzog das Gesicht. »Weil ich denen mehr oder minder erzählt habe, wir hätten uns getrennt.«

Alec dankte dem Himmel, dass er nicht stolperte, obwohl er sich fühlte, als hätte er einen Fausthieb in die Magengrube kassiert. Er atmete scharf aus. »Das ging schnell.«

»Bleib bitte fair. Auf mich prasseln die Dinge von allen Seiten ein. Ich habe schlicht gesagt, was ich in dem Moment sagen musste.«

Und tatsächlich konnte er ihr schlecht einen Vorwurf machen, denn er war es ja gewesen, der sie weggestoßen hatte. Aber das machte es nicht leichter. »Solange du es nicht ernst gemeint hast.«

Sie drückte seine Hand. »Eines nach dem anderen.«

Er wollte schon die Tür zur Krankenstation öffnen, als jemand nach Eve rief. Alec blickte sich um und sah Mariel ungewohnt eilig auf sie zukommen.

»Evangeline«, rief sie wieder. »Hast du kurz Zeit für mich?«

Alec ließ den Türgriff los. »Was ist, Mariel?«

»Nur Hollis.« Ihr Lächeln war so verhalten, dass es eher einer Grimasse gleichkam. »Mädchenkram, Cain. Du weißt schon.«

»Nein, weiß ich nicht.« Er sah Eve an. »Komm rein, wenn ihr fertig seid.«

Sie nickte. »Natürlich.«

Ihm war, als würde ihm etwas Kostbares durch die Finger gleiten, als er Eve auf dem Flur zurückließ.

Eve musste keine Gedanken lesen können, um zu erkennen, dass die *Mal'akh* schrecklich aufgebracht war. Und dass Alec es bei seiner Teamleiterin anscheinend nicht recht wahrnahm, war nur ein weiterer Beweise dafür, dass mit ihm ernsthaft etwas nicht in Ordnung war. Mariel wusste es ebenfalls, so wie sie die Tür anstarrte, bis sie mit einem Klick ins Schloss gefallen war.

»Es geht ihm nicht gut«, sagte Eve leise. »Ich vermute, du fühlst es auch durch eure mentale Verbindung.«

»Ich hoffe, er passt sich bald an, doch gerade jetzt ist seine Unfähigkeit, uns zu lesen, eher ein Segen.« Mariel wandte sich wieder zu Eve. »Wir haben ein riesiges Problem. Ich fürchte um seine und Abels Sicherheit. Du bist die Einzige, der ich zutraue, eine Lösung zu finden, wie sie beide am Leben bleiben.«

»Was ist los?«

»Irgendwas stimmt nicht mit Abel. Er ist nicht er selbst. Du wirst mir wahrscheinlich nicht glauben, was ich dir jetzt erzähle.«

Nicht er selbst …

Eve packte Mariels Ellbogen und zog sie ein Stück den Flur hinunter. »Lass hören …«

17

»An viel erinnere ich mich nicht«, sagte Sydney betrübt und mit abgewandtem Blick. »Ich habe eine Bewegung unter der Tribüne beobachtet, als Montevista sich auf mich warf. Dabei muss ich das Bewusstsein verloren haben, denn das Nächste, was ich weiß, ist, dass du mich geweckt hast, Cain.«

Alec drehte sich zu Montevista, der genauso kreuzunglücklich wirkte wie Sydney.

»Ich habe nichts«, sagte der Gezeichnete. »Ich erinnere mich nicht einmal mehr *daran*. Ich war am Zaun und verfolgte einige Höllenwesen, und dann war ich plötzlich hier im Tower.«

Beide Wachen saßen in hellblauer Krankenhauskluft an einem Metalltisch. Alec saß ihnen gegenüber und war sich des Anhängers allzu bewusst, der die Haut auf seiner Brust erhitzte. Etwas musste geschehen und zwar schnell. Sein Schlafmangel machte sich immer stärker bemerkbar, doch er musste tagsüber da sein, um Eve zu helfen, und wenn sie nachts schlief, musste er weiter nachforschen, was mit ihm war.

Er sah zu der Hexenärztin, der Leiterin der Krankenstation. Sie war klein, kaum einen Meter groß, hatte kurze blonde Locken und kindliche Züge. »Hast du eine Ahnung, was mit den beiden passiert ist?«

»Sie waren beide bewusstlos«, antwortete sie. »In Sydneys Fall denke ich, dass sie durch den Aufprall ohnmächtig wurde, wie sie bereits sagte. Bei Montevista bin ich mir nicht sicher. Ich neige zu der Annahme, dass er direkt in eine Angriffslinie gesprungen ist. Vielleicht einen Energieschwall, der auf Sydney abgeschossen wurde. Ein heftiger Schlag auf den Hinterkopf kann ihn ausgeknockt und auf Sydney geschleudert haben. Etwas in der Richtung würde den Gedächtnisverlust erklären, vor allem wenn der Angriff von Azazel kam.«

»Gibt es Nachwirkungen? Und wenn ja, welche?«

»Nur Müdigkeit, sonst nichts.«

»Ich möchte gern wieder arbeiten«, sagte Montevista.

»Ich auch«, stimmte Sydney ein.

»Seid ihr sicher, dass ihr nicht noch einige Tage freihaben wollt?«, fragte Alec, während er sie mental auf Spuren von Trauma absuchte.

Die Suche war schwierig, weil er die anderen Stimmen in seinem Kopf unterdrücken musste. Und ihr Fehlen bewirkte eine befremdliche Stille in ihm; kein Verlustgefühl, sondern eher eine Vorahnung. Er wusste, dass etwas nicht stimmte. Er wartete bloß auf die Explosion, die es ihm endgültig bewies.

Montevista nickte und antwortete für beide: »Wir sind uns sicher.«

Es wurde kurz an die Tür geklopft, dann ging sie auf und Eve trat ein. Sie lief mit ausgebreiteten Armen auf die beiden Wachen zu. Die standen auf und umarmten Eve. Das war typisch Eve. Sie war so offen für andere. Eve ließ die Leute vertrauensselig an sich heran und hoffte, sie erwiesen sich als gute Freunde. Ganz anders als Alec, der gelernt hatte, jeden auf Abstand zu halten, bis er überzeugt war, dass sie mehr verdienten.

Eve erkundigte sich, wie die beiden sich fühlten. Als sie baten, sie wieder bewachen zu dürfen, war sie sofort einverstanden. Keine Vorwürfe, nichts, und die beiden Gezeichneten waren sichtlich erleichtert.

Eve blickte sich zu Alec um. »Ist das okay?«

Für einen Moment verkrampfte er sich und wartete auf den Impuls, etwas Unfreundliches zu erwidern. Allmählich hatte er das Gefühl, so wie ihm müsste es jemandem mit Tourette-Syndrom gehen, der mit unangebrachten Worten herausplatzte, ehe sein Verstand es merkte. Als die Stimmen still blieben, grinste Alec.

»Wow!«, murmelte Sydney.

»Jap, das schafft mich auch jedes Mal«, flüsterte Eve.

Solange ihm das noch gelang, war nicht alles verloren.

»Ich habe nichts dagegen, wenn es für euch alle okay ist«, sagte er. »Aber ich möchte, dass ihr zwei wenigstens noch für ein paar Tage keinen Außendienst macht.«

»Meinetwegen«, sagte Eve. »Wenn ich bei der Polizei war, fahre ich nach Hause und bleibe dort. Wie wäre es, wenn die beiden schon mal ohne mich vorfahren? Sie können sich bei mir ausruhen, während du dich um deine Leute kümmerst.«

»Meine Leute?« Er stand auf.

Ihr wissender Blick beantwortete seine unausgesprochene Frage.

Alec sah die Gezeichneten an. »Zieht euch an. Ich bin gleich wieder da.«

»Wir werden bereit sein«, sagte Montevista.

Auf dem Weg zur Tür bedeutete Alec Eve stumm, mit ihm zu kommen. Draußen drängte er sie vor sich her vorbei an Reihen von Krankenhausbetten, von denen die meisten leer waren, und zurück auf den verräucherten Korridor.

»Du hast meine Eltern kennengelernt.«

»Ja. Sie waren gestern Abend bei mir.«

Er biss die Zähne zusammen. Ihm war klar gewesen, dass Ima keine Ruhe geben würde, ehe sie Eve nicht persönlich kennengelernt hatte. Seine Mutter hielt nichts davon, zu warten, bis er da war. Sie gab direkt ihrer Neugier nach. »Mochtest du sie?«

Ihr rechter Mundwinkel bog sich zu einem zarten Lächeln. »Ich finde sie klasse. Sie sind beide sehr charmant, und ich glaube, sie mögen mich wohl auch. Es schien jedenfalls so. Bei deinem Vater ist es schwer zu sagen. Aber du hast meinen ja schon gesehen, der ist auch ziemlich reserviert. Ich nehme das nicht persönlich.«

Sie blieb an derselben Nische stehen, an der er sie zuvor abgefangen hatte, und drehte sich zu ihm. Er liebte sie in diesem schicken Büro-Outfit. Und er konnte nicht umhin wahrzunehmen, wie sie sich im Laufe der Jahre verändert hatte, zu einer umwerfenden Frau geworden war. Da er vorübergehend seine privaten Dämonen los war, schwoll ihm die Brust vor Zuneigung und Stolz.

»Vergessen wir für einen Moment dich und mich«, riss sie ihn jäh in die Gegenwart zurück. »Du musst dich entscheiden, wie dringend du diesen Erzengel-Auftritt willst.«

Sie presste einen Finger auf seine Lippen, als er etwas

erwidern wollte. »Denk drüber nach. Folgen wir der Theorie, dass sieben Erzengel die Obergrenze sind, was geschieht dann, wenn wir Gadara zurückbekommen? Willst du dich mit ihm anlegen? Zurücktreten? Dich mit einem der anderen anlegen? Wie wird es dir damit gehen, sollte Gott beschließen, dass es ihm besser gefiel, wie es vorher war, und er dich wieder zum Gezeichneten degradiert?«

Das entschlossene Blitzen in ihren dunklen Augen sagte ihm, dass er lieber schwieg und vorgab, noch nicht entschieden zu haben. Er hatte längst begriffen, dass Frauen es schätzten, wenn Männer Dinge genauso überdachten wie sie selbst.

»Und«, fuhr sie fort und wich zurück, »ich will dir zwar nicht noch mehr Druck machen, aber ich werde nicht auf eine Beziehung mit jemandem setzen, der mich nicht lieben kann.«

»Angel ...«

»Hey.« Ihre Stimme nahm eine rauchige Note an. »Ist schon gut, wenn es doch darauf hinausläuft. Wir haben beide immer gewusst, dass es nur eine zeitlich befristete Geschichte sein kann.«

Als Alec auf sie zuging, tauchte eine vertraute Gestalt an der Ecke hinter ihr auf. Alec ballte die Fäuste.

»*Eve.*«

Sie drehte sich zu Abel um, und zu Alecs Erstaunen ballten sich ihre Hände gleichfalls zu Fäusten. »Was?«

Abels Augen verengten sich bei ihrem schroffen Ton. »Bist du bereit, nach Hause zu gehen?«

»Ich muss noch zur Polizei und meine Aussage machen.«

»Okay.« Abel sah zu Alec, sprach jedoch weiter mit Eve. »Ich fahre dich hin.«

»Ist nicht nötig. Ich fahre mit Ishamel.«

»Warum?«

Also konnte Abel sie auch nicht lesen. Sie war wie ein Radio mit verstelltem Sender. Ein Problem, mit dem sie sich noch beschäftigen musste.

Ihr Gang veränderte sich, und das Klackern ihrer Absätze verriet ihre Wut.

Geh nach Hause, sagte sie streng zu Alec. *Park Montevista und Sydney vor meiner Wii, und lass deine Eltern keine Minute aus den Augen, bis ich dort bin.*

Und ich dachte, ich hätte hier das Sagen.

Wenn ich wieder zurück bin, kannst du tun, was immer du willst, bot sie ihm an.

Was immer ich will?

Aber wenn du die Kette abnimmst, trete ich dir in den Hintern.

Was kriege ich dafür, wenn ich sie umbehalte?

Sie marschierte geradewegs an Abel vorbei. *Behalte die Kette um, behalte deine Eltern im Blick, und ich werde dir weiterhin wohlgesonnen sein.*

Nach gestern konnte er nicht mehr verlangen. Aber sie wusste noch nichts von *dem* … bisher. *Ich habe extrem viel zu tun, Angel.*

Nach deiner Wesenstransplantation gestern vertraue ich dir immer noch, entgegnete sie. *Du schuldest mir auch ein bisschen Vertrauen.*

Ich vertraue dir.

Schön. Dann tu, was ich sage. Bis später.

Er war es nicht gewohnt, Befehle von jemand anderem als Gott entgegenzunehmen. Aber sie hatte recht, er war ihr etwas schuldig. Und er war erschöpft. Seit fast zwei

Tagen hatte er nicht mehr geschlafen. Das war selbst für einen Erzengel zu lange. Er würde ein Nickerchen machen und nach Sabrael suchen, wenn Eve wieder zurück war.

Abel drehte sich um und folgte Eve um die Ecke. Alec hatte keine Ahnung, was sein Bruder getan hatte, um sie so wütend zu machen, aber er war froh, dass sie beide bei ihr gerade nicht gut ankamen.

Er wollte ihr noch sagen, dass er das Abendessen fertig haben würde, doch die Verbindung war wieder mal gestört.

Darüber mussten sie dringend sprechen, wenn Eve zu Hause war.

»Lass mich raten«, sagte Reed. »Du bist sauer auf mich.«

Eve war inzwischen bei den Fahrstühlen und hackte auf den Knopf ein. »Ich habe keine Zeit für deine Spielchen.«

Er stellte sich vor sie, sodass sie ihn ansehen musste. Wie bei Alec wurden ihre Knie auch bei seinem Anblick ein bisschen weich, obwohl er so ein Arsch sein konnte. »Wie oft muss ich es dir noch sagen, Eve? Ich spiele nicht mit dir.«

Sie schürzte die Lippen. »Kennst du ›Das Geschenk der Weisen‹? Nicht die Bibelgeschichte, sondern die von O. Henry?«

»Wer kennt die nicht?«, fragte er vorsichtig.

»Wir reden aneinander vorbei, Reed. Ich weiß, was ich tue, du nicht. Ich rate dir, für eine Weile irgendwohin zu verreisen. Komm in einigen Tagen wieder.«

»Eve.« Er ergriff ihre Hand. »Wovon redest du?«

Er hatte ein großartiges Pokerface, doch sie kannte ihn gut genug, um zu spüren, dass er in Habachtstellung war.

Schuldig im Sinne der Anklage, wie es aussah. Dennoch glaubte sie, dass er versuchte, das Richtige zu tun – Gadara und den Priester zurückzuholen und sie vor dem Nix zu retten. Sie bezweifelte allerdings auch nicht, dass Reed bereit war, Alec zum Kollateralschaden werden zu lassen. Der Brudermord steckte den beiden im Blut, und Eve würde einen Teufel tun, die Ursache für den Tod eines von beiden zu sein.

Sie fühlte, wie er in ihren Verstand eindringen wollte, und wich zurück, um den Körperkontakt zwischen ihnen zu brechen. »Ich muss mich beeilen. Denk mal über die Geschichte nach. Wenn du ihr ein unglückliches Ende gibst, hast du das, was du bekommst, wenn du dich nicht zurückziehst.«

Der Fahrstuhl bimmelte, und die Türen glitten auf.

»*Abel!*«

Beide drehten sich zu Sara um. Eve schlüpfte schnell in den Aufzug, solange Reed abgelenkt war, und drückte den Knopf fürs Erdgeschoss.

»Hey!« Er fing die Tür ab, ehe sie sich schloss. »Was soll das?«

Eve schob seine Hand weg. »Dein Bruder ist für mich nicht entbehrlich, Reed!«

Er starrte sie an, bis die Tür ganz geschlossen war.

Unten wechselte sie den Aufzug, um zu ihrem Büro im fünfundvierzigsten Stock zu fahren. Die Anzahl der Gezeichneten im Tower nahm beständig ab, da der Arbeitstag zu Ende ging, sodass ihr schwerer, süßlicher Geruch auf ein erträgliches Maß sank.

Als Eve den Empfangsbereich betrat, stand Candace auf und winkte ihr zu. Eve lächelte.

»Ishamel lässt ausrichten, dass er um halb fünf hier ist«, sagte ihre Sekretärin, während sie mit ihrem Block in der Hand hinter dem Schreibtisch vortrat.

»Sehr gut.« Eve ging in ihr Büro.

»Sie haben eine E-Mail von Ihrer Schwester und eine von Sarakiel mit einem Dringlichkeitsvermerk.«

Eve blieb stehen, worauf Candace beinahe mit ihr kollidierte. »Wenn es dringend ist, warum hat sie mich dann nicht einfach angerufen? Sie hat meine Nummer.«

»Da ist ein Anhang. Vielleicht ist das der Grund. Möchten Sie etwas zu trinken?«

»Nein, danke. Sie können für heute Schluss machen.«

Eve setzte sich vor ihren Computer, rief ihren E-Mail-Eingang auf und las als Erstes die Nachricht von ihrer Schwester Sophia. Bilder von Eves Nichte und Neffen füllten den Bildschirm, und Eve empfand ein wenig Neid. Sie war die Ältere, dennoch war Sophia ihr um Längen voraus, was die Lebensplanung betraf. Und solange Eve eine Gezeichnete war, würde sie nichts daran ändern können. Gezeichnete waren steril.

Sie tippte rasch eine »Sobald-ich-kann«-Antwort auf Sophias Frage ein, wenn sie mal wieder zu Besuch komme. Dann lehnte sie sich in dem Stuhl zurück und nahm sich einen Moment, um ihr unerwünschtes Bedauern zu verdrängen.

Wie so oft in Augenblicken wie diesem sah sie sich in ihrem Büro um, das in einer Kombination von klassisch modernen und asiatischen Bambuselementen gestaltet war. Der Großteil ihres Mobiliars stammte aus ihrem viel kleineren vorherigen Büro bei der Weisenberg Group. Es war Teil des Versuchs, ihr altes Leben in ihr neues hinüber zu retten. Daran erinnerte sie sich jedes Mal, wenn sie sich down fühlte: Ihr war erlaubt worden, die beiden Leben zu verquicken. Keiner der anderen Gezeichneten hatte das Glück.

Sie setzte sich wieder auf und klickte Saras E-Mail an. Als sie den Titel des Anhangs las, erschrak sie. Es war eindeutig eine Aufzeichnung der Sicherheitskameras von gestern, und zwar der mit der Bezeichnung »Cain/Office«. Hatte Sara mitbekommen, dass Alec Probleme hatte? Wie gefährlich wäre es für ihn, falls ja?

Eve klickte das Video an und wartete, dass es hochgeladen wurde.

Anfangs hatte sie Mühe zu kapieren, was sie dort sah. Und es dauerte noch ein bisschen länger, bis sie aus ihrer Schockstarre erwachte und den Stecker rausriss. Der Monitor wurde schwarz, und der Ventilator des Rechners verstummte, sodass leere Stille eintrat.

Eve atmete bewusst ein und aus, lehnte die Arme auf ihren Schreibtisch und versuchte zu vergessen, was sie gesehen hatte.

»D-das war nicht Alec«, sagte sie sich. »Das war er nicht, und du weißt es.«

Es ist hässlich und schmerzhaft, aber wir haben etwas, für das es sich zu kämpfen lohnt…

Er hatte vorgehabt, es ihr zu sagen. Ohne Frage. Er wollte alles erzählen und auf ihr Verständnis hoffen. Trotzdem war sie eifersüchtig und stinksauer.

Sie stand auf und begann, im Büro auf und ab zu gehen. Ihre Gefühle brauchten ein Ventil, und es war keins da. Alecs Gesichtsausdruck nach zu schließen, war er genauso sehr Opfer gewesen wie Izzie. Und die deutsche Kuh verdiente alles, was sie kriegte, weil sie sich an den Mann einer anderen rangemacht hatte.

Doch was war mit Sara?

Eve blieb am Fenster stehen und lehnte sich auf die Kommode davor. Was zur Hölle erhoffte sich der Erzengel davon, ihr dieses Video zu schicken? Sara wollte sie von Reed wegbringen, also warum schickte sie Eve etwas, das verstörend genug war, um sie direkt in seine Arme zu treiben? Die Hölle kennt keinen Zorn wie den einer verschmähten Frau, nicht wahr? Sara musste wissen, dass Eve, wenn sie wütend auf Alec war, es ihm am besten heimzahlen konnte, indem sie sich mit Reed einließ.

»Was willst du, Sara?«, fragte Eve sich laut und umklammerte den Plattenkranz der Kommode. »Was versprichst du dir davon?«

Die Hölle kennt keinen Zorn …

Sie riss die Augen weit auf, als ihr das Gespräch mit Mariel in den Sinn kam …

»Sind Sie bereit, Miss Hollis?«

Eve drehte sich zur Tür, wo Ishamel stand.

»Wie stehen Sie zu Raguel Gadara?«, fragte sie und richtete sich auf.

Er zog die grauen Brauen hoch. »Wie bitte?«

»Sie sind sein Lieutenant, stimmt's? Seine rechte Hand?«

»In der Art, ja.«

Eve nickte. »Ist es für Sie bloß ein Job, oder liegt Ihnen etwas an ihm?«

Zunächst zögerte er, dann antwortete Ishamel: »Raguel ist ein guter Freund.«

»Ist. Präsens.« Sie ging auf ihn zu. »Sie glauben auch, dass er noch lebt.«

Er nickte kurz.

»Haben Sie hier Zugriff auf alles? Können Sie eine Ermittlung in Auftrag geben?«

»Was wollen Sie, Miss Hollis?«

Sie hakte sich bei ihm ein und dirigierte ihn zur Tür. »Nennen Sie mich bitte Eve. Und teleportieren Sie uns nicht nach unten. Davon wird mir schlecht. Bleiben wir lieber bei der sterblichen Vorgehensweise, wenn es Ihnen nichts ausmacht.«

Wieder ein knappes Nicken.

»Also«, fuhr sie fort. »Ich weiß nicht, ob Sie mir glauben oder nicht, aber ich will Gadara auch zurück.«

Sie gingen hinaus auf den Korridor und zu den Fahrstühlen.

»Und wie planst du, ihn zurückzuholen ... Eve?«

»Das kann ich leider nicht sagen.«

Ishamel starrte sie während der gesamten Fahrt nach unten an. Trotz ihrer Entschlossenheit wurde ihr unbehaglich. Er hatte die Augen eines Hais: dunkel und tot.

Sie gingen aus dem Gebäude zur Auffahrt. Vor dem Springbrunnen in der Mitte wartete die unverzichtbare Limousine. Unverzichtbar zumindest für Ishamel. Eve interessierte sich mehr für Reeds Lamborghini, den er ganz arrogant direkt gegenüber vom Eingang geparkt hatte. Das Cabrio war eine silberne Schönheit, so geschmeidig und gefährlich wie der Besitzer. Eve stellte sich vor, wie er darin von seinem Treffen mit den Dämonen in Downtown Disney zurückgefahren war. Er benutzte den Wagen um des Effekts willen, statt sich von einem Ort zum anderen zu versetzen. Vielleicht war es seine Art, sich menschlich zu machen, entspannt und sorglos zu erscheinen, wenn er sich mit einem Höllenkönig traf. Prahlerei war ein notwendiges Werkzeug im Umgang mit Dämonen.

Eve sah zu dem Häuschen der Parkplatzwächter und zeigte auf den Lamborghini. »Haben Sie die Schlüssel für den?«

Einer der drei Parkplatzwächter nickte, wirkte allerdings misstrauisch.

Ishamel schnippte mit den Fingern, und sofort tauchte der Mann in das Häuschen und nahm die Schlüssel von einem der vielen Wandhaken. Dann brachte er sie im Laufschritt zu ihnen, und Eve streckte ihre Hand aus.

»Danke«, sagte er, als er den Schlüsselbund in ihre Handfläche fallen ließ.

Sie öffnete die Beifahrertür für Ishamel, bevor sie auf die Fahrerseite lief. Dort schlüpfte sie hinters Lenkrad, stellte den Sitz weiter nach vorn und packte das Steuer mit beiden Händen.

»Schade, dass ich meine Sonnenbrille zu Hause gelassen habe«, murmelte sie. Ein bisschen mulmig war ihr schon dabei, sich einfach Reeds Auto zu borgen. Vielleicht fand er es amüsant; oder er wurde wütend.

Ishamels Hand erschien vor ihr – mit ihrer Sonnenbrille. Grinsend nahm Eve die Brille an. Es war allemal praktisch, sich binnen eines Augenblicks überallhin versetzen zu können. Sie steckte den Schlüssel ins Zündschloss und startete den Motor. Nach einem eindrucksvollen Röhren verfiel er in ein sanftes Schnurren.

»Anschnallen«, sagte sie, während sie ihren Gurt anlegte.

Dann fuhren sie los, glitten um den Springbrunnen herum und hinaus auf den Harbor Boulevard. Das Polizeirevier war in derselben Straße, nur einige Meilen weiter. Eve sagte sich, dass Reed sich nicht allzu sehr aufregen solle, da sie ja nur ein Stück die Straße hinunterfuhr.

»Was möchtest du, das ich für dich tue?«, fragte Ishamel.

»Kannst du …« Sie zögerte und sah zu ihm. »Wärst du bereit, einen Erzengel auszuspionieren? Hast du Leute, die das können und tun würden?«

»Cain?«

Sie holte tief Luft und hoffte inständig, dass sie sich keine gewaltigen Schwierigkeiten einhandelte. »Sarakiel.«

»Ah …« Aus dem Augenwinkel sah sie, wie seine Finger auf dem Sitz trommelten. »Und du brauchst diese Informationen, um Raguel zurückzuholen? Bist du sicher, dass du keine persönlichen Gründe hast?«

»Du musst mir nicht erzählen, was du entdeckst«, sagte sie. »Sieh einfach genauer hin, und falls dir etwas komisch vorkommt, tu, was du für richtig hältst.«

»Eine seltsame Bitte«, raunte er.

»Glaub mir, wenn du findest, was ich vermute, gibt es keinen Zweifel mehr, dass es nichts Persönliches ist.«

Er sagte nichts, und Eve hoffte, dass er es sich überlegte.

Einige Minuten später bogen sie auf den Parkplatz des Polizeipräsidiums ein, und Eve lenkte den Wagen in die mittlere von drei freien Parklücken. Sie wollte Reed nicht auch noch Dellen in seinen Türen erklären müssen – zusätzlich zu dem Autodiebstahl.

Sie betraten das Gebäude, und bald kam Ingram zu ihnen an den Empfang. Er führte sie in einen Raum mit einem zerkratzten Tisch und einem großen Spiegel. Dort lagen ein Formular und ein Stift bereit. Er bat Eve, sich zu setzen und ihre Aussage zu dem Abend zu machen, so detailliert wie möglich.

Eve setzte sich und begann zu schreiben. Ishamel begab sich in die Ecke, setzte sich auf einen Stuhl und schloss die Augen. Er sah aus, als würde er dösen, doch Eve nahm an, dass er Befehle an seine Untergebenen aussandte, wer immer die sein mochten.

Sie hatte das zweite Blatt zur Hälfte ausgefüllt, als die Tür aufging. Höllenwesengestank schlug Eve entgegen, sodass sie aufblickte. Ein Uniformierter kam mit einer Wasserflasche in der Hand herein. Eve beobachtete mit großen Augen, wie er die Flasche auf den Tisch stellte. Er schenkte ihr ein boshaftes Lächeln. Seine Kennzeichnung kroch unter seinem Hemdkragen hervor und legte sich über seinen Adamsapfel. Es war das typisch schlichte Design eines niederen Dämons.

»Ich dachte, Sie möchten vielleicht etwas trinken«, sagte der Dämon freundlich, um jene zu täuschen, die durch den Spiegel zusahen. Eve bekam eine andere Show geboten. Seine Lippen zogen sich zurück und enthüllten die spitzen Eckzähne eines Vampirs. »Rufen Sie, wenn Sie etwas brauchen. Draußen sind reichlich von uns.«

Eve lehnte sich langsam zurück und blickte zu Ishamel. Er hatte sich nicht gerührt, aber seine Augen waren offen. Das Höllenwesen beachtete ihn nicht. Eve hatte keine Ahnung, ob der Vampir zu blöd war, um ein himmlisches Wesen ohne Gezeichnetenduft zu erkennen, oder er so frech war, dass er einen *Mal'akh* nicht für bedrohlich hielt.

»Danke«, sagte sie laut und ergänzte leiser mit einem Lächeln: »Die Jagd ist vorbei.«

»Davon habe ich nichts gehört«, fauchte er. »Verlogene Schlampe.«

Das Höllenwesen ging, doch sein Gestank blieb noch. Er krönte diesen kurzen, beschissenen Tag. Eve legte den Stift hin.

Entweder war der Dämon denkbar schlecht informiert, oder Sammael hatte seinen Teil des Deals nicht eingehalten. Wenn Eve doch nur wüsste, was von beidem zutraf!

»Wir sollten gehen«, sagte Ishamel. Seine Lippen bewegten sich lautlos. *Bevor zu viele von seinen Freunden kommen.*

Okay, ich mache dies hier später fertig. Eve schrieb hastig »Fortsetzung folgt« auf die Seite und stand auf.

Ingram war an der Tür, als Eve sie öffnete. »Sind Sie fertig? Bevor Sie verschwinden, würde ich die Aussage gern noch mit Ihnen durchgehen.«

»Nein, ich bin noch nicht fertig«, sagte sie und blickte sich nach links und rechts um. Viele Augen beobachteten sie.

Es war nicht sicher für sie, solange ein Preisschild an ihrer Stirn klebte. Nicht dass sie Ingram das sagen konnte. Was war schon sicherer als ein Polizeirevier, nicht wahr?

»Wir brauchen diese Aussage, Miss Hollis«, sagte er streng, und sein zuckender Schnurrbart verriet, dass er langsam die Geduld verlor. »Sie ist entscheidend, um ein Bild von dem zu bekommen, was passiert ist.«

»Tut mir leid. Mir war nicht klar, dass es so lange dauern würde.« Sie berührte seinen Arm, zog die Hand aber gleich zurück, als er sich verkrampfte. »Ich habe den Wagen meines Freunds geliehen, weil Sie meinen ja noch haben, und den muss ich zurückbringen.«

»Es waren erst dreißig Minuten«, entgegnete er.

»Meine Mandantin ist sehr beschäftigt«, sagte Ishamel ruhig.

»Können Sie für den Rest nicht in den Tower kommen?«, fragte Eve. Sie bedauerte, dass sie den Detectives Zeit stahl. Die beiden sollten lieber an Fällen arbeiten, die sie lösen konnten, statt immer wieder sie zu belästigen. »Muss ich das hier ausfüllen?«

Er runzelte die Stirn.

Jones erschien hinter ihm. Er war kleiner und schmaler als sein Partner, und er schlich sich beinahe an Ingram an. »Ich rufe Sie morgen an und vereinbare einen Termin.«

»Gut. Danke.« Eve schüttelte rasch beiden die Hand. »Tut mir leid, dass ich Ihnen Umstände mache.«

Ishamel nahm sie beim Arm und führte sie zum Ausgang. »Wenn wir draußen sind, teleportiere ich uns zum Tower zurück.«

»Ich kann den Wagen nicht hierlassen. Du müsstest wieder herkommen und ihn holen.«

»Ich fahre nicht. Abel wird ihn abholen müssen.«

»Sie ... wie bitte?«

Kaum hatten sie die großen Griffe der Doppeltüren berührt, wurden sie hinterrücks angegriffen. Was für eine Unverfrorenheit! Mit der Wucht einer Windhose wurden sie nach draußen geschleudert.

Ishamel segelte in das Gebüsch rechts von der Tür. Eve drehte sich wie ein Kreisel auf einem Fußballen, bevor sie stolpernd stehen blieb.

»Miss Hollis.«

Sie blickte zur Tür und sah Jones dort stehen, der die Tür aufhielt. Eve wischte sich eine lose Haarsträhne aus dem Gesicht. »Ja?«

Er schaute sich um. Eve tat es gleichfalls, weil sie wissen wollte, wo Ishamel geblieben war. Der einzige Hinweis auf den Angriff eben waren einige abgebrochene Zweige an einem der Sträucher und etwas fliegende Asche, die von einem soeben verstorbenen Höllenwesen kündete. Der *Mal'akh* selbst war fort, hatte sich vermutlich teleportiert, um nicht gesehen zu werden.

»Wo ist Ihr Anwalt hin?«, fragte der Detective.

»Zur Toilette.«

Jones nickte skeptisch. »Ich hatte mich nur gefragt ... Der Wagen, den Sie sich geliehen haben ...« Er sah zum Parkplatz hinter ihr und stieß einen Pfiff aus. »Es *ist* der Lamborghini.«

»Äh ... ja.«

»Darf ich ihn mir mal ansehen?«

»Äh ...« Mist! Wieder blickte Eve sich um. Auf dem Parkplatz wirkte alles halbwegs friedlich, aber sie wollte den Cop nicht auch noch in Gefahr bringen. Die Höllenwesen hatten bereits deutlich gemacht, dass sie jeden jederzeit und überall angriffen.

Die Tür ging wieder auf, und Ishamel trat aus dem Gebäude, als wäre nichts gewesen. Eve atmete erleichtert auf.

Jones ging bereits auf Reeds Wagen zu, und Eve lief ihm nach. Ishamel folgte ihr weniger eilig.

Es wäre sicherer zu teleportieren, sagte der *Mal'akh. Aber anscheinend haben wir keine Wahl.*

Mit der Fernbedienung entriegelte Eve die Türen und deaktivierte den Alarm. Jones öffnete die Beifahrertür und sah über die Schulter zu Eve. »Keine Flügeltüren?«

Eve zuckte gleichgültig mit den Schultern.

Der Detective stand in der offenen Tür und blickte in

den Innenraum. Ohne Verdeck hatte er freie Sicht. Eve sah zu Ishamel, der auf der anderen Seite Wache hielt. Die vielen Höllenwesenaugen, die sie beobachteten, waren deutlich zu spüren.

Wenn sie doch nur in den Wagen könnten …

»Sehr hübsch«, sagte Jones. »Wie fährt er sich?«

»Traumhaft«, antwortete Eve mit einem angestrengten Lächeln. »Tut mir leid, Detective, aber ich muss wirklich los.«

»Sicher.« Er trat zurück. »Ich rufe morgen in Ihrem Büro an.«

»Prima.«

Eve sprang in den Wagen und ließ den Motor an. Ishamel wartete, bis sie den Rückwärtsgang eingelegt hatte, ehe er neben ihr einstieg.

Jones blieb in der Nähe stehen und beobachtete die beiden aufmerksam. Er traute Eve nicht über den Weg.

Sie setzte rückwärts aus der Parklücke und fuhr auf die Straße.

Das Fahren war schwierig, wenn man nach allen möglichen Bedrohungen Ausschau halten musste. Eve entspannte sich ein wenig, als sie die Kreuzung Katella und Harbor erreichten, weil sie sich in der Menge etwas sicherer fühlte. Auf den Gehwegen drängten sich Touristen und Geschäftsleute, die aus dem Konferenzzentrum kamen. Die aufgeregten Schreie aus den Karussellen des California-Adventure-Freizeitparks konkurrierten mit den wummernden Bässen aus einem Autoradio in der Nähe. An der Ecke gab es einen winzigen Souvenirladen neben einem 7-Eleven-Supermarkt, dessen Waren bis auf den ebenso winzigen Parkplatz davor quollen. Kunden wühlten in

Ständern mit Disney- und Kalifornien-T-Shirts, während ein Postkartenständer Eve an Unerledigtes erinnerte.

»Würdest du bitte einer Postkarte nachgehen, die ich bekommen habe, kurz nachdem ich gezeichnet wurde?«, fragte sie und konzentrierte sich wieder auf die Straße. »Sie kam von Gadara Enterprises, also muss sie jemand dort an mich geschickt haben.«

»Was willst du wissen?«

Der Tower war nur noch ein kleines Stück entfernt, und wie es aussah, hatte Ishamel bereits Verstärkung gerufen. Um das Gebäude herum standen auffallend viele Chevrolet Suburbans.

»Na ja, zunächst mal, wer sie geschickt hat. Ich würde denjenigen gern nach dem Grund fragen.«

Ein Streifenwagen kam mit Sirene und Blaulicht näher, bis er direkt hinter ihr war.

»O Gott«, hauchte sie und zog eine Grimasse, als ihr Mal brannte. »Will der, dass ich rechts ranfahre?«

Ishamel blickte sich um. »Die habe ich geschickt.«

»Was? Warum?« Sie beäugte den Cop durch den Rückspiegel. Das Höllenwesen ließ seinen Motor aufheulen und grinste unter der Sonnenblende. Schon wieder der Vampir. Eves Hände verkrampften sich am Lenkrad.

Der Lamborghini stand an der Ampel, an vorderster Stelle in der Mittelspur. Eve hing fest, bis sie Grün bekam.

»Göttlicher Zwang vielleicht?«, antwortete Ishamel. »Ich sah die Postkarte auf Raguels Schreibtisch und dachte, sie könnte dein Interesse wecken. Das Gebäude war noch nicht fertig und brauchte einen Designer.«

»Falls du mir weismachen willst, es hätte nichts damit

zu tun gehabt, dass ich zur Gezeichneten wurde – ich glaube dir nicht.«

Er sah sie an und wieder zum Streifenwagen hinter ihnen. »Es hatte ausschließlich damit zu tun. Du warst Agnostikerin. An deine säkularen Talente statt an deinen Glauben zu appellieren schien mir angebracht. Deshalb hatte Raguel auch das Bewerbungsgespräch mit dir vereinbart. Die Postkarte sollte einen zusätzlichen Anreiz bieten. Aber Raguel wurde abgerufen, und Abel war ... *ungeduldig*. Du wurdest gezeichnet, bevor die Karte dich erreichte.«

Die Ampel sprang auf Gelb, und Eve machte sich bereit, das Gaspedal durchzutreten. »Was ist mit den Tengu?«

»Von den Tengu wusste ich nichts. Wie gesagt, vielleicht war es göttlicher Zwang. Schließlich sind nicht alle Zufälle schlecht.«

Ein Sattelschlepper donnerte in westlicher Richtung über die Katella. Als das Fußgängersignal rot zu blinken begann, überrollten die Vorderreifen des Lastwagens die Linie.

Der Dämon ließ abermals seinen Motor aufheulen. Eve tat, als würde sie ihren Chignon richten, wobei sie ihm diskret einen Vogel zeigte. Er krachte von hinten in sie hinein und schob sie auf die Mitte der Kreuzung.

Der Sattelschlepperfahrer hupte. Eve sah ihr Spiegelbild im Chrom-Kühlergrill und schrie.

18

»Sieh dir den Wagen an, Adam. Von dem ist nichts mehr übrig.«

Alec hielt die Augen geschlossen und stellte sich schlafend. Was seine Mutter an den Nachrichten und den Dramaserien so faszinierte, würde er nie verstehen. Warum konnte sie sich keine Mädchen- oder Actionfilme ansehen, wie Eve sie mochte? Stattdessen schaltete sie sich durch die Nachrichtensender, seit ihre Seifenopern vorbei waren, und wechselte den Kanal, sobald Werbung eingeblendet wurde.

Ein leises Schnarchen von der Couch gegenüber verriet Alec, dass sein Dad schlafen konnte. Er selbst konnte es nicht, und das nicht bloß, weil seine Mutter darauf bestand, dass er sich zu ihnen ins Wohnzimmer setzte. Seine Hand wanderte immer wieder zu seiner Brust und rieb das Amulett, während er angestrengt überlegte, was das Ding genau tat. Ein Glücksbringer? Schwachsinn! Es sollte irgendwas unterdrücken, und Alec wollte wissen, was. Was war in ihm, das sich von dem Amulett beeinflussen ließ, und wie hatte Hank es hergestellt?

»Diese teuren Sportwagen fallen bei einem Zusammenstoß gleich auseinander«, fuhr seine Mutter fort. »Wäre

Abel kein *Mal'akh*, ich würde darauf bestehen, dass er sein Auto abschafft. Das im Fernsehen ist genauso eins, und sieh es dir jetzt an. Man erkennt nicht mal mehr, dass es mal ein Auto war! Ich fasse nicht, dass ein Polizist für diesen schrecklichen Unfall verantwortlich war.«

Alec öffnete ein Auge und linste zum Fernseher. Der Reporter stand an der Straßenecke und wies auf das Fahrzeug, das wie ein übergroßes Insekt am Kühlergrill eines Sattelschleppers klebte.

»... es heißt, dass der beteiligte Streifenwagen, ein Ford Crown Victoria, bereits mehrfach wegen Mängeln in der Reparatur war. Noch ist nicht bekannt, ob ein mechanischer Fehler die Ursache war oder menschliches Versagen zu dieser Tragödie führte. Die Namen des Officers und der beiden Insassen des Lamborghini-Cabrios wurden bisher nicht genannt.«

Alec erstarrte, als ihm klar wurde, dass das verbogene, verkohlte Metall nicht silbern war, weil der Lack bei dem Aufprall abgerieben wurde, sondern weil es sich um einen silbernen Wagen gehandelt hatte.

Er richtete sich kerzengerade auf. *Abel!*

Was?, fragte sein Bruder gereizt.

Alec sprang so schnell von der Couch, dass seine Mutter vor Schreck aufschrie, was wiederum zur Folge hatte, dass sein Dad vom Sofa purzelte.

Wo ist dein Wagen?, fragte Alec.

In der Auffahrt vom Tower.

Alec kniff die Augen zu, und seine Kehle wurde eng. *Wo ist Eve?*

Sie ist bei ...

Die plötzliche Stille war unheilschwanger. Bis sie von

einem plötzlichen Klopfen an seiner Wohnungstür gebrochen wurde.

»*Cain.*«

Alec erkannte Ishamels Stimme, versetzte sich in den Flur und schob den *Mal'akh* beiseite, um sich nach links und rechts umzusehen. Als er Eve nicht entdecken konnte, eilte er zu ihrer Wohnung. »Wo ist sie?«

»Weiß ich nicht.«

Alec fuhr herum. »Sag das noch mal.«

»Ich hatte ihr Handgelenk umfangen, bevor ich mich aus dem Wagen teleportierte.« Ishamels Stimme klang ungewohnt heiser. »Aber als ich im Tower ankam, war sie nicht bei mir.«

Abgesehen davon, die Augen zu schließen, hatte sich Raguel nicht gerührt, seit ein paar Höllenwesen den Priester aus der Zelle geholt hatten. Er brachte kaum die Kraft auf, sie wieder zu öffnen, als Riesgo zurückgebracht wurde. Den Blendzauber eines Sterblichen aufrechtzuerhalten, war sehr ermüdend. Aber leider brauchte Raguel seine Sehkraft nicht, um zu erkennen, wie erschüttert der Priester war.

Trotzdem beobachtete er, wie sich Riesgo in eine Ecke kauerte. Der Priester schlang die Arme um seine Knie und rollte sich zusammen. Es war erschreckend, diese Hilflosigkeit an so einem stolzen, starken Mann zu sehen. Sammael wollte sie beide brechen, und er hatte es offenbar auf einen Schlag geschafft. Raguel trafen der spürbare Schock und die Trostlosigkeit Riesgos tief.

»Sind Sie verletzt, Padre?«, fragte Raguel leise und stemmte sich hoch.

Zunächst herrschte Schweigen. »Nein.«

»Sie waren nicht lange fort.«

»Nein? Mir erschien es wie eine Ewigkeit.« Riesgo seufzte schwer. »Ich danke Gott, dass jemand ihn wegrief. Ich hätte es vielleicht keinen Moment länger an jenem Ort ausgehalten.«

»Möchten Sie darüber sprechen, was war?«

Riesgo legte eine Wange auf sein Knie. »Ich bin nicht sicher, ob ich es weiß.«

Er lehnte sich an die Mauer zurück, während Raguel ruhig abwartete. Je länger das Schweigen andauerte, desto größer wurde der Drang, es zu füllen.

»Er war nicht, was ich erwartet hatte«, sagte der Priester schließlich. »Satan, meine ich.«

»Er ist immer das, was er für Sie sein muss. Das ist seine Gabe.«

»Er war … väterlich.«

»Weil Sie Gott in dieser Hölle suchen, versucht er, jene Rolle für Sie auszufüllen. Hat er sich mit Ihnen allein getroffen?«

Riesgo starrte ihn mit fast leerem Blick an. »Nein. Das war eine Art Feier. Eine Orgie. Sex, Tanz und … anderes, das ich nicht wiederholen kann. Es floss Blut … so viel Blut …«

»Er spielt die Rolle des Felsens in der Brandung. Eine verlässliche Präsenz in der wahnsinnig gewordenen Welt.«

»Wie Gott in der Welt oben, der Frieden inmitten des Chaos anbietet.«

Raguel beeindruckte die Auffassungsgabe des Priesters. »Hat es Sie verstört, Padre? Hat es Ihren Glauben ins Wanken gebracht, wie er es beabsichtigte?«

»I-ich weiß es nicht.« Riesgo zuckte mit den Schultern. »Er sprach so schlüssig und ruhig. Seine Ausgeglichenheit machte mir von allem die größte Angst.«

»Sie hatten ihn sich launisch und sprunghaft vorgestellt.«

»Ja. Wild, unbeherrscht, wie einen äußerst reizbaren Menschen. Eben jemand, bei dem ich mir vorstellen kann, dass er sich heftig genug mit Gott streitet, um aus dem Himmel geworfen zu werden.«

»Stattdessen war er kühl und berechnend. Sammael wird nicht wütend. Er wird ruhig.«

Riesgos Finger drückten sich rastlos in seine Knie. »Ich musste mich zu ihm auf ein Podest in der Mitte des Raums setzen. Er bot mir Essen und Trinken an. Ich hatte solchen Durst, aber ich nahm nichts von ihm.«

»Es hätte nichts geschadet, wenn Sie es getan hätten«, sagte Raguel, denn der Sterbliche würde ohne Nahrung und Flüssigkeit nicht lange überleben. Und der Priester war nicht der einzig Fragile hier. Nach wochenlanger Einsamkeit war Raguel unsicher, ob er den Verlust seines einzigen Gefährten überstehen würde.

Wenn sie es irgendwie schafften, die flammende Leere zu überwinden, die sie umgab, könnte Raguel sie eventuell hier rausbringen. Sie waren auf der zweiten Ebene der Hölle. Raguel könnte eventuell auf die erste durchbrechen, ungeachtet seiner wachsenden Schwäche, und von dort aus ihren Weg nach draußen verhandeln.

»Er hatte eine Frau dort«, fuhr der Priester flüsternd fort. »Er befahl ihr, meine Sch-schultern zu m-massieren.«

»Eine Verlockung, gestärkt durch Kräfte, denen zu widerstehen Sie nicht von sich erwarten dürfen.«

Riesgo versteifte sich. »Gott erwartet von mir, dass ich widerstehe.«

»Sie haben nichts Falsches getan.«

»Das wissen Sie nicht!« Der Priester sprang auf. »Sie veränderte sich, als sie mich berührte. Ihre Erscheinung ... *verwandelte sich.*«

»Hat sie Ihnen ihr wahres Gesicht gezeigt? Das Faulige hinter dem Blendzauber?«

»Hätte sie doch nur!« Riesgo fuhr sich stöhnend mit den Händen durchs Haar.

Die Rastlosigkeit des Priesters war so ausgeprägt, dass sie Raguels Erschöpfung durchdrang und seine Aufmerksamkeit fesselte.

»Sie wurde zu Eve«, raunte der Priester mit zusammengebissenen Zähnen. »Evangeline.«

Raguel stutzte. Dann begriff er. »Es war eine grausame Täuschung«, beschwichtigte er den Mann. »Es bedeutet nichts.«

»Doch, es bedeutet sehr wohl etwas! Ich war wütend auf die Frau ... bis sie sich veränderte. Dann ...« Riesgo ging zur Tür und umklammerte die Gitterstäbe. »Dann wurde meine Reaktion eine andere.«

»Sie sprechen vom Teufel persönlich«, sagte Raguel und richtete sich mühsam auf. »Er hat seine Methoden, uns Dinge sehen zu lassen, die nicht da sind. Er kann uns eine Lüge glauben lassen, als wäre sie das Evangelium. Das sagt nichts über Sie oder Ihren Glauben aus.«

»Steckt denn nicht in jeder Lüge ein Körnchen Wahrheit?« Riesgo rüttelte am Gitter und reckte den Hals, um hinauszusehen. »Ich muss hier raus. Jetzt. Ich muss hier raus!«

Raguel bewegte sich vorsichtig auf den Priester zu und berührte seine Schulter. »Sie fühlen sich zu Evangeline hingezogen, weil Gott für Sie eine Rolle in ihrem Leben vorgesehen hat. Sammael hat es in Ihrem Geist verdreht, damit Gottes Wille verhindert wird.«

»Das wissen Sie nicht.« Riesgo sah ihn mit wirrem Blick an.

Eine kehlige, amüsierte Stimme ertönte. »Ich wollte euch heimlich gehen lassen. Aber welchen Sinn hat es, wenn ihr zwei so verdammt laut seid?«

Raguel drehte sich um. An der Tür stand Asmodeus.

Riesgo wich mit einem entsetzten Aufschrei zurück.

Raguel straffte die Schultern. Auch er war angeekelt von dem vielköpfigen Dämon, was er jedoch nicht zeigen wollte.

Ohne Blendzauber war Asmodeus eine gedrungene, bucklige Monstrosität; eine Kreatur zwischen Dämon und Bestie. Der König geiferte mit seinen vielen Mäulern, trat zurück und schwenkte eine Hufhand nach der Zelle.

Das Schloss verbog sich, und das Metall kreischte, als die Tür auffiel.

»Geht da entlang.« Der König zeigte nach links. Ein Kopfsteinpflasterweg erschien, schwebte in der endlosen Leere und schien gleichfalls endlos. »Weiter hinten kommt ihr an einen Teich. Schwimmt zum Grund. Dort findet ihr eine Höhle. Geht sie bis zum Ende, dann seid ihr wieder an der Oberfläche. Das Portal wird nicht lange offen bleiben. Ihr müsst rennen, falls ihr denn könnt.«

Raguel zögerte. Wenn Sammael wirklich beschlossen hatte, sie zu befreien, würde er es selbst tun. Nur so konnte er mit seiner Freigiebigkeit prahlen.

Asmodeus lachte. »Beeilung, Raguel. Bevor die Ablenkung, für die ich sorgte, ihre Wirkung verliert.«

»Ablenkung?« Raguel blickte zu Riesgo und stellte fest, dass der Priester totenblass war, jedoch langsam nickte.

»Als Satan weggerufen wurde«, sagte Riesgo, »schien es dringend.«

»Deshalb wurden Sie so bald zurückgebracht.«

»Ja.«

Raguel drehte sich wieder zu Asmodeus um, doch der Höllenkönig war fort.

»Gehen wir«, sagte er und bedeutete Riesgo vorauszugehen.

Sie blickten sich nicht mehr um.

Reed versetzte sich in den Korridor vor Cains Wohnung und ignorierte Ishamel zugunsten seines Bruders. »Was zur Hölle ist los? Wo ist mein Wagen?«

»*Abel.*«

Die Stimme seiner Mutter bewirkte, dass er sich zu Cains offener Wohnungstür umdrehte. Sie stand mit großen Augen da, und ihre Lippen bebten. »Ist das *dein* Auto im Fernsehen? Saß Eve da drin?«

»Mein Wagen ist im Fernsehen?« Verwirrt von dem Unglück, das sie alle ausstrahlten, stürmte Reed an seiner Mutter vorbei in Cains Wohnzimmer.

Dort saß sein Vater auf der Couch vor dem Fernseher. Reed sah hin, als die Kamera auf einen Feuerwehrmann zoomte, der mit einer Rettungsschere aufbrach, was noch von Reeds Wagen übrig war.

»Ach du Scheiße.« Er kehrte in den Flur zurück und landete direkt vor Ishamel. »Wo ist Eve?«

Der *Mal'akh* blickte ihm direkt in die Augen, nicht trotzig, aber auch nicht unterwürfig. »Ich weiß es nicht.«

Reed packte ihn beim Revers und knallte ihn gegen die Wand. »Falsche Antwort!«

Cain riss Reed an der Schulter herum. Ishamels Füße schlugen dumpf auf dem Teppichboden auf, doch er stolperte nicht. »Du bist ein solch beschissener Versager, Abel! Du hast einen Job, *einen* beschissenen Job, und den bekommst du nicht mal hin!«

»Cain!«, warnte ihr Vater ihn.

»Nein, Abba.« Cain schnitt mit der flachen Hand durch die Luft. »Dein teurer Abel hat versagt, so ungern du das auch hören willst. Er soll auf die ihm zugeteilten Gezeichneten aufpassen, und dennoch wurde Eve in den letzten zwei Tagen von Azazel aufgelauert, und jetzt …«

Cains Stimme kippte, was Reed beinahe zum Zusammenbruch brachte. War Eve noch in den zusammengequetschten Überresten seines Wagens? Nichts konnte eine derartige Kollision überleben. Nichts und niemand.

»Du bist ihr beknackter Mentor, Arschloch!«, konterte Reed und ballte die Fäuste, als ihm brutal aufging, wie viel Schuld er auf sich geladen hatte. Er hatte Rosa nicht in der Nähe gewollt, doch er hatte Eve erlaubt, sich frei zu bewegen … Mist!

Weil sie wütend auf ihn war und er sie gnädig stimmen wollte? Weil er sie nicht lesen konnte und das persönlich nahm? Weil er das Gefühl hatte, sich an sie zu klammern, und er Angst vor einem Streit mit ihr hatte?

»Sie ist *deinen* Wagen gefahren!«, sagte Cain gepresst.

»Das wusste ich nicht! Ich dachte, dass sie mit Ishamel in der Limousine fährt.«

Cains Gesicht nahm einen hässlichen, verzerrten Ausdruck an. »Ich wette, du hattest den Lamborghini vorne stehen gelassen, stimmt's? Direkt in der Einfahrt, damit jeder ihn sieht. ›Seht euch meine starke Karre an, die ich fahre, um mein beknacktes Riesenego zu salben und als Kompensation für meinen winzigen Schwanz‹!«

»Cain!«, rief seine Mutter. »Das war gänzlich …«

Reed wartete den Rest nicht ab. Er stürzte sich auf Cain, dass sie ineinander verkeilt über den Teppichboden schlitterten. Wochenlanger Frust, Eifersucht und Wut entluden sich über seine Fäuste. Er merkte die Hiebe seines Bruders nicht mal. Er hatte auch keine Angst, weil er einen weit mächtigeren Engel herausforderte. Er fühlte sich nur gut, richtig verdammt gut.

Zu schnell waren Arme und Hände zwischen ihnen. Sein Vater und Ishamel trennten sie beide, rissen Reeds Hände auf seinen Rücken, zerrten ihn von Cain und auf die Beine. Er trat weiter nach seinem Bruder, der noch am Boden war, und auch, als Cain sich wieder aufgerichtet hatte.

»Das reicht!«, schrie seine Mutter und versetzte erst Reed, dann Alec eine Ohrfeige. »Wieso könnt ihr nicht einmal zusammenarbeiten? Ist eure Fehde denn so viel stärker als eure Gefühle für Evangel…«

Dass sie ihre Tirade mitten im Wort abbrach, ließ alle auf dem Flur innehalten.

Sie ging zu Cain und berührte die Kette, die aus seinem Hemd gerutscht war. »W-wo hast du die her?«

Cain blickte hinunter auf ihre Hand. Seine Iris flackerte noch vor Rage. »Eve hat sie mir gegeben.«

Reed knirschte mit den Zähnen. Eve hatte seinem Bruder ein Geschenk gemacht?

Auf dem Flur gingen diverse Türen auf, und Nachbarn sahen nach, was das für ein Lärm war. Auch Sydney erschien in Eves Tür.

»Was ist denn hier draußen los?«, fragte eine Nachbarin verärgert. »Ich rufe gleich die Polizei.«

»Das wird nicht nötig sein.« Ishamel ließ Reed los und ging auf Abstand, um die Schaulustigen zu beruhigen. Sydney half ihm bei der Schadensbegrenzung.

»Wo hat Evangeline die her?«, fragte seine Mutter, die trotz ihrer zierlichen Gestalt sehr bestimmend klang.

»Ein Höllenwesen in der Firma hat sie gemacht«, antwortete Cain.

Sein Vater stand ganz still und abwartend da. »Nein, hat es nicht.«

Eva zerrte an der Kette. »Gib sie mir.«

Cain neigte den Kopf zur Seite. »Kann ich nicht. Ich habe Eve versprochen, sie nicht abzunehmen.«

»Sie könnte tot sein!«, erwiderte sie, und Reed wurde eiskalt. »Gib sie mir.«

Dann schlug sie eine Hand vor ihren Mund, als ihr bewusst wurde, was sie gesagt hatte. »E-es tut mir leid. Das meinte ich nicht so.«

»Was ist das, Ima?«, fragte Cain gefährlich ruhig und beobachtete sie wie ein Raubtier seine Beute. »Was tut diese Kette?«

»Sie tut gar nichts.«

»Woher weißt du das?«

Adam trat vor und fing ihre Hand ab. »Lass es.«

»Ich kann nicht ...«

»Lass es«, wiederholte er schärfer und zog Cains und Reeds Mutter zurück in Cains Wohnung.

Reed sah wieder zu seinem Bruder. »Was zum Henker ist hier los? Wo ist Eve?«

»Sie wird vermisst.« Cain steckte die Kette wieder in sein Shirt und zeigte mit dem Finger auf Reed. »Finde sie. Wenn sie in deinem Wagen war …« Er schluckte. »Finde sie!«

Reed stimmte zu, dass Eve zuerst kam und er seinen Bruder später noch umbringen konnte. Deshalb versetzte er sich zum 7-Eleven an der Ecke Katella und Harbor. Als er auf die Straße trat, sah er Mengen von Schaulustigen und hörte das abscheuliche Geräusch von Metall, das auseinandergerissen wurde. Sein Bauch verkrampfte sich.

Eve.

»Du trägst die Kette nicht, die ich dir gab«, sagte Satan gelassen und beschwor mit einem Fingerschnippen mitten in der gelben Wüste einen Thron herbei. Er sank auf den Sitz und streckte seine langen Beine aus. Seine blutroten Flügel waren eingezogen, sodass er eine beängstigend normale Vision eines atemberaubend gut aussehenden Mannes darstellte. Schlimmer noch war seine Ähnlichkeit mit Cain. Und Abel.

Eve würde wirklich gern die Erklärung dafür hören.

»Wir müssen echt aufhören, uns so zu treffen«, murmelte sie und zurrte einen ihrer Absätze aus dem gehärteten Sandboden.

»Ich habe dir gerade das Leben gerettet.«

»Ich bin sicher, dass Ishamel dasselbe getan hätte, wärst du ihm nicht zuvorgekommen. Und übrigens sollte ich darauf hinweisen, dass mein Leben nicht in Gefahr sein dürfte. Du hattest zugesagt, die Jagd auf mich abzublasen.«

Scheinbar gekränkt legte er eine Hand über sein Herz. »Habe ich.«

»Der Vampir, der mich von hinten rammte, wusste es offenbar nicht.«

»Manchmal dauert es eine Weile, bis sich Dinge herumsprechen. So oder so hast du es doch gut überstanden.«

»Von dem Wagen, den ich fuhr, kann man das nicht behaupten.«

Irgendwas stimmte an der Lässigkeit nicht, die der Teufel zur Schau stellte. Falls er getan hatte, was er sagte – und sie glaubte, dass er mindestens Halbwahrheiten von sich gab –, hatte sich ihm jemand offen widersetzt. Und es war schwer vorstellbar, dass er einen solchen Affront leicht hinnehmen würde.

»Wo ist die Kette, Evangeline?«

Die Art, wie er ihren vollen Namen mit dieser väterlichen Attitüde aussprach, ließ sie genauso frösteln wie seine Berührung. Und sie wünschte, dass sie im Polizeirevier noch mal zur Toilette gegangen wäre. »In Sicherheit.«

»Hmm.« Er stellte den Kopf schräg, sodass ihm das seidige schwarze Haar über die Schulter fiel. »Was betrachtest du als *sicher*, frage ich mich? Bei deinen Eltern?«

»Als würde ich die hier mit reinziehen! Es ist kein großes Ding, okay? Der Kette geht's gut.«

»Vielleicht will ich sie zurück, wenn sie für dich nicht von Nutzen ist.«

»Du kannst sie wiederhaben, sobald ich den Nix getötet habe. Das war der Deal.« Eve hatte keinen Schimmer, wie sie so ruhig und beherrscht klingen konnte, wo sie es doch nicht mal ansatzweise war. Aber sie war froh darüber. »Also, warum hast du mich hergebracht? Unser kleines

Arrangement ist erst einen Tag her. Du musst mir mehr Zeit geben.«

»Abel?«, beharrte er. »Sarakiel? Cain?«

Sie zog die Brauen hoch, grub jedoch ihre Finger in die Oberarme unter ihrer Seidenbluse. »Was willst du?«

»Hast du vielleicht Eva gebeten, auf die Kette aufzupassen?«, schnurrte er.

»Nein.«

Eben hatte er noch auf seinem Thron gehockt, jetzt stand er direkt vor ihr. Er packte ihren Kopf mit beiden Händen, sodass seine Handflächen gegen ihre Schläfen drückten, und bog ihn nach hinten. Während er ihr in die Augen sah, strömte eisige Kälte von seiner Berührung aus, aber sein Blick war glühend heiß. Eve konnte nicht blinzeln, nicht zurückweichen.

Sein Mund bewegte sich, als würde er reden, doch Eve konnte nur ihr eigenes Blut durch ihren Kopf rauschen hören. Dann wurde klar, dass er in ihrem Geist war, darin umhersuchte und alles umkreiste. Er berührte erst Alec, dann Reed durch sie. Als wäre er sie.

Ein Lächeln erschien auf seinem Gesicht, das sich zu ihr beugte. Sehr langsam. Unglaublich langsam. Als seine Lippen ihre trafen, wimmerte Eve, konnte aber nicht weg. Der Kuss, den er ihr gab, war Alecs. Die Berührung, der Geschmack, das Gefühl, alles Alecs. Die Leidenschaft, die Liebe, die Lust. Es war ein tiefes, inniges Verschmelzen ihrer Münder, und Eve ertappte sich dabei, wie sie begeistert mitmachte. Tränen rannen aus ihren Augenwinkeln und vertrockneten sofort im Wüstenwind, aber ob es Tränen der Freude oder der Trauer waren, konnte sie nicht sagen.

Er stöhnte leise und hob den Kopf. »Dein Kuss ist der

einer verliebten Frau«, murmelte er und strich mit den Daumen über ihre Unterlippe, wie es Alec oft tat. »Danke.« Eve blinzelte benommen.

Satan ließ sie los und ging weg. »Das sollte mich vorerst zufriedenstellen, denke ich, da du die Aufgabe erledigt hast, die ich mir selbst vornahm. Indirekt, versteht sich, und du hast mir damit ein Vergnügen versagt, auf das ich mich freute. Aber ich werde deinen Anteil an unserem Tauschhandel trotzdem als erfüllt betrachten. Ungeachtet der Tatsache, dass ich nicht der Bote war und die Botschaft dennoch überbracht wurde. Du bist frei.«

»Hä?« Im Geiste trat sie sich in den Hintern. Wenn er sagte, dass sie durch war, klasse. Selbst wenn es überhaupt keinen Sinn ergab. »Was ist mit Riesgo und Raguel? Sind sie auch frei?«

»Sofern mich meine Erinnerung nicht trügt, hat jemand die Vorkehrungen für ihre *Flucht* getroffen.« Er kehrte zu seinem Thron zurück. »Ich kann nicht freilassen, was ich nicht mehr besitze.«

Er setzte sich wieder und lächelte ihr zu. »Du wirst hoffen müssen, dass eine von den anderen Handelsvereinbarungen erfolgreich ist.«

»Das ist nicht fair!«

»Warum? Weil du jetzt beschlossen hast, wer zu retten und wer zu opfern ist? Vielleicht entscheidest du dich am Ende, nichts zu tun und die Dinge in Jehovas Hand zu geben. Ich bin gespannt, wozu du eher neigst.«

Er schnippte mit den Fingern.

Eve fand sich in ihrem Wohnzimmer wieder, zwischen dem Fernseher und Montevista. Der Gezeichnete schlief auf der Couch.

Sie streifte ihre hohen Schuhe ab, setzte sich neben ihn und legte eine Hand auf seine Schulter. Er fühlte sich kalt an, und sie musste ihn mehrmals rütteln, um ihn wieder ins Land der Lebenden zu bringen.

»Hey«, murmelte er heiser und rieb sich das Gesicht.

»Wie fühlst du dich?«

»Als hätte ich die Glasschiebetür schließen sollen, bevor ich eingenickt bin. Nachts wird es ganz schön kalt.« Er setzte sich auf. »Wie ist es gelaufen?«

»Beschissen.« Sie setzte sich auf den Couchtisch. »Ich brauche deine Hilfe.«

»Sag mir, was ich tun soll.«

19

Weil sie Privatsphäre wollte, nahm Eve den Fahrstuhl nach unten in die marmorgefliese Eingangshalle ihrer Wohnanlage.

Alec.

Sie hatte den Namen mental kaum ausgesprochen, als er schon vor ihr stand, ihre Arme packte und sie nicht gerade sanft schüttelte.

»Wo warst du?«, fragte er, bevor er ihr Gesicht an seine baumwollverhüllte Brust drückte.

Sie murmelte etwas in sein T-Shirt. Er hatte ihren Chignon in seiner Faust und zog ihren Kopf nach hinten.

»Das ist nicht witzig.« Dennoch lag ein leicht amüsiertes Funkeln in seinen Augen. »Du hast mir eine Scheißangst eingejagt.«

»Weiß Abel Bescheid?«

»Ganz Orange County weiß Bescheid. Es kam in den Nachrichten.«

»O Mann ...«

Sie schickte eine stumme Entschuldigung an Reed, der ebenso schnell neben ihr erschien wie Alec zuvor ... und nicht minder panisch. Die armen Kerle waren krank gewesen vor Sorge um sie, und dafür liebte Eve die beiden.

Trotz Alecs Protest stemmte sie sich von ihm weg, sodass der Abstand zwischen allen dreien gleich groß war. Durch die Glastür hinter Alec konnte sie den irren Reverend an der Ecke sehen, der grölend sang.

Sie wandte sich wieder den beiden Brüdern zu. »Uns rennt die Zeit davon.«

Beide sahen sie fragend an.

Eve zeigte auf Alec. »Du musst herausfinden, was passiert, wenn Gadara zurückkommt. Ich schätze, du hast keine vierundzwanzig Stunden mehr.«

Er verschränkte die Arme. »Was hast du getan?«

Sie wies auf Reed. »Und dein geheimer Plan ist unsagbar bescheuert, zumal er längst nicht mehr geheim ist. Satan weiß davon.«

Reed runzelte die Stirn. »Ich habe keine Ahnung, was du ...«

»Doch, hast du!« Sie sah wieder zu Alec. »Was machst du noch hier?«

»Tja, *Bossy*, ich warte, dass meine Eltern fertig gepackt haben und ich sie nach Hause begleiten kann. Danach befolge ich deine Befehle.«

Eve neigte besorgt den Kopf zur Seite. »Aber sie sind gerade erst angekommen.«

»Cain hat wieder Streit angefangen«, sagte Reed.

»Habe ich nicht!«, korrigierte Alec erbost und zog die Kette unter seinem Shirt hervor. »Das hier war's.«

Reed nickte. »Ima hat den Anhänger gesehen und ist ausgeflippt.«

»Ausgeflippt?«, fragte Eve.

»Durchgedreht. Aber total.«

»Hat sie gesagt, warum?«

»Nein.« Alec beäugte sie skeptisch. »Aber sie sagte, dass Hank den Anhänger nicht gemacht hat.«

»Genau genommen hat Abba das gesagt«, stellte Reed klar und sah Eve nicht minder misstrauisch an.

»Keiner hat behauptet, dass Hank den gemacht hat.«

»Woher hast du die Kette, Angel?«

Diesen sanften Ton kannte Eve nur zu gut. Alec schlug ihn immer an, bevor sie Ärger bekam. »Würdet ihr mir glauben, dass er aus einer Cracker-Jack-Packung ist?«

»Dies hier ist ernst, Babe«, murmelte Reed.

Was konnte sie sagen? Sie wollte nicht noch mehr Unfrieden zwischen Alec und seine Eltern bringen. Wenn seine Mom ihnen nach all den Jahrhunderten nichts von Sammael und der Kette erzählt hatte, würde Eve es ganz gewiss nicht tun.

Sie bemerkte eine Bewegung seitlich von ihnen, drehte sich um und entdeckte den bösen Nikolaus unten an der Treppe, die zur verschlossenen Hauseingangstür führte. Er starrte sie mit tödlichem Blick an, lauthals und schief zu seinem Gitarrengeschrammel singend. Das Licht der Straßenlaterne tauchte ihn in einen gelben Kegel, der ihn nur noch gruseliger machte.

»Kann bitte mal jemand etwas gegen diesen Typen unternehmen?«, stöhnte sie.

Alec und Reed sahen sich zu ihm um.

»Was?«, fragte Alec.

»Weiß ich nicht. Bring ihn um die Ecke und zeig ihm deine Flügel. Schick ihn auf eine göttliche Mission, oder erzähl ihm wenigstens, dass ich eine von den Guten bin.«

Alec schwenkte die Hand zur Tür. »Er gehört dir, Bruderherz.«

»Leck mich«, konterte Reed. »Mach du das.«

»Irgendwie glaube ich nicht, dass meine schwarzen Flügel gut bei ihm ankommen.«

Reed funkelte seinen Bruder an, bevor er zu Eve sah.

Du schuldest mir was, erinnerte sie ihn. *Dafür, dass du mich gegen Gadara austauschen wolltest.*

*Babe... *Er klang frustriert. *Vertraust du mir?*

Das tat sie, sonst hätte sie längst einem der Erzengel erzählt, was er vorhatte. Trotzdem wollte sie nicht so leicht nachgeben. Was sie betraf, sollte er unbedingt noch ein wenig zu Kreuze kriechen.

Also stemmte sie eine Hand in die Hüfte. *Das ist ein Scherz, oder? Du fragst mich das, nachdem du mich einem Höllenkönig auf dem Silbertablett angeboten hast?*

Ja, verdammt, tue ich. Du schuldest mir auch was. Immerhin hast du meinen Wagen zu Schrott gefahren.

Es ist nicht alles ein Vergleich, was hinkt!

Er warf ihr jenen finsteren Blick zu, den Eve so heiß fand; der, bei dem er hart, gefährlich und trotz seiner eleganten Kleidung primitiv wirkte. *Du ahnst nicht, was ich durchgemacht habe, während ich wartete, dass die Feuerwehr mein Auto aufsägte... darauf wartete, was sie drinnen fanden.*

Eve wurde nachsichtiger. *Tut mir leid.*

Erst jetzt fiel ihr auf, wie ramponiert er aussah. Und ein kurzer Blick zu Alec zeigte ihr, dass sein T-Shirt stellenweise sehr gedehnt war.

Mit einem innerlichen Seufzer wies sie zur Tür. *Kümmere dich um den Irren da draußen, und das mit dem Vertrauen besprechen wir später.*

Reed marschierte merklich verärgert zur Tür.

Als sie mit Alec allein war, sagte Eve: »Wir brauchen Antworten. Geh bis an die Quelle, wenn es sein muss, aber finde sie.«

Er lehnte sich an einen der eingebauten Briefkästen. »Du scheinst ziemlich sicher, dass Raguel zurückkommt.«

»Vielleicht bin ich es auch.«

»Du musst mit mir reden, Angel.«

»Kann ich nicht. Du bist auf unberechenbare Weise mit jedem in der Firma verbunden. Wir dürfen nicht riskieren, dass etwas durchsickert. Du wirst einfach mitmachen müssen.«

Er atmete angestrengt aus. »Das tue ich schon, seit ich dir begegnet bin.«

»So schlecht ist es doch gar nicht, oder?«

»Kannst du mir wenigstens erzählen, *warum* du diese Kette hast?«

»Um den Nix zu töten. Sie, ähm, unterdrückt anscheinend gewisse Eigenschaften von Höllenwesen.«

Alec wurde sehr still.

»Ja«, beantwortete sie seine stumme Frage. »Etwas ist in dir, das da nicht sein dürfte. Aber ich denke, das weißt du bereits.«

»Ich wusste nicht, dass es Züge von einem Höllenwesen sind. Ich dachte, das bin einfach … ich.« Er griff nach Eves Hand und spielte mit ihren Fingern. »Angel, ich muss dir etwas sagen.«

»Nein, musst du nicht.«

»Doch.«

»Nein, wirklich nicht.« Sie drückte seine Hand. »Ich weiß von Izzie. Und ich weiß, dass das nicht du warst.«

Im ersten Moment wirkte er geschockt, dann erleichtert. Seine Gestalt schrumpfte förmlich, als die Anspannung aus ihm wich. »Ich verdiene dich nicht, weißt du das? Habe ich nie.«

»Nun.« Sie malte mit der Schuhspitze eine Fugenlinie auf dem Boden nach. »Ich habe dir auch etwas zu erzählen.«

»Nein.«

»Doch.«

»Ich will es nicht hören. Und als ich den Namen von Sarakiels E-Mail-Anhang las, wollte ich es auch nicht sehen. Also habe ich ihn direkt gelöscht.«

Eve straffte die Schultern. »Weil du dich wegen etwas schuldig fühlst, für das du nicht verantwortlich bist. Du denkst, damit sind wir quitt, aber das stimmt nicht, Alec. Ich wusste verflucht gut, was ich tat; du nicht.«

»Ist mir egal«, sagte er stur.

Doch Eve war ganz ehrlich: »Ich würde es wieder tun; du nicht.«

»Ich werde dir keinen Grund geben, es wieder zu tun.« Alec richtete sich auf. »Gehen wir nachsehen, ob meine Eltern bereit sind. Ich muss los.«

»Gut.« Es war sinnlos, jetzt weiter darüber zu reden. Er hörte ihr nicht zu. Sie würde später auf das Thema zurückkommen. Das musste sie. Alles war anders, und diese Tatsache zu ignorieren half keinem von ihnen. »Aber ich brauche dich vor heute Mittag wieder hier. Dich und diese Kette. Verstanden?«

»Alles klar.« Alec teleportierte sie in seine Wohnung.

Seine Mutter saß auf der schwarzen Ledercouch im Wohnzimmer. Alecs Vater war anscheinend in einem der Schlafzimmer hinten. Als Eve zum Flur nickte, verstand

Alec den Wink und ging zu seinem Dad, sodass Eve mit seiner Mom allein blieb.

Ima blickte mit geröteten Augen zu ihr auf. Sie sah Jahre älter aus als am Abend zuvor, hatte tiefe Falten um ihren hübschen Mund und gebeugte Schultern. Eve setzte sich neben sie und lächelte sie mitfühlend an.

Ima legte eine Hand auf Eves Knie und flüsterte: »Wie bist du zu der Kette gekommen?«

»Satan hat sie mir geliehen.«

»Warum?«

»Sie wehrt Höllenwesen ab.«

»Tut sie das?« Ima sah zur Seite, und ihre Stimme klang wie von weit her. »Das wusste ich nicht. Bei mir hat sie es nicht getan.«

Eve sah zum Flur, um sich zu vergewissern, dass Alec noch hinten war und seinem Vater half. Dann neigte sie sich zu Eva und fragte leise: »Es ist deine, nicht wahr?«

Ima bejahte stumm und erklärte: »Als ich Adam heiratete, gab Jehova sie mir zusammen mit dreiundzwanzig anderen Schmuckstücken.«

War die Kette an Alecs Hals die einzige mit einem Zauber? Vielleicht hatten sie alle eine einzigartige Gabe. »Wie hat Satan sie in die Finger bekommen?«

»Ich gab sie ihm. In gewisser Weise passt es schon wieder, dass du sie Cain gegeben hast.«

Eine sentimentale Geste. Ein Geschenk, das eine bestimmte Bedeutung hatte. *Eine überbrachte Botschaft*, wie Satan gesagt hatte.

»Du solltest nicht mehr sagen«, murmelte Eve. »Cain kann meine Gedanken und Erinnerungen lesen. Was ich weiß, erfährt er letztlich auch.«

»Ah, verstehe.« Ima drückte Eves Knie sanft. »Danke für die Warnung.«

»Wird sich alles wieder einrenken bei euch?«

»Adam und ich sind seit Ewigkeiten zusammen. Daran wird sich jetzt nichts ändern.«

»Ich hoffe, dass ich euch wiedersehe. Vielleicht zu einem längeren Besuch.«

»Das würde mich freuen.«

Ima umarmte sie. Kurz darauf tat Adam es ebenfalls, wenn auch ein wenig linkisch. Dann brachte Alec sie weg. Der Abschied war seltsam betrübt. Eve hatte nur so viel Zeit mit Alecs und Reeds Eltern gehabt, dass sie wünschte, sie besser kennenzulernen.

Zunächst aber gab es bis zum Morgengrauen noch viel zu tun. Eve kehrte in ihre Wohnung zurück. Sydney kochte ein Chili in der Küche, und Montevista war unter der Dusche. Wieder mal streifte Eve ihre hohen Schuhe ab und hoffte, es war das letzte Mal für heute. Sie war erledigt. Nachdem sie die Schuhe unter den Wandtisch in der Diele geschoben hatte, tapste sie den Flur hinunter in ihr Arbeitszimmer.

Ishamel war dort, saß an ihrem Schreibtisch und blickte konzentriert auf den Computerbildschirm. Er lehnte sich zurück, als Eve hereinkam, und seufzte. Eve fand, dass ihn dieser Laut weicher machte, genauso wie der Umstand, dass er weder Jackett noch Weste trug.

»Hi«, sagte sie.

»Wie geht es dir?«

»Hmm, es ging mir schon mal besser.«

»Ich habe gefunden, wonach du suchst.«

»Aha?«

Der *Mal'akh* zeigte auf den Monitor. Eve kam um den Schreibtisch herum, um es sich anzusehen.

Eingefroren auf dem Bildschirm war ein körniges Bild von Sarakiel mit Sonnenbrille, die an einem Picknicktisch saß, wie sie in öffentlichen Parks standen. Ihr gegenüber saßen eine blonde Frau und ein großer, dunkelhaariger Mann.

»Was sehe ich?«, fragte Eve.

»Sarakiel.« Ishamel zeigte auf die bekannte Gestalt. »Dies ist Asmodeus. Und das ist Lilith.«

Eves Mund formte sich zu einem »O«. Sie beugte sich näher zum Bildschirm. Leider war außer Figur und Haarfarbe nicht viel zu erkennen. Wie genau Adams erste Frau ausgesehen hatte, konnte man nach diesem Foto nicht sagen. »Das kann nicht gut sein. Woher hast du das?«

»Raguel ist fort. Zwei Erzengel halten sich in seinem Terrain auf. Da hielt ich es für klug, in seiner Abwesenheit ein Auge auf die Dinge zu haben.«

Eve richtete sich wieder auf. »Du bist klasse!«

»Jetzt bist du dran«, sagte er. »Verrate mir, was das bedeutet.«

Eve ging zum Futon, setzte sich und winkelte die Beine unter sich an. Dann erzählte sie ihm, was Mariel ihr gesagt hatte.

Und sie endete mit den Worten: »Einen Teamleiter zum Tausch anzubieten, würde einundzwanzig Gezeichnete aus dem Spiel werfen, allerdings nur vorübergehend. Ich glaube nicht, dass es als Gegenwert für eine Rückgabe Gadaras reicht. Es sei denn, bei dem Teamleiter handelt es sich um Abel.«

»Das erhöht den Einsatz beträchtlich«, stimmte Ishamel zu.

»Genau. Und ein Dämon erzählt Abel natürlich auf den Kopf zu, dass er ausgetauscht werden soll.«

»Wie bist du auf Sarakiel als Schuldige gekommen?«

Eve zuckte mit den Schultern. »Ist eine Frauensache, vermute ich. Wir können recht rachsüchtig sein, wenn man uns beleidigt.«

»Du gehst ein Risiko ein, mir das zu erzählen«, sagte er. »Nun bist du für mich entbehrlich, falls es das hier ist, was ich brauche, um Raguel zurückzubekommen.«

»Stimmt.«

»Folglich musst du einen Plan haben.«

»Ich schätze, so könnte man es nennen.« Sie grinste. »Gnadenloses Durcheinander wäre auch passend.«

Ishamel nickte. »Ich bin dabei. Was soll ich tun?«

»Ein seltsamer Treffpunkt«, murmelte Sabrael. »Der beliebteste Ort bei Selbstmördern in den Vereinigten Staaten. Soll das irgendeine Botschaft sein?«

»Keine so morbide.« Alec blinzelte, damit ihn seine Tränenflüssigkeit vor dem grellen Leuchten des Seraphs schützte. »Eve nannte mir diese Stelle, als wir im Fernsehen etwas über Hexen sahen.«

»Alles andere als morbid also«, sagte der Seraph trocken. »Ich würde schon fast von romantisch sprechen.«

Die Aussicht von der Turmspitze der Golden Gate Bridge war unübertroffen. Das Wasser in der San Francisco Bay schimmerte von den Lichtern der Stadt, und der Meereswind war kalt, feucht und schneidend. Dank ihm behielt Alec einen klaren Kopf, worüber er froh war.

Sabrael setzte sich neben ihn und ließ die kräftigen Beine über die Kante baumeln. »Genießt du deinen Aufstieg?«

»Größtenteils ja.«

»Bin ich hier, weil du dich bedanken willst?«

Alec schmunzelte. »Ich habe einige Fragen, wenn es dir nichts ausmacht.«

»Hmm.«

»Was würde mit mir passieren, wenn Raguel zurückkommt?«

»Ah ... Glänzende Frage.« Sabrael richtete seinen flammenblauen Blick auf Alec. »So eine überlegte Frage hatte ich dir nicht zugetraut.«

»Wie schön, dass ich dich noch überraschen kann.«

»Was denkst du, dass passiert?«

»Weiß ich nicht. Werde ich sterben?«

Sabrael lachte. Es war ein umwerfender, himmlischer Klang und den Seraphim einzigartig. »Mein lieber Cain, ich bezweifle, dass Jehova sich den Verlust eines Gezeichneten mit deinen Talenten leisten kann. Du bist unersetzlich, würde ich sagen.«

»Gut zu wissen.«

»Allerdings würdest du die nordamerikanische Firma mit allem, was zu ihr gehört, verlieren.«

»Alles also«, hakte Alec nach. »Würde ich wieder wie vorher? Würde ich wenigstens wieder zu einem vollwertigen *Mal'akh*?«

»Du verstehst mich falsch. Ich würde dafür sorgen, dass du deine Erzengelgaben behältst, auch wenn du nicht mehr die Verantwortung besitzt, die gewöhnlich mit ihnen einhergeht.« Seine Stimme nahm eine scharfe Note an. »Vergiss nicht, dass du mir etwas schuldig bist, Cain. Egal, für welche Aufgabe ich mich entscheide, dich als Erzengel zu haben, ist von größerem Vorteil für mich.«

»Ich habe dich noch nie enttäuscht, und das war, als ich keine Gaben besaß, die über die eines durchschnittlichen Gezeichneten hinausgingen.«

»Was meinst du? Hast du entschieden, dass dir das Leben als Erzengel nicht zusagt?«

»Soweit bin ich noch nicht. Aber mein Ziel war, eine Firma zu leiten, nicht, mehr Gaben zu besitzen. Ohne das eine brauche ich das andere nicht.«

»*Ich* brauche es aber, und ich werde es nicht einfach aufgeben, nur weil du Evangeline vermisst.«

»Sie ist nicht fort.« Alecs Finger krümmten sich um das rote Eisengestänge. Trotz der niedrigen Temperaturen und der beruhigenden Wirkung der Kette wurde ihm heiß. »Wenn ich mich wieder im Griff habe, wird mit uns alles okay sein.«

»Du bist zu dem Falschen gekommen, falls du um Mitgefühl bitten willst.« Der Seraph sprach völlig betonungslos. »Sie schwächt dich … und Abel. Sie ist eine mittelmäßige Gezeichnete, kaum zufriedenstellend, was die praktischen Aufgaben anbelangt, und sie hat einen Hang zur Blasphemie und Respektlosigkeit. Du bist ein Narr, wenn du denkst, dass ich *dich* – die beste Tötungsmaschine, die je geschaffen wurde – für *sie* opfere.«

Alecs Griff spannte sich an, bis es beinahe schmerzte.

Ich werde nicht auf eine Beziehung mit jemandem setzen, der mich nicht lieben kann, hatte sie gesagt, und er wusste, dass sie es ernst meinte.

Was Abel zu einer größeren Bedrohung denn je machte. Zu ihm ging sie, wenn sie sich nicht an Alec wenden konnte.

Sabrael schwang sich nach oben, bis seine Füße wieder

auf der Turmspitze waren. »Du bleibst ein Erzengel, bis ich beschließe, dass du mir in dieser Position nicht mehr nützlich bist. Und diese Möglichkeit halte ich für sehr unwahrscheinlich.«

Mit diesen Worten verschwand der Seraph.

Sobald Sydney und Montevista sich schlafen gelegt hatten – Sydney im Gästezimmer und Montevista auf der Wohnzimmercouch – versetzte sich Ishamel mit Eve in die Kellergeschosse des Gadara Towers. Zusammen klopften sie an Hanks Tür.

»Es ist spät«, sagte Eve. »Bist du sicher, dass er noch hier ist?«

»Er wohnt hier.« Ishamel legte eine Hand unten an Eves Rücken und schob sie durch die sich öffnende Tür.

»Willkommen zurück«, sagte Hank, der aus der Dunkelheit kam. »Du hattest einen interessanten Nachmittag, seit du hier weg bist.«

»Kann man wohl sagen«, pflichtete sie ihm bei.

Ihm mussten Eves Velour-Jogginganzug und Ishamels lässiger Aufzug aufgefallen sein, denn Hank wechselte von der schwarzen Hose und dem Oberhemd zu einem schwarzen Trainingsanzug, der Eve an Riesgo erinnerte, auch wenn der Priester um einiges muskulöser war.

Ihre Entschlossenheit wuchs. Für eine Menge Leute hing vieles davon ab, dass sie nicht alles versaute. »Ich habe ein paar Fragen an dich.«

»Setzen wir uns.« Hank ging voraus zu dem groben Tisch. Fred erschien sofort in einem engen Latexanzug mit Metallbeschlägen. Sie war stark geschminkt und ihr langes weißes Haar sehr toupiert. Fred stellte ein Tablett mit einem Krug mit Hanks Lieblingseistee und drei Gläsern hin. Dann verschwand sie wieder, wobei Eve bemerkte, dass hinten an ihrem Anzug eine Art Pferdeschweif hing.

Sie starrte hin, während Ishamel wegsah.

»Echt scharf, Fred«, rief Eve ihr nach.

Hank zuckte elegant mit der Schulter. »Wie du sicher bemerkst, ist der Tengu still. Anscheinend ist er in Fred verknallt, und ihr Domina-Kostüm lenkt ihn ab.«

Da auch Eve für einen Moment sprachlos gewesen war, glaubte sie es ihm aufs Wort. Sie wandte sich wieder zu Hank. »Hast du irgendwas, oder kennst du eine Methode, wie man verhindert, dass Höllenwesen zu Asche zerfallen, wenn sie getötet werden?«

Er lüpfte eine rote Braue. »Warum?«

»Ich brauche eine Leiche.«

»Die Maskierung scheint die Körper zu erhalten.«

»Und stellt sie wieder her.« Sie schüttelte den Kopf. »Nein, weitere Mehrfachtötungen brauche ich nicht. Ich will, dass die Getöteten tot bleiben, aber ich brauche Überreste. Zumindest bis zur Kremierung.«

»Hmm. Die Halskette könnte helfen.«

Eve lehnte sich zurück. »Meinst du?«

»Es ist eine Möglichkeit.«

»Okay, nächste Frage. Was passiert mit Sterblichen, die Dinge sehen, die sie nicht sehen sollten?«

Hank strich mit den Fingerspitzen über eine tiefe Riefe in der Tischplatte. »Kommt drauf an, wie glaubwürdig sie als Zeugen sind und welche Beweise sie haben, sofern überhaupt welche. Das lässt sich schlecht vorhersagen. Du wirst es drauf ankommen lassen müssen.«

Ishamel nahm ein Glas und trank den Eistee in großen

Schlucken. Als er fertig war, wischte er sich den Mund mit dem Handrücken und fragte: »Ich bräuchte ein Lockmittel für einen Nix. Du hast nicht zufällig eines, oder?«

»O doch.« Hank lächelte strahlend. »Ich habe eines. Und ich bin froh, dass du es gebrauchen kannst, da unser Firmenchef befohlen hat, dass ich es nicht Evangeline gebe.«

Fred erschien mit einem hübschen grünen Zerstäuber, den sie Ishamel hinstellte. Eve betrachtete die Lili eingehend und musterte die zarten Züge unter dem Make-up. Und sie fragte sich, wie sehr Fred ihrer Mutter ähneln mochte. Sie war ein sehr hübsches Mädchen mit einer Anmut, die nichts von der Bestie in ihr erahnen ließ.

»Danke«, sagte Ishamel.

Eve spitzte die Lippen.

»Was beschäftigt dich?«, fragte Hank.

»Könnte Lilith einen Grund haben, Abel in die Finger bekommen zu wollen?«

Ishamel sah sie streng an. »Du gehst davon aus, dass sie an ihm interessiert ist. Wieso ziehst du nicht in Betracht, dass sie ihn lediglich als Mittel zum Zweck sieht?«

»Vielleicht will sie *dich*«, stimmte Hank zu, der dem Gespräch folgte, indem er Eves Gedanken las. »Vielleicht bist du für sie eine zweite Eva, eine Neuauflage von Adams geliebtem Weib. Sie hasst beide leidenschaftlich.«

»Okay, überspringen wir das erst mal«, sagte Eve. »Das führt uns nur in eine Sackgasse. Lilith würde mich entweder töten oder foltern. Und damit wäre die Geschichte zu Ende. Aber wenn sie Abel hätte, was würde sie mit ihm tun? Ihn behalten oder austauschen, stimmt's? Wenn sie ihn behält, warum? Und wenn sie ihn austauscht, gegen was? Was hat Satan, das sie wollen könnte?«

Ishamel lachte, was eingerostet klang. »Lilith will alles. Und sie hat schon so ziemlich alles in der Hölle im Bett gehabt. Die Erde ist für sie ein Spielplatz.«

Eve sah zu Hank, der hilflos die Hände in die Luft warf. »Ishamel hat recht. Lilith will alles.«

»Meine Mutter«, sagte Fred, die am Rande des Lichtkegels stand, »wird von Langeweile angetrieben. Sie tut Dinge aus merkwürdigen Gründen, und oft auch ohne irgendeinen Grund. Ich habe es längst aufgegeben, sie begreifen zu wollen.«

»Na gut.« Eve stand auf und gähnte. »Euch beiden vielen Dank für eure Hilfe.«

Ishamel stand mit ihr auf, während Hank sitzen blieb.

»Hast du fest vor, dich ins Getümmel zu stürzen und diese Sache morgen in Gang zu bringen?«, fragte der Okkultist.

»Ich bereite nur die Bühne vor«, antwortete sie grinsend. »Ob das Spiel beginnt oder nicht … Tja, das müssen wir abwarten.«

»Lass dich nicht umbringen. Ich möchte dich gern wiedersehen.«

Eve salutierte übertrieben.

»Viel Glück«, sagte Fred.

»Danke. Das werden wir brauchen.«

20

Es war kurz nach sieben Uhr morgens, als Eve aus ihrem Zimmer kam und den Flur hinunter ins Wohnzimmer ging. Sie sah nach Montevista, der normalerweise als Erster auf war, wenn er Wache hatte, heute jedoch als Letzter noch schlief. Sydney saß in einem hellblauen Bademantel und roten Hausschuhen an der Blindermantel und roten Hausschuhen an der Kücheninsel und las den Bericht über den Lamborghini-Unfall in der Zeitung.

»Kaffee?«, fragte Eve, als sie die Bohnen aus dem Kühlschrank holte.

»Gern.« Die Gezeichnete lächelte. »Ich finde es klasse, wie normal du bist.«

Eve schnaubte. »Das ist normal? Erschieß mich bitte auf der Stelle.«

Sydney legte die Zeitung hin. »Als ich frisch gezeichnet war, wusste ich nicht, wie ich damit umgehen sollte. Mir kam es wie eine riesige Verantwortung vor, eine Kriegerin für Gott zu sein. Und alles war so anders. Früher habe ich Kaffee geliebt. Ich trank ihn den ganzen Tag. Aber ich gab es auf, weil ich dachte, dass es sinnlos ist, wenn ich das Koffein gar nicht merke. Und weil ich so vieles veränderte, fühlte ich mich lange wie eine Fremde in meinem eigenen Körper.«

Eve kannte dieses Gefühl allzu gut. »Sieh es mal von der positiven Seite. Diese Hingabe macht dich zu einer viel besseren Gezeichneten als mich. Ich möchte wie du sein, wenn ich groß bin.«

Sydney rutschte von dem Barhocker und ging zum Schrank, aus dem sie drei Becher nahm. »Ich wäre gern mehr wie du.«

»Schlecht mit dem Schwert und unfallanfällig?«

»Ach, hör auf! Höllenwesen zu töten, ist nur ein Teil des Jobs, nicht alles. Ich denke sogar, dein Agnostizismus ist ein Vorteil für dich. Du nimmst nichts so hin, wie es ist, und deshalb siehst du Sachen, die wir anderen nicht mitbekommen. Seit ich dich kenne, versuche ich, wieder einen Bezug zu dem herzustellen, was mich früher ausgemacht hat. Letztes Wochenende habe ich mir Bücherregale gekauft und die Woche davor eine sündhaft teure Kaffeemaschine. Klingt nichtig, ich weiß ...«

»Nein, ich verstehe das. Du baust dir eine Zukunft auf, anstatt von einem Tag zum nächsten zu leben. Und du erlaubst dir wieder ein wenig Spaß. Das ist gut für dich.«

»Danke.« Sydney stellte die Tassen auf den Tresen. »Ich bin viel glücklicher, seit du auf mich abgefärbt hast.«

Eve stieß mit ihrer Schulter gegen Sydneys. »Und ich hatte immer gehofft, ein bisschen was von deinen Supereigenschaften würde auf mich abfärben!«

Es trat eine kurze Stille ein, als Eve Bohnen in die Kaffeemühle schüttete. Dann flüsterte Sydney: »Ich glaube, mein neues Ich ist auch attraktiver. Ich arbeite schon sehr lange mit Diego zusammen, und er hat mich nie als Frau beachtet. Er hat mir sogar mal auf den Kopf zugesagt, ich wäre nicht sein Typ.«

»Ich würde sagen, das hat sich geändert.«

»Ist es dir auch aufgefallen?« Bei dem Funkeln in Sydneys Augen wurde Eve ganz warm ums Herz. Sie mochte die beiden Gezeichneten und wünschte ihnen, dass sie glücklich waren.

»Und ob! Ihn hat es mächtig erwischt.« Eve beschloss, dass dies ein guter Moment war, ein heikles Thema anzusprechen. »Hey, tu mir einen Gefallen. Pass besonders gut auf ihn auf, denn ich glaube, er ist zu stolz, um zuzugeben, dass er noch nicht wieder ganz fit ist.«

»Bin schon dran.«

»Natürlich. Du bist super!«

Eve drückte den Deckel auf die Kaffeemühle, worauf die Bohnen zu frischem Pulver gemahlen wurden. Als sie losließ und der Lärm verstummte, hörten sie Montevista von der Couch.

»Zeit zum Aufstehen, Schlafmütze«, rief Sydney und ging ins Wohnzimmer. »Wir müssen die Leute aus dem Gebäude schaffen.«

Eve stellte die Kaffeemaschine an und wusch sich die Hände. Der Teil des Plans, den sie an Montevista weitergegeben hatte, beinhaltete auch, alle Bewohner der Anlage über ein (fiktives) Gasleck zu informieren. Die Gezeichneten draußen machten sich für ihren Auftritt als Techniker der Gaswerke und Feuerwehrmänner bereit. Um die Beschwerden im Rahmen zu halten, hatte Ishamel alles arrangiert, dass Gadara Enterprises die Kosten für Hotelaufenthalte und eine zweistündige Gondeltour übernahm. Das Letzte, was irgendwer wollte, waren Sterbliche im Kreuzfeuer. Und Vorsorge war besser als Nachsicht.

Eve ging in ihr Arbeitszimmer und schickte eine E-Mail

an ihre Sekretärin, dass sie heute nicht ins Büro kommen würde. Candace sollte noch eine Stunde warten, bevor sie den Detectives dasselbe mitteilte. Da der Zeitplan stand, lehnte Eve sich zurück und starrte an die Decke.

Wie wäre Gadara, wenn er zurückkam? Er war so lange schon fort … Und Riesgo. Wie würde er sein? Beide taten Eve unendlich leid, denn sie mussten Entsetzliches durchgemacht haben.

»Also …«

Eve sah zur Tür, wo Reed stand. »Hi.«

»Ich bin mir noch nicht sicher, wie ich es finden soll, dass ich letzte Nacht allein geschlafen habe.«

»Wir wohnen nicht zusammen.«

Er kam ins Zimmer und setzte sich auf den Futon. Heute trug er ein dunkelrotes Hemd, perfekt gebügelt und mit offenem Kragen. In der Kombination mit der schwarzen Hose und dem dunklen Haar sorgte es für einen solch heißen Look, dass Eve ganz anders wurde.

»Cain kriegt sich wieder ein bisschen ein«, sagte er angespannt, »und du wirfst mich weg. Ist es das?«

»Nein, ist es nicht.«

»Bin ich jetzt dein schmutziges kleines Geheimnis, Babe?« Seine dunklen Augen waren hart und kalt. »Willst du so tun, als wäre das zwischen uns nie passiert?«

»Ich werde so tun, als würdest du mich jetzt nicht beleidigen. Ich werde mir einreden, dass du deshalb ein Arsch bist, weil du mich so sehr magst.«

»Hast du vor, Cain von uns zu erzählen?«

»Das habe ich schon. Besser gesagt, ich habe es versucht. Er wollte es nicht hören, aber er weiß Bescheid.«

Reeds gesamte Haltung änderte sich und wurde in einem Maße weicher, dass Eve der Atem stockte. Er war in diesem Moment genauso verwundbar, wie er im Bett mit ihr gewesen war. Und es kam Eve irgendwie noch intimer vor, weil sie beide voll bekleidet waren und sie weit auseinander saßen.

»Ist es vorbei zwischen euch?«, fragte er.

»Soll ich ehrlich sein?« Sie rieb die Hände auf den Armlehnen ihres Stuhls. »Ich denke nicht, dass es jemals vorbei sein wird. Ich bin in ihn verliebt, bin es immer schon gewesen.«

Reed nickte bedächtig, und sein Blick bekam etwas Distanziertes.

»Die Sache ist die«, fuhr Eve fort. »Ich bin ziemlich sicher, dass ich auch halbwegs in dich verliebt bin.«

Nun merkte er auf. »Red weiter.«

»Ich habe keine Ahnung, wie das möglich ist, aber so ist es. Ich weiß, dass du nicht gut für mich bist. Du bist fordernd und egoistisch, ...«

»Eve ...«

»... aber ich lechze nach dir wie nach Schokolade.«

»Und was denkst du, was Cain ist?«, erwiderte er barsch. »Gesunde Kost? Ich bitte dich!«

»Er ist *gesünder*, doch ich mag nun mal Süßes. Was nicht heißt, dass du mein sündiges Vergnügen bist, also fass es bitte nicht so auf.«

»Du weißt ja nicht, was du tust.«

»Ich weiß, dass ich euch nicht beide haben kann. Und ich kann mich nicht zwischen euch entscheiden. Ich schätze, es läuft darauf hinaus, dass ich keinen von euch habe.«

»Zum Geier damit«, konterte er ruhig. »Ich habe dich genau da, wo ich dich jetzt will.«

»Ach ja?« Eve versuchte, sich ihr Grinsen zu verkneifen, aber ihre Mundwinkel zuckten.

»O ja.« Reed stand auf und kam zu ihr. Er beugte sich über sie und lehnte seine Stirn an ihre. »Danke.«

»Wofür?«

Er hob den Kopf weit genug, dass er ihr in die Augen sehen konnte. »Für alles eigentlich. Ganz besonders dafür, dass du mich nicht kastriert hast, weil ich angeboten habe, dich in die Hölle zu schicken. Du sagst, dass du mir nicht vertraust, aber du konntest mir kaum deutlicher beweisen, dass du es sehr wohl tust.«

»Was ist überhaupt dein Plan? Alle herzubringen, und was dann? So wie ich es verstehe, müsstest du dich auf den Handel einlassen, wobei du bestenfalls hoffen kannst, dass sie Riesgo und Gadara entkommen lassen. Und du bist sicher nicht so dumm, einem Dämon zu trauen.«

Reeds Lippen bogen sich zu einem selbstgefälligen Lächeln. »Ah, aber sie sind so dumm, mir zu trauen. Das ist das Schöne daran. Asmodeus ist Sammael eine Menge wert. Er ist einer von nur sieben Höllenkönigen. Hat Asmodeus sich vergewissert, dass du und Cain hier in der Anlage seid, wird er nicht widerstehen können, dich schnappen zu wollen. Er sieht alles ausschließlich aus seiner Perspektive, und für ihn muss es eine große Verlockung sein, Cain loszuwerden. Ihm wird gar nicht der Gedanke kommen, dass ich ihn betrüge und stattdessen ihn gefangen nehme.«

»Und wenn es schiefgeht, was dann?«

»Cain wäre bei dir, um dich zu beschützen. So vermurkst er auch sein mag, wenn es hart auf hart geht, gibt er dir Deckung. Und ich bin sicher, dass Sammael ihn nicht töten wird.«

»Das hast du nicht gedacht, als du ihn angeboten hast.«

Reed zwinkerte. »Beweise es.«

»Nun, geht es nach Sarakiel, wirst du auch da sein, um mich zu schützen.«

Er richtete sich abrupt auf. »Sara?«

Eve erzählte ihm von der Aufnahme, die Sarakiels Treffen mit Asmodeus zeigte. »Ich tippe, dass Asmodeus darauf setzt, uns alle drei auf einmal schnappen zu können. Mit Saras Hilfe, warum nicht?«

»Am einen Tag erzählst du mir, dass sie mich angeblich liebt. Am nächsten sagst du, sie will mich in der Hölle schmoren lassen.«

»Weil sie dich liebt, will sie, dass du in der Hölle schmorst.«

»Weibliche Logik vom Feinsten!«, spottete er.

»Was soll ich sagen? Wir sind verdreht.«

»Wirf dich nicht in einen Topf mit Sara.« Er küsste sie auf die Nasenspitze. »Um sie kümmere ich mich heute. Jetzt gleich, genau genommen.«

»Danach brauche ich dich, um Asmodeus festzusetzen.«

Seine Augen verengten sich. »Morgen. Ich brauche Zeit, um alles zu organisieren.«

»Das habe ich schon erledigt. Ishamel hat mir geholfen. Und du weißt ja, wie gründlich er ist.«

»Hast du einen Schimmer, wie viele Männer wir brauchen, um Asmodeus gefangen zu nehmen?«

»Wir nehmen ihn nicht gefangen. Wir wollen ihn nur hier.«

Reed ging vor ihr in die Hocke, sodass sie auf Augenhöhe waren. »Raus damit. Ich will alles hören.«

»Du hast recht, dass Asmodeus für Satan wertvoll ist, aber nicht aus dem Grund, aus dem du denkst. Satan kennt deinen Plan. Er hat versucht, es gelassen zu nehmen, aber ich lese zwischen den Zeilen. Er ist stinksauer, und er wird Asmodeus erledigen.«

»Schön. Soll er doch.«

»Sicher«, stimmte Eve ihm zu. Sie öffnete ihm ihren Geist, sodass er ihre Unterhaltung mit dem Teufel sehen konnte. »Aber noch nicht. Du hast mit Asmodeus verhandelt, aber der eigentliche Deal läuft zwischen mir und Satan.«

»Babe ...« Er stöhnte und senkte den Kopf auf ihren Schoß. »Du bist eine wandelnde Katastrophe«, murmelte er.

»Hör zu.« Sie hob seinen Kopf an. »Er hatte mir etwas versprochen und es nicht gehalten.«

»Und das wundert dich? Komm schon, Eve ...«

»Er wollte sein Versprechen nicht brechen, Reed«, beharrte sie. »Aus unerfindlichen Gründen will er, dass ich ihm vertraue. Er wird seinen Teil der Abmachung erfüllen.«

»Das war nicht das, was er zu dir gesagt hat!«

»Was er gesagt hat, war, dass ich zulassen soll, was du und Sara geplant habt.«

»Was er gesagt hat«, konterte Reed, »war, dass er nicht freigeben kann, was er nicht besitzt. Es ist eine verschwurbelte Art, dir zu vermitteln, dass er hat, was er wollte, und du allein dastehst.«

»Oder es ist eine umständliche Formulierung dafür, dass

er bestohlen wurde.« Eve sah ihn eindringlich an. »Denkst du ernsthaft, dass er das einfach durchgehen lässt?«

»Er braucht dich nicht, um Asmodeus zurückzupfeifen.«

»Richtig. Er muss nur seinen Teil des Handels erfüllen. Er gab mir zwei Wahlmöglichkeiten – dir oder Sara bei euren Plänen zu helfen oder alles in Gottes Hände zu geben. Aber«, sie reckte ihren Zeigefinger, »er weiß, dass ich nicht gläubig bin. Er konnte nicht aufhören zu beteuern, dass mein Unglaube einer der Gründe ist, weshalb er mich mag. Er schätzt meinen Zynismus.«

»Er versucht dauernd, Gezeichnete auf die dunkle Seite zu locken. Er mag dich *nicht*. Du bist ihm scheißegal, abgesehen von der Tatsache, dass er eine Menge andere Leute verarscht, wenn er dich verarscht.«

Eve ließ sich nicht beirren. »Ich denke, seine Frage war unvollständig. Ich glaube, was er wirklich sagt, ist, ›Gibst du es in Gottes Hände … oder meine?‹ Das war die Basis unserer vorherigen Unterhaltung. Er sagt, Gott wird mir nicht geben, was ich brauche, er aber schon. Dies ist seine Chance, es zu beweisen. Ich denke, er wird sie nutzen, und sei es nur, um Asmodeus kräftig zurechtzustutzen.«

Reed packte ihre Hände ein bisschen zu fest. »Weißt du … Gezeichnete verbringen ihre gesamte Laufbahn in der Hoffnung, dass sie Sammael nie begegnen. Du nicht. Nein, dir fehlt jeder Selbsterhaltungstrieb.«

Sie konnte seine Angst um sie fühlen. Ja, sie war auch halb irre vor Angst, doch alles geriet außer Kontrolle – Gadara, der Priester, Cain, der Nix. Und Satan lief herum, wie es ihm gefiel. Es wurde Zeit, die Welt wieder in Ordnung zu bringen.

Eve drückte Reeds Hände. »Hank hat mir erzählt, dass Satan einen Gesandten benutzt, um mich treffen zu können. Wir müssen wissen, wer das ist. Ich habe eine Theorie, und so werde ich sie beweisen.«

»Welche Theorie?«

»Es ist zu gefährlich, darüber zu reden, ehe ich nicht sicher bin.«

Reeds Züge verhärteten sich. »Es ist Cain, oder?«

»Vertrau mir einfach, okay? Bring du Asmodeus dazu, dass er herkommt, und wir sehen, ob der Gesandte die Nachricht an Satan weitergibt, damit *er* hier erscheinen kann.«

»Du gibst keine Ruhe, bevor ich nicht endgültig wahnsinnig bin, oder?« Er neigte den Kopf und presste seine Lippen auf ihre. Der Kuss begann zart und flüchtig, wurde jedoch schnell hitziger. Als Reed ihn löste, wimmerte Eve leise.

»Du bist mir was schuldig«, sagte er. »Dinner. Heißes Kleid. Keine Unterwäsche. Hohe Schuhe.«

»Du bist total versaut.«

»Dagegen kann ich nichts tun. Ich glaube, ich bin verliebt. Warum sonst sollte ich diesem Mist zustimmen?«

Er war verschwunden, ehe sie etwas erwidern konnte. Eve blieb noch einen Moment lang sitzen und überlegte. Eine andere große, dunkle Gestalt füllte den Türrahmen zu ihrem Arbeitszimmer.

Alec kam mit einem Becher Kaffee herein und stellte ihn auf ihren Schreibtisch. Dem Aussehen nach hatte er den Café au lait perfekt hinbekommen. Und seinem Gesichtsausdruck nach hatte er Reeds letzte Worte gehört.

»Guten Morgen«, sagte er.

»Dir auch.« Sie nahm den Becher auf. »Danke.«

»Jederzeit gern.« Er brachte ein mattes Lächeln zustande. »Ich dachte, ich komme früh her, damit wir loslegen können.«

»Du bist hier immer willkommen.«

Er ging zum Futon. »Ich habe deine Befehle befolgt. Anscheinend bin ich zu wertvoll, um getötet zu werden.«

»Das hätte ich dir auch sagen können.« Sie lächelte mit dem Becher an den Lippen.

»Aber ich würde die Firma verlieren.«

Eve trank einen Schluck von dem köstlich cremigen Kaffee und stellte den Becher wieder hin. »Tut mir leid. Ich weiß, wie sehr du sie dir gewünscht hast.«

Alec lehnte sich zurück und verschränkte die Arme. »Ich wünsche mir auch, mit dir zusammenzusein. Beides kann ich nicht haben, also muss ich auf eines verzichten.«

Sie wusste, wie sich das anfühlte.

Er saß mit breit gespreizten Beinen da, die Stiefelsohlen flach auf dem Teppichboden. Seine Jeans war an genau den richtigen Stellen abgewetzt, und die Ärmel seines T-Shirts spannten sich über seinem umwerfenden Bizeps. In den zehn Jahren, seit sie ihm erstmals begegnet war, war er keinen Tag gealtert.

»Bist du nicht wütend?« Sie musterte ihn auf Zeichen von unterschwelliger Enttäuschung oder Frustration hin.

»Du weißt, dass es mir damit nicht gut geht«, antwortete er grimmig. »Ich muss an die Leine gelegt werden wie ein Hund, um mich im Griff zu behalten.«

»Hast du darüber mit dem gesprochen, den du letzte Nacht getroffen hast?«

Alec schüttelte den Kopf.

»Warum nicht?«

»Weil ich befürchtete, dass er es sich anders überlegt und beschließt, mich doch noch aus dem Verkehr zu ziehen.«

Eve verließ ihren Schreibtisch und setzte sich zu ihm. Sie legte eine Hand auf seinen Schenkel. »Was haben Männer nur immer für ein Problem damit, um Hilfe zu bitten?«

»Ich frage seit Jahren, Angel. Keiner redet.« Er tippte nervös mit dem Fuß auf dem Teppich. »Lange Zeit gab es Gerüchte, dass meine Mutter untreu gewesen und ich das Resultat sei.«

»Glaubst du das?«

Er sah sie an. »Du willst mir nichts über die Kette sagen, und aus meinen Eltern habe ich auch nichts herausbekommen. Es ist nie gut, wenn man keine Antworten bekommt. Wenn nichts da wäre, um das man sich Sorgen machen muss, gäbe es auch nichts zu verbergen.«

»Alec.« Sie drückte sein Bein, das sich steinhart anfühlte. »Was denkst du?«

»Du hast gesagt, die Kette unterdrückt die Eigenschaften von Höllenwesen, und das Hässliche in mir verstummt, wenn ich sie trage. Was verrät dir das?«

»Dass du denkst, du wärst zur Hälfte ein Dämon?«

»Es ist ja nicht so, als hätte meine Mom damals eine große Auswahl an Männern gehabt«, sagte er verbittert und lehnte sich an sie. »Vielleicht hat die Wandlung irgendein unterdrücktes Arschloch-Gen aktiviert. Was ist, wenn es sich nicht wieder bändigen lässt? So wie die Büchse der Pandora oder so. Ich wäre eine zu große Bedrohung.«

Eve schlang die Arme um ihn und küsste ihn auf die

Stirn. Der Duft seiner Haut und seine Nähe waren so vertraut und schön. »Ich weiß nicht, was ich darauf antworten soll.«

»Ja, das sehe ich«, sagte er, womit er sie erinnerte, dass sie ihn aktiv aus ihrem Geist aussperren musste, wenn er nicht alles sehen sollte.

Sie drängte ihn sanft, aber energisch aus ihrem Kopf. »Falls es eine Geschichte dazu gibt, ist es nicht an mir, sie zu erzählen. Und ich will solche Geheimnisse nicht zwischen uns.«

Alec schob einen Arm zwischen sie und den Futon und zog Eve auf seinen Schoß. »Ich will, dass *nichts* zwischen uns steht. Ich will das mit dir und mir wieder reparieren.«

»Sind wir denn kaputt?«

»Abel ist in den Riss geschlüpft, also müssen wir es sein.«

»Du wolltest diese Beförderung. Wie ich es verstehe, musstest du um sie feilschen, wahrscheinlich zu ungünstigen Bedingungen für dich. Gib nicht meinetwegen auf. Ich möchte, dass du glücklich bist.«

»Ich bin unglücklich ohne dich. Wir holen Raguel zurück, und mein Leben wird wieder so wie vorher. Das ist okay, nein, mehr als okay.«

»Bist du sicher?«

»Absolut.«

Das Telefon klingelte. Eve kletterte von Alecs Schoß, lief zu ihrem Schreibtisch und griff nach dem schnurlosen Apparat. »Hallo?«

»Miss Hollis. Detective Ingram hier.«

»Guten Morgen, Detective.«

»Ihre Sekretärin sagte mir, dass Sie heute nicht ins Büro

kommen. Es war der Wagen Ihres Freundes bei dem üblen Unfall gestern auf dem Harbor, stimmt's? Kurz nachdem Sie das Revier verlassen hatten.«

»Sein Auto ist ein Totalschaden, ja. Zum Glück saß keiner von uns drin, und er ist gut versichert.« Sie wich weiteren Fragen aus, indem sie das Thema wechselte: »Ich weiß, dass Sie noch den Rest meiner Aussage brauchen, aber Sie haben immer noch mein Auto.«

»Wenn es Ihnen recht ist, kommen wir zu Ihnen. Die ersten achtundvierzig Stunden nach einer Entführung sind entscheidend, Miss Hollis. Sie könnten Informationen haben, die wir nutzen können, ohne sich dessen bewusst zu sein.«

»Wann würde es Ihnen passen?«

»Mein Partner und ich können in ungefähr anderthalb Stunden bei Ihnen sein. Ist das okay?«

»Ja, prima. Bis dann.« Sie legte auf und stellte das Telefon wieder in die Ladestation. Dann sah sie zu Alec. »In neunzig Minuten kommt Besuch.«

»Konntest du sie nicht abwimmeln?«

»Sie haben sich auf mich eingeschossen. Wenn ich sie noch länger hinhalte, könnte es hässlich werden.«

Asmodeus hatte bereits seinen Wunsch nach einer möglichst sauberen Übergabe geäußert. Falls er kam, würde er warten, bis die Luft rein war.

»Angel …«

Eve stand auf. »Du wirst wissen, was zu tun ist, wenn es so weit ist.«

»Ich hasse das«, knurrte er und erhob sich mit einer fließenden, kraftvollen Bewegung. »Ich hasse es, nicht zu wissen, wann ich mich ducken muss.«

»Nein, du liebst es«, erwiderte Eve und ging auf ihn zu,

bis sie eine Hand auf seine angespannten Bauchmuskeln legen konnte. »Unberechenbares ist deine Stärke.«

»Davon hatte ich die letzten Wochen wahrlich genug.« Alec fing ihre Hand ein und schob sie auf sein Herz. »Ich bin reif für Stabilität.«

»Ist dir nicht aufgefallen, dass ich mit Normalität Schwierigkeiten habe? Chaos regiert mein Leben. Wenn ich das Beste bin, was du dir an Stabilität vorstellen kannst, hast du ein Problem.«

Er grinste. »Als würde ich das nicht wissen.«

Die Polizei traf keine Stunde später ein. Eve vermutete, es war Absicht, um sie nervös zu machen.

Montevista und Sydney fuhren mit ihr und Alec im Fahrstuhl nach unten, wo sie sich trennten. Die Wachleute gingen zum Innenhof mit dem Swimmingpool, während Eve und Alec die Detectives ins Haus ließen.

»Es ist hoffentlich kein Problem, dass wir früher kommen«, sagte Jones, als sie das Foyer betraten. Er war in einem avocadogrünen Anzug und hatte diesen abschätzenden Blick, der Eve allmählich zu vertraut wurde. »Wir waren gerade in der Gegend.«

Ingram schüttelte Eve die Hand. Seine Handfläche war kalt und feucht von der Wasserflasche, die er bei sich hatte. Er bedachte sie mit einem Seitenblick, als er Alec begrüßte. Offenbar hielt er nichts von ihren wechselnden Beziehungen.

»Vor dem Gebäude sind Feuerwehrleute«, bemerkte Jones. »Was ist los?«

»Verdacht auf ein Gasleck«, log Eve und wurde sauer, als ihr Mal brannte.

Ist das echt nötig?, beschwerte sie sich mit einem wüten-
den Blick gen Himmel. *Das ist eine Notlüge!*

»Sollten Sie dann nicht das Haus verlassen?«, fragte
Ingram.

»Es betrifft mein Stockwerk nicht, aber wir können uns
in den Innenhof setzen.« Sie wies ihnen die Richtung, und
die Detectives gingen voraus. Eve und Alec wechselten
Blicke.

Sie setzten sich an einen runden Glastisch – einen der
wenigen ohne Sonnenschirm, denn es war kühl, und die
Sonne wärmte sie. Der Pool wurde aufgefüllt. Aus einem
kleinen Zulauf lief Wasser hinein, und das Plätschern sorgte für eine friedliche Atmosphäre. Eve wählte absichtlich
einen Platz mit dem Rücken zu einem großen Pflanzkübel
an der Mauer. Montevista und Sydney verhielten sich
durch und durch professionell: vollkommen unauffällig.

Jones hatte mal wieder die Aktentasche dabei, die Eve
zu fürchten gelernt hatte. Er stellte sie auf dem körnigen
Estrichboden ab und zog Eves unvollständige Aussage hervor. Nachdem er sie ihr über den Tisch zugeschoben hatte,
machte er es sich auf dem gepolsterten Metallstuhl bequem.

»Ich bin unsere vorherigen Unterhaltungen noch einmal
durchgegangen«, sagte er.

Eve nahm den Stift, den er ihr hingelegt hatte. »Ach ja?«

»Und ich denke …«

Eine blutrote Explosion. Aufstiebende schwarze Federn.
Alecs Stuhl wippte auf den hinteren Beinen, bevor er ganz
umkippte. Der Gewehrknall hallte.

Er lag auf der Terrasse, bevor irgendjemand begriff, was
los war.

Reed wartete an Saras Schreibtisch, als sie hereinkam. Ihr gefährlich kurzer Nadelstreifenrock war kombiniert mit einer engen weißen Bluse und fünfzehn Zentimeter hohen Stilettos im selben Rot wie ihr Lippenstift. Die langen Beine und der fehlende BH entgingen Reed zwar nicht, konnten ihn allerdings auch nicht beeindrucken.

Sara blieb an der Tür stehen und beäugte ihn misstrauisch. »Abel. Was machst du hier?«

Er lächelte. Er hatte den Stuhl seitlich zum Schreibtisch gedreht, den rechten Arm auf den Tisch gelehnt, und trommelte mit den Fingern auf dem fleckigen Walnussholz. »Hatte ich dir nicht erzählt, dass es kontraproduktiv ist, Eve dieses Video zu zeigen?«

Sie kam näher und sah auf den Computerbildschirm. Wie sie feststellte, war der »Verschickt«-Ordner ihres E-Mail-Fachs geöffnet. »Du gehst zu weit«, sagte sie leise.

»Meinst du? Und dabei bin ich nicht annähernd so weit gegangen wie du. Zum Beispiel habe ich dich noch keinem Höllenkönig angeboten, um dich los zu sein.«

Reed musste ihr lassen, dass sie sich verdammt gut im Griff hatte, denn sie zuckte nicht mal mit der Wimper.

»Wir passen heute gut zusammen, *mon chéri*. Wir sehen so gut zusammen aus. Ideal füreinander.« Sara war bei ihm, setzte sich auf seinen Schoß und umfing seine Schultern mit ihren schlanken Armen. »Ich würde dich niemals loswerden wollen.«

Er zog sie dichter an sich und flüsterte: »Dasselbe kann ich nicht von dir behaupten.«

Einen Augenblick später waren sie auf einem Sofa in Michaels Büro. In Jerusalem war es nach sechs Uhr abends, und der Chef der asiatischen Firma war buchstäblich auf dem Weg nach draußen, als er seine Besucher entdeckte.

»Abel. Sarakiel.« Der Erzengel blieb stehen und schob die Hände in die Taschen seiner Stoffhose. Seine Stimme war tief, volltönend und von einer Kraft, wie sie Seraphs nie erreichten. »Ich schlage vor, ihr sucht euch einen anderen Ort für eure Spiele.«

Reed schob Sara grob neben sich auf die Couch und stand auf. Dann holte er den USB-Stick hervor, den er mitgebracht hatte, und warf ihn Michael zu. »Saras neuestes Spiel wirst du eventuell stoppen wollen.«

Michael fing den Stick mühelos auf, sah ihn an und dann zurück zu Reed. Dabei zog er fragend eine Braue nach oben.

»Wie es scheint«, erklärte Reed, »hat sich unsere entzückende Sarakiel auf Deals mit Dämonen verlegt.«

Blaue Flammen schimmerten in Michaels Augen. Er blickte zu Sara, die trotzig das Kinn reckte und ihren Rock zurechtzupfte.

Reed überkreuzte die Arme vor dem Oberköper und machte sich bereit, die Show zu genießen. Da traf Eve ihn mit der Wucht eines Güterzugs. Er stolperte.

»Ich muss weg«, sagte er.

Sara sprang auf. »Du kannst mich nicht hierlassen! Ich brauche mindestens einen Tag …«

Er war schon weg, ehe sie den Satz beendet hatte.

Während Alec aus seinem Stuhl purzelte, brüllte Ingram und griff nach der Waffe unter seinem Jackett. Eine Kugel traf ihn in den Rücken und durchschlug seine Schulter vorn in einem Strahl von Blut und Gewebefetzen. Sein

Stuhl polterte nach links. Er wedelte mit den Armen, bevor er mit dem Schädel auf der Kante des Pflanzkübels aufschlug, was einen ekligen Knall verursachte. Dann sackte er totenstill zu Boden.

Eve tauchte mit einer Art Limbobewegung unter den Tisch. Sie versuchte, durch die Metallbeine hindurch an Ingrams Waffe zu gelangen. Ihre Hand umklammerte den Knauf, und sie riss die Waffe aus dem Schulterhalfter. Noch ein Schuss wurde abgefeuert, und Jones zuckte heftig. Er kippte mit dem Gesicht voran auf den Tisch, worauf die Glasplatte zerbarst. Die Splitter regneten auf Eve herab, stachen ihr in die nackten Arme und prasselten über die Terrasse.

Ein Schlachtruf ging dem Rauschen voraus, mit dem sich Alecs Flügel öffneten. Er stieg mit solchem Tempo in die Luft auf, dass Eve von dem Rückstoß gegen den Kübel geschleudert wurde.

Während er auf einen Heckenschützen in einem offenen Fenster im zweiten Stock zurauschte, rappelte sich Eve auf die Knie. Alec verschwand im Gebäude, und kurz darauf endete ein abscheulicher Schrei sehr abrupt.

Sydney erschien am Ende des Innenhofs. Sie rannte auf Eve zu und umrundete alle Hindernisse sehr geschickt. Grüne Höllenfeuer sprenkelten den Boden hinter ihr, folgten ihren Schritten und zwangen sie, schneller zu laufen. Montevista rief etwas und lief von der anderen Seite des Swimmingpools herbei. Er lenkte das Feuer absichtlich weg von Eve und seiner Partnerin.

Eve kämpfte sich hoch und glitschte halb auf der Blutlache unter Detective Jones aus. Seine Leiche hing über dem zerbrochenen Tisch, eingeklappt an der Taille; seine

Arme, der Torso und der Kopf steckten in dem leeren Rahmen der Tischplatte.

Eve sprang in den großen Pflanzkübel und ging hinter der großen Palme in Deckung. Sie hielt sich mit einer Hand am Stamm fest, mit der anderen die Waffe im Anschlag, und suchte die Fenster ab. Im oberen Stockwerk waren überall Dämonen an den Fenstern. Sie saß mit den zwei Gezeichneten auf dem Präsentierteller, umzingelt von Feinden.

Indem sie das Gebäude räumten, um die Sterblichen zu schützen, hatte sie den gesamten Komplex für eine Belagerung durch Höllenwesen geöffnet. Eve fragte sich nicht, wie sie an den Wachen draußen vorbeigekommen waren. Schließlich hatte sie das überhaupt erst möglich gemacht.

Sydney hüpfte hinter Eve in den Pflanzkübel und gab ihr mit einem Flammenschwert Rückendeckung. Montevista war hinter einer Mülltonne, duckte sich tief und hielt zwei Dolche in den Händen. Hin und wieder lugte er hinter der Tonne hervor und schleuderte die Waffen auf die Fenster zu, bevor er sich wieder duckte und neue herbeirief für die nächste Salve.

»Er deckt uns«, sagte Eve. »Damit wir in die Eingangshalle kommen.«

»Zähl bis drei, dann rennen wir los.«

Eve kämpfte mit Gefühlen, die sie jetzt nicht empfinden durfte, und zeigte ihrem Teamleiter mit einem kompakten Gedanken ihren gesamten Plan.

Ein riesiger Schatten huschte über den Innenhof. *Alec.* Er flog von einem Fenster zum anderen. Noch ein Schrei zerriss die Stille, gefolgt von einem weiteren schwarzen Streiflicht, als er wieder zur anderen Seite schoss. Mit seinem Körper bildete er eine Art Baldachin, eine Barriere zwischen Eve, Sydney und den Höllenwesen oben.

Als die Gezeichneten, die draußen gewacht hatten, zu ihnen stießen, waren hinter zahlreichen Fenstern zuckende Flammen zu sehen. Eves Kainsmal begann zu brennen, pumpte sie mit Adrenalin und Aggressivität voll. Sie sah zu Sydney. Auf ein stummes Signal hin sprangen sie beide aus dem Kübel.

»Nicht so schnell.«

Eve drehte sich um. Ein dreiköpfiges … *Ding* galoppierte auf nicht zueinanderpassenden Tierbeinen auf sie zu. Eve zielte und drückte ab. Blitzschnell wich das Ding der Kugel aus, bevor es sich auf sie stürzte. Eve wurde in den Pool katapultiert, wo sie rücklings auf die Oberfläche aufschlug. Der massige Dämon drückte sie unter Wasser und sorgte mit seinem Gewicht dafür, dass sie rasch nach unten sank.

Der Schock des Wassers bewirkte, dass Eve die Waffe fallen ließ. Sie landete mit einem gedämpften Aufprall auf dem Poolgrund und rutschte weg. Eve konnte sie unmöglich wieder holen, solange sie in drei Meter Tiefe festhing.

Die Kette.

In dem Moment, in dem ihr der Gedanke kam, verdeckte ein Schatten die Sonne. Etwas traf auf das Wasser und sank nach unten. Als Alec wieder aus dem Licht verschwand, glitzerte die Goldkette im Sonnenschein. Die Kette schwebte im Bogen auf Eve zu, als würde sie magnetisch zu ihr gezogen.

Der Dämon ließ sie panisch los und krabbelte von ihr, sodass er ihr die Haut an den Oberschenkeln abschürfte, bevor er wie eine Rakete aus dem Pool schoss. Das Amulett legte sich um Eves Hals, und sie schwamm nach oben. Kaum tauchte ihr Kopf aus dem Wasser, rang sie keuchend nach Luft.

»Hollis!«

Sydney stand am Beckenrand. Ihr einer Arm war blutig, doch sie streckte Eve den anderen hin. Befeuert von dem Mal, schwamm Eve mit kräftigen Zügen zu ihr, packte Sydneys Hand und hielt sie fest. Die Gezeichnete zog sie schwungvoll aus dem Wasser, und Eve sackte blutend auf den Fliesen zusammen.

Sie stemmte sich mit Händen und Knien auf, musste sich aber gleich wieder ducken, als ein flammender Dolch über sie hinwegflog. Fragend blickte sie zu Sydney auf, doch die war ganz darauf konzentriert, Dolche gegen die Angreifer zu schleudern.

Eve blickte sich über die Schulter um. Ein Kleiderschrank von einem Mann schritt auf sie zu, nackt und nass, mit triefendem schwarzen Haar und grellroten Augen.

Einen nach dem anderen zog er die Dolche aus seiner Brust und stampfte unbeirrt weiter.

Alec kam in einem Windstoß nach unten gerauscht und landete zwischen ihnen, brüllend wie ein wildes Tier. Nein, wie viele wilde Tiere. Der Lärm war derart Furcht einflößend, dass die Mauern wackelten und das Poolwasser aufbrodelte und in Wellen über die Ränder schwappte.

Sie hatte die Kette! Es gab nichts mehr, das Alec bändigte.

Seine riesigen Flügel falteten sich auf seinem Rücken, und im nächsten Moment war es, als hätte es sie nie gegeben. Der Dämon beugte den Oberkörper und preschte los, die blutigen Dolche in seinen ausgestreckten Händen.

Sein Vorwärtsdrall war unglaublich, und bei jedem seiner Schritte vibrierte der Boden. Alec ging halb in die Knie und wappnete sich für den Zusammenprall.

»Cain!«, brüllte der Dämon, sprang in die Höhe und flog nach unten.

Er war direkt über Alec, als er plötzlich stoppte, kurz in der Luft hängenblieb und dann zurückschnellte, als hinge er an einem unsichtbaren Gummiband.

Der Flug des Dämons endete in einer brutalen Kollision mit etwas auf dem Gehweg. Sein Körper rutschte nach unten und enthüllte Satan hinter ihm. Krallen traten aus den Händen des Teufels, gruben sich tief in den Oberkörper des Dämons und bremsten sein Abwärtsgleiten, was auf schaurige Weise einer Umarmung ähnelte.

Eve sah zu den Detectives, aber die lagen regungslos da. Waren sie beide tot? Opfer eines Kriegs, von dem sie nichts geahnt hatten?

Dann blickte sie wieder zu Satan und stellte fest, dass er sie anstarrte.

»Hat ja lange genug gedauert, bis du eingeschritten bist«, murmelte sie.

Alec machte einige große Schritte rückwärts, sodass Eve genötigt war, sich aufzurappeln, um ihm aus dem Weg zu gehen. Eben war sie hinter ihm, da wurde sie schon von Reed über die Schulter geworfen. »Das war dein Plan?«, raunte er wütend.

Er brachte sie zu einem anderen leblosen Körper.

Montevista. Der Gezeichnete lag da wie ein gefällter Baum, die Augen weit offen und blind. Das Weiße in ihnen war verschlungen von Schwarz.

»Verdammt«, hauchte sie und hasste es, dass sie recht

hatte. Sie packte den Gezeichneten an der Schulter und rollte ihn auf ihren Schoß. Dann strich sie ihm das Haar aus der Stirn und beugte sich schützend über ihn, ihre Finger mit seinen verwoben an ihrer Brust. Eine knappe Sekunde später war Alec mit Sydney bei ihnen.

Von der anderen Seite des Pools aus sah Eve entsetzt zu, wie Satan seine Dominanz bekräftigte.

»Du willst, was mein ist, Asmodeus?«, fauchte der Teufel. Seine Klauen pflügten durch den Brustkorb des Dämons und entlockten ihm Schreie, bei denen Eve die Tränen kamen. Durch die Risse in seiner Sterblichenhaut war Asmodeus' wahre Gestalt zu sehen. Der monströse, vielgliedrige Leib wand sich zischelnd unter der zerfetzten Haut. Rauch stieg aus der klaffenden Brust und schwängerte die Luft mit dem Gestank verrottender Seele.

»Das wirst du bezahlen«, säuselte Satan mit den Lippen dicht am Ohr des Dämons, als wären sie ein Liebespaar.

Der Höllenprinz warf den geschundenen Körper wie Müll in den Swimmingpool. Das Wasser erbebte, brodelte rot und stieß gurgelnd Dampf aus. In der Mitte sprühte ein Geysir zu einer gut sechs Meter hohen Säule auf.

Eve sah Satan an, der umwerfend lächelte. In seinem schwarzen Samtwams und passender Hose war er auf klassisch-elegante Weise wunderschön.

Irgendetwas huschte über seine Züge, ein schmerzlicher Ausdruck, gefolgt von weit aufgerissenen Augen. Er fasste sich an die Brust und krümmte sich stöhnend.

Montevistas Hand umfing Eves fest. »*Eve.*«

Sie zuckte vor Schreck und sah hinab zu ihrem Freund. Montevistas kräftiger Leib begann zu zittern. Seine Augen waren wieder seine, nicht mehr schwarz.

»Einzige Wahl«, keuchte er.

Die Kette, die über ihren vereinten Händen baumelte, weckte den Gezeichneten in ihm, sodass er den Dolch herbeibeschwören konnte, der nun sein Herz durchbohrte.

»Nein!« Eve griff nach oben und fing Reeds Handgelenk ein.

Sein Blick löste sich von Satan und fixierte Montevista. »Ach du Scheiße …«

»Bring ihn in den Tower. Schnell.«

Reed riss den Gezeichneten in die Höhe und verschwand.

»Eve«, schnarrte Satan. Er streckte die Arme über den Pool aus, auf denen sich die Adern vorwölbten.

Die Erde erbebte und ächzte. Das Wasser in der Poolmitte verwirbelte zu einem Seil und peitschte hinaus auf den Boden, wo es die Umrisse eines Mannes mit endlosen Armen annahm, die verzweifelt nach Alec griffen.

Die Gestalt des Teufels flackerte. Sein Gesicht verzerrte sich vor Zorn und Enttäuschung. Dann verblasste er vollständig.

Eve stürzte sich dem Nix in den Weg. Lachend fing er sie ein, ließ sie halb über den Pool und an seine Brust fliegen.

»Leck mich«, schimpfte sie, zerrte das Amulett von ihrem Hals und knallte die Faust in seinen Oberkörper. Prompt nahm er mehr Form an und wurde zu einem Mann. Genauso nackt wie der andere. Eve zog ihre Faust aus dem fester werdenden Fleisch. Die Kette ließ sie in ihm zurück. Zuckend fiel er auf sie. Eve holte mit der Faust aus und verpasste ihm einen Kinnhaken, worauf er nach oben flog und seinen Rücken durchbog.

»*Stopp! Polizei!*«

Der Nix hieb wild auf seine sterbliche Brust ein, versuchte erfolglos, sich von der Kette zu befreien.

Ein Schuss knallte durch den Innenhof, dann noch einer. Bei jedem zuckte der Nix und schrie unmenschlich, als zwei Löcher an seinem Oberkörper erschienen. Blut spritzte auf Eve, während er zur Seite sank, krampfte und sich schließlich nicht mehr rührte.

Eve drehte sich um.

Detective Ingram kniete mit Jones' Waffe in der Hand neben seinem gefallenen Partner. Als sich Eves und sein Blick begegnete, ließ er den Arm mit der Pistole sinken. Eine Blutspur zog sich von seiner Schläfe bis hinunter zu seinem Hals.

»Sind Sie okay?«, fragte er schwankend.

»Detective …«

Er verdrehte die Augen und kippte ohnmächtig um, ehe sie antworten konnte.

»Verdammter Mist.« Eve rollte sich vor Schmerz auf den Bauch.

Während sie sich wieder auf die Beine zwang, brodelte das Wasser im Pool weiter. Eve blickte verwundert hin.

Dann stieß Gadara in einem Sprühnebel aus Schlamm und zerfledderten Flügel aus der Tiefe, Riesgo in seinen Armen. Eve war viel zu benommen, um sich zu erschrecken.

Der Erzengel landete auf beiden Füßen und sackte sofort auf ein Knie. Riesgo lag schlaff in seinen Armen; sein Kopf hing nach unten, und er atmete sehr schwach. Das Bild, das sie abgaben – der verwundete Engel, der die schwache Menschheit beschützt –, schien Eve wie ein

Symbol von Glauben und Wohlwollen zu sein, wie sie es noch nie zuvor gesehen hatte.

»Alec«, sagte sie heiser.

Im nächsten Augenblick war er bei ihr und nahm sie in die Arme.

21

Eve bemühte sich, nicht allzu mürrisch auszusehen, als Reed sie in einem Rollstuhl durch die Tür des Krankenzimmers schob.

In diesem Ding komme ich mir lächerlich vor, murrte sie.

Lächerlich sahst du aus, als du versucht hast, an Krücken zu gehen, konterte er, milderte seine Worte jedoch ab, indem er sanft ihre Schulter drückte. »Guten Tag, Detective.«

Ingram winkte verhalten, was ein Klimpern der Infusionsschläuche am Metallständer zur Folge hatte, die zu seinem Handrücken führten. Der andere Arm des Detectives war eingegipst. Er sah völlig abgekämpft aus, und das helle Blau des Krankenhaushemds betonte nur, wie blass er war. Das zweite Bett im Zimmer war durch einen Vorhang abgetrennt, sodass der Detective mit einer uniformierten Polizistin allein war, die er als seine Tochter vorstellte.

»Freut mich«, sagte Eve und reichte Officer Ingram die Hand. Die junge Ingram war schlank und durchtrainiert mit hübschen Zügen und sehr kurz geschnittenem, straßenköterblondem Haar.

»Ist mit Ihnen alles okay?«, fragte sie.

»Ja, mir geht es gut. Sie sagen, dass die Verletzungen gut verheilen.«

Eve brauchte eigentlich keinen Rollstuhl. Das Kainsmal hatte die tiefe Schnittwunde an ihrem Oberschenkel in den letzten achtundvierzig Stunden geheilt, sodass nur noch eine leichte Rötung übrig war. Trotzdem musste diese Show sein, denn die Wunde war so übel gewesen, dass ein sterblicher Körper Wochen bräuchte, sich von ihr zu erholen.

»Sie sind sehr beliebt, Detective«, sagte Eve und zeigte auf die vielen Blumen und Luftballons.

»Die sollten diese Blumen zum Beerdigungsinstitut schicken«, entgegnete Ingram verbittert.

Reeds Finger streichelten sacht Eves Hals, um sie stumm zu trösten.

»Ihr Verlust tut mir sehr leid«, sagte sie leise.

»Ein Verlust für uns alle.« Ingram seufzte schwer. »Jones war ein großartiger Cop. Es war eine Ehre, m-mit ihm zu arbeiten.«

Eves Augen brannten, als die Stimme des Detectives versagte. »Ich muss Ihnen danken, Detective. Sie haben mir das Leben gerettet.«

Er wurde rot. »Ich habe nur meinen Job gemacht.«

»Sie sind auch ein großartiger Cop, und dafür bin ich überaus dankbar.« Wie sie es bei ihrem Dad gelernt hatte, wenn ihn Sentimentalität verlegen machte, wechselte sie das Thema und fragte: »Wie lange bleiben Sie im Krankenhaus?«

»Ich werde morgen entlassen. Gott sei Dank.«

Eve nickte und rang sich ein Lächeln ab. »Ich sehe jetzt mal nach Pater Riesgo, aber ich komme noch einmal vorbei, bevor ich nach Hause fahre.«

Ingram sah seine Tochter an. »Der Priester ist wieder da?«

»Gestern aufgetaucht«, bestätigte sie. »Er sagte, dass er zu Fuß nach Hause gehen wollte.«

»Von Anaheim nach Huntington Beach?« Ingram bezweifelte es offensichtlich. »Was macht er im Krankenhaus?«

»Er ist gefährlich dehydriert.«

»Von einem Fußmarsch nach Hause? Nein, antworte nicht.« Ingram seufzte wieder. »Ich sag's euch, diese Welt ist völlig verrückt geworden.«

Reed wendete Eves Rollstuhl und schob sie zurück auf den Flur. Als er auf Riesgos Zimmer zusteuerte, murmelte er: »Tja, die lassen dich ab jetzt in Ruhe.«

»Siehst du? Es ist alles prima ausgegangen.«

»O nein, Babe. So leicht bist du nicht vom Haken. Dein Plan war definitiv beschissener als meiner.«

»Das ist nicht wahr!«, widersprach sie und lehnte den Kopf nach hinten, um zu ihm aufzusehen. »Alles hat sich wunderbar gefügt. Die Maskierung ist unter Kontrolle, der Wolf und der Nix sind endgültig tot, genau wie die Höllenhunde, ich bin die Polizei los, und die Tengu von Olivet Place sind ausgeschaltet. Ich habe endlich das Gefühl, dass ich von null anfangen kann, so wie es alle anderen Gezeichneten tun.«

»Wenn das hier ernsthaft deine Vorstellung von einem idealen Ausgang war«, sagte er trocken, »haben wir eine Menge zu bereden.«

Reed wurde langsamer und bog in ein Zimmer ab. Dort waren zwei Betten – eines belegt, das andere frisch bezogen. Der Patient in dem hinteren Bett schlief, und er war nicht Riesgo.

»Falsches Zimmer«, sagte Eve.

Reed fuhr zurück und sah auf die Nummer an der Tür. »Nein. Das hier ist die Nummer, die sie mir am Empfang genannt haben.«

Er winkte eine vorbeieilende Krankenschwester heran und fragte: »Wissen Sie, in welchem Zimmer Miguel Riesgo liegt?«

»Ich glaube, er wurde entlassen«, sagte sie. »Vor Kurzem erst.«

Eve runzelte die Stirn. »Vielen Dank.«

Die Schwester lief weiter.

Reed legte eine Hand auf Eves Schulter. »Hattest du ihm nicht ausrichten lassen, dass du kommst?«

»Ja, heute Morgen.« Sie ergriff seine Hand. »Ich mache mir ernste Sorgen um ihn.«

Riesgo hatte so gebrochen ausgesehen, als er zurückkehrte. Halbtot. Sie konnte nur hoffen, dass seine emotionale Verfassung besser war als seine körperliche. Und sie würde erst beruhigt sein, wenn sie ihn selbst gesehen hatte.

»Wir spüren ihn auf, wenn wir hier raus sind«, versprach Reed und drückte ihre Hand. »Wir vergewissern uns, dass er okay ist.«

Eve wünschte, sie könnte sich in die Holzvertäfelung graben, als sie in die Satellitenübertragung blickte. Doch leider konnte sie sich nicht vor den vielen Augen verstecken, die sie anstarrten.

»Wie kann es sein, dass keiner erkannt hat, was mit Diego Montevista geschah?«, fragte Gabriel. »Er hat eng mit euch allen zusammengearbeitet. Ihr habt ihn täglich gesehen.«

Fünf fantastisch schöne Gesichter blickten skeptisch aus

dem riesigen LCD-Bildschirm an der gegenüberliegenden Wand. Die Übertragung war in sechs gleich große Felder unterteilt, von denen eines leer war, weil Sarakiel hier am Tischende saß. Am anderen Ende saß Gadara, sodass die beiden mehrere Meter trennten. Hank, Alec, Reed, Sydney und Eve waren die einzigen sonstigen Anwesenden. An der Fensterwand war ein Rollo heruntergelassen worden, um die Morgensonne auszusperren.

Hank lehnte sich vor, und alle Blicke wanderten zu ihm. »Wie es scheint, wurde Montevista über Phasen in einer Art Schläferzustand gehalten und nur bei Bedarf aktiviert.«

»Aber du hattest ihn in Verdacht, Evangeline?«, fragte Remiel. Wie die meisten anderen Erzengel auch war er dunkelhaarig. Doch im Gegensatz zu den anderen hatte er mandelförmige Augen und auch sonst eindeutig asiatische Züge.

Eve räusperte sich. »Zuerst nicht, nein. Aber als Hank mir von seinen Experimenten mit dem Tengu erzählte und ich sah, wie heftig er auf die Tarnsubstanz reagierte, fiel mir Montevistas Wiedererweckung durch das Höllenhundblut ein. Die einzigen anderen ... heißen die *Wiedererweckte*? – waren der Wolf und der Nix, die beide unberechenbar waren, nachdem sie wieder zum Leben erweckt waren. Es schien mir naheliegend, dass es sich auch auf Montevista ausgewirkt haben musste. Warum sollte er als Einziger nicht von den Nachwirkungen betroffen sein?«

»Das ist ein beachtlicher Gedankensprung«, sagte Michael in einer Stimme, die zugleich sehr verführerisch und Furcht einflößend klang. Diese Stimme war pure Macht und versah jedes seiner Worte mit einer Drohung. Die Tatsache, dass er nebenbei noch sagenhaft gut aussah, machte ihn nur umso beängstigender. »Aus dem Verhalten von zwei niederen Dämonen zu schließen, dass er Sammaels Gesandter sein musste.«

»Ich habe es *geraten*«, korrigierte sie. »Und das nicht bloß, weil der Wolf und der Nix jeden Selbsterhaltungstrieb verloren zu haben schienen, nachdem sie in der Tarnsubstanz gebadet hatten.« Sie sah zu Alec. »Cain wurde auch unberechenbar. Er war nicht er selbst. Und da in euren Firmen die Strukturen alle gleich sind – die Verbindung zu den Gezeichneten und Höllenwesen unter euch –, habe ich mir die Unterschiede zwischen seiner Situation und eurer angesehen.«

»Alles an seiner Situation ist einzigartig«, sagte Uriel.

»Einschließlich Montevista«, ergänzte sie. »Ich dachte mir, wenn er durch die Maskierung mit Sammael verbunden ist, musste einiges von dem Bösen bis zu Cain durchsickern. Es würde eine Menge von Cains Verhalten erklären.«

»Dafür gab es andere mögliche Erklärungen.«

Sie sah den Erzengel direkt an und begriff, dass er auf die Gerüchte der Vaterschaft anspielte, die Alec so sehr quälten. »Es steht mir nicht zu, irgendwas auszuschließen. Die Tarnsubstanz, Cains Probleme, die Art, wie Montevista jedes Mal das Bewusstsein verlor, wenn Satan sich manifestierte – es gab einiges zu bedenken. Und da ich nicht sicher war, wollte ich ihn nicht einfach beschuldigen. Es war zu gefährlich für Montevista. Ich hatte gehofft, wenn alles gut ausgeht, könnte Hank ihn irgendwie retten.«

»Mir bereitet Sorge«, sagte Remiel, »wie oft du allein

arbeitest. Es gibt einen Grund, weshalb du einen Mentor hast. Wir können uns solche großen Schlachten in der Öffentlichkeit nicht leisten.«

»Und ich«, mischte sich Gadara ein, »kann mir nicht leisten, jeden Luxuswagen zu ersetzen, der zufällig ihren Weg kreuzt.«

»Mir blieb nichts anderes übrig«, verteidigte sich Eve. »In diesem Fall war Montevista ein Joker. Ich vermutete, dass er irgendwie mit allem zu tun hatte, also wie sollte ich Informationen mit Cain austauschen, die zu Montevista durchdringen könnten? Und was hätte Satan getan, wenn ihm zu Ohren gekommen wäre, dass wir ihm auf der Spur waren? Das waren meine Bedenken.«

»Sie hätten sich an Ihren Teamleiter wenden müssen.«

»Hat sie.« Reed stützte die Ellbogen auf den Tisch. »Sie bat, dass ich mich mit Asmodeus in Verbindung setze. Und als alles aufflog, rief sie mich hinzu, damit ich ein Auge auf Montevista habe. Dass er ohnmächtig geworden ist, bewies ihre Theorie. Sie hielt auch Ishamel und Hank auf dem Laufenden. Eve hatte keinen Helferkomplex, falls ihr das andeuten wollt. Sie kennt ihre Grenzen.«

Mach sie nicht sauer, sagte sie, denn sie wusste, dass er bereits wegen seines Deals mit Asmodeus Ärger hatte.

Die machen mich wütend!, konterte er.

Raphael wippte auf seinem Schreibtischstuhl. »Und Sarakiel machte sich mittels ihrer Verbindung zu Asmodeus zur Bedrohung, also konnten Sie sich nicht an sie wenden. Aber Sie müssen uns verstehen, Miss Hollis. Wie Sie selbst zugeben, hatten Sie Kontakt zu Sammael und ihm gegenüber Zusagen gemacht. Sie sagen, dass er absichtlich den Nix herbeibeschworen hatte, damit Sie ihn auslöschen können, bevor er den Kontakt zu Montevista verlor. Sein Geschenk an Sie verstört uns natürlich alle.«

Okay, jetzt machen die mich wütend, schmollte Eve.

»Gibt es Neuigkeiten von dem Priester?«, fragte Uriel.

Gadara beugte sich vor. Nichts an seiner Haltung oder seinem Aussehen verriet etwas von den Torturen, die er durchgemacht hatte. Aber die Spuren waren in seinen Augen, besonders wenn er Alec ansah. »Nichts«, antwortete er. »Er wurde weder gesehen noch hat man von ihm gehört, seit er sich hinreichend erholt hatte, um den Tower zu verlassen. Er hat die Kirche verlassen und seine Wohnung gekündigt. Ich *finde* ihn. Es ist nur eine Frage der Zeit.«

Es trat längeres Schweigen ein, als die Erzengel durch die diversen Berichte blätterten, um nach offenen Fragen zu sehen. Eve wartete auf welche nach Ima oder der Halskette, aber die kamen nicht.

Sydney hob die Hand, woraufhin Gadara eine Braue hob.

»Ja, Miss Sydney?«

Sie räusperte sich. »Montevista … Ist er reingekommen?«

»Er beging Selbstmord«, sagte Sarakiel.

»Das *weiß* ich. Was heißt das?« Sydneys Blick wanderte über den Bildschirm und dann zu Gadara. »Diego hat es für uns getan. Um uns zu retten. Uns alle zu retten!«

»Das sprach sehr für ihn, Miss Sydney«, murmelte Gadara.

»So wie ich«, sagte Alec.

»Und das war's?« Sie sah Eve an, und ihr kamen die Tränen. »Das ist alles?«

»Ich denke, wir sind hier fertig«, sagte Michael. »Falls

wir weitere Fragen haben, vereinbaren wir eine neue Besprechung.«

Kurz darauf war Eve wieder auf dem Korridor vor dem Konferenzraum. Sydney eilte davon, die Schulter angespannt und insgesamt in defensiver Haltung. Sarakiel, Gadara und Reed blieben zurück und stritten sich anscheinend.

Hank kam zu Eve, als Alec neben ihr auftauchte. Er umfing ihren Ellbogen und fragte: »Kann das warten, Hank?«

»Gewiss.« Der Okkultist lächelte. »Schön, dich wiederzuhaben, Cain.«

Alec grinste. Ein Blinzeln später fand Eve sich mitten in einer nächtlichen Stadt wieder. Die Bilder, Geräusche und Gerüche waren fremd und exotisch. Ihre Desorientiertheit hielt einen Moment an, bevor sie sich von Alec losriss und ihm einen Klaps auf den Arm versetzte. »Du sollst das nicht machen, ohne mir vorher Bescheid zu sagen!«

Er legte einen Arm um ihre Taille. »Warst du schon mal in Kairo?«

»Kairo«, wiederholte sie. »Nein, kann ich nicht behaupten.«

»Es gibt für alles ein erstes Mal.« Das Funkeln in seinen Augen verriet ihr, dass er ein intimeres erstes Mal im Sinn hatte. »Hast du Hunger?«

»Wann habe ich den nicht?«

»Schön.« Er nahm ihre Hand und zog sie aus dem Schatten. »Ein Stück weiter gibt es ein tolles Restaurant, in das ich dich unbedingt mal ausführen wollte ...«

Lilith stand mit dem Rücken zu ihm am Fenster, von oben bis unten in Weiß gekleidet – Rollkragenpullover, Hose,

Stiefel mit hohen Absätzen. Ihr hüftlanges Haar war so hell, dass es mit ihrer Kleidung verschmolz. Insgesamt war ihre Alabastererscheinung ein schriller Kontrast zu den Grün- und Blautönen, in denen Sammael zufolge ihre Vollkommenheit am besten zur Geltung kam.

Dasselbe Fingerschnippen, das eine sofortige Änderung der Farbpalette bewirkte, brachte sie dazu, sich zu ihm umzudrehen. Sie entdeckte ihn, und ihre Haltung wandelte sich. Ihre Schultern streckten sich nach hinten, und sie stellte die Beine leicht aus. Defensiv-aggressiv.

»Lilith«, murmelte Sammael. »Wie schön, dass du so schnell kommen konntest.«

»Als hätte ich eine Wahl«, entgegnete sie, doch ihr atemloser Tonfall verriet sie.

Er machte ihr Angst. Er konnte sie zum Zittern und Weinen, zum Niederknien und Betteln bringen. Und sie liebte es, was ihm wiederum eine Macht verlieh, die sie ungern abtrat. Sie war dankbar gewesen, als er ihrer vor so vielen Jahrhunderten überdrüssig wurde.

Was die Frage aufwarf: Was war in sie gefahren, seinen Zorn zu wecken, wenn sie schon entsetzte, was er als Vergnügen empfand?

»Du hattest eine Wahl.« Er begab sich zur Chaiselongue am Feuer und machte es sich bequem. »Und du hast gewählt, etwas von mir zu deinem eigenen Gewinn einzutauschen. Deshalb bist du jetzt hier. Hättest du etwas zum Tausch angeboten, das dir gehört, wärst du es nicht.«

Sie blickte ihn trotzig an. »Du hast etwas, das mir gehört. Ich brauchte etwas von dir, um dich zu verführen, es zurückzugeben.«

»Hmm.« Er schmunzelte. »Du sprichst in Rätseln. Ich

muss dich bald bestrafen, also beeile dich und erzähl mir, was du willst.«

Lilith zögerte, und ihr Blick wanderte unruhig umher, als säße sie in der Falle. Was sie tat. Er konnte niemandem erlauben, ihn zu bestehlen. Solche Dreistigkeiten mussten streng und schnell bestraft werden, wie er Asmodeus gezeigt hatte.

»Ich will Awan.«

Er war zunächst überrascht, dann richtiggehend entzückt. »Die hatte ich ganz vergessen.«

»Ich nicht.«

»Du hättest mich einfach fragen können.«

Sie verschränkte die Hände auf dem Rücken. »Ich wusste, dass du sie mir nicht geben würdest.«

»Ach ja? Und wie bist du zu diesem Schluss gekommen?«

»Weil«, antwortete sie schmollend, »du es immerzu klar gemacht hast, dass ich nie bekomme, was ich will.«

Sammael stützte seinen Kopf auf eine Hand und sah ins Feuer. »Du bist zu sehr von dir eingenommen, wenn du glaubst, ich würde dir zum Spaß irgendwas verweigern.«

»Beweise mir das Gegenteil.«

Er musterte sie unverschämt. »Nichts an dir bereitet mir Freude ... ausgenommen diese Bitte.«

Lilith stand wie versteinert da. Dann trat ein erstaunter Ausdruck auf ihre schönen Züge. »Du wandelst sie wieder zurück?«

»Ja, aber du wirst sie eine Weile nicht sehen.« Er pustete über seine Krallen und zog sie über den Samt der Chaiselongue. »Ich habe nämlich eine Kerkerzelle, die unlängst frei wurde und gefüllt werden muss.«

Sie rang nach Luft.

»Ach komm schon«, sagte er sanft. »Man hat dich hier vermisst. Du dürftest viele Besucher bekommen. Die meisten werden sich freuen, die Freundschaft wiederaufleben zu lassen. Und nur keine Angst. Ich werde nicht unter ihnen sein.«

Er winkte ab, und zwei Dämonen tauchten aus dem Schatten auf, um sie bei den Armen zu packen.

»Ich hasse dich!«, fauchte sie.

»Meine teure Lilith.« Sammael lachte. »Anders würde ich es wirklich nicht wollen.«

»Alles okay?«

Eve blickte auf, als sich Reed neben sie auf die Picknickbank setzte. Der Meereswind zerzauste sein Haar und gab ihm den herrlich verwuschelten Look eines Mannes, der gerade aus dem Bett gestiegen war. Sie hatte ihn erst wenige Male bei ihm gesehen, aber sie liebte ihn.

»Mir fehlt Montevista«, gestand sie. »Und ich bin wütend darüber. Das ist nicht fair.«

»Babe …« Das Stirnrunzeln über seiner Armani-Sonnenbrille verriet seine Sorge. »Er ist an einem besseren Ort. Glaub mir.«

»Sieh dir Sydney an.« Sie nickte zu der betrübten Gezeichneten, die an einem Tisch nahe dem Grill saß, wo Alec Burger wendete. »Sie hatte gerade angefangen, ihre Lebensfreude neu zu entdecken, und jetzt ist sie wieder bei null.«

»Der Job ist hart.« Reed streichelte ihren kleinen Finger. »Ich sorge mich darum, was er mit dir macht.«

Eve auch, weshalb sie heute ihre Eltern mitgebracht hatte. Ihre Familie erdete sie. Ihr Dad saß an einem Tisch mit

Kobe Denner und Ken Callaghan aus Eves Trainingsklasse. Ihre Mom zog mit einem Tablett voller Mini-Sushis umher und schockierte alle mit ihrem dreckigen Humor. Falls einige Gezeichnete neidisch waren, dass Eve noch ihre Familie hatte, zeigten sie es heute nicht. Alle dachten an Montevista, und die Trauer überwog jeden Neid.

»Ich setze mich mal zu ihr«, sagte Eve und stieg von der Bank. Reed kam mit ihr.

Sydney nahm gerade einen Teller von Alec an, als die beiden sich zu ihr setzten. Der Grill, an dem Alec die Hamburger briet, war groß genug, um den Riesenappetit von einem Dutzend Gezeichneter zu stillen; es war ein Hänger nötig gewesen, um ihn hierherzuschaffen – ein Parkplatzpicknick ganz im Stil von Gadara Enterprises. Eve hatte erwähnt, dass sie gern etwas für die Gezeichneten tun wolle, die wegen der Kopfgeldjagd auf sie unter Beschuss geraten waren, und Ishamel hatte prompt alles arrangiert.

»Hallo du.« Alec beugte sich hinüber und küsste Eve auf die Stirn. »Ist dir heute nach medium oder medium well?«

Sie wollte antworten, da lenkte sie das ferne Röhren einer Harley ab. Der Wind blies ihr das Haar ins Gesicht, das an ihrem Lipgloss haften blieb, und Eve strich es weg, während sie beobachtete, wie eine platinblonde Frau auf einer wuchtigen Maschine auf den Parkplatz einbog. Alle starrten zu der Fahrerin in der schwarzen Lederweste und der Cowboyhose, ausgenommen Alec.

Das Bike hielt neben dem Hänger, als sich Alec umdrehte. Die hübsche blonde Frau zwinkerte Eve zu, bevor sie Alec einen Luftkuss zublies.

Der Pfannenspatel fiel ihm aus der Hand und landete klappernd auf dem Zement.

Eve sah Reed an. »Wer ist das?«

»Awan.« Er grinste hocherfreut. »Cains Frau.«

»Exfrau«, korrigierte Alec sofort.

Awan leckte sich die Lippen und schnurrte: »Hi, Schatz. Ich bin zu Hause.«

Sie war eine Lili, wie das dämonische Grün ihrer Augen verriet. Sie waren leuchtend hell und blickten verschlagen.

Eve stand auf. Dies war die Mutter von Alecs Kindern; den einzigen Nachkommen, die er je haben würde. Sie hatte etwas von ihm, das niemand anders haben konnte.

Eves Unruhe musste sich auf Alec übertragen haben, denn er ballte die Fäuste. Awan lachte. Mit einem kurzen Winken brauste die Lili genauso schnell davon, wie sie gekommen war.

Eine ganze Weile lang sagte keiner ein Wort.

Dann brach Sydney die angespannte Stille. »Äh ... ich dachte, deine Frau war deine Schwester.«

Alec hob den Spatel auf und warf ihn hinten auf den Anhänger. »Mein Vater hatte Lilith lange vor meiner Geburt in die Wüste geschickt. Ihre Kinder sind nicht mit mir verwandt.«

Eve räusperte sich. »Deine K-kinder waren Halbdämonen?«

Er raufte sich das Haar. »Zu einem Viertel Dämonen.«

Was sollte sie dazu sagen?

Ihre Mom kam mit einem leeren Tablett und einem strahlenden Lächeln. »Was für eine tolle Party!«

Reed führte die Fingerspitzen zusammen und grinste weiter.

Nachdem sie ihr Handtuch über den Wäschekorb geworfen hatte, verließ Eve das Bad. Ein kurzer Blick zur Uhr sagte ihr, dass es fast acht war. Sie zog sich ihren Lieblingspyjama an, schüttelte ihr feuchtes Haar aus und überlegte, was sie mit dem Abend anfangen sollte. Auf dem Sofa lümmeln und einen Wohlfühlfilm ansehen, kam ihr himmlisch vor. Normalerweise mochte sie Actionfilme, aber fürs Erste hatte sie die Nase voll von Explosionen. Vielleicht *Geliebte Jane* oder etwas doof Witziges wie *Die Eisprinzen*.

Sie ging den Flur hinunter in Richtung Küche, weil sie Trostnahrung brauchte. Kaffee eventuell auch. Und Süßes. Das verdiente sie nach dem heutigen Tag.

Die Balkontüren waren geschlossen, weil es inzwischen abends kühler wurde. Der Sommer ging langsam in den Herbst über. Was für ein Jahr es bisher gewesen war! Letzte Weihnachten hatte sie sich noch geärgert, weil sie zur Weihnachtsfeier der Weisenberg Group musste – wieder mal ohne Begleitung. Jetzt hatte sie ihren Traumjob bei Gadara Enterprises und zwei entschlossene Männer, denen sie nicht widerstehen konnte.

Zugegeben, der Traumjob war eher ein Albtraum, und die beiden Männer waren in der Nein-Phase der Mal-ja-mal-nein-Beziehung mit ihr, aber darüber würde sie jetzt nicht nachdenken.

Eve war fast bei der Küche, als Stevie Nicks schönes »Crystal« erklang. Sie blieb stehen und ging vorsichtig weiter bis zu der Stelle, wo der Flur ins Wohnzimmer mündete.

Auf dem Couchtisch standen ein silberner Sektkühler mit einer Champagnerflasche, um deren Hals eine Serviette hing, und zwei halb gefüllte Sektflöten. Der Mann an ihrer Stereoanlage spürte Eves Blick und drehte sich zu ihr um. Obwohl er lässig und entspannt wirkte, waren seine dunklen Augen aufmerksam. »Hi.«

»Selber hi.«

Er kam näher und nahm auf dem Weg die Gläser auf. »Ich hoffe, es stört dich nicht, dass ich vorbeigekommen bin.«

»Du bist jederzeit willkommen. Nichts kann daran etwas ändern.«

Eine kühle Sektflöte wurde ihr in die Hand gedrückt. Eve sah nach unten und bemerkte etwas Rundes, Glitzerndes unten in dem Glas. Ihr stockte der Atem.

»Freut mich zu hören«, murmelte er. Seine warmen Finger umfingen ihre noch. »Denn ich habe eine Frage an dich …«

Lesen Sie auch die exklusive E-Book-Story:

Sylvia Day
SIN CITY
Eve zwischen Gut und Böse

Anhang

Die sieben Erzengel

Dies sind die Namen der wachenden Engel.

1. Uriel, einer der heiligen Engel, der über Zank und Terror wacht.
2. Raphael, einer der heiligen Engel, der über den Geist der Menschen wacht.
3. Raguel, einer der heiligen Engel, der Strafe über die Welt und die Gestirne bringt.
4. Michael, einer der heiligen Engel, der über den besten Teil der Menschheit und über das Chaos wacht.
5. Sarakiel, einer der heiligen Engel, der über die Geister wacht, welche im Geiste sündigen.
6. Gabriel, einer der heiligen Engel, der über dem Paradies, den Schlangen und den Cherubim steht.
7. Remiel, einer der heiligen Engel, den Gott über jene stellte, die auferstehen.

Buch Henoch, 20; 1–8

Die christliche Engelshierarchie

Erste Sphäre: Engel, die als Wächter von Gottes Thron dienen

- Seraphim
- Cherubim
- Ophanim, auch »Throne« oder »Räder« *(Erelim)*

Zweite Sphäre: Engel, die als Statthalter fungieren

- Herrscher/Anführer *(Hashmallim)*
- Tugenden
- Mächte/Autoritäten

Dritte Sphäre: Engel, die als Boten und Soldaten dienen

- Fürsten/Herrschende
- Erzengel
- Engel *(Malakhim)*

Gekürzte Playlist

- Metallica, »The Judas Kiss«
- Switchfoot, »Dare You to Move«
- Gavin Rossdale, »Love Remains the Same«
- Metallica, »Broken, Beat & Scarred«
- Stevie Nicks, »Crystal«

Danksagung

Ich danke Faren Bachelis, Redakteurin bei Tor, für die Aufmerksamkeit, die sie meinen Büchern schenkte, und für all die wunderbar lobenden Anmerkungen an den Seitenrändern, die ich ehrlich sehr zu schätzen weiß.

Dank an Gary Tabke für die köstlichen One-Eyed Jacks, die Eve in diesem Buch so liebt.

An jeden bei Tor, der sich für diese Serie stark gemacht hat: Ihr seid klasse, und ich danke euch allen.

An Kate Duffy, die mal wieder Extremes geleistet hat: Danke für deine Geduld und deine Unterstützung.

Und an Patricia Briggs für ihre Großzügigkeit und ihre netten Worte. Es geht doch nichts über das Kompliment einer Autorin, für deren Neuerscheinungen man vor der Buchhandlung campiert.

**Werkverzeichnis der im Heyne Verlag
erschienenen Titel von Sylvia Day**

Die Autorin

Die Nummer-1-Bestsellerautorin Sylvia Day stand mit ihrem Werk an der Spitze der New-York-Times-Bestsellerliste sowie 23 internationaler Listen. Sie hat über 20 preisgekrönte Romane geschrieben, die in mehr als 40 Sprachen übersetzt wurden. Weltweit werden ihre Romane millionenfach verkauft, die Serie *Crossfire* ist derzeit als TV-Verfilmung in Planung. Sylvia Day wurde nominiert für den *Goodreads Choice Award* in der Kategorie BESTER AUTOR.

»Die unangefochtene Königin des erotischen Liebesromans«
Teresa Medeiros

»Wenn Sie noch nie ein Buch von Sylvia Day in Händen hatten, haben Sie was verpasst.«
Romance Junkies

»Wenn es darum geht, prickelnde Sinnlichkeit zu erzeugen, können nur wenige Autoren Sylvia Day das Wasser reichen. *Stolz und Verlangen* ist die perfekte Melange aus betörenden Figuren, einer cleveren Geschichte und prickelnder Sinnlichkeit.«
Booklist

»Eine wundervolle Geschichte. Dieser Roman wird Sie zum Lachen wie zum Weinen bringen.«
Love Romances über ›Eine Frage des Verlangens‹

»Diese brillante Kombination aus heißer Leidenschaft, Spannung und Intrigenspiel ergibt eine unglaublich ergreifende Geschichte.«
Romance Divas über ›Spiel der Leidenschaft‹

Crossfire

Pressestimmen zu Crossfire

»Der Sex-Roman des Jahres.«   *Cosmopolitan*

»Sexuelle Spannung, heiße Liebesszenen und eine äußerst tief-
gründige Liebesgeschichte sorgen für begeisterte Leser-Reak-
tionen.«   *bild.de*

»Noch saftiger und mit besser gezeichneten Helden als *Shades
of Grey*!«   *Joy*

»Ich liebe ihren Stil, die sexuelle Spannung, die heißen Liebesszenen und die spannende Story.«   *Carly Phillips*

»Unser absoluter Redaktionsliebling!«   *Petra*

»Ein Stoff voll Schmerz, Hoffnung und Gefühlen.«
                                            Abendzeitung

Crossfire – Versuchung

Die Uniabsolventin Eva Tramell tritt ihren ersten Job in einer New Yorker Werbeagentur an. In der Lobby des imposanten Crossfire-Buildings stößt sie mit Gideon Cross zusammen – dem Inhaber. Er ist mächtig, attraktiv und sehr dominant. Eva fühlt sich wie magisch von ihm angezogen, spürt aber instinktiv, dass sie von Gideon besser die Finger lassen sollte. Aber er will sie – ganz und gar und zu seinen Bedingungen. Eva kann nicht anders, als ihrem Verlangen nachzugeben. Sie lässt sich auf eine Liebe ein, die immer ernster wird, und entdeckt ihre dunkelsten Sehnsüchte und geheimsten Fantasien.

Crossfire – Offenbarung

Seit ein paar Wochen sind die junge attraktive Eva Tramell und der erfolgreiche Geschäftsmann Gideon Cross ein Paar. Eva liebt seine dominante Art. Noch nie konnte sie einem Mann so vertrauen. Doch dann verändert Gideon sich, er will sie immer stärker kontrollieren, und auch die Dämonen aus seiner Vergangenheit belasten sie. Eva weiß: Ihre Beziehung hat nur eine Zukunft, wenn es keine Geheimnisse und keine Tabus zwischen ihnen gibt …

Crossfire – Erfüllung

Seit ihrer ersten Begegnung sind Eva Tramell und der faszinierende Geschäftsmann Gideon Cross einander verfallen. Nur Eva weiß, was Gideon für sie aufs Spiel gesetzt hat. Doch dieses Wissen wird immer mehr zur Bedrohung und ängstigt Eva, die sich nichts sehnlicher wünscht als eine vertrauensvolle Beziehung und eine dauerhafte Bindung. Zudem wird ihre Liebe immer wieder auf harte Proben gestellt, denn Neid und Missgunst machen ihnen das Leben schwer, und die Schatten der Vergangenheit lasten auf ihnen. Doch das Wissen um die Geheimnisse des anderen verbindet Eva und Gideon unlösbar miteinander. Gemeinsam wollen sie sich ihren Dämonen stellen und ihre leidenschaftliche Liebe retten.

Crossfire – Hingabe

Eva und Gideon haben sich das Ja-Wort gegeben. Sie waren überzeugt, dass nichts sie mehr trennen kann. Doch seit der Hochzeit sind ihre Unsicherheiten und Ängste größer denn je. Eva spürt, dass Gideon ihr entgleitet und dass ihre Liebe in einer Weise auf die Probe gestellt wird, wie sie es niemals für möglich gehalten hätte. Plötzlich stehen die Liebenden vor ihrer schwersten Entscheidung: Wollen sie die Sicherheit ihres früheren Lebens wirklich gegen eine Zukunft eintauschen, die ihnen immer mehr wie ein ferner Traum erscheint?

Einzeltitel

Geliebter Fremder

Als Gerald Faulkner Isabel vor vier Jahren um ihre Hand bat, war er ein schöner und lebenslustiger Mann. Dann verschwand er spurlos. Nun, da er wieder auftaucht, ist er nicht mehr jung und sorglos, sondern eine gequälte Seele mit dunklen Geheimnissen. Er spricht nicht darüber, was in der Zwischenzeit geschehen ist, und verhält sich wild und hemmungslos. Allerdings ist da nun auch eine neue, glühende Leidenschaft zwischen ihnen. Hat Isabel genug Vertrauen, um sich diesem Fremden auszuliefern?

Sieben Jahre Sehnsucht

Lady Jessica Sheffield erwischt den attraktiven Alistair Caulfield dabei, wie er im Wald eine verheiratete Gräfin befriedigt. Seitdem herrscht eine verstörende Spannung zwischen ihnen, und sie vermeidet jede weitere Begegnung. Sieben Jahre später treffen die beiden wieder aufeinander und kommen sich näher. Das anfängliche Knistern lässt bald wilde Funken der Leidenschaft sprühen, und die beiden ergeben sich ihrem starken Verlangen …

Stolz und Verlangen

Eliza Martin ist eine reiche Erbin. Das hat nicht nur Vorteile. Heiratsschwindler und Kuppler belagern sie, und in letzter Zeit fühlt sie sich beobachtet. Aber Eliza lässt sich nicht einschüchtern und beschließt, jemanden zu engagieren, der sich unter ihr Gefolge mischt und den Schuldigen findet. Jemand, der nicht auffällt. Jasper Bond ist zu groß, zu gutaussehend, zu gefährlich. Doch Eliza reizt ihn. Und so ist es ihm ein Vergnügen ihr zu beweisen, dass er genau der richtige Mann für diese Aufgabe ist ...

Spiel der Leidenschaft

Lady Maria Winter ist jung, reich und schön. Trotzdem wird sie die »eiskalte Witwe« genannt, denn ihre beiden Ehemänner starben einst unter mysteriösen Umständen. Es hält sich das hartnäckige Gerücht, dass Lady Winter an ihrem Tod nicht ganz unschuldig ist. Tatsächlich treibt aber ihr Stiefvater Lord Welton ein perfides Spiel mit ihr. Als er Lady Winter auf den Piraten Christopher St. John ansetzt, der die Todesfälle undercover aufklären soll, stimmt sie widerwillig ein. Doch schon bei ihrer ersten Begegnung spürt sie ein nie gekanntes Verlangen ...

Eine Frage des Verlangens

Lady Elizabeth Hawthorne und Marcus Ashford, Earl of Westfield, verbindet eine leidenschaftliche, aber auch leidvolle Vergangenheit. Sie waren einst verlobt, bis Elizabeth Marcus der Untreue verdächtigte und ihn verließ. Nun, vier Jahre später, kreuzen sich die Wege der beiden erneut. Marcus, der Agent im Dienste der Krone ist, soll Lady Elizabeth beschützen, da ein Unbekannter sie bedroht. Beide fühlen sich erneut magisch voneinander angezogen. Aber können sie die alten Verletzungen vergessen?

Ihm ergeben

London, 1780. Die junge und schöne Amelia Benbridge ist verlobt mit Lord Ware. Auf einem festlichen Ball sieht sie einen Mann mit weißer Maske, der sie fasziniert, und wider besseren Wissens folgt sie ihm in den dunklen Park des Anwesens. Er stellt sich als Graf Montoya vor, und die Anziehung zwischen den beiden ist unmittelbar und überwältigend. Doch er scheint ein dunkles Geheimnis vor ihr zu verbergen. Und Amelia ist vergeben ...

Die Dream-Guardians-Serie

Verlangen

Aidan ist ein Dream Guardian: Er verhindert, dass das Tor zwischen der Traumwelt und der Realität geöffnet wird. Er bewahrt seine Schützlinge vor Albträumen, indem er sie in ihrem Schlaf als Liebhaber besucht. Bei der schönen Lyssa erlebt er eine sexuelle Leidenschaft wie nie zuvor, und er verliebt sich zum ersten Mal in seinem Leben. Muss er fürchten, dass Lyssa das Tor zwischen den Welten öffnet?

Begehren

Als Stacey Daniels dem attraktiven Bad Boy Connor begegnet, kann sie es kaum glauben: Noch nie hat sie einen so schönen Mann gesehen! Sie ahnt nicht, dass Connor ein Dream Guardian ist, der Frauen in ihren Träumen beglückt. Schnell findet Stacey heraus, dass Connor auch im wahren Leben ein Meister der sündigen Sinnesfreuden ist, und sie erlebt die aufregendste Zeit ihres Lebens. Doch Connor kommt aus einer gefährlichen Traumwelt, mit der nun auch Stacey in Berührung kommt …

Im Bann der Liebe

Atemberaubend schön und in den raffiniertesten Liebeskünsten bewandert, ist Sapphire bereits seit Jahren die Lieblingsmätresse des Königs von Sari. Jeder Wunsch wird ihr von den Augen abgelesen, doch eigentlich will sie nur endlich selbst über ihr Leben bestimmen. Als der geheimnisvolle Kriegerprinz Wulfric als Gefangener an den Hof kommt, ist Sapphire sofort fasziniert und stürzt sich in eine leidenschaftliche Affäre mit ihm. Zum ersten Mal in ihrem Leben kann sie sich völlig frei dem Rausch ihrer Gefühle hingeben. Dass ihre Liebe zu Wulfric verboten ist, macht die Sache nur noch heißer ...

Die Marked-Serie

Verbotene Frucht

Evangeline Hollis, genannt Eve, ist eine ganz normale junge Frau – bis ihr eines Tages ein heißer One-Night-Stand mit einem attraktiven Fremden zum Verhängnis wird: Eve wird mit dem Kainsmal gezeichnet und muss künftig auf Dämonenjagd gehen. Ihr neuer Boss, Reed Abel, ist unglaublich penibel und verboten sexy. Als wäre es noch nicht genug, dass Eve sich nun tagtäglich mit ihrem lästigen Chef und mordlustigen Dämonen herumschlagen muss, taucht auch der geheimnisvolle Alec Cain auf – Abels Bruder und der Mann, der einst Eves Herz gestohlen hat …

Geliebte Sünde

Nachdem Eve ihren ersten Einsatz als Dämonenjägerin überstanden hat, wird sie von ihren Vorgesetzten in eine Art Trainingscamp für Gezeichnete gesteckt. Hier soll sie lernen, mit ihren neuen Superkräften richtig umzugehen, damit sie ein vollwertiges Mitglied im Kampf gegen das Böse sein kann. Doch dann geraten Eve und die anderen Gezeichneten in Schwierigkeiten. Und es scheint, als könnte Eve diesmal nicht mit der Hilfe von Cain und Abel rechnen …

Teuflisches Begehren

In Eves Privatleben geht es drunter und drüber: Abel ist verliebt in sie, doch ihr Herz gehört Cain, der - seit er zum Erzengel befördert wurde - für niemanden mehr Liebe empfinden kann außer für Gott. Zwar kann auch er der verführerischen Eve nicht widerstehen, doch sie will mehr als nur körperliche Leidenschaft. Als ob das noch nicht genug wäre, gerät Eve auch auf der Dämonenjagd in Turbulenzen ...